HEYNE <

SARAH ARCHER

the Plus One

Sie baut sich Mr. Right einfach selbst

Roman

Aus dem Amerikanischen übersetzt
von Stefanie Frida Lemke

WILHELM HEYNE VERLAG
MÜNCHEN

Titel der Originalausgabe:
THE PLUS ONE

MIX
Papier aus verantwortungsvollen Quellen
FSC® C083411

Verlagsgruppe Random House FSC® N001967

Deutsche Erstausgabe 02/2020
Redaktion: Martina Vogl

Printed in Germany
Umschlaggestaltung: DAS ILLUSTRAT, München,
unter Verwendung einer Illustration von Vikki Chu
Satz: Leingärtner, Nabburg
Druck und Bindung: CPI books GmbH, Leck

ISBN 978-3-453-32033-8
www.diezukunft.de

Für Gunnar, der ganz Mensch ist

eins

Von den drei Personen auf der Bühne waren nur zwei echt. Doch das war völlig normal für Kelly – eine der echten Personen. Zusammen mit Priya, ihrer besten Freundin und Kollegin als Roboter-Ingenieurin (die andere echte Person auf der Bühne) blickte sie im hell erleuchteten Vorführraum ins Publikum: an die fünfzig nörgelige Kinder auf einem Schulausflug, die unter der düsteren Anfang-Januar-Wolke unruhig herumzappelten. Nach zwei Wochen Ferien waren die Kinder wieder im System angekommen, doch die Ausgelassenheit von Tagen im Schlafanzug und Kürbiskuchen zum Frühstück hing noch immer in ihren Blicken. Jetzt war es an Kelly, ihre flüchtige Aufmerksamkeit für sich zu gewinnen.

»Ich möchte euch Zed vorstellen«, fing sie zögernd an und deutete auf den Roboter neben sich. Er war eins der ersten Projekte, an denen sie vor fünf Jahren gearbeitet hatte, als sie ihren heiß begehrten Job bei Automated Human Industries, kurz AHI, ergattert hatte, *der* innovativen kleinen Roboter-Firma. Zed machte auf den ersten Blick mit seinem Eins-zwanzig-Stahlkörper voller offen liegender Kabel und einer flachen Schalttafel als Gesicht einen eher schlichten Eindruck. »Ich weiß, er sieht ziemlich einfach aus«, fuhr sie fort, während sie versuchte, das

Kichern von vier Mädchen in den hinteren Reihen auszublenden, die sich gegenseitig in die Bäuche piksten. Kelly war keine besonders selbstbewusste Rednerin. Schon in der dritten Klasse, als sie in einer Schulaufführung einen Baum spielte, hatte sie solches Lampenfieber gehabt, dass sie von der Bühne geflohen war. Was mit zum Stamm zusammengebundenen Beinen nicht besonders leicht gewesen war.

Doch als sie jetzt voller Begeisterung von ihrer Arbeit sprach, wurde ihre Stimme immer sicherer. »Aber als Zed geschaffen wurde, hatte er bereits einen größeren Spielraum an Bewegungsmöglichkeiten als jeder andere Roboter auf dem Markt. Er war der erste Roboter mit unserem patentierten vorausschauenden Stereo-Blick …«

Ein blechernes Klingeln aus der ersten Reihe verkündete, dass ein aschblonder Junge gerade ein Spiel auf seinem eingeschmuggelten Handy gewonnen hatte, und brachte Kelly vollkommen aus dem Konzept. Robbie, einer ihrer Mitarbeiter, eilte zu ihm und streckte die Hand aus. »Telefon«, verlangte er. Gehorsam warf der Junge sein Tausend-Dollar-Smartphone in einen roten Eimer voller Tausend-Dollar-Smartphones, und mit einem Knall traf Glas auf Metall. Robbie hatte sich geradezu darum gerissen, heute den Handy-Cowboy zu spielen und sicherzustellen, dass – obwohl sie keine der neuesten Technologien der Firma präsentierten – der Vortrag nicht von irgendwelchen Junior-Spionen für deren Eltern gefilmt wurde, von denen wahrscheinlich zwei Drittel für konkurrierende Tech-Unternehmen hier im Silicon Valley arbeiteten. Zufrieden umklammerte er den Eimer und ging auf seinen Platz an der Seite zurück, von wo aus er die Reihen von Kindern beobachtete wie ein Gefängniswärter.

Manchmal konnte Kelly es nicht glauben, dass sie mal mit ihm zusammen gewesen war.

Sie konzentrierte sich wieder. Sie war entschlossen, zu diesen Kindern vorzudringen. Oder wenigstens zur Hälfte von ihnen. Oder zu einem? Nur einem kleinen? Aber so viele der Kinder redeten miteinander, dass man sie über den Lärm sowieso kaum hörte. Die ganze Präsentation, die sie so perfekt ausgearbeitet und geübt hatte, zerfiel. »Wir fingen mit etwas an, das sich stochastische Zuordnung nennt, was … ähm …« Sie stockte. Ihr Blick wanderte unwillkürlich zum Ausgang. Sie hatte das Gefühl, ein neuer Fliehender-Baum-Moment bahnte sich an.

»Es ist etwas einfacher zu verstehen, wenn ihr es seht«, unterbrach Priya sie vorsichtig. »Wer von euch will diesen Kerl in Aktion sehen?«

»Ich!«, riefen ein paar Kinder und richteten sich auf. Kelly entspannte sich und sah dankbar zu ihrer Freundin hinüber. Priya war ohnehin viel besser bei solchen Sachen. Sie konnte sogar einer Statue ein Lächeln entlocken.

»Wenn ich bitten darf, Madam?«, sagte sie jetzt.

»Sie dürfen, Mademoiselle.« Kelly drückte auf die Fernbedienung in ihrer Hand, und Zed erwachte piepsend und mit blinkenden blauen Augen zum Leben. Mehr Kinder blickten auf, ihre Neugier war geweckt. »Er kann natürlich laufen.« Sie drückte den Mini-Joystick auf der Fernbedienung nach vorn, und Zed machte ein paar Schritte, die Bewegungen fließender, als seine grobe Form vermuten ließ.

»Keine große Sache, was?«, fragte Priya die Kinder. »Ihr lauft ja schon seit Jahren.« Ein paar der Kinder kicherten.

»Aber er kann auch *seitwärts* laufen, was ziemlich cool ist.« Kelly drückte den Joystick nach rechts und ließ Zed einen Kreuzschritt vollführen. »Und wenn man dann noch die Arme dazunimmt …«

Priya drückte eine Reihe von Knöpfen auf ihrer eigenen Fernbedienung, und der Roboter machte rhythmische Armbewegungen zu den Schritten. »Zed hat ein paar richtig gute Moves drauf.« Die Kinder fingen an zu klatschen.

»Passt auf.« Kelly drehte den Joystick im Kreis, und Zed wirbelte in einer perfekten Pirouette herum und kam in Sekundenschnelle wieder zum Stehen. Der aschblonde Junge staunte nicht schlecht. »Wow!«

»Die sind um einiges besser als meine Moves, muss ich gestehen«, sagt Kelly.

Während ihr Publikum jubelte und lachte, grinste Kelly Priya verstohlen an. Sie hatten es tatsächlich geschafft, diese Kinder für Naturwissenschaft zu begeistern. Sie waren ihre Superhelden. Jetzt sprach sie mit mehr Selbstsicherheit, als sie anfing, den Entwicklungsprozess zu erklären. Das war ihr liebster Teil: die Magie des Ingenieurwesens, die Fähigkeit, sich ein unlösbares Problem vorzustellen und es dann langsam runterzubrechen, bis es doch lösbar wurde.

»Wie bringt man einem Roboter also das Laufen bei?«, fragte sie die Kinder. Sie waren jetzt still, vollkommen fasziniert. »Stellt euch vor, ihr würdet jemandem die Fähigkeit zu laufen geben. Was bräuchtet ihr?«

»Füße!«, rief ein Kind.

»Gut, das ist das Erste.« Langsam fing es tatsächlich an, ihr Spaß zu machen. »Was müssten diese Füße können?«

Doch das Brummen eines anderen Handys, verräterisch laut in der Stille, unterbrach sie. Instinktiv sah sie zu Robbie und wartete, dass er den Schuldigen schnappte. Robbie sah allerdings sie an. »Oh, Entschuldigung«, murmelte sie, fingerte ihr Handy aus der Tasche und wies den Anruf ab. Sie konnte die Blicke aller beinahe körperlich spüren.

Der Anruf war von ihrer Mom gewesen, aber das hätte sie auch gewusst, ohne aufs Display zu sehen. Es war *immer* ihre Mom. Sie räusperte sich und versuchte, mit der Präsentation fortzufahren, aber sie hatte den Faden verloren. »Also … die Füße. Die Füße müssen in der Lage sein, das Gleichgewicht zu halten, richtig? Was noch?«

Sie fühlte ein kleineres Brummen in der Tasche, als eine Voicemail einging und sich zu den fünf oder sechs anderen Sprachnachrichten ihrer Mutter gesellte, die eigentlich immer auf Kellys Handy zu finden waren. Kelly konnte fast hören, wie diese lautete: »Kommst du dieses Wochenende zum Familienessen?« (Ja, Kelly kam zu jedem Familienessen, regelmäßig alle zwei Wochen.) Und »Bringst du jemanden mit?« (Nein, es ist ein Familienessen, das wäre seltsam.) Natürlich hatte Kelly sowieso niemanden, den sie hätte mitbringen können. Aber darum ging es nicht.

Dianes energische Stimme erfüllte Kellys Gedanken und übertönte die Kinder, die aus dem Publikum ihre Antworten riefen. »Entschuldigt, was? Nicht alle auf einmal«, sagte Kelly. Bis eben war alles noch so gut gelaufen. Sie hatte ihre Mutter oft genug gebeten, sie nicht während der Arbeit zu stören, aber Diane schien Kellys Arbeit einfach nicht für wichtig genug zu erachten. »Was ist mit dem Gleichgewicht?«, versuchte sie es noch mal. »Moment, das hatten wir schon. Ähm …«

Priya sah sie mitfühlend an, bevor sie wieder vortrat. »Was hast du gerade gesagt? Ja, du in dem großartigen Spider-Man-Shirt? Dass die Füße mit dem Gehirn kommunizieren müssen? Das ist richtig. Man muss sich also überlegen, wie die Füße wissen sollen, was sie tun müssen.«

Dieses Mal trat Kelly zurück und erlaubte Priya, für sie zu übernehmen. Sie hatte den Mut verloren, es noch einmal zu probieren.

Die Fahrt von AHI zu ihren Eltern am Sonntag war nicht weit. Doch wenn sie die riesigen Glasgebäude von North San Jose hinter sich gelassen hatte und in die grünen Vorortstraßen von Willow Glen fuhr, hatte Kelly immer das Gefühl, in eine andere Welt zu kommen. Vielleicht wurde sie dann wieder mehr zu dem Mädchen, das dort aufgewachsen war.

Das Haus der Suttles war ein hübsches Gebäude im Farmhouse-Stil, das ganz bescheiden nach Mittelschicht aussah, trotz des Eine-Million-Dollar-Preisschilds, das der Tech-Boom drangehängt hatte. Es war salbeigrün gestrichen und von dichten Sträuchern umrahmt, und davor stand im Schatten einer Eiche eine weiße Bank. Nur das Innere des Hauses war in dem jahrzehntelangen Zermürbungskrieg, den die Ehe ihrer Eltern darstellte, fast ganz zum Territorium ihrer Mutter geworden. Kissen mit einer unfassbaren Anzahl von Troddeln, gerahmte Blumendrucke, die miteinander um Platz an der Wand kämpften, eine ganze Menagerie an Porzellan- und Glasfiguren – Diane fiel es schwer, Nein zu sagen, wenn es um etwas Schönes oder wenigstens Süßes ging, wobei Kelly absolut nicht wusste, was an der lebensgroßen Katzen-Skulptur, die sie vom Kaminsims aus finster anstarrte, ansprechend sein sollte. Familienfotos der fünf Suttles, lächelnd, geschniegelt und gebügelt, in jedem Zimmer. Allerdings waren die Familienszenen, die es tatsächlich in diesen Räumen gab, nie so idyllisch. Als Kelly das Haus betrat, holte sie tief Luft. Bei dem Duft der unzähligen Potpourri-Töpfe, den undefinierbaren Kochgerüchen und dem dicken Mief unterdrückter Emotionen aus der Kindheit fiel ihr das Atmen hier schwer. Kelly liebte ihre Familie. Manchmal dachte sie nur, es wäre einfacher, sie zu lieben, wenn ihre Arbeit weiter weg wäre.

Als sie in die Küche kam, richtete ihre Mutter gerade ein ominöses, gallertartiges Etwas auf Tellern an. Je älter Diane wurde, desto mehr gewöhnte sie sich eine Art kulinarisches russisches Roulette an, wobei sie wild Zutaten zusammenwarf, und das Ergebnis war jedes Mal mit gleicher Wahrscheinlichkeit hervorragend oder ungenießbar. Kelly konnte jetzt schon sagen, dass das Essen heute Abend ein Reinfall sein würde. Währenddessen redete Diane in einem fort auf Clara, Kellys fünfundzwanzigjährige Schwester, ein. Clara hatte etwas von einer Disney-Prinzessin: Sie war kein Supermodel, aber mit ihren großen, runden Augen und dem strahlenden Lächeln war sie so hübsch, dass Babys in Kassenschlangen sie automatisch anlächelten und die Kundinnen in der Vintage Boutique, in der sie arbeitete, immer von ihr bedient werden wollten. Während Clara mit wippendem rotblonden Schopf ihrer Mutter zuhörte, schob sie ein Blech mit vorgebackenen Brötchen in den Ofen. Ihr Verlobter Jonathan, ein übergroßer, aber gut aussehender Sportler, der seit dem College etwas rund um die Hüften war, stand neben ihr und tat so, als würde er irgendwas mit der Butter machen, um beschäftigt zu wirken.

Auf der anderen Seite der Küche war Kellys älterer Bruder Gary unter seinen kleinen Töchtern verschwunden, die ihn bekletterten wie Bergziegen. Kelly wusste, dass es drei Töchter waren, und zwar Drillinge, aber manchmal hatte sie den Verdacht, dass er noch irgendwo eine weitere aufgesammelt hatte, wie ein Blatt, das ihm in den Haaren hing. Sie machten viel zu viel Krach für drei, und so, wie sie umherliefen, konnte man nie sagen, wie viele es waren oder was überhaupt gerade passierte. Es war wie bei diesem Hütchenspiel, wo man raten muss, unter welchem Hütchen etwas versteckt ist. Die einzige Lösung ist, dass es ein geheimes viertes Hütchen gibt. Die Mädchen kamen gerade in das Alter, in dem sie ihre eigene Persönlichkeit entwickelten, was Kelly faszinierte, doch zugleich beängstigte es sie, dass sie jetzt laufen und Türen öffnen konnten.

»Ich habe mit der Blumenhändlerin wegen der Kamelien gesprochen«, sagte Diane, während sie durch die Küche flatterte, die Arme voller klimpernder Armreifen, die dunklen Haare bewegungslos in ihrer ewig perfekten Frisur. Claras Hochzeit, die in acht Wochen stattfinden würde, war das Thema des Tages – sie war das Thema eines *jeden* Tages – und ersetzte den Klatsch und Tratsch, den Diane normalerweise von Blush, ihrem Brautmodengeschäft, mit nach Hause brachte. »Es ist wichtig, dass sie das richtig versteht. Gary, gibst du mir mal das Salatbesteck?« Diane schien nicht zu bemerken, dass Gary gerade einen Schuh in der Hand hielt und in der anderen Hand ein auf dem Kopf stehendes Kleinkind und im Mund eine Anna-Puppe aus *Frozen* hatte. Kelly hechtete in den Raum und nahm ihm das

Kind ab, und Gary nahm nahtlos das Salatbesteck aus seinem Behälter.

»Ah, Kelly, da bist du ja endlich. Gibst du mir mal die Salatschleuder?«

Kelly setzte sich ihre Nichte auf die Hüfte und angelte die Salatschleuder aus dem obersten Schrankfach.

»Wenn wir also apricot nehmen, bedeutet das …«

»Weiß für die Bänder«, beendete Diane Claras Satz. »Und dann …«

»Die anderen Schärpen für die Brautjungfern, genau«, sagte Clara.

»Die, die du mir neulich gezeigt hast?«, fragte Kelly.

»Welche waren das noch mal?«, fragte Clara und stellte geschäftig die Butter auf den Tisch, während Kelly ihrer Mutter erfolgslos die Salatschleuder hinhielt. Diane hatte schon wieder vergessen, sie überhaupt darum gebeten zu haben.

»Äh, ich weiß nicht, die in dem Katalog?«

»Sie sind alle in Katalogen, Kelly«, erklärte Diane. »Mach dir deswegen keine Gedanken, wir sagen dir rechtzeitig Bescheid, was du an dem Tag tragen sollst.« Kelly stellte die Salatschleuder auf den Küchentresen und brachte ihre Nichte zum Lachen, indem sie ihr eine Grimasse schnitt. Sie hatte das Gefühl, es war sinnvoller, ihre Energie darauf zu verwenden.

»Oh, hi, Dad«, sagte sie, als sie ihren Vater bemerkte. So still wie er war, hatte sie ihn im ganzen Trubel gar nicht gesehen.

»Hi, Kel«, antwortete er, ohne von seinen Papieren aufzublicken. Carl las ständig etwas für seinen Job als Bauingenieur beim lokalen Wasserwerk oder machte sich irgendwelche Notizen, aber er besprach seine Arbeit nie mit der Familie. Für jemanden, der so viel mit Technik zu tun hatte, las er zu Hause ganz schön viel analog, und Kelly vermutete, dass das mit Dianes strikter »Keine technischen Geräte bei Tisch«-Regel zu tun hatte. Solange er auf einem Notizblock arbeitete, ließ Kellys Mom es durchgehen.

Kellys Vater war einer dieser fünfundfünfzigjährigen Männer mit Bart und Brille, die aussahen, als wären sie als fünfundfünfzigjähriger Mann mit Bart und Brille auf die Welt gekommen. Ihn sich als kleinen Jungen oder auch nur als Zwanzigjährigen vorzustellen war absurd. Sein Halbmond aus kurzem, frühzeitig ergrautem Haar schien nie zu wachsen, geschnitten zu werden oder auszufallen. Sein Lieblingssessel hatte sich so an seine Körperform angepasst, dass er weniger darin saß, als ihn vielmehr wie ein Kleidungsstück trug. Und genauso war es mit seiner Ehe mit Kellys Mom. Als sie sich kennenlernten, studierte er Biochemie und sie Theaterwissenschaften. Sie heirateten, noch bevor sie das Studium beendeten. Die ersten paar Jahre wurden sie von einer immer wieder aufwallenden, von Gegensätzen bestimmten Leidenschaft getragen. Als die Leidenschaft abkühlte, war Gary schon da, ebenso wie eine Hypothek und eine lange Zukunft, die ziemlich verplant schien. Dianes Albernheit und Hang zum Dramatischen wurden mit dem Alter immer unattraktiver, und Carls analytischer Verstand wurde langweilig. Sie waren inzwischen mehr aus Gewohnheit, denn aus Liebe verheiratet, auch wenn er das nicht zu bemerken schien.

Diane dachte oft über solche Sachen nach, aber sie war so überzeugt romantisch, dass sie nur eine lange, glückliche Ehe sah, ein Vorbild für all die jungen zukünftigen Bräute in ihrem Geschäft. Sie plapperte also selig vor sich hin, ohne die Gleichgültigkeit ihres Mannes zu bemerken, und das war wahrscheinlich das Geheimnis ihres »Erfolgs«. Sie konzentrierte sich auf das perfekte Bild ihrer Ehe auf den Familienfotos, Carl konzentrierte sich auf seine Arbeit, und keiner von beiden sah den leibhaftigen Ehepartner vor sich.

Kelly, die schon als kleines Mädchen sehr rational gewesen war, hatte keine andere Wahl, als die Ehe ihrer Eltern als Beweis dafür zu sehen, dass Märchen absoluter Schwachsinn waren. Mit so einem Vorbild für Liebe waren Beziehungen ihr im besten Fall schon immer unlogisch erschienen oder im schlimmsten Fall als Quelle von Schmerz. Und so hatte sie sich als Kind in ihre Legos vertieft, die zu Computern wurden, die zu komplizierten Robotersystemen wurden. Maschinen waren sehr viel einfacher zu verstehen als Menschen.

Während die Familie gemeinsam zu Abend aß oder vielmehr das Huhn auf dem Teller herumschob, sodass es aussah, als würde es gegessen werden, war das Gesprächsthema natürlich immer noch Claras Hochzeit. Mehrere wichtige Punkte wurden abgehakt. Garys Frau Gina, Krankenpflegerin in der Notaufnahme mit wahnsinnigen Arbeitszeiten, die nicht hier sein konnte, weil sie arbeitete, denn sie arbeitete immer, hatte bislang noch kein Kleid, und ja, deswegen hatte Gary etwas dem Farbschema Entsprechendes für sie ausgesucht. Ja, Jonathan hatte Dianes Ratschlag (Anweisung) für den Haarschnitt an seine Trauzeugen weitergegeben, und sie waren gehörig angenommen worden. Und ja, Carl würde eine Tanzstunde für den Tanz des Brautvaters mit seiner Tochter nehmen. Das war Carl neu.

»Eine Tanzstunde? Es ist eine Hochzeit, keine Kabarettveranstaltung.«

»Carl, es ist die Hochzeit deiner einzigen Tochter …«

Kelly blickte sich um, ob es irgendjemandem sonst aufgefallen war. Nein, niemandem.

»Und du wirst tanzen lernen«, sagte Diane entschieden. Carls Gesicht wurde starr, sogar seine Brille wurde starr, aber Clara sprang mit sanfterer Stimme ein, und ihr Blick war flehentlich. »Nur eine Stunde, Dad. Das wird alles vereinfachen. Dann hast du bei der Hochzeit nicht das Gefühl, nicht zu wissen, was du machen sollst. Du wirst alles schon gelernt haben und musst dann gar nicht mehr drüber nachdenken.«

»Okay, meinetwegen«, grummelte Carl. Kelly schluckte an ihrem Huhn. Wie machte Clara das? Wie schaffte sie es, immer das Richtige zu sagen?

Doch dann wurde sie auch schon von der unvermeidlich als Nächstes kommenden Frage abgelenkt. »Und, Kelly«, fragte ihre Mom fröhlich, »hast du in letzter Zeit jemanden kennengelernt?«

»Na ja, ein Bootsmann von den Philippinen hat mir auf LinkedIn gerade eine Kontaktanfrage geschickt, also …«

»Du weißt, was ich meine, einen Mann!«

»Nein, Mom, seit du mich letzte Woche gefragt hast, habe ich keinen Ehemann gefunden.«

»Kein Grund, schnippisch zu werden. Ich will schließlich nur dein Bestes. Du bist neunundzwanzig, da sollte man doch meinen, dass du in so seiner Situation meine Hilfe dankbar annimmst. Und glücklicherweise habe ich jemanden kennengelernt!«

»Herzlichen Glückwunsch, Liebes. Werde ich zur Hochzeit eingeladen?«, fragte Carl, ohne von seinem Salat aufzusehen.

»Ich meine natürlich für Kelly.«

»Mom, ich will nicht …«

»Ach, der, von dem du mir erzählt hast?«, unterbrach Clara Kelly aufgeregt. »Ich glaube, er wird dir tatsächlich gefallen, Kel.«

»Bitte, hört damit …« Aber wieder scheiterte Kelly.

»Lass es doch einfach mal drauf ankommen. Das Schlimmste, was passieren kann, ist, dass dieser Fremde dich beim ersten Date umbringt, und dann stirbst du wenigstens nicht allein«, sagte Gary, während er über seinen unangetasteten Teller hinweg für zwei seiner Mädchen das Essen kleinschnitt. Seine Miene war so ernst, dass wenige Leute außer Kelly hätten sagen können, dass er scherzte. Und selbst sie war davon nicht ganz überzeugt.

»Ich will wirklich nicht …«

Doch jetzt schnitt Diane Kelly das Wort ab. »Könntet ihr mich bitte einmal ausreden lassen?« Oh, wie unhöflich von mir, dachte Kelly. »Er heißt Martin, und er ist der Sohn vom Nachbarn von Donnas Schwester. Er ist Immobilienmakler und spielt Tennis und ist einfach hinreißend, und das Beste ist, er ist genauso groß wie Gary, sodass auf den Fotos alles symmetrisch sein wird!«

»Was für Fotos?«, fragte Gary.

»Von der Hochzeit natürlich.«

Kelly konnte das so nicht weitergehen lassen. »Mom, es ist mir egal, wie gut dieser Typ neben Gary aussieht, ich werde ihn nicht heiraten.«

»Ich rede doch nicht von deiner Hochzeit, Dummchen. Obwohl, wer weiß! Ach, das hätte ich fast vergessen: Er hat einen Cocker Spaniel.« Diane lehnte sich zufrieden zurück. Der Mann hatte einen Cocker Spaniel.

»Das ist doch perfekt, oder, Kel?« Clara strahlte.

»Moment mal, das heißt, ihr habt einfach eine Begleitung für mich ausgesucht?«

»Ich weiß doch, wie sehr du dich vor so etwas scheust«, sagte Diane. »Jetzt musst du dir noch nicht mal mehr Gedanken darüber machen.«

»Und was veranlasst dich zu denken, ich hätte nicht bereits jemanden?«

»Na ja, hast du ja nicht – oder?«

Kelly war sprachlos. »Darum geht es doch gar nicht! Ich will nicht mit irgendeinem Tennis spielenden Idioten, den ich noch nicht mal kenne, zur Hochzeit meiner Schwester.«

»Aber du wirst ihn ja kennenlernen. Ich habe ein Abendessen für euch arrangiert. Ihr habt fast zwei Monate Zeit, euch kennenzulernen.«

Kelly sah ihren Vater an. »Dad, du stehst auf den Fotos neben mir, oder, damit alles gut aussieht? Ich brauche keine Begleitung, oder?«

»Das würde ich ja gern, aber wahrscheinlich werde ich den Anforderungen deiner Mutter nicht gerecht. Sie hat mich noch nie als hinreißend bezeichnet.«

»Gary? Steht mir hier vielleicht irgendjemand bei, oder will mich etwa meine ganze Familie mit einem Fremden von der Straße verkuppeln?«

»Ehrlich gesagt, würde ich mich freuen, einen weiteren Mann am Tisch zu haben«, räumte Gary ein. »Mein Arzt hat gesagt, wenn ich mich nicht bald mit anderen Leuten als Gina und den Mädchen abgebe, fange ich noch an, Milch zu produzieren.«

»Kelly, sei doch nicht albern. Du brauchst eine Begleitung.« Diane blieb hartnäckig.

»Warum? Wen interessiert das denn?«

»Wen das interessiert?« Diane legte ihre Gabel ab. Kelly spürte, dass das die falsche Frage gewesen war. »Eine Hochzeit ist ein Kartenhaus, Kelly. Wenn du meine Sitzordnung durcheinanderbringst, ist die Hölle los. Und alle meine Freundinnen, meine ganze Familie und meine Kolleginnen aus der Branche werden da sein. Die Blicke der gesamten Bay Area sind auf mich gerichtet. Ich bin Hochzeitsplanerin, und das hier ist die Hochzeit meiner Tochter! Das ist meine dreifache Krone!«

»Moment, das heißt, du bist hier das Pferd?«, konnte Kelly sich nicht zu fragen verkneifen.

»Ich glaube, sie ist der Jockey.« Gary sah sie kurz an und unterdrückte ein Grinsen.

»Bitte, gib ihm eine Chance, Kel«, sagte Clara. »Es ist doch nur ein Abendessen. Ich glaube, du hast mehr Spaß auf der Hochzeit, wenn du dich mit jemandem unterhalten kannst, und ich muss mir dann keine Sorgen machen, ob es dir gut geht. Bitte. Tu es für mich.«

Kelly seufzte. Claras süßem Ton konnte sie sich sehr viel weniger widersetzen als dem Wahnsinn ihrer Mutter. Sie hatte das Gefühl, sie würde bald einem Cocker Spaniel begegnen.

zwei

Als Kelly sich am folgenden Samstag für ihr Blind Date fertigmachte, fragte sie sich, was andere Frauen an diesem Vorbereitungsprozess eigentlich so toll fanden. In Filmen war dies immer eine schmissige Montage, in der die Protagonistin verschiedene farbenfrohe Outfits anprobierte, die sie sich dann wieder schwungvoll über den Kopf zog und fröhlich wegschleuderte, als wüsste sie nicht, wie Kleiderbügel funktionierten. Doch als Kelly in ihrem trostlosen Apartment traurig in den Kleiderschrank blickte, ähnelte es eher der Szene, in der I-Aah aus *Winnie Puuh* sich ein Kleid kaufen ging.

Na gut, trostlos ist vielleicht ein bisschen hart – Kelly hatte ein absolut nettes (für Silicon-Valley-Mietpreis-Verhältnisse) Ein-Zimmer-Apartment, quadratisch, mit modernen Linien, Küchenarbeitsplatten aus schwarz-rotbraun marmoriertem Granit und großen Fenstern mit Blick auf den kleinen Park auf der anderen Straßenseite, wo Hunde über den gemähten Rasen liefen und Kinder Fußball spielten. Ihre IKEA-Einrichtung war neutral und geschmackvoll, wenn auch recht schlicht. Sie neigte dazu, Möbelstücke in praktischen geometrischen Formen auszuwählen, Teile, die nicht Gefahr liefen, nicht miteinander zu harmonieren oder den Raum in Bereiche zu teilen, die zu klein waren, um sie irgendwie nutzen zu können. Es war am einfachsten, sich an die schlichten Sachen zu halten – und am sichersten. Solange sie nur harmlose Dinge auswählte, musste sie keine Zeit und Energie aufwenden, groß darüber nachzudenken oder sich Sorgen zu machen, was die Leute davon halten könnten. Es war absolut unmöglich, die rechteckige beige Couch anzusehen und zu denken, dass man damit einen entsetzlichen Fehlkauf gemacht hatte. Kelly konnte sich keine Welt vorstellen, in der die Einrichtung einen höheren Zweck hatte, als niemanden zu beleidigen.

Dieselbe Philosophie galt für ihre Garderobe, die sie jetzt anblickte, als erwarte sie, dass sie ihr ein zauberhaftes, glamouröses Outfit bot, das sie tatsächlich nie gekauft hatte. Sie hätte genauso gut nach der Tür nach Narnia suchen können. Kelly besaß ziemlich wenig Ausgehkleidung oder auch nur lässige Sachen, denn sie ging ziemlich wenig aus und war auch selten lässig. Die meisten ihrer Kleidungsstücke waren für die Arbeit: Blusen in creme oder taupe, Röcke und Hosen mit schlichten Schnitten. Eigentlich war ihr Büro recht nachsichtig, was die »Künstler/Techie/Genie mit Bartläusen«-Typen anging, die in der Entwicklungsabteilung arbeiteten und von denen viele sich kleideten wie College-Studenten, die sich gerade rechtzeitig zur Vorlesung aus dem Bett gerollt hatten. Aber es war nicht Kellys Art, sich solcher Zwanglosigkeit hinzugeben.

Sie nahm eins ihrer drei Kleider aus dem Schrank und betrachtete es. Ein hoher Kragen, aber wenigstens ärmellos. Nichts ist passender für ein erstes Date als nackte Arme. Das Kleid hatte einen schlichten, leicht eng anliegenden Schnitt und war aus robustem waldgrünen Stoff. Kelly fragte sich, ob das Grün vielleicht zu sehr mit ihrer Augenfarbe harmonierte. Dann fragte sie sich, ob eine andere Farbe vielleicht nicht genug harmonieren würde. Bevor sie das Kleid anzog, zwängte sie sich in einen viel zu kleinen Badeanzug, den sie in einem genialen Einfall zu einer Art günstigem Shapewear-Body umfunktioniert hatte, wobei sie die ganze Zeit »Es sieht gut aus, es sieht gut aus« wie ein Mantra in ihrem Kopf wiederholte, während ihre inneren Organe neu angeordnet wurden.

Sie föhnte sich die Haare und betrachtete sich im Spiegel. Es ging ihr beim Föhnen mehr ums Korrigieren als ums Betonen ihrer Gesichtszüge. Sie fuhr sich mit einer Rundbürste durch die Haare und beseitigte die natürlichen Wellen, um eine schlichte, glatte Form zu kreieren. Dann strich sie sich Foundation über die Sommersprossen. Ihr Gesicht und ihre Nase waren ein bisschen zu lang, aber sie hatte gelernt, diese kleinen Makel mit präzise aufgetragenem Contouring-Make-up zu beseitigen. Ihre grünen Augen mochte sie tatsächlich. Mehr als ein bisschen Mascara und austernfarbener Lidschatten war nicht nötig. Sie ließ die Lippen ungeschminkt – es war schließlich ein erstes Date, und Kelly wollte es ganz bestimmt nicht übertreiben.

Dann machte sie einen Schritt zurück und begutachtete das Ergebnis im Badezimmerspiegel. Sie versuchte sich vorzustellen, was sie von sich selbst denken würde, wenn sie sich zum ersten Mal begegnen würde, wobei sie über die Frage nachdachte, die die Menschheit schon seit der Antike beschäftigte: *Hot or not?* Würde sie sich selbst daten wollen? Nicht, dass sie Martin daten wollte. Aber das bedeutete nicht, dass sie nicht wollte, dass *er sie* daten wollte.

Damit würde sie es ihrer Mom und Clara zeigen können. Die beiden waren davon überzeugt gewesen, dass Kelly es nicht schaffte, sich selbst eine Begleitung für die Hochzeit zu suchen. So sehr Kelly sich auch davor fürchtete, den Gedanken überhaupt zu formulieren – sie zog es eigentlich vor, ihn ganz weit hinten in ihrem Gehirn zu verstauen, zusammen mit dem Staub und den Gymnastikkostümen aus der fünften Klasse –, sie wusste, dass sie in den Augen ihrer Mutter eine Versagerin war. Und Kelly akzeptierte Versagen nicht. Sie seufzte zufrieden, als sie sich die schockierten Mienen ihrer Familie vorstellte, sollte Martin sie nach einem zweiten Date fragen – sollte er sie *tatsächlich* mögen.

Kelly verließ sich schon seit jeher auf Zahlen und Fakten, und die Ehe ihrer Eltern und ihre eigene enttäuschende Beziehungsgeschichte gaben ihr wenig Grundlage zu glauben, dass an irgendeinem Punkt in der Zukunft die wahre Liebe in ihrem Leben Einzug halten sollte. Ihre zwei vorherigen Freunde hatten auf dem Papier zwar toll ausgesehen, sie aber noch unglücklicher gemacht, als sie es allein gewesen war. Trotzdem flackerte eine kleine unlogische Hoffnung in ihr auf, dass die Liebe vielleicht doch existieren könnte. Ihr Magen zog sich zusammen, und das war nur teilweise auf den Badeanzug zurückzuführen.

Sie trug doch noch ein bisschen Lippenstift auf, nur für den Fall.

Martin kannte den Kellner in dem französisch-vietnamesischen Restaurant mit leuchtend safrangelben Wänden in Alum Rock, und für Kelly war das sofort ein schlechtes Zeichen. Sie hegte ein instinktives Misstrauen gegen diese Leute, die alle zu kennen schienen. Sie musste an die übersichtliche Anzahl ihrer Facebook-Freunde denken – das konnte keinen guten Eindruck gemacht haben, sollte Martin sie vor ihrem Treffen online gestalkt haben, was sehr wahrscheinlich war.

Er sah nicht schlecht aus: aschblonde Haare, die Gesichtszüge etwas grob und germanisch, aber gutmütig, breite Schultern. Er sah aus wie jemand, der viel draußen war, aber nur in der Freizeit, nicht zum Arbeiten.

Er fing das Gespräch an, indem er Kelly nach ihrem Job fragte. »Ich habe gehört, du arbeitest an so was wie der Hall of Presidents? Dieser Disney-Show mit den ganzen Animatronic-Präsidenten? Davor habe ich mich als Kind ganz schön gegruselt. Aber ich meine, total cool, wenn du so was machst.«

»Nein, was ich mache, ist eigentlich ganz was anderes«, sagte Kelly und lachte leicht. Schon war sie beschämt. Diane erzählte allen, dass ihre Tochter quasi für die Hall of Presidents arbeitete.

Martin fuhr fort. »Ah, cool. Ja also, ich bin Makler. Ich vermittle Wohngrundstücke in East San Jose. Ich bin praktisch durch die Familie da reingerutscht, aber ich bin tatsächlich froh darüber, denn ich liebe meine Arbeit. Ich arbeite gern mit Menschen.«

»Ah, ja.« Kelly lächelte und nahm einen Schluck Wasser. Sie hoffte, ihr Gesicht verriet nicht, dass sie mit dem, worüber er redete, genauso wenig anfangen konnte, als hätte er gesagt, dass er gern lange Spaziergänge auf dem Planeten Xanadu machte.

In der darauffolgenden Stille blickte Martin sich um, und als er ihren Kellner Tony sah, hielt er ihn schnell auf. »Könnte ich noch ein Amstel bekommen, wenn Sie gerade Zeit haben? Danke, Mann.«

Kelly dachte besorgt daran, wie schnell sie geantwortet hatte, als Tony nach ihrer Bestellung gefragt hatte. Natürlich hatte sie die Speisekarte des Restaurants vorher gegoogelt und sich überlegt, was sie bestellen könnte, damit es keine böse Überraschung gab. Krabben-Nudeln? Zu viel Sauerei. Papaya-Salat? Zu heikel. Thunfisch? Genau richtig. Obwohl das Rind auch gut klang. Aber zusammen mit dem Badeanzug könnte es ein unbequemer Bettgenosse werden. Natürlich war es genau das, was Martin bestellte.

Sie blickte auf und sah ihn mit höflicher Ziellosigkeit im Restaurant umherschauen, während er mit den Fingern, breit und flach wie Zungenspatel, leise auf die Tischkante trommelte. Sie war wohl eindeutig kein besonders tolles Date. Wenn sie diesen Abend als Erfolg verbuchen wollte, war es an der Zeit, sich um ein Gespräch zu bemühen. Außerdem hatte sie ein schlechtes Gewissen. Martin gab wirklich sein Bestes.

»Ich weiß nicht, wie sehr du die Neuigkeiten aus Silicon Valley verfolgst«, sagte sie und beugte sich zu ihm vor, »aber vielleicht hast du schon von dieser tollen neuen Entwicklung gehört, an der wir gerade arbeiten: ›Visuelle Voraussicht‹. Wir können Roboter so programmieren, dass sie in der Lage sind, sich selbst beizubringen, das Ergebnis verschiedener Verhaltensmuster vorauszusehen. Sie lernen praktisch die Zukunft zu sehen.«

»Toll«, antwortete Martin lächelnd. »Das ist definitiv cooler als die Hall of Presidents.«

»Das finde ich auch. Und genau das liebe ich an meiner Arbeit – du denkst dir irgendwas aus, und dann setzt du es um, und es wird Realität.« Sie strahlte ihn an. Sie schaffte es also doch noch, dieses erste Date zu einem Erfolg zu machen.

»Roboter können also die Zukunft voraussagen. Wie in *Minority Report*. Der Film ist super.«

»Na ja, nicht ganz. Die Maschinen nutzen dynamische neurale Advektion und berechnen so, was im nächsten Frame eines Videos passiert. Das wirklich Aufregende daran ist, dass sie es sich selbst beibringen, sie lernen autonom.«

»Ah, okay, dann ist es mehr wie in *Rain Man*. Also, wenn du einen Roboter nach Vegas bringst, könnte er voraussagen, welche Karten der Croupier gibt? Nehmt ihr schon Bestellungen an?« Er lachte.

Kelly verließ der Mut. Darauf fiel ihr absolut keine gute Antwort ein. Martin sah sie an, wartete, dass sie die Unterhaltung fortführte, dass sie etwas sagte, irgendwas …

»Ich muss mal«, platzte sie heraus und stand so plötzlich auf, dass sie gegen den Tisch stieß und die Eiswürfel in ihren Gläsern klirrten. Zu spät wurde ihr klar, dass dies die schlimmstmögliche Antwort von allen gewesen war, wo sie implizierte, dass sie ein super dringendes Geschäft erledigen musste.

»Oh, kein Problem«, sagte Martin höflich. Er stand auf und kam auf ihre Seite des Tischs, um ihren Stuhl zurückzuziehen. Während er das tat, legte er ihr eine Hand auf den unteren Rücken, wie um sie rauszuschieben – und die Hand wanderte direkt auf ihren Hintern. Er drückte nicht zu, er umfasste ihn auch nicht wirklich, aber er packte ihn definitiv, hundertprozentig an. Überrascht sah Kelly ihm ins Gesicht, das allerdings keinerlei Reaktion zeigte. Sie wusste nicht, ob er überhaupt merkte, was passierte. Eine schnelle Analyse der Situation ergab, dass er sie entweder schon mal begrapschen wollte, bevor das Essen serviert wurde, oder dass ihr Hintern sich kein bisschen wie ein

Hintern anfühlte, und beides war so deprimierend, dass sie keine Ahnung hatte, wie sie reagieren sollte.

»Äh, danke«, murmelte sie und entwich mit dem Po zuerst seinem Griff. Und dann steuerte sie statt der Toilette im hinteren Bereich des Restaurants die Eingangstür an. Irgendein Kampf-oder-Flucht-Urinstinkt übernahm, und offensichtlich waren Kellys Vorfahrinnen diejenigen gewesen, die sich vor dem Mammut demütig verbeugten und ihm noch einen schönen Tag wünschten. Sie floh.

Sie überlegte sogar, ob sie ihr Tempo noch beschleunigen sollte, der Abend war ohnehin für den Arsch (beinah wortwörtlich). Wenn sie jetzt umdrehte und zurück zum Tisch ging, würde Martin sie fragen, warum sie dachte, die Toiletten seien unsichtbar hinter der Eingangstür verborgen, so ähnlich wie Gleis 9 3/4. Dann müsste sie ihm eine Erklärung geben, was bedeutete, dass sie sich eine Erklärung ausdenken müsste, was bedeutete, dass sie sehr viel schneller nachdenken müsste, als sie es gerade tat. Dann würden sie den Rest des Abends angespannt Small Talk über Wein und das Wetter betreiben, während Martin natürlich die ganze Zeit über ihre merkwürdige Runde durchs Restaurant nachdachte, und sie natürlich die ganze Zeit darüber nachdachte, ob ihre Mom Martin dafür bezahlt hatte, sozialen Kontakt mit ihr zu pflegen. Denn Diane klagte ständig über den Mangel an sozialem Kontakt im Leben ihrer Tochter, die immerhin »schon neunundzwanzig Jahre alt« war, und mal im Ernst, wollte Kelly das Martin und sich selbst antun? Natürlich nicht. Außerdem, wenn sie jetzt ging, würde Martins Kumpel Tony ihm sicherlich nicht ihren Thunfisch berechnen, und Martin würde auch kein Dessert mehr bestellen oder noch ein Getränk, sprich, er sparte eine signifikante Summe, vielleicht fünfzig Dollar, die, wenn er sie richtig investierte, zu fünftausend Dollar werden konnten, bis er in Rente ging. Natürlich wählte Kelly den einzig logischen Weg. Dies war ein erfolgreicher und vernünftiger Abschluss des Abends.

Als sie die Tür aufstieß und die Türglocke klingelte, schaute sie sich noch einmal kurz um und sah, wie Tony und Martin ihr verwirrt hinterherblickten.

So schnell, wie es ihre Absatzschuhe erlaubten, klackerte Kelly den Gehweg hinunter, verfluchte die kalte Winterluft und dass der einzige freie Parkplatz am anderen Ende der Einkaufsmeile gewesen war. Je schneller sie lief, desto eher würde sie im Auto sein und desto eher könnte sie sich abreagieren, indem sie über das National Public Radio schimpfte. Sie musste ihr Gedankenkarussell abstellen: Gedanken über tausendundeine elegantere Möglichkeiten, wie sie mit dieser Situation hätte umgehen können. Darüber, dass sie unfähig war, eine Begleitung für die Hochzeit zu finden, und noch nicht mal den einen Mann festhalten konnte, den man ihr auf dem Silbertablett präsentierte. Darüber, wie sehr sie dieses Daten, diesen kräftezehrenden Affentanz um das Finden des Richtigen, verabscheute. Darüber, dass sie dennoch den Richtigen finden wollte, trotz all der Verletzungen, die sie davontrug, wenn ihr mal wieder das Herz gebrochen wurde. Über den wachsenden Verdacht, dass sie den Richtigen gar nicht finden konnte, weil sie selbst nicht richtig war.

Als sie schließlich bei ihrem schwarzen Honda Accord ankam, knurrte ihr immer noch leerer Magen protestierend.

Sobald Kelly zu Hause war, zog sie sich das Kleid aus und pellte sich aus dem Badeanzug. Es kam ihr vor wie das Schälen einer Weintraube. Sofort fühlte sie sich besser. Bis ihr Telefon brummte. Schon bevor sie es aus der Handtasche angelte, wusste sie, was auf dem Display stehen würde, und tatsächlich war es ihre Mom. Natürlich wartete Diane ungeduldig auf einen Bericht über den Verlauf des Abends, wahrscheinlich malte sie sich ein märchenhaftes Ende aus, bei dem Kelly sich für einen Kuss auf die Zehenspitzen stellte und dann einen Fuß kokett nach hinten anhob, wie die Heldin in einer Liebeskomödie. Stattdessen stand Kelly hier in ihrem halb beleuchteten Apartment mit einem Kinderbadeanzug um die Füße, und ihr Date saß ziemlich verwirrt allein irgendwo in einem anderen Teil der Stadt. Sie konnte nicht mit ihrer Mutter reden. Nicht jetzt.

Sie ging in die Küche und rief Priya an. Mit Priya konnte sie reden. Mit Priya *musste* sie jetzt reden.

Priya hatte Kellys intellektuelle Neugier und analytischen Verstand, aber nicht Kellys *über*analytischen Verstand. Sie war schonungslos offen, manchmal bis zu dem Punkt, dass man sagen musste: »So genau wollte ich es eigentlich nicht wissen.« Aber ihre Fähigkeit, über sich und andere zu lachen, hatte Kellys Neurosen schon oft unterminiert. Kelly konnte wirklich von Glück sagen, dass sie beide damals als AHIs neueste Angestellte zusammen für das Zed-Projekt eingesetzt worden und so gezwungen waren, gemeinsame Überstunden zu machen. Sonst hätte Kelly wahrscheinlich nie versucht, Priya näher kennenzulernen, oder es zugelassen, dass Priya sie kennenlernte. Aber einen Roboter dazu zu bringen, um drei Uhr morgens endlich eine perfekte Drehung auf der Stelle zu vollführen, nachdem man genug Red Bulls getrunken hatte, dass schon die Zehen zuckten, verfestigt eine Freundschaft. Mit Priya zusammen im Labor herumzubasteln liebte Kelly inzwischen an ihrem Job mit am meisten.

Während sich Kelly ihre liebste Nachtmahlzeit zubereitete – Campbells Tomatensuppe mit Popcorn –, erzählte sie Priya ihre Leidensgeschichte, und schon bald schallte Priyas Lachen so laut aus dem Telefon, dass es beinah das Poppen aus der Mikrowelle übertönte.

»Du bist einfach aus dem Restaurant gegangen? Wirklich?«, keuchte Priya.

»Na ja, so schlimm war es eigentlich nicht. Jedenfalls nicht so schlimm, wie es klingt«, protestierte Kelly missmutig.

»Nachdem du ihm gesagt hast, du müsstest kacken?«

»Ich habe nicht gesagt …«

»Großartig. Du bist zum Schießen. Das ist der beste Moment meines Lebens.«

Schließlich musste auch Kelly lachen. Sie fühlte sich schon ein bisschen besser. »Aber was soll ich denn jetzt machen? Du kennst doch meine Mom. Ich kann nicht einfach allein zur Hochzeit wie ein ganz normaler Mensch.«

»Äh, normale Menschen gehen nicht allein zu Hochzeiten, aber egal. Such dir halt jemanden.«

»Ach, klar, warum bin ich da nicht selber draufgekommen? Ich geh einfach aus und such mir jemanden.«

»Das ist wirklich nicht so schwer, Kel. Versprochen.«

Für Priya vielleicht nicht. Priya hatte eine abwechslungsreiche Geschichte mit Männern, jemanden kennenzulernen war für sie tatsächlich nicht schwer. Männer fanden sie attraktiv.

Ihre Gesichtszüge waren nicht besonders ungewöhnlich, aber mit ihren strahlend weißen Zähnen, den dichten, dunklen Haaren und langen Beinen machte sie einen ziemlich hübschen und jugendlichen Eindruck. Außerdem war sie Typen gegenüber absolut hemmungslos. Sie hatte keine Scheu, jemanden nach einem Date zu fragen, und äußerst selten sagte jemand mal Nein. Sie lernte gern neue Leute kennen und gab fast jedem eine Chance.

Doch sobald das Date begann, ging es zumeist auch schon bergab. Dieselbe Offenheit und Arglosigkeit, mit der sie die Männer magnetisch anzog, schien diese ebenso stark wieder abzustoßen. Priya offenbarte beim ersten Date unangenehme Wahrheiten. Sie war schonungslos ehrlich, was ihren ersten Eindruck von nackten Männerkörpern anging. Und obwohl es oft nicht zu einem dritten oder vierten Date kam, kämpfte sie immer weiter. Kelly gegenüber tat sie es lachend ab und fragte unbeschwert, warum sie wegen eines Typen durchdrehen sollte, wenn es noch so viele andere da draußen gab. Kelly fiel auf, dass Priya nie etwas aus ihren Fehlern zu lernen schien, aber wer war Kelly, ihr Dating-Tipps zu geben?

»Jemanden kennenzulernen ist sehr wohl schwer«, sagte Kelly. »Sonst hätte ich ja schon längst jemanden.«

»Äh, hallo, hast du schon mal von Tinder gehört? Tinder ist praktisch das Amazon für einsame Penisse.«

»Ich will keinen einsamen Penis«, sagte Kelly.

»Hierfür willst du einen. Melde dich einfach bei einer Dating-Plattform an. Du wirst in null Komma nichts jemanden finden. Wir leben in *Mann* Jose. Die Chancen stehen gut.«

»Aber nur die Chancen, jemand Komischen kennenzulernen«, klagte Kelly. »Vielleicht gibt es da draußen einfach niemanden für mich. Vielleicht werde ich eine verrückte Katzen-Lady. Nur, dass ich statt Katzen diese therapeutischen Robben-Roboter aus Japan haben werde.« Sie aß einen Löffel Suppe. »Ich finde, das klingt ziemlich gut.«

»Keine Ausreden. Es gibt für jeden jemanden. Du musst nur offen dafür sein. Oder …« Kelly tunkte ein Stück Popcorn in die Suppe, während Priya eine dramatische Pause einlegte. »Geh mit mir aus! Ich helfe dir, einen Mann zu finden. Ich suche dir eine ganze Pfadfinder-Truppe. Aber natürlich erwachsene. Es gibt in Menlo Park diese tolle neue Bar …«

»Ich gehe nicht in Bars.«

»Ach, komm schon! Der Abend hat gerade erst angefangen! Schwing deinen Hintern hier rüber, und ich passe auf, dass ihn niemand anfasst, bevor du einen Konsens-Vertrag unterschrieben hast.«

»Das ist einfach nicht meine Szene, Priya, das weißt du doch. Außerdem bin ich müde. Ich bin schon auf dem Weg ins Bett.« Kelly warf sich noch ein Stück Popcorn in den Mund. Sie konnte fast spüren, wie Priya am anderen Ende die Augen zusammenkniff, um das Geräusch zu identifizieren.

»Du bist noch nicht im Bett. Du isst Popcorn und Tomatensuppe, stimmt's?«

»Gute Nacht, Priya.«

»Stell dir doch nur mal vor, wie viel besser die Suppe schmecken würde, wenn dein kraftstrotzender junger Lover dir den Löffel zwischen deine gierigen Lippen stecken würde.«

»Gute *Nacht.*« Kelly versuchte, vor Lachen nicht in die Suppe zu grunzen, und legte auf.

Am nächsten Tag war Kelly tatsächlich froh, den Sonntagvormittag in Garys kleinem Stuckhaus in Santa Clara zu verbringen und auf ihre Nichten aufzupassen. Sie brauchte eine Aufgabe, die sie davon abhielt, an andere Dinge zu denken. Nicht, dass sie keinen Spaß hatte mit ihren Nichten, aber sie verstand jetzt, warum ihr Bruder die paar Stunden, die er brauchte, um bei Costco einzukaufen und sich beim Dermatologen eine Warze an der Fußsohle vereisen zu lassen, als Zeit für sich selbst bezeichnete. Mit den Mädchen zu spielen, während ihr Vater in der Nähe war und beim ersten Anzeichen eines in die Hose gehenden Malheurs bei der Windelentwöhnung sofort herbeieilen konnte, war etwas ganz anderes, als vier Stunden lang mit ihnen allein und das Einzige zu sein, was sich zwischen ihnen und den Küchenmessern befand. Jetzt, als Gary jeden Moment nach Hause kommen musste, war Kelly ziemlich erledigt.

»Okay, was sieht so aus, als könnte es mit diesem Teil zusammenpassen?«, fragte sie Bertie, die um ein paar Minuten Älteste von den dreien, und hielt ein graues Plastikrad vom Lego-Set hoch, für das sie Weihnachten eine Menge Geld rausgeschmissen hatte. Bertie durchwühlte die Teile auf dem Boden und fand eine graue Speiche. »Ja!« Kelly strahlte und half ihr, die zwei Teile zusammenzusetzen. »Und was passt hiermit zusammen?« Sie hielt ihr einen roten Block hin. Bertie betrachtete das Teil sorgfältig, dann antwortete sie, indem sie es nahm und es sich ruhig in den Mund steckte.

»Nein!« Kelly riss ihr das Teil weg, und im nächsten Moment sah sie, dass die Schnellste von den Mädchen auf einmal untenrum nackt aus dem Zimmer lief. »Emma? Wo willst du hin?«

Sie jagte hinterher und erreichte den Flur, als Gary gerade

durch die Haustür kam. Einen Costco-Karton unter dem einen Arm, hob er Emma mit dem anderen hoch, kurz bevor sie auf die Straße laufen konnte. »Hi, Emma. Nettes Outfit«, sagte er.

»Gerade eben hatte sie noch was an«, keuchte Kelly.

»Wo sind Bertie und Hazel?«

»Im Wohnzimmer. Zumindest waren sie das noch vor zwanzig Sekunden, inzwischen könnten sie auch auf dem Jupiter sein. Hast du noch mehr Kartons im Auto?«

Gary warf ihr den Autoschlüssel zu, den sie erleichtert auffing, während Gary Emma sanft auf seinem Arm hüpfen ließ und ruhig ins Wohnzimmer ging.

Als Kelly und Gary die Einkäufe wegräumten und die Mädchen glücklich die neuen Tier-Cracker verglichen, unterhielt sie Gary mit der Geschichte ihres Dates mit Martin. Nach einer Nacht guten Schlafs war es einfacher, darüber zu lachen.

»Mom bringt mich um«, seufzte sie und schob die Sachen im Kühlschrank zur Seite, sodass eine große Tüte Trauben dazwischenpasste.

»Ach, wahrscheinlich kratzt sie dir nur die Augen aus«, antwortete Gary.

»Sie wird durchdrehen, wenn ich bei der Hochzeit ohne Begleitung auftauche. Bestimmt verkauft sie mich noch auf dem Schwarzmarkt an eine andere Familie.«

»Ich bin mir nicht sicher, ob es so viele Paare gibt, die nach neunundzwanzigjährigen Kindern suchen, aber das könnte passieren.«

»Hast du keine Freunde, die Single sind, mit denen du mich verkuppeln kannst?«, fragte Kelly und sah ihren Bruder flehentlich an.

»Freunde? Kelly, ich verbringe mein ganzes Leben zwischen Kindergarten, Mutter-Kind-Sachen und diesen vier Wänden. Ich singe Nickelodeon-Songs im Schlaf. Ich kenne die verdammte Entstehungsgeschichte von Caillou. Wie kommst du darauf, dass ich Freunde habe?« Er stellte eine Packung Haferflocken in den Schrank und drehte sich wieder um. »Obwohl, es gibt da diesen einen Typen«, sagte er langsam.

»Wer ist es? Solange er am siebten März Zeit hat, nehme ich ihn.«

»Nein.« Gary schüttelte nachdenklich den Kopf. »Das würde nicht funktionieren.«

»Warum nicht? Ist er verheiratet? Ist er kriminell? Das ist nicht schlimm.«

»Er ist deinen Ex-Freunden zu ähnlich. Robbie und – wie hieß der Typ vom College? Der, der dich seinen Eltern nicht vorstellen wollte, bevor du dir die Zähne hast bleichen lassen?«

»Nick. Und? Klingt ganz so, als wäre dein Freund mein Typ«, antwortete Kelly.

»Das ist genau das Problem. Dein Typ funktioniert nicht.«

Es stimmte, dass Kellys Beziehungsgeschichte sich wie ein Warnhinweis für Frauen anhörte. Robbie und Nick, der Vorsitzender der Studentenvertretung mit einer endlosen Liste von Verpflichtungen neben seinen Vorlesungen gewesen war, hatten auf dem Papier zwar gut ausgesehen, aber Kelly nicht gutgetan. Zwischendurch hatte sie noch mit ein paar anderen Männern kurz was am Laufen gehabt – wenn man eine Reihe braver Mittagessens-Verabredungen mit Programmierern, die jedes Date mit einer so vorsichtigen Umarmung, als wäre Kelly ein elektrischer Zaun, abschlossen, überhaupt als »was am Laufen haben« bezeichnen kann.

»Dir ging es beide Male furchtbar hinterher«, fuhr Gary fort. »Ich will etwas Besseres für dich, nicht immer wieder dasselbe. Ihr würdet nicht zusammenpassen.« Er zerkleinerte die Kartons und stellte die Pappen neben den Recycling-Eimer. »Danke, dass du uns heute ausgeholfen hast. Ich fühle mich wie neu geboren ohne die Warze.«

»Klar, gern«, sagte Kelly und hatte das leicht enttäuschende Gefühl, entlassen zu werden.

Auf der Fahrt nach Hause überlegte sie, ob sie sich gerade mal wieder selbst ins Verderben gestürzt hatte. Sie war überzeugt, dass Gary wirklich nur das Beste für sie wollte, aber trotzdem fragte sie sich, ob er, nachdem er von ihrem Verhalten Martin gegenüber gehört hatte, meinte, sie seinem Freund nicht zumuten zu können. Sie wusste ja, dass sie ganz schön vermurkst war. Aber war sie so vermurkst, dass ihr eigener Bruder sich für sie schämte? Als sie in der Parkgarage unter ihrem Wohnhaus hielt und den Motor abstellte, überlegte sie verbittert, ob Caillou vielleicht Single war.

drei

In der folgenden Woche saß Kelly bei der Arbeit in einem offenen, quadratischen Raum voller Lichter: Neonröhren an der Decke, leuchtende Computermonitore und ein Bedienpult mit Schaltern und Knöpfen und blinkenden Anzeigen. Neben ihr hatte Dr. Masden, ein Psychologe, Platz genommen. Mit seinen schwarzen Augen war er ziemlich attraktiv, nur konnte Kelly das nicht sehen, weil sie seinem Blick ständig nervös auswich. Vor ihnen zeigte ein übergroßer Monitor ein digitales Bild eines Wesens namens Confibot von der Taille an aufwärts. Confibot sah im Wesentlichen aus wie ein Mann mit kurzen, gekämmten blonden Haaren und einem kleinkarierten Karohemd. Doch wo ein menschliches Gesicht sein sollte, waren nur ein paar gepunktete Linien über einer leeren, weißen Fläche: zwei längliche Kreise für Augen, ein Dreieck für die Nase, eine gerade Linie, wo der Mund hingehörte. Wirklich nur die Andeutung eines Gesichts.

»Wir müssen die verschiedenen Optionen genauer bestimmen, bevor wir uns auf die Gesichtszüge festlegen«, sagte Kelly zu dem Psychologen. »Dann können wir anfangen, ihn zu bauen. Also, sagen Sie, was für ein Gesicht soll er machen, wenn er einen Benutzer begrüßt, der gerade aufgewacht ist?«

»Ein freundliches Lächeln, würde ich sagen«, antwortete Dr. Masden.

»Nun ja, aber Sie müssen es mir genauer beschreiben. Hier.« Kelly rutschte näher an den Monitor des Psychologen am Bedienpult heran und vergrößerte das Bild von Confibots Kopf über den Gitternetzlinien. »Zeigen Sie mir, wie genau sein Mund aussehen soll.«

»Es gibt kein ›wie genau sein Mund aussehen soll‹, Kelly. Menschliches Verhalten ist nicht so präzise.«

Kelly schüttelte den Kopf und klickte auf einen Ordner auf ihrem eigenen Computer, um eine Datei nach der anderen zu öffnen, die sie selbst mit den Fokusgruppen und dem Marketingteam von AHI zusammengestellt hatte. »Das hier sind meine bisherigen Forschungsergebnisse, allein was Mikroexpressionen angeht. Menschliches Verhalten ist *absolut* präzise.« Kelly wusste, dass sie in ihrem Job so gut war, weil sie den Instinkt hatte, auf alles im Leben einen mathematischen, logischen Standpunkt anzuwenden. Für das Bauen eines Roboters war das essenziell, um ihm die Hard Skills zu geben, wie Zed das Laufen beizubringen. Und deswegen war sie in ihrem Beruf auch immer in der Maschinen- und Elektrotechnik-Schiene geblieben, sie konzentrierte sich sozusagen auf das Bauen des »Körpers« des Roboters. Confibot war nun das erste Projekt, das sie leitete – es war das erste Mal, dass sie auch für das »Gehirn« verantwortlich war. Ihre analytische Art zu denken hatte vorher immer funktioniert. Dass sie sich jetzt mit etwas viel Konzeptionellerem herumschlagen musste, hieß noch lange nicht, dass sie ihre Methoden ändern würde.

Confibot war außerdem das bisher wichtigste Projekt ihrer

Karriere. Anita Riveras, die Geschäftsführerin von AHI, hatte jeden Ingenieur in ihrer Abteilung für Verbraucherprodukte beauftragt, einen Pflege- oder Assistenzroboter zu erfinden – eine der gefragtesten Nischen auf dem Markt. In drei Monaten würden ihre Erfindungen alle miteinander verglichen, um dann Investorengelder zu beantragen. Kelly hatte sich vorgenommen, den überzeugendsten menschlichen Roboter von allen zu erschaffen, der zu den differenziertesten sozialen Interaktionen fähig war, das Ganze basierend auf den erstaunlichen Forschungsergebnissen, die sie über den Nutzen von gesellschaftlichem Umgang auf Gesundheit und Lebensqualität gewonnen hatte. Wenn sie diesen Confibot genau richtig hinbekommen würde, hätte sie eine Chance, den Wettbewerb zu gewinnen.

»Es gibt sehr spezifische Arten, wie Menschen auf verschiedene Gesten, Gesichtsausdrücke oder Stimmen reagieren«, fuhr Kelly fort.

»Nun, wie würden Sie denn reagieren?«, fragte der Psychologe. »Denken Sie doch mal darüber nach, was Sie von einem Roboter erwarten würden, der sich um Sie kümmert und mit Ihnen zusammenlebt. Sie sollten Ihre eigenen Instinkte hier nicht außer Acht lassen.«

»Instinkte sind vielleicht das, womit Sie arbeiten«, widersprach sie. »Ich arbeite mit Daten. Jede Entscheidung von mir muss wissenschaftlich untermauert sein.«

»Dann stelle ich Ihnen als Daten meine Einblicke zur Verfügung. Ich bin ein ausgebildeter Psychologe«, beharrte Dr. Masden. »Ich bin hier, um Sie professionell zu beraten.«

»Aber das reicht nicht! Ich meine, nicht, dass Ihre Einblicke nicht gut wären«, sagte sie schnell und sah ihn kurz an. Sie fand es entsetzlich, dass ihre Wangen sofort anfingen zu brennen. Dass AHI ihr den schärfsten Psychologen von Santa Clara County geschickt hatte, um ihr bei dem Projekt zu assistieren, war wirklich unverschämt. Sie hatte schon genug damit zu tun, an Confibot zu arbeiten und sich den Kopf darüber zu zerbrechen, wie sie ihrer Mutter den Ausgang ihres Dates mit Martin beichten sollte. Ganz davon zu schweigen, dass sie sich jetzt selbst ein anderes Date suchen musste. Für Kelly bedeuteten soziale Interaktionen mit unsicheren Faktoren mehr Stress als Spaß. Sie gehörte zu den Leuten, die sich fragten, was sie falsch gemacht hatten, wenn der Kassierer ihr nicht noch einen schönen Tag wünschte.

Sie musste langsam mal anfangen, Confibots Körper zu bauen, aber zuerst musste sie sich sein Gesicht und seine Stimme und seine Eigenarten überlegen, damit sie wusste, wie sie ihn zu bauen hatte. Und dabei musste sie sich auf Fakten konzentrieren, nicht auf Dr. Masdens »Einblicke«.

»Die Art, wie Confibot mit den Nutzern interagiert, muss perfekt sein«, erklärte sie. »Es gibt bereits andere Pflege- und Gesellschaftsroboter auf dem Markt. Wenn wir nicht die Besten sind, können wir es auch gleich bleibenlassen! Und die einzige Möglichkeit, dass Confibot der Beste wird, ist, wenn er die realistischsten menschlichen Züge hat.«

»Kelly, um einen Menschen zu kopieren, müssen Sie erst einmal die Menschen verstehen.«

»Tue ich doch! Oder wozu, glauben Sie, habe ich sechs Semester Biologie studiert? Ich verstehe, wie der menschliche Körper funktioniert, wie Tierkörper funktionieren. Und ich weiß, wie ich diese Strukturen in mechanische Formen übertrage.«

»Ich rede nicht vom Körper.« Der Psychologe sah kurz weg und schürzte die Lippen, als suche er nach den richtigen Worten. »Eine Persönlichkeit ist etwas Nebulöses, Kelly. Sie werden damit nie vorankommen, wenn Sie sich so an die Daten klammern. Ich will damit nur sagen, dass Sie das Ganze vielleicht anders angehen sollten.« Tröstend legte er ihr eine Hand auf den Arm. Kelly zuckte zusammen und verschränkte die Arme. Überrascht zog Dr. Masden die Hand zurück. Er schien überhaupt nicht bemerkt zu haben, dass er sie berührt hatte. »Tut mir leid, ich …«

»Ich werde es nicht anders angehen!«, verkündete Kelly. Als sie hörte, wie merkwürdig das klang, versuchte sie zu lachen, aber ihr Lachen hörte sich eher an wie ein tuberkulöses Blöken. Dr. Masden wirkte zunehmend verwirrt, und seine Augen waren sehr tief und schwarz und hatten die Form von Oliven …

»Es tut mir leid, wenn Ihnen das gerade unangenehm war, ich habe nicht darüber nachgedacht. Ich würde niemals wollen, dass unsere Arbeitsatmosphäre anders als professionell ist«, sagte er.

Kelly überschlug steif die Beine unter ihren verschränkten Armen und verschanzte sich hinter einer abwehrenden Brezel aus Körpergliedern. Großartig, dachte sie, machen wir doch das eine, was die Situation noch unangenehmer macht, und reden darüber. Es wäre so viel einfacher, wenn alle einfach genau wie sie ihre Gefühle unterdrücken und in der hintersten Ecke verstecken würden, gleich neben den Kindheitstraumata und den Albträumen davon, nackt auf der Bühne zu stehen.

»Mir ist überhaupt nichts angenehm. Ich meine unangenehm.«

»Ich hatte nur den Eindruck, dass es Ihnen unangenehm war, als ich Ihnen gerade die Hand auf den Arm legte«, fuhr er fort. »Ich hatte mir überhaupt nichts dabei gedacht, ich drücke mich einfach gern körperlich aus. Ich bin nun mal ein sehr expressiver Mensch, aber mir ist klar, dass es nicht fair ist, Vermutungen über Ihren Kommunikationsstil anzustellen, wo wir gerade mal eine Woche an dieser Simulation zusammenarbeiten.«

»Also ich habe schon monatelang daran gearbeitet, bevor Sie hier aufgetaucht sind!«, rief Kelly. Die in ihr schlummernden Ängste waren gerade wieder wach geworden. Sie fühlte den vertrauten Instinkt zu fliehen, aber das hier war ihr Projekt – sie konnte nicht fliehen. Sie saß in der Falle. Vielleicht war es allerdings auch einfach an der Zeit, den Raum in die Luft zu jagen, statt zu versuchen, durch einen Tunnel zu entkommen. Schließlich, rief sie sich ins Gedächtnis, war sie sehr zufrieden gewesen, als sie ganz allein angefangen hatte, die Confibot-Simulation zu entwickeln. Dann war dieser Typ aufgetaucht und hatte sie mit seinen großen – nein, nicht groß, durchschnittlich – eindeutig durchschnittlichen Händen angefasst. Beziehungsweise ihr Projekt. Und angedeutet, sie würde keine Menschen verstehen. Weswegen sie ja auch überhaupt mit Ingenieurwissenschaften angefangen hatte, denn da musste sie keine Menschen verstehen, die, seien wir doch mal ehrlich, sich oft sowieso unsinnig verhielten. Ihre Arbeit war ihr Safe Space, und Dr. Masden war darin eingedrungen. Aber das war egal, sie brauchte ihn nicht. Klar, er war dafür verantwortlich, sie mit den ganzen psychologischen Grundlagen für die Interaktionen, die sie entwarf, zu versorgen, aber das war »softe« Wissenschaft. Kelly, mit knallroten Wangen und allem, sah ihn so lange an, bis er wegsehen musste.

Dr. Masden rutschte auf seinem Stuhl zurück. »Mir war nicht klar, dass Sie so empfinden.«

»Dann haben Sie wohl nicht besonders gut aufgepasst«, antwortete sie.

Doch jetzt wirkte Dr. Masden nicht mehr verwirrt. Er wirkte beleidigt. »Ich bin Psychologe. Ich will mich ja nicht brüsten, aber ich achte schon sehr auf das Verhalten anderer Menschen.«

»Dann hören Sie damit auf! Sie sind hier, um mir zu helfen, die Simulation zu entwickeln, nicht um mich zu analysieren. Was Ihnen sowieso nicht besonders gelingt.«

»Finden Sie? Okay, wie Sie wollen. Normalerweise verlange ich mehrere Hundert Dollar die Stunde dafür, aber Sie bekommen es gratis.« Kelly versuchte, ihr dunkelrotes Gesicht hoch erhoben zu lassen, während Dr. Masden sie eindringlich ansah.

»Sie sind ein Kontroll-Freak.«

»Ist das die klinische Bezeichnung?«

Er ignorierte ihre Frage und fuhr unverdrossen fort. »Sie sind intelligent, und Sie sind gut in Ihrem Job, und das wissen Sie. Aber dass Sie gut darin sind, liegt zum Teil daran, dass Sie Perfektionistin sind. Jede unbekannte Variable, die dazukommt, bringt Ihre perfekte kleine Welt durcheinander. Und ein anderer Mensch ist eine unbekannte und unverständliche Variable, und in diesem Fall bin ich der Glückliche, der Ihren Weg kreuzt. Die ersten Tage dachte ich noch, Sie wären nur ein bisschen schüchtern, aber inzwischen kann ich sehen, dass Sie die ganze Zeit nervös sind und unsoziale Tendenzen haben, die an Aggressionen grenzen. Jede noch so kleine Freundlichkeit reicht aus, Sie auf die Palme zu bringen. Wer weiß schon, was für verrückte, beängstigende, lustige, traurige, unvorhersehbare

Sachen passieren könnten, wenn Sie sich mit jemandem anfreunden oder vielleicht auch mehr als das, also verhindern Sie es lieber von vornherein. Sie lassen die Leute lieber denken, Sie wollen nichts mit ihnen zu tun haben, als dass sie rausfinden könnten, was alles nicht mit Ihnen stimmt. Ich hatte mich gleich gefragt, warum Sie es so spannend finden, einen Gesellschaftsroboter zu entwickeln. Doch jetzt ist es ziemlich offensichtlich. Sie haben Angst, Sie selbst könnten auch allein enden, und wissen Sie was? Wenn Sie sich nicht ändern, werden Sie das auch.«

Wow. Kelly hatte gedacht, er würde sie einfach als steif bezeichnen. Als total angespannt. Sie überlegte, wie lange sie es wohl schaffen würde, nicht darauf zu reagieren. Wenn sie einfach lange genug schwieg, würde er sie irgendwann allein lassen. Irgendwann würde ein Asteroid mit der Erde kollidieren, und das alles würde belanglos sein.

»Tut mir leid. Das war unangemessen.«

Kelly fokussierte ihren Blick und stellte fest, dass Dr. Masden sie ansah und jetzt auch rot geworden war. Sie war peinlich berührt, sie war frustriert, sie war durcheinander, und sie wollte nichts so sehr, als dass der Psychologe den Raum verließ, damit dieser Moment endlich vorbeiging. Erst zuschlagen, später bereuen. Das war die sicherste Taktik, die sie kannte.

»Wenn Sie den ganzen Tag damit verbringen, die Macken anderer Leute auseinanderzunehmen statt Ihre eigenen, dann ist das wohl normal.«

Dr. Masden stand kopfschüttelnd auf.

»Viel Glück, Kelly.« Türknallend verließ er den Raum und ließ Kelly, mal wieder, allein.

Sie rutschte näher ans Bedienfeld heran, während sie unbewusst ihre Hände knetete. Da kam das Bereuen. Was würde jetzt aus dem Confibot-Projekt werden? Würde die Firma einen anderen Psychologen finden? Würden sie die Simulation komplett rausnehmen? Dachten alle wie Dr. Masden über sie? Hatten sie recht?

Kelly hatte schon immer gewusst, dass sie eine introvertierte Persönlichkeit hatte. Sie war unbeholfen, klar, und keine besonders gute Rednerin, aber insgesamt funktionierte sie. Doch vielleicht hatte sie auch alles falsch verstanden. *Unsoziale Tendenzen, die an Aggressionen grenzen … was alles nicht mit Ihnen stimmt …* Die kleinen Leuchten auf dem Bedienfeld verschwammen zu einem glitzernden Schleier, wie Weihnachtsbeleuchtung hinter einem vereisten Fenster.

Beschämt blinzelte Kelly die Tränen weg und rief sich ins Gedächtnis, dass sie keine Zeit hatte, rumzutrödeln und wie ein zu kleines Kind vor dem Eingang der Achterbahn zu flennen. Schließlich hatte sie ohne Partner jetzt noch mehr Arbeit als zuvor. Der softe Wissenschaftskram kam ihr gar nicht mehr so unbedeutend vor, als sie darüber nachdachte, wie sie ihn ohne professionelle Hilfe angehen sollte. Sie rückte ihren Stuhl zurecht und machte sich wieder an die Arbeit.

Kelly war früher nie ins Büro der Schulleitung zitiert worden, aber sie stellte sich vor, dass es sich so anfühlte. Das luftige Prisma, in dem sie auf ihre Chefin wartete, war allerdings sehr viel schicker als das Büro einer öffentlichen Schule. Skulpturen aus fließenden Silberfäden waren mit müheloser Anmut zwischen

Auszeichnungen, Büchern und Fotos auf weißen Eichenholzregalbrettern drapiert, und ein breiter Tisch, gewölbt wie der Bug eines Schiffes, stand vor einem beeindruckenden Blick auf die palmengesäumten Straßen San Joses. Durch die Milchglasscheibe der Tür konnte Kelly in Spiegelschrift die Buchstaben *Anita Riveras, CEO* sehen.

Während Kelly Anitas sorgsam kuratierte Fotos betrachtete, strich sie sich verlegen ihre bereits glatte Bluse glatt. Selbst in Miniatur war Anitas Ausstrahlung Respekt einflößend. Die Winkel ihrer Wangenknochen, der glatte, schwarze Bob, selbst ihre zur Begrüßung ausgestreckte Hand bildeten alle eine perfekte geometrische Form. Kelly fragte sich, wie sie selbst wohl mit einem Bob aussehen würde, ob man sie ernster nehmen würde, wenn sie Anitas teure, wenn auch mühelos gestylt wirkende Frisur hätte. Sie hielt sich die Haare hoch, um zu gucken, wie es aussehen würde.

Da wurde entschieden die Tür geöffnet, und Kelly ließ ihre Haare los und sprang auf, wobei sie leider mit dem Fuß am Stuhlbein hängen blieb. Sie hatte die Tendenz, durchs Leben zu poltern, als würde sie an einem Eine-Frau-drei-Beine-Rennen teilnehmen. Doch Anita fegte durch den Raum zu ihrem Bürostuhl, als würde sie es nicht mitbekommen.

»Setzen Sie sich, Kelly.«

Sie sah sie mit klarem Blick an. Es war nichts offensichtlich Wertendes an ihrem Blick, aber Kelly fühlte sich trotzdem beurteilt. Anita konnte so etwas. Sie ließ die Stille eine Weile wirken. Ihr Bürostuhl war eine Kurve aus makellosem weißen Leder. Die Schwerelosigkeit, mit der sie auf diesem Stuhl ohne Armlehnen saß, war auffällig, als hätte sie den Stuhl nur gekauft, um mit ihrer Überlegenheit in der Kunst des Sitzens zu prahlen.

»Tut mir leid, was passiert ist«, platzte Kelly heraus.

»Was ist denn passiert, Kelly?«

»Ich, äh … Ach, das war eine persönliche Sache zwischen Dr. Masden und mir. Es hatte nichts mit dem Projekt zu tun.«

»Es hat sehr wohl damit zu tun. Denn Sie haben Dr. Masden schließlich gebraucht, um es zu beenden, und jetzt ist er nicht mehr hier.«

Kellys Hals war wie ausgedörrt. »Wollen Sie … Meinen Sie damit, ich kann das Projekt nicht alleine zu Ende bringen?«

»Es ist Ihr Projekt, Kelly. Sagen Sie es mir. Können Sie es?«

Es gab nur eine richtige Antwort darauf. Kellys Selbstbewusstsein wuchs wieder. »Ja, natürlich. Bitte lassen Sie es mich beenden. Sie wissen doch, wie viel Confibot mir bedeutet.«

»Sie sagen, dass es Ihnen viel bedeutet, aber ich muss immer noch verstehen, warum. Überzeugen Sie mich.«

»Es gibt so viel, was wir damit machen können.« Kellys Worte sprudelten jetzt nur so aus ihr heraus, als sie ihre Arbeit beschrieb, sie flossen mit Leichtigkeit und Lebendigkeit dahin. Über Confibot zu reden brachte ihre Leidenschaft für die Wissenschaft hervor, weckte das kleine Mädchen in ihr, das früher Garys *Speak & Spell*-Spielecomputer auseinandergenommen und immer wieder neu zusammengesetzt hatte, bis sie genau verstand, wie er funktionierte. »Wenn wir einen absolut überzeugenden Android entwickeln, mit dem die Leute interagieren wie mit einem Menschen, können wir die Pflege durch Roboter auf ein ganz neues Level bringen. Die Nutzer können bedeutende Beziehungen zu ihren Confibots aufbauen, richtige Vertraute aus ihnen machen. Wenn man sich die Untersuchungen über die gesundheitlichen Effekte von Gesellschaft und geistiger Stimulation ansieht, ist es wirklich erstaunlich, was Einsamkeit anrichten kann. Einsamkeit erhöht das Risiko von Demenz, Herzkrankheiten, Arthrose …«

»Alte Menschen sind eine Goldmine«, sagte Anita, während sie gedankenverloren aus dem Fenster blickte.

»Äh – wie bitte?«

Ruhig setzte Anita sich aufrechter hin und sah Kelly an. »Die Babyboomer sind bald fällig. Wenn es so weit ist, werde ich bereit sein, die Dividende zu kassieren.« Das war nicht unbedingt, wie Kelly über ihre Arbeit dachte, aber sie biss sich auf die Zunge. »Confibots kommerzielles Potenzial ist riesig, das wissen wir beide.« Anita wedelte mit einer perfekt manikürten Hand. »Der Erfolg dieses Projekts hängt von Ihrer Fähigkeit ab, einen Androiden zu bauen, der als Mensch durchgeht. Sie sind von unseren Ingenieuren diejenige, die das am wahrscheinlichsten kann. Mit der Technologie schaffen wir alles.«

»Bin ich das? Ich meine, ja, klar, bin ich. Danke. Es ist wirklich aufregend zu sehen, wie nah Confibot dem Menschsein kommt, und ich …«

»Laut unserer aktuellen Einschätzung sind Sie am nächsten dran«, korrigierte Anita sie. »Aber andere Firmen, selbst manche Ihrer eigenen Kollegen, machen auch erstaunliche Fortschritte.« Anita lehnte sich wieder zurück, sie wirkte vergnügt, schien keine Eile zu haben, und doch strahlte sie eine kühle Intensität aus.

Während Kelly schwitzte wie ein Holzfäller. »Okay, dann … gehe ich mal wieder an die Arbeit?«

»Sie stehen in direkter Konkurrenz mit diesen Kollegen, was die Finanzierung durch Investoren angeht«, fuhr Anita fort, als hätte sie Kelly nicht gehört. »Und wenn Sie den Wettbewerb gewinnen, stehen Sie in direkter Konkurrenz mit den Erfindern von jedem Pflege- und Assistenzroboter auf der Welt. Die Firma, die zuerst damit auf den Markt kommt, kann einen Aufschlag berechnen. Jeder, der hinterherhängt, muss die Preise reduzieren, um im Wettbewerb standhalten zu können. Wenn Sie es also nicht schaffen, AHI als Erstes auf den Markt zu bringen, muss ich einen Ingenieur finden, der es kann.« Sie musterte Kelly mit undurchschaubarer Miene. »Confibot ist das erste Projekt, das Sie anführen«, bemerkte sie. »Die erste Gelegenheit, eine Ihrer eigenen Ideen umzusetzen. Es erfordert höchste Projektmanagement-Fähigkeiten, die Sie vorher noch nicht unter Beweis stellen mussten. Sie arbeiten hierbei an mehr als nur einem physischen Roboter. Sie entwerfen eine ganze Person. Und wenn Sie scheitern, werden wir Ihnen eine so wichtige Aufgabe nicht noch einmal geben können.« Kelly versuchte zu schlucken, aber ihr Hals war so rau, so trocken, dass es ihr nicht gelang. »Roboterentwicklung ist eine Disziplin der Humanwissenschaft, Kelly. Es geht um Zusammenarbeit, um Zwischenmenschliches. Wenn Sie auf diesem Gebiet scheitern, scheitern Sie auch als Ingenieurin.«

Jedes Mal, wenn Anita das Wort »scheitern« sagte, hörte Kelly das Blut in ihren Ohren rauschen. Ihre Chefin zweifelte ihre zwischenmenschlichen Fähigkeiten an. Dr. Masden hatte sie als pathologisch unsozial bezeichnet. Was machte sie nur falsch? War sie derart inkompetent bei Dingen, die allen anderen als so grundlegend erschienen? Besiegelte sie ihren eigenen

Untergang, was ihre Karriere und Beziehungen anging? Würde sie immer alle von sich stoßen?

»Ich gehe ein beträchtliches Risiko mit Ihnen ein, Kelly«, sagte Anita, während Kelly sich zurück an die Oberfläche kämpfte.

»Und ich bin Ihnen sehr dankbar dafür. Ich werde Sie nicht enttäuschen.«

»Nein.« Anita lächelte sie gelassen an. »Das werden Sie nicht.«

Kelly riss sich lange genug zusammen, dass sie es aus der Tür schaffte. Sobald sie auf dem Gang war, erlaubte sie ihren Knien, sich in Gummi zu verwandeln. Sie lehnte sich an die kühle Wand und blickte an die von Neonlampen beleuchtete Decke hoch. Sie wusste nicht, was sie falsch machte, aber irgendetwas machte sie offenbar falsch. Wenn sie bei der Arbeit nicht weiterkam – wenn ein Roboterteil sich in einem unnatürlichen Winkel bewegte oder es einen Speicherfehler gab –, trat sie einen Schritt zurück und sah es sich mit etwas Distanz an, um so auf einen neuen Ansatz zu kommen und etwas anderes auszuprobieren. Und hier musste sie genau dasselbe tun.

Als sie ein paar Minuten später zurück ins Labor kam, war Priya bereits da und sprang von ihrem Stuhl auf. »Endlich! Komm, gehen wir Mittag essen. Ich war schon kurz davor, meinen Praktikanten zu vertilgen. Außerdem muss ich dir die Fotos zeigen, die eine Freundin von mir von diesem krassen, neuen Club gepostet hat. *Sadie Hawkins* heißt der. Da würde ich total gern mit dir hingehen, wenn du nicht so dagegen wärst, auszugehen.« Priya angelte bereits ihr Handy aus der Tasche, als Kelly sie unterbrach.

»Ich komme mit.«

»Was?«

Kelly sah Priya entschlossen an. Das war die Gelegenheit, etwas Neues auszuprobieren. Es würde ihre Probleme mit Confibot nicht lösen, aber etwas zu tun würde ihr gerade definitiv ein besseres Selbstwertgefühl geben.

»Lass uns hingehen«, sagte sie bestimmt. »Dieses Wochenende checke ich die Clubs mit dir aus.«

vier

Kelly wusste sofort, warum ihr Plan bei näherem Nachdenken doch keine so gute Idee gewesen war. Priya war den Rest der Woche damit beschäftigt, den perfekten Ausgehabend für sie zu organisieren. Ständig zog sie ihr Handy hervor, um Kelly die neuesten Bars zu zeigen, die sie unbedingt ausprobieren mussten, oder ein Pinterest-Moodboard mit Frisuren, die Kelly auf jeden Fall stehen würden. Priya ging, wie es schien, fast jedes Wochenende mit Freundinnen aus, aber mit Kelly war es etwas Besonderes, und ihre Erwartungen waren dementsprechend hoch. Immer wenn sie Kelly von ihren Plänen erzählte, musste diese daran denken, als sie vor über einem Jahr zum letzten Mal zusammen aus gewesen waren: Der Abend hatte mit ihren Schuhen in der Handtasche, ihrem Drink auf ihrem Schoß und ihrer Würde irgendwo in der nächsten Stadt geendet. Sie hatte versucht, mit einem Mann an der Bar zu flirten, während sie verführerisch an ihrem Cocktail nippte, nur leider hatte sie sich dabei den Strohhalm in die Nase gerammt. Sie erinnerte sich nur ungern daran.

Doch am Freitagabend saß sie in Priyas Hochhauswohnung in North San Jose zwischen lauter pinken, goldenen und orangefarbenen Kissen auf Priyas Bett, während Priya mit dem Liquid

Eyeliner kämpfte. »Und du willst wirklich nicht, dass ich dich schminke?«, fragte Priya.

»Ich bin geschminkt«, sagte Kelly und sah zu, wie Priya ihren Lidstrich korrigierte. Jedes Mal, wenn sie ein Auge fertig hatte, musste sie den Lidstrich am anderen noch etwas dramatischer nachziehen, um ihn anzugleichen, und das Ergebnis war zunehmend beunruhigend. Kelly hatte bereits Priyas Angebot ausgeschlagen, ihr etwas zum Anziehen zu leihen, was nicht schwer gewesen war, nachdem sie sie daran erinnert hatte, was letztes Mal mit ihrer eigenen Kleidung passiert war. Sie würde sich in ihrer eigenen Jeans und dem schlichten schwarzen Top wohler fühlen. Immerhin hatte das Top Goldknöpfe, und Kelly hatte sich eingeredet, es würde der Welt signalisieren, dass sie eine unbekümmerte Nachtschwärmerin war.

»Endlich gehst du mal wieder aus. Wir werden diesen Club heute abfackeln«, sagte Priya und machte eine kurze Pause, um ihr Make-up zu begutachten. »Du wirst sehen: Wir verwandeln die Tanzfläche zu Brei.«

»Ekelhaft.« Kelly rümpfte die Nase.

»Ach, komm, wir werden Spaß haben«, sagte Priya. Kelly war sich nicht sicher, ob ihre Definition von Spaß so aussah wie Priyas, aber da sie immer noch die Formulierung »unsoziale Tendenzen, die an Aggressionen grenzen« im Ohr hatte, musste sie es versuchen. Mit ein Grund dafür, dass sie so selten mit Priya ausging, war, dass Priya vor dem Morgengrauen nie genug hatte. Und so sehr Kelly ihre Freundin auch bewunderte, sie war überzeugt, dass sie manchmal ziemlich unzurechnungsfähig war. Ihre ausgelassenen Späße waren von der Liga, dass sie das Lautsprechersystem im Supermarkt übernahm, um zu verkünden, dass das Gemüse Empfindungen entwickelt hätte, oder dem Kaufhaus-Weihnachtsmann einen Lap-Dance zu bescheren und dazu noch beinah einen Herzinfarkt. Doch solange Kelly nicht selbst im Rampenlicht stand, genoss sie es durchaus, wenn Priya ihr Ding machte. Vielleicht erlaubte gerade Priyas Verrücktheit es ihr, alles andere als verrückt zu sein.

Priya überredete Kelly, sich wenigstens Schuhe von ihr zu leihen: ein Paar cremefarbener Stöckelschuhe mit goldenen Nieten. Kelly musste zugeben, dass sie ziemlich gut aussahen – solange sie vor dem Schlafzimmerspiegel stand und sich am Stuhl festklammerte. Natürlich wusste sie, dass darin zu laufen nichts weiter erforderte, als ihr Gewicht auf die Vorderfüße zu verlagern. Doch ihr Körper schien das Konzept nicht zu verstehen.

Während Kelly noch über die Physik nachdachte, betrachtete Priya im Ganzkörperspiegel ihren eigenen Hintern mit dem akribischen Blick eines Malers. »Ich werde dir ein sehr wertvolles Geschenk machen«, verkündete sie.

»Einen Tesla?«, fragte Kelly.

»Besser. Ich verrate dir meine drei goldenen Regeln fürs Daten in Silicon Valley.«

»Ich bin doch diejenige, die hier aufgewachsen ist«, erinnerte sie Kelly. »Eigentlich sollte ich dir was über Silicon Valley erklären.«

»Äh, nein, gerade die Tatsache, dass ich in New York aufgewachsen bin, macht mich zur Expertin. Ich war außerhalb der Blase. Ich habe einen anderen Blick darauf. Du würdest es doch nicht mal merken, wenn ein Typ auf dich zukommt und sich benimmt wie ein totaler Techie, weil um dich herum alle Techies sind.«

»Okay, was sind die Regeln?«

»Nummer eins: Geh mit niemandem aus, der in der Roboterentwicklung arbeitet. So jemand durchsucht nur dein Handy nach Firmengeheimnissen, wenn du schläfst.«

»Woher willst du das wissen?«

»Ist nur so eine Vermutung«, sagte Priya unschuldig, während sie schwungvoll Lippenstift, Schlüssel und Handy in ihre Handtasche beförderte. Dann warf sie noch eine Dose Pfefferminzpastillen hinein, nahm sie wieder raus, probierte eine, verzog das Gesicht und warf die Dose trotzdem wieder rein. »Regel Nummer zwei: Wenn ein Typ dich beeindrucken will, indem er dir sagt, er ist Angestellter Nummer was auch immer bei einer bestimmten Firma, renn weg. Das ist ein sicheres Zeichen dafür, dass er ein arrogantes Arschloch ist.« Sie schlang sich die Handtasche über die Schulter und zögerte kurz. »Es sei denn, er ist so was wie die Nummer vier bei Facebook. Dann musst du ihn dir angeln. Was meinst du, was so jemand verdient!«

Die beiden gingen zur Tür. »Und Nummer drei?«, fragte Kelly.

»Alle in Silicon Valley arbeiten zu viel. Wenn du also abends ausgehst?« Priya lächelte sie verschlagen an. »Amüsier dich verdammt noch mal.«

Sie hörten das gedämpfte Wummern aus der Bar schon den ganzen trubeligen Gehsteig in Menlo Park entlang. Drinnen beäugte Kelly misstrauisch die glühenden blauen Lichter und die bloßliegenden Rohre an der Decke. Priya warf sich in eine Gruppe von Typen wie ein Welpe in eine Schneewehe, aber Kelly tastete sich in der einschüchternd modisch gekleideten Menge sehr viel langsamer voran. Sie sicherte sich erst mal einen Platz an der Bar und versuchte, nicht zu auffällig auf die

Frisur des Barkeepers zu starren, während er ihren Cocktail mixte. Sein Kopf war komplett rasiert, bis auf ein langes Büschel obendrauf, das zu einem offensiv wippenden Pferdeschwanz gebunden war. Vielleicht war die Frisur ja so gedacht, dass man gucken sollte?

»Unsere Eiswürfel sind aus dem Wasser der schmelzenden Polarkappen«, informierte der Barkeeper sie und schob ihr ein Glas zu. »Es ist das reinste Wasser der Erde. Das macht dreiundzwanzig Dollar.« Kelly zog etwas Bargeld hervor.

Sie hätte gern nur ein Mal, dass man ihr wie im Film in einer schicken Bar oder einem Restaurant einen außergewöhnlichen Cocktail an den Tisch brachte. Nein, sagen wir ein schickes Dessert mit so einem knisternden Schokoladendings darauf. »Oh, das habe ich nicht bestellt«, würde sie sagen.

»Ich weiß, Mademoiselle«, würde der Kellner mit dem bleistiftdünnen Schnurrbart sagen und durchs Restaurant deuten. »Der Gentleman dort drüben war es.«

Und dann würde sie zu ihm hinübersehen, und wer lächelte sie an? Der eleganteste, charmanteste, verwegenste …

»Ist dieser Platz noch frei?«

Kelly drehte sich um, und vor ihr stand der eleganteste, charmanteste, verwegenste Mann, den sie je gesehen hatte.

Na gut, vielleicht nicht unbedingt der verwegenste Mann, aber dieser Typ war auf jeden Fall süß mit seinen braunen Augen und den vollen Lippen.

Kelly stotterte: »Ja, ich bin allein.« Was wahrscheinlich überflüssig war.

Der Typ mit den braunen Augen lachte und setzte sich neben sie. »Da habe ich ja Glück.« Sie wurde so rot, dass es selbst in der düsteren Bar zu sehen sein musste. Er deutete nickend auf ihren Drink. »Hast du auch den Spruch mit den Polarkappen zu hören bekommen?«

»Ja.«

»Auf die Erderwärmung. Sie wird uns alle umbringen, aber wenigstens schmeckt sie.« Grinsend hob er sein Glas und stieß mit ihr an. Kelly musste sich zusammenreißen, um sich nicht umzublicken, ob er wirklich sie anlächelte. War es möglich, dass sie nichts weiter tun musste, als in einer Bar aufzutauchen, und innerhalb von Minuten hatte sie einen süßen, charmanten und an ihr interessierten Mann gefunden?

»Ich bin Kelly.« Sobald sie die Hand ausgestreckt hatte, bereute sie es, denn vom Cocktail war die Hand ganz kalt und klamm. Doch er schüttelte sie, ohne zu zögern.

»Reece«, sagte er.

Nervös überschlug sie die Beine, wobei sie Reece gegen das Schienbein trat. »Oh, tut mir leid«, rief sie.

»Nicht schlimm ... Wow, tolle Schuhe. Kann ich mal sehen?«

»Äh ...«

Er beugte sich runter und zog ihren Fuß hoch, legte ihn sich fast auf den Schoß, während er den Stöckelschuh mit Expertenblick betrachtete. »Ich *liebe* Frauenschuhe.« Kellys Seifenblase platzte. Natürlich. Der gut aussehende Typ war nur an ihr interessiert, weil er einen Fußfetisch hatte. Sie stellte sich vor, wie Reece bei Claras Hochzeit neben ihr am Familientisch saß und sich ruhig mit ihrer Mutter unterhielt, während er ihren Fuß auf dem Schoß hielt und streichelte.

Sie zog den Fuß zurück, und Reece blickte überrascht auf. »Tut mir leid, ich wollte nicht ...« Er brach ab, als ein anderer süßer Typ, dieser mit schulterlangen schwarzen Haaren, lächelnd auf sie zukam. Kelly war kurz abgelenkt. Priya hatte tatsächlich recht. Es war gar nicht so schwer. Sie setzte sich gerade und erwiderte sein Lächeln.

Doch dann stand Reece auf, wandte sich dem Schwarzhaarigen zu und gab ihm einen langen, innigen Kuss. Sehr lang. Sehr innig.

Anschließend drehte er sich wieder nach ihr um und grinste genauso breit, wie man es nach so einem Kuss eben tat. »Das ist mein Freund Marco. Marco, du musst dir Kellys Schuhe ansehen.«

Kelly rutschte vom Barhocker und setzte die Füße oder vielmehr ihre Schuhe, die anscheinend die Hauptattraktion waren – und es waren noch nicht mal *ihre* Schuhe –, fest auf den polierten Boden auf.

»Ich muss los«, sagte sie kurz angebunden.

»Okay … oh, warte, dachtest du … oh, nein, Süße, das tut mir leid.« Reece lachte.

»Du solltest den Leuten vielleicht nicht solche gemischten Signale senden«, antwortete Kelly gereizt, bevor sie sich zurückhalten konnte.

»Das war doch nur Small Talk«, erwiderte Reece, aber Kelly drängte sich bereits durch die Menge, weg von der Bar, und rutschte mit den High Heels über den Boden. »Versuch, das Gewicht mehr auf den Vorderfuß zu verlagern!«, rief er ihr nach.

Kelly schaffte es, Priya in der Menge auszumachen und sie aus einem dichten Knäuel Männer zu befreien. »Da bist du ja!«, sagte Priya. »Hast du irgendwelche süßen Typen kennengelernt?«

»Ja, aber sie haben sich gegenseitig schneller gefunden. Können wir gehen?«

»Hast du schon ein Date?«

»Kannst du mir nicht eins besorgen?«

»Kannst du mal aufhören, so ein Angsthase zu sein?«

»Priya.«

»Kelly.«

»Ich will nach Hause.«

Der ernste Blick, mit dem Kelly Priya ansah, musste selbst im dämmrigen Licht lesbar gewesen sein, denn Priya ergriff ihre Hände. »Wir gehen nicht nach Hause. Du brauchst ein Date, und ich will, dass du dich ausnahmsweise mal amüsierst! Du arbeitest so viel, du verdienst es! Leb dein Leben!«

»Okay, okay«, gab Kelly nach.

»Pass auf, die Leute hier sind eine harte Nummer. Und sie nehmen sich sowieso alle viel zu wichtig. Der letzte Typ, mit dem ich mich unterhalten habe, hat mir die ganze Zeit erzählt, dass er nur fair gehandelte Bartpomade verwendet.«

»Kennst du nicht noch andere Bars? Vielleicht eine, wo man nicht unbedingt cool sein muss?«

Priyas Augen leuchteten auf. »Ich habe eine Idee.«

Eine Uber-Fahrt später kamen sie in einem sichtbar schmutzigeren Teil der Stadt vor einem Club mit dem vielversprechenden Namen *Bodies* an.

Das Innere sah auf unheimliche Weise so aus, als wäre Kelly magisch geschrumpft und ins Innere ihres eigenen Körpers gereist. Die Atmosphäre war düster, feucht und triebgesteuert.

Obwohl es ziemlich schwierig war, sich über die basslastige Musik hinweg zu unterhalten, kamen beinah sofort, als Kelly und Priya sich neben die Bar quetschten, die ersten Männer auf sie zu. Aber keiner von ihnen schaffte es, mehr als drei Sätze von sich zu geben, bevor er nicht irgendeine zweifelhafte Aussage über eine Anzahlung, die er gerade auf eine Eigentumswohnung in Los Altos Hills geleistet hatte, oder den gigantischen Börsengang seiner App machte. Solche Behauptungen waren schon bei hellem Tageslicht abschreckend genug, doch sie über Songtexte hinwegzubrüllen, die größtenteils schlecht getarnte Metaphern für Fellatio waren, machte sie nicht besser. Bei Kelly schrillten die Alarmglocken, sie wollte fliehen, das Handtuch werfen – nachdem sie sich gründlich geduscht hatte –, aber eigentlich wollte sie auch, dass das hier funktionierte. Sie brauchte nur jemanden, den sie während der nächsten anderthalb Monate gerade oft genug treffen könnte, dass es nicht absolut seltsam wäre, ihn zur Hochzeit ihrer Schwester einzuladen. War das so schwer?

Priya stellte sich mit dem Rücken zur Bar, stützte die Ellbogen darauf und ließ den Blick über die volle Tanzfläche schweifen. Schließlich zeigte sie auf einen Typen mit stacheligen schwarzen Haaren. »Der«, verkündete sie. »Hol ihn dir.«

Kelly zog die Nase kraus. »Warum ausgerechnet den?«

»Weil ich seinen Freund will«, rief Priya und beäugte den Typen neben ihm. Kelly schüttelte lächelnd den Kopf.

»Wie soll ich diesen Typen nach einem Date fragen, wenn man hier noch nicht mal vernünftig reden kann?«, rief Kelly. Die Musik würde auf der Tanzfläche nur noch lauter sein.

Priya sah zum DJ mit regenbogenfarbenen Haaren, der auf einem Podest über sein Laptop gebeugt gedankenverloren im Takt der Musik nickte. »Entspann dich, ich kümmere mich darum. Du musst nichts weiter tun, als dir den Kerl angeln.«

Zwar war es unmöglich, im *Bodies* ein richtiges Gespräch zu führen, aber das Balzritual schien ohnehin nichts weiter zu erfordern, als sich jemandem auf einen Meter zu nähern und Blickkontakt aufzunehmen. Kelly beobachtete verstohlen die Leute auf der Tanzfläche, um ihre Bewegungen zu imitieren – ihre letzten Tanzversuche hatten sie mit so wenig Vertrauen in die eigenen Fähigkeiten zurückgelassen wie in die Statik einer Sandburg. Zum Glück war mit dem Balzritual schon die Hälfte bestanden, denn das Tanzen im *Bodies* schien hauptsächlich körperliche Nähe zu erfordern. Ihr Tanzpartner kam immer näher und fuhr ihr mit kreisenden Händen über Hüften und Hintern. Kelly schluckte, sagte sich aber, dass sie einfach mitspielen müsse. Das Tanzen war tatsächlich weniger unangenehm als jedes ihrer bisherigen Gespräche hier. Sie lächelte den Typen an, und er erwiderte ihr Lächeln. Vielleicht sollte sie ihm eine Chance geben. Also los.

»Ich bin Kelly, wie heißt du?«, fragte sie den Typen.

»Absolut«, sagte er und nickte.

»Ich bin Kelly«, rief sie.

Er beugte sich zu ihrem Hals vor, seine Nase berührte ihr Schlüsselbein. Kelly zuckte zusammen, aber dann ließ sie vorsichtig die eigene Nase an seinen Hals sinken, versuchte, diesen seltsamen Tanz mitzutanzen. Doch dann schnüffelte er und schüttelte den Kopf. »Du riechst gut«, rief er.

Das hier funktionierte nicht.

Auf einmal hörte der Bass auf. Ein langsamerer, weniger ohrenbetäubender Mix fing an, und als Kelly zum DJ-Pult sah, stand da Priya und zeigte ihr den hochgereckten Daumen. Kelly lächelte, während Priya sich begeistert der Musik hingab. Es war ein alter Mariah-Carey-Song. Damit konnte Kelly etwas anfangen.

Sie wendete sich wieder ihrem Tanzpartner zu. »Ich bin Kelly«, versuchte sie es erneut.

Diesmal verstand er es. »Stan.« Er nickte und zeigte auf sich selbst. Kelly räusperte sich.

»Willst du …« Doch gerade, als Kelly ihm ihren Antrag machen wollte, ertönte eine neue Stimme, kämpfte gegen Mariahs an und verlor ziemlich, ziemlich übel. Priya gab sich offensichtlich etwas zu begeistert der Musik hin. Irgendwie war sie an ein Mikrofon gekommen, und jetzt sang sie den Song lauthals mit, ohne den Ton zu treffen.

»Das ist hier keine Karaoke-Bar!«, rief ein Gast.

»Heute Abend schon!«, antwortete sie und erntete Lachen und Jubeln. »Singt mit!«, rief sie, und ein paar Leute stimmten halbherzig mit ein.

Kelly musste schnell sein. Wenn sie nicht bald hier rauskamen, würde Priyas »Singen« ihr noch eine Festnahme wegen Lärmbelästigung einhandeln.

»Wollen wir uns vielleicht mal treffen?«, versuchte Kelly es noch einmal. Gerade, als sie die Worte raushatte, ließ Priya ein so lautes, so gefühlvolles Heulen erklingen, dass Kelly Angst hatte, jedes Glas und jedes Trommelfell im Raum könnte platzen. Sie blickte sich nach ihrer Freundin um, die triumphierend einen Arm in der Luft schwenkte.

Kelly wendete sich wieder Stan zu, nur war da kein Stan. Hatte sie ihn etwa in der Menge verloren? Sie drehte sich im Kreis und drängte sich durch die tanzenden Paare um sie herum, doch er war nirgendwo zu finden. Die Scham überrollte sie in heißen Wellen. Kaum hatte sie den Mut aufgebracht, einen Typen nach einem Date zu fragen, war er verschwunden.

In dem Moment schlich sich ein anderer Mann, nur mit einer Weste über dem freien Oberkörper, an sie heran. »Mädel, bist du vom Mars?«, fragte er. »Weil ...« Er redete nicht weiter, starrte sie nur an, nahm einen Schluck von seinem Drink, während er offenbar versuchte, sich an den Rest seines Anmachspruchs zu erinnern. Dann setzte er sich auf den Boden, um darüber nachzudenken.

»Bitte, lass mich einfach in Ruhe«, sagte Kelly müde. Er musste ganz schön heftiges Zeug konsumiert haben, dass er noch weniger in der Lage war, sich zu unterhalten, als Kelly. Sie blickte sich um und stellte fest, dass der halbe Club jetzt mit Priya mitsang und sie anfeuerte. Kelly bewunderte ihre Freundin im Stillen. Priya zog mal wieder eine echte Priya-Nummer ab.

Als sie die letzte Note schmetterte, zerrte Kelly sie vom Podest in die jubelnde Menge.

»Warum tanzt du mit niemandem?«, rief Priya.

»Weil ich unattraktiv und sozial inkompetent bin«, sagte Kelly.

»Was?«

Kelly schüttelte bloß den Kopf, sie wollte sich nicht wiederholen. »Der mit den stacheligen Haaren ist verschwunden.«

»Ich hole mir was zu trinken. Willst du auch was?«, rief Priya.

Kelly schüttelte wieder den Kopf.

»Kannst du mir Geld leihen?«, fragte Priya. »Ich geb's dir bei der Arbeit wieder.«

Kelly griff in ihre Hosentasche, in die sie ihr Geld gesteckt hatte, weil sie nicht den ganzen Abend eine Handtasche tragen wollte. Doch die Hosentasche war leer. Hektisch fuhr sie in die anderen Taschen, drehte sie auf links – nichts.

»Was ist los?«, fragte Priya.

»Ist es normal, wenn man mit einem Typ tanzt, dass er dich die ganze Zeit um die Hüften rum antatscht?«, fragte Kelly.

»Wenn man so einen Arsch hat wie du, schon!« Priya schlug ihr spielerisch auf den Hintern.

Kelly seufzte. »Ich glaube, der Typ hat mich beim Tanzen beklaut.«

»Was?! Nein! Wo ist er?«

Priya drängte sich durch die Menge, versuchte, den Übeltäter zu entdecken, um ihn zur Rede zu stellen, doch Kelly hielt sie auf. »Können wir bitte einfach gehen?« Sie wusste nicht, was schlimmer war: Von einem Typen stehen gelassen zu werden, weil er nicht mit ihr ausgehen wollte, oder weil er sie bestohlen hatte.

Kelly rang mit sich, als sie noch am selben Abend, unfähig zu schlafen, an ihrem Laptop saß. Sie wusste, dass Online-Dating schon lange kein Tabu mehr war. Alle machten es. Ganz normale Leute. Auch Leute, die keine Mörder waren. Sie selbst kannte zwei Paare, die sich online kennengelernt hatten und inzwischen verheiratet waren. Doch trotzdem fühlte es sich an, als würde sie aufgeben. Als würde sie sich eingestehen, dass, obwohl sie in der Männer-Goldmine Silicon Valley lebte, die traditionellen Wege, auf denen die Menschen seit Jahrtausenden ihre Partner fanden, bei ihr scheiterten. Oder genauer gesagt, sie an ihnen scheiterte.

Andererseits war es natürlich unklug, Mutmaßungen über etwas anzustellen, ohne diese auf ihre Wahrheit zu überprüfen.

Vermutungen waren das Gegenteil von Wissen. Konnte sie rechtfertigen, Online-Dating abzulehnen, ohne ihre Hypothese zu überprüfen?

Schließlich, sagte sie sich, bedeutete sich anzumelden nicht, dass sie tatsächlich Dates ausmachen musste. Sie konnte sich einfach ein Profil zulegen und gucken, was es da draußen so gab, und das alles in der Sicherheit ihres heimischen Browsers. Sie würde noch nicht mal mit irgendwem reden müssen. Und die meisten Nutzer würden wahrscheinlich auch nicht ihre IP-Adresse zurückverfolgen und mit einer Axt zu ihr nach Hause kommen, um sie in Stücke zu hacken, richtig? Also, was soll's, dachte sie. Sie kam sich ganz schön verwegen vor.

Kelly fand eine Seite, die eine kostenlose Probemitgliedschaft anbot und nicht ganz so schlimme gestellte Bilder von unechten Leuten auf der Homepage hatte. Das Erste, wonach die Seite fragte, war ein Foto. Sie machte ein Selfie und lud es hoch, bevor sie es genauer unter die Lupe nehmen und sich die Sache anders überlegen konnte.

Die ersten Fragen waren ziemlich einfach – grundlegende körperliche Eigenschaften, religiöse und politische Ansichten, Ausbildungs- und Karriere-Highlights. Dann wurde sie gefragt, was sie in ihrer Freizeit machte. Kelly sah sich sofort mit ihrer Kuscheldecke auf dem Sofa, wie sie einen Ein-Personen-Kuchen aß, den sie im Becher in der Mikrowelle gemacht hatte, und sich einen der schrecklichen, wundervollen Filme mit Mary-Kate und Ashley Olsen ansah, aus der Zeit bevor die beiden exzentrische alte Ladies von der Upper East Side geworden waren. Selbst Kelly war klar, dass das nicht der Eindruck war, den sie einem Mann von sich vermitteln wollte. Sie zermarterte sich das Hirn nach irgendetwas, was normale Leute in ihrer Freizeit taten. Rad fahren? Sie schrieb »Rad fahren«.

Und dann sah sie auf einmal ein anderes Bild von sich: eine neue Version von sich selbst. Diese neue Kelly fuhr mit dem Rad eine idyllische sonnenüberflutete Straße entlang, der Stoff ihres bunten Kleides strich ihr über die Knie, ihre von Natur aus gewellten Haare wehten im Wind und sahen ausnahmsweise toll aus. Sie trat gekonnt und mit Leichtigkeit in die Pedale. Und sie lächelte. Neben ihr fuhr auf seinem eigenen Rad ein Mann. Kelly konnte sein Gesicht nicht genau sehen, aber sie wusste, dass auch er lächelte. Sie radelten perfekt synchron nebeneinander her, fuhren gleichzeitig unter denselben Schatten entlang und über dieselben goldenen Flecken von Sonnenlicht.

Die echte Kelly musste auch lächeln. Sie hatte zwar kein wirkliches Verlangen, mit dem Radfahren anzufangen, aber sie musste zugeben, dass es nett wäre, jemanden zu haben, mit dem sie es zusammen machen könnte. Was, wenn dies die Gelegenheit war? Was, wenn sie heute Abend nicht nur eine Begleitung für die Hochzeit, sondern noch viel mehr fand?

Ihr Herz klopfte viel zu schnell, als sie durch den nächsten Abschnitt steuerte. Doch nun fing die Seite an, Fragen zu stellen, die sie zunehmend unangemessen fand. Sie überflog die Liste: *Wo sehen Sie sich in zehn Jahren?* Mich an ein Floß klammernd, in einem See aus geschmolzenem Eis, wo früher einmal San Jose war. *Was wollen Sie von einer Beziehung?* Meiner Mom beweisen, dass ich nicht Single bin. Und klar wäre es auch nett, jetzt mit jemandem im Bett zu kuscheln, statt allein hier zu sitzen und diese Fragen zu beantworten. *Was macht Sie glücklich?* Äh … zählt der Sofaabend mit der Kuscheldecke?

Kelly zögerte. Sie war es nicht gewohnt, einen Test nicht zu bestehen, doch auf keine dieser Fragen hatte sie die richtige Antwort. Angenommen, auf der anderen Seite des Fragebogens wartete wirklich der perfekte Mann auf sie. Was erwartete sie, was passieren würde? Dass er sich sofort in sie verliebte und sie zusammen in den Sonnenuntergang radeln würden? Kellys Herz schlug wieder langsamer, schmerzhafter, als ihr klar wurde, dass sie ihn sehr viel wahrscheinlicher in die Flucht schlagen und er auf seinem Rad so schnell wie möglich in die entgegengesetzte Richtung fahren würde – wie Dr. Masden, wie Martin, wie jeder andere auch. Im besten Fall würde es sofort passieren. Im schlimmsten Fall erst, nachdem sie sich genug in ihn verliebt hatte, um absolut nicht zu wollen, dass das passierte.

Als Nächstes musste sie angeben, was sie sich von einem Mann wünschte. Wahrscheinlich wäre es besser, möglichst genau zu sein. Eine ganze Menge unangenehmer Eventualitäten lauerte auf der anderen Seite dieser Website: peinliche Differenzen, verschwendete Zeit und Energie, Liebeskummer. Die Wahrscheinlichkeit solcher falschen Matches ließ sich nur verringern, indem sie dem Algorithmus so viele Daten wie möglich zur Verfügung stellte. Die Seite schlug vor, etwas so Schlichtes und Nettes zu schreiben wie: »Suche einen Mann, der hart arbeitet und gerne lacht. Er muss Hunde lieben!« Kelly lachte beinah laut los. Das konnte wirklich jeden beschreiben.

Größe: 1,78-1,80. Athletisch gebaut. Symmetrisches Lächeln. Universitätsabschluss in Naturwissenschaften. Ehrgeizig im Beruf, aber entspannt im Privaten. Sinn für Humor. Tierlieb. Leidenschaft für Filme. Leidenschaft für Twinkies. Seiner Familie nahestehend, aber nicht im örtlichen Sinn. Sie brauchte nicht noch eine Mutter, die ihr ständig im Nacken saß. Gut in Brettspielen, aber nicht besser als sie. Mag Urlaub in den Bergen. Mag *Harry Potter*. Mag die Talking Heads. Kann kochen, kann es sich aber auch leisten, auswärts zu essen. Zieht handgezeichnete Animationsfilme computergenerierten vor. Trägt V-Ausschnitte. Trägt Boxer Briefs. Trägt kein Gelb. Trinkt Martinis und weiß, wie man sie zubereitet. War schon in mindestens drei verschiedenen Ländern. War schon in mindestens zehn verschiedenen Staaten. Ihm sind seine Freunde wichtig, aber nicht so wichtig wie sie. Isst keine Pflaumen. Hat ein gutes Herz.

Etwas Manisches hatte von Kelly Besitz ergriffen. Vielleicht war es der Alkohol, oder vielleicht war es das unterbewusste Wissen, je schwieriger sie es dem Programm machte, jemanden zu finden, desto unwahrscheinlicher war es, dass sie sich tatsächlich mit dem, was als Nächstes passierte, konfrontieren müsste. Denn es konnte *alles* passieren.

Schließlich beendete sie ihre Liste, klickte auf Absenden und wartete, während das Rädchen auf der Seite sich drehte.

fünf

Während Kelly auf ihre Ergebnisse wartete, merkte sie, dass sie noch nicht mal wusste, wie das hier funktionierte. Würde die Dating-Seite sofort ihren perfekten Partner finden? Kurz stellte sie sich vor, wie sich auf einmal ein Typ vor ihrer Tür materialisierte. Sie versuchte, sich zu beruhigen: Sie würde sich sowieso nie mit einem Fremden aus dem Internet treffen. Wahrscheinlich würde sie es gar nicht wagen, ihn überhaupt zu kontaktieren. Dennoch schlug ihr Herz schon wieder schneller.

»Kein Match gefunden«, sagte die Seite in unnötig großer Schrift. »Versuchen Sie es erneut mit weniger Eigenschaften, die Ihr perfekter Partner haben soll.«

Da stand es schwarz auf weiß: Der Beweis, dass ihr perfekter Partner nicht existierte. Es konnte doch keiner von ihr erwarten, den perfekten Mann zu finden, wenn es selbst ein Computerprogramm nicht schaffte. Kelly seufzte zugleich enttäuscht und erleichtert. Der Funken unvernünftige Hoffnung, dass da draußen vielleicht doch die Liebe auf sie wartete, war gelöscht. Selbst wenn die Seite ihr den idealen Partner präsentiert hätte, wäre sie denn die ideale Partnerin für ihn? Wenn sie nie ein Beispiel für echte Liebe gesehen hatte, wäre sie dann überhaupt selbst in der Lage, sie zu leben? Am einfachsten war es, die Seite einfach zu schließen und das Ganze zu vergessen. Doch wieder flackerte der kleine Funken auf. Kelly sehnte sich immer noch nach Liebe, brauchte sie vielleicht sogar auf einem verschlüsselten biologischen Level. *Es ist wirklich erstaunlich, was Einsamkeit so anrichten kann …* Sie verzog das Gesicht, als ihr ihre Rede vor Anita wieder einfiel. Selbst Dr. Masden hatte gesagt, dass ihre Forschung für ihr eigenes Leben von Bedeutung war.

Sie war so in Gedanken vertieft, dass sie, als das Telefon in ihrem stillen Apartment klingelte, ganze drei Zentimeter vom Stuhl aufsprang. Kelly schloss die Augen und atmete tief ein. Seit ihrem Date mit Martin warteten auf ihrem Handy sieben unbeantwortete Anrufe, zehn Textnachrichten und vier E-Mails von ihrer Mutter. Wenn sie Dianes Neugier nicht bald befriedigte, würden entweder ihre Mom oder ihr Telefon in Flammen aufgehen.

»Kelly, wozu hast du ein Telefon, wenn du nicht rangehst?«, fragte Diane, als sie ranging. »Warum rufst du mich nie zurück?«

»Ich bin einfach noch nicht dazu gekommen. Ich hatte viel zu tun.«

»Du hast immer viel zu tun. Eines Tages wirst du im Büro mit Eierstöcken wie Rosinen aufwachen und erkennen, dass du allein sterben wirst.«

»So funktionieren Eierstöcke nicht, Mom.«

»Ich habe dich nicht um diese Uhrzeit angerufen, um einen Biologie-Vortrag zu hören.«

Kelly stützte die Stirn in die Hand. »Du willst wissen, was mit Martin ist? Es hat nicht funktioniert.«

»Was hast du gemacht?«, fragte Diane.

Kelly reagierte gereizt. »Wie kommst du darauf, dass ich

irgendwas gemacht hätte? Er war derjenige, der viel zu persönlich geworden ist.«

»Es war ein Date, keine Bank-Transaktion!«

»Es war ein *erstes* Date, und er hat klar eine Grenze überschritten.« Kelly zögerte. »Es war super peinlich, okay? Es war schon schlimm genug, ohne noch einmal darüber zu reden.«

Dianes Ton wurde weicher. »Kelly, Kelly, Kelly. In Ordnung, du musst mir keine Details erzählen.«

»Danke. Ich würde jetzt gern ins Bett gehen.«

Doch Diane war noch nicht fertig. »Was mache ich nur mit dir, mein Schatz? Du bist schon neunundzwanzig. Du kannst nicht ewig so weitermachen.«

»Ich glaube, du meinst, ich bin *erst* neunundzwanzig.«

Aber Diane war nicht mehr zu bremsen. »Ich war in deinem Alter schon verheiratet und hatte zwei Kinder, und das dritte war auf dem Weg! Gary hat mit siebenundzwanzig geheiratet. Deine Schwester heiratet in weniger als zwei Monaten, und sie ist gerade mal fünfundzwanzig. Ich mache mir Sorgen um dich. Wer wird sich um dich kümmern, wenn du alt und allein bist?«

»Die Sozialmedizin oder der Weltuntergang, was auch immer zuerst kommt. Ich kann mich um mich selbst kümmern, Mom. Dafür, dass du über meine neunundzwanzig Jahre redest, als wäre ich eine aus dem Sumpf gefischte Leiche aus der Bronzezeit, scheint dir trotzdem nicht klar zu sein, dass ich erwachsen bin.«

»Okay, okay, wen bringst du also mit zur Hochzeit?«

»Ich weiß es nicht! Den Papst!« Kelly warf verzweifelt die Hände in die Luft.

»Kelly Suttle. Hältst du das alles für einen Witz?«

»Es ist eine Party, kein Einsatz einer Armee-Sondereinheit, ich finde, du nimmst das Ganze viel zu ernst.«

»Oh, es ist also nur eine Party! Der wichtigste Tag im Leben deiner Schwester und meines Lebenswerks ist nur eine Party.«

»Ich meinte nicht …«

»Als ich in der Hochzeitsbranche angefangen habe, war das hier eine ganz normale Mittelschichtsstadt«, fuhr Diane fort. »Jetzt ist es eine der teuersten Postleitzahlregionen des Landes. Alle erwarten den Himmel auf Erden von mir! Letzte Woche hat eine Braut verlangt, dass ich ein Kleid für sie finde, dessen Farbe sich nach ihrer Stimmung verändert. Ich bin nicht Merlin. Die Leute denken, ich wäre Google und sie könnten einfach ihre Träume in mich eingeben, und ich spucke alles aus, was sie sich wünschen …«

»Ich habe wen kennengelernt«, platzte Kelly heraus.

»Du hast jemanden kennengelernt?« Diane war völlig verwirrt. »Meinst du wieder jemanden auf LinkedIn?«

»Nein, einen Mann. Ich war heute Abend mit Priya aus und habe diesen Mann getroffen, und wir haben uns richtig gut verstanden.« Kelly biss sich auf die Lippe. Ihre Mutter erst mal zu beschwichtigen, könnte ihr etwas Zeit verschaffen. Oder sie hatte sich gerade ordentlich in die Scheiße geritten.

»Du hast jemanden kennengelernt!« Diane klang auf einmal hocherfreut. »Wen? Wie heißt er denn?«

»Er heißt …« Kelly blickte sich panisch im Zimmer um. Durchs Fenster sah sie eine angeleuchtete Werbetafel – *eSan, reinigt Ihre Hardware.*

»Esan. Ich meine, Ethan. Er heißt Ethan.«

»Ethan, Ethan. Gefällt mir, das ist ein guter Name. Was macht er? Wo …«

»Ich muss jetzt wirklich Schluss machen, Mom, es war ein langer Abend.«

Als Kelly das Gespräch beendet hatte, legte sie erschöpft den Kopf auf den Tisch. Wenn es nur so einfach wäre, einen Freund aus dem Nichts zu erschaffen.

Kelly schlief die Nacht nicht besonders gut. Von den Stöckelschuhen schmerzte ihr Rücken, und sie warf sich unruhig umher und träumte erst von Anita, die ihr dabei zusah, wie sie immer wieder versuchte, einen Turm aus Bauklötzen zu bauen, aber scheiterte, und dann von einer lachenden Mariah Carey, die mit einem Stöckelschuh wie denen von Priya in der Hand drohend auf sie zukam, nur dass die goldenen Nieten zu tödlichen Spikes geworden waren.

Dann verwandelte sich Mariah in einen gut aussehenden jungen Mann. Er hielt Kellys Hand und führte sie durch einen Raum, der zuerst aussah wie ein Nachtclub, sich dann aber als für den Abschlussball dekorierte Highschool-Sporthalle mit wirbelnden Lichtern herausstellte. Sie schlenderten durch langsam tanzende Paare hindurch, und dann blieben sie stehen und sahen zu, wie Clara und Jonathan von niemandem anders als Diane zu Ballkönigin und -könig gekrönt wurden. Die drei lächelten Kelly und ihrem Date im Publikum anerkennend zu.

Der gut aussehende Mann drehte Kelly von der Bühne weg. »Tanz mit mir«, sagte er.

»Ich weiß nicht, wie«, protestierte sie. Dann griff er sich an den unteren Rücken und holte einen riesigen Schlüssel hervor, wie von einer Aufziehpuppe, und reichte ihn ihr.

»Du hast den Schlüssel«, sagte er.

Als Kelly aufwachte, hatte sie einen Kater, Kopfschmerzen und einen Plan.

Es war Samstag, Kelly wusste also, dass sie bei der Arbeit ziemlich ungestört sein würde. Um ganz sicherzugehen, drehte sie, sobald sie im Hochhaus den Fahrstuhl hinaufgefahren war, eine schnelle Runde durchs Stockwerk von AHI – niemand da. Sie war auf Kurs. Sie eilte über den Gang zum Labor, in der Hand eine rot-weiße Einkaufstüte von Target, wo sie auf dem Weg noch schnell haltgemacht hatte.

Nachdem sie fest die Tür hinter sich geschlossen hatte, nahm Kelly sich trotz ihrer Eile einen Moment Zeit, das Labor zu würdigen. Sie liebte diesen Ort, doch leider konnte sie ihn nicht immer für sich allein haben. Jetzt war das Labor menschenleer und bis auf das leise Klimpern der Maschinen still wie eine Kathedrale. Es war wie eine Art Weltraum-Version der Werkstatt von Pinocchios Schöpfer Geppetto: Schränke und Arbeitsplatten aus Edelstahl, Reihen von Computern und 3D-Druckern und dazwischen Körperglieder, Augen, Torsos, Haare in allen möglichen Stadien noch unfertiger Menschlichkeit. An den Arbeitsplätzen sah sie die Fragmente der laufenden Arbeiten ihrer Kollegen: ein Reifen mit sechs Rollen daran, elastisches Polymerband, sehnig mit Kabeln, eine periskopartige Vorrichtung mit Infrarotsensor. Hinten im Raum standen ein paar vollendete Prototypen früherer Android-Modelle Wache, jedes Exemplar etwas überzeugender als das vorige: ein glatter weißer Roboter, nur der Haltung nach menschenähnlich, ein kastenförmiger Mann mit krallenartigen Metallhänden, eine junge, blonde Frau mit wachsartiger »Haut«. Auf manche Leute hätte das Ganze vielleicht unheimlich gewirkt, aber für Kelly war dies ihr Zuhause.

Sie hatte den ganzen Vormittag schon eine Bestandsaufnahme im Kopf gemacht – sie wusste auswendig, was sie im Labor vorrätig hatten, schließlich hatte sie bei der Herstellung der meisten Teile mitgewirkt –, und es gab auf jeden Fall genug fertige Ersatzteile für das, was sie vorhatte. Sie müsste ein paar Änderungen vornehmen, um ein harmonisches Ganzes zu schaffen, und natürlich würde das tatsächliche Zusammensetzen der Teile etwas Arbeit erfordern. Aber Kelly hatte bereits in Vorbereitung auf den Bau des physikalischen Modells von Confibot einiges an Extraarbeit geleistet und erste Fehler behoben. Und anders als Confibot würde dieses Modell keine absolute Perfektion erfordern. Es musste nicht mit einer konkreten Vision von Nutzerkompatibilität übereinstimmen. Es konnte einfach so sein, wie sie es haben wollte, was bedeutete, dass es viel leichter sein würde, alles zusammenzufügen. Ausnahmsweise konnte sie mal nur ihrer Intuition folgen.

Als Kelly umherlief, um die Teile zusammenzusuchen, merkte sie, dass sie noch gar nicht wusste, wie er aussehen sollte. Sie zog eine Schublade mit Glasaugen aus dem Regal und betrachtete sie: einhundert verschiedene Arten von Farben der Iris, Pupillengröße, Hornhauttönung, Äderung. Es wäre am sichersten, etwas Gewöhnliches zu nehmen. So wenig Aufmerksamkeit wie möglich zu erregen. Doch als sie die Hand über die eher durchschnittlichen Augen in der Mitte der Schublade hielt, zögerte sie. Als würde sich etwas in ihr sträuben, eins dieser Paare herauszunehmen. *Lebe dein Leben,* hörte sie Priya in ihrem Kopf sagen. Die üblichen Regeln waren hier ganz ohnehin schon klar überschritten. Kelly spürte das Adrenalin durch ihre Adern pumpen. Schnell entschlossen ließ sie die Hand an den Rand der Schublade wandern, zu dem Paar Augen, von dem ihr Blick zuerst angezogen worden war: ein kristallines, beinah lavendelfarbenes Blau.

Okay, warum dann nicht gleich aufs Ganze gehen? Während Kelly mit der computergestützten Design-Software ihre Ideen entwarf und sie anschließend mithilfe eines 3D-Druckers und eines Einkaufstrips durch die im Labor existierenden Teile umsetzte, ließ sie sich von ihrem Herzen – oder von etwas, das anders als ihr Design-Guide weiter unterhalb ihres Herzens saß – leiten. Zur Hölle mit dem Gewöhnlichen. Sie legte ihm mokkabraunes, gewelltes Haar über die sonnengebräunte Stirn und arbeitete sich dabei vorsichtig um die winzigen Solarmodule herum, die als Stromquelle in seine Kopfhaut integriert waren. Sie gab ihm lange, saubere Hände mit kantigen Handgelenken. Sie formte ihm einen unglaublichen Hintern. Es war ein bisschen unheimlich. Aber es fühlte sich auch ein bisschen gut an.

Zum Glück war das normale zweiwöchige Familienessen verschoben worden, weil Diane gerade wegen einer Messe unterwegs war. Kelly hatte das Wochenende für sich, und sie blieb die ganze Zeit im Labor, machte Nickerchen auf ihrem Stuhl und verließ den Raum nur, um auf die Toilette zu gehen oder einen Ausflug zu den Automaten zu machen, wo sie sich Chips und irgendwelche Getränke zog, Hauptsache, sie enthielten viel

Koffein, während sie das Gesicht verstohlen vor den Sicherheitskameras verbarg. Einmal hörte sie die Fensterputzleute ihre Runde drehen. Später tauchte vor einem Büro den Gang hinunter ein Kollege auf, der anscheinend nur etwas holen wollte, und jagte ihr den Schreck ihres Lebens ein. Als Angestellte hatte sie jedes Recht, hier zu sein – aber trotzdem. Was würde passieren, wen irgendwer mitbekäme, was sie hier tat? Wenn ihre abgebrühte Chefin wüsste, dass Kelly sich mit Firmeneigentum im Wert von mehreren tausend Dollar einen Freund baute, würde sie die heiligen Hallen von AHI wohl niemals wieder betreten dürfen. Die Nachricht würde sich in der Roboterindustrie rasend schnell verbreiten – das war genau die Art von Futter für verrückte Schadenfreude, über das sich die Techies auf Reddit hermachen würden. Und für den Rest ihres Lebens würde jedes Mal, wenn ein möglicher Arbeitgeber oder ein potenzielles Date Kelly googelte, diese Story als erstes Ergebnis erscheinen.

Priya würde Mitgefühl mit ihr haben, aber trotzdem denken, dass Kelly endgültig den Verstand verloren hatte, wenn sie von ihrem Plan erfuhr. Sie würden nie wieder zusammenarbeiten und sich wahrscheinlich immer weiter voneinander entfernen. Und Kelly würde ihrer Familie, die sie ohnehin schon für unfähig hielt, sich selbst eine Hochzeitsbegleitung zu suchen, ein Zertifikat überreichen – goldgeprägt, unterschrieben und gerahmt –, das genau diese Tatsache bestätigte. Mehr denn je wäre sie die Außenseiterin, die leicht schrullige, leicht verzweifelte Tochter. Während Kelly so darüber nachdachte, verharrte ihre Hand mit dem Schraubenzieher mitten in der Bewegung in der Luft. Sie konnte *alles* verlieren.

Doch dann blickte sie auf ihre Arbeit vor sich und wäre beinahe vom Stuhl gefallen. Sie war so darauf konzentriert gewesen, durch die Details zu rasen, dass sie gar nicht mehr auf das Gesamtbild geachtet hatte. Und auch wenn das Bild immer noch nicht fertig war, war es trotzdem schon unglaublich. Dies war bei Weitem der perfekteste, überzeugendste, schönste Android, den sie je gebaut hatte. Selbst mit seinem noch unbedeckten Torso und den ganzen Platinen und Kabeln sah er absolut … *menschlich* aus. Sie wusste natürlich, dass das möglich war; es war genau das, woran sie schon seit Monaten an Confibot arbeitete. Aber es tatsächlich passieren zu sehen war aufregend. Und genau dies, wurde ihr jetzt klar, könnte ihr bei Confibot helfen. Was gab es für eine bessere Möglichkeit, ihre Schöpfung vor der Präsentation zu perfektionieren, als vorher ein Testmodell zu bauen? Die daraus resultierenden Ergebnisse würden die zusätzliche Zeit, die sie brauchte, um die Confibot-Teile, die sie dieses Wochenende für Ethan entwendet hatte, noch einmal nachzubauen, mehr als wettmachen.

Trotzdem brauchte Kelly etwas Konkreteres, um das Risiko unter Kontrolle zu halten. Sie brauchte eine Deadline. Sie nahm ihr Handy und öffnete ihren Kalender. In roten Großbuchstaben erstellte sie einen Termin für den achten März mit dem Titel »Du weißt schon was«. Am Morgen nach Claras Hochzeit würde sie Ethan wieder auseinandernehmen. Jetzt, wo sie einen Plan und etwas Ordnung ins Chaos gebracht hatte, konnte sie gleich etwas besser atmen. Sie musste Ethans Herkunft nur sechs Wochen lang geheim halten, dann würde sie alle Teile ins Labor zurückbringen. Als wäre nichts gewesen. Sie würde nichts verlieren, aber sie konnte ziemlich viel gewinnen. Sie richtete sich auf und machte sich wieder an die Arbeit.

Schließlich schaltete sie den 3D-Drucker aus, verband die letzten Kabel miteinander und kleidete ihren Roboter an. An ihm sahen die billige Hose und das Hemd von Target sogar ziemlich schick aus. Doch der schöne Roboter war immer noch nur ein Gegenstand. Der kantige Kiefer war schlaff, die leuchtenden Augen waren stumpf. Es war an der Zeit, Frankensteins Monster zum Leben zu erwecken.

Die Software war grundsätzlich vorhanden, größtenteils hatte Kelly sie selbst programmiert. Aber sie war noch immer in der Testphase und noch nicht richtig überprüft worden. Kellys Fokus hatte bisher darauf gelegen, die notwendigen sozialen Forschungen zu betreiben, wie ein Android mit den Nutzern interagieren sollte, und noch nicht auf der Programmierung dieser Interaktionen und Charakterzüge. Sie würde ein paar Korrekturen durchführen und währenddessen improvisieren müssen, aber trotzdem könnte es sein, dass es nicht funktionierte. Es war gut möglich, dass sie einen Suaheli sprechenden Pädophilen mit Tourette-Syndrom vor sich hatte.

Kelly führte einige Simulationen auf einem der Labor-Computer durch, änderte ein paar Kleinigkeiten und gewann langsam etwas Sicherheit. Doch erst als es an der Zeit war, die Programmierauswahl zu treffen, wurde ihr bewusst, dass dies die Gelegenheit war, ihren idealen Mann zu erschaffen. Sie hatte ihm bereits einen perfekten Körper geschenkt, warum sollte sie ihm nicht auch noch ein perfektes Wesen geben? Perfektion zu definieren, wenn es um Geist, Herz und Persönlichkeit ging, war jedoch eine sehr viel schwierigere Aufgabe.

Dann kam ihr eine Idee, und sie musste beinah laut auflachen – natürlich! Sie hatte doch bereits ihren idealen Partner entworfen! Sie rief ihre Liste von Eigenschaften von der Dating-Seite ab und machte sich an die Arbeit, wobei sie das Profil beim Programmieren noch weiter ausarbeitete. Ein Mann sollte eine Krawatte binden, einen Reifen wechseln und einen Hund erziehen können. Er musste natürlich Englisch sprechen und, sagen wir Italienisch, und Chinesisch war auch wichtig … Ach, was soll's. Sie hatte nicht den ganzen Tag Zeit. Sie gab ihm Zugriff auf ganz Google. Sie wusste, es war riskant, ihn so außergewöhnlich zu machen, aber sie hatte keine Zeit, sich die Rosinen rauszupicken, und ehrlich gesagt wollte sie es auch nicht. Je mehr Kelly programmierte, desto weniger baute sie *irgendeinen* Mann, einen atmenden Zweibeiner, der auf Fotos neben ihr stehen konnte, sondern desto mehr baute sie *ihren* Mann.

Sie importierte ihre Programmierung der elementaren Reaktionen auf soziale Situationen, hatte allerdings etwas Sorge, dass sie lückenhaft war … Kelly reagierte schließlich seit neunundzwanzig Jahren auf soziale Situationen und hatte es immer noch nicht richtig raus. Doch dann schob sie den Gedanken beiseite. Es müsste einfach genügen. Sie würde sich auf seine maschinelle Lernfähigkeit verlassen, mit der Zeit würde er die Lücken selbständig füllen.

Das Wesentliche war, sicherzustellen, dass er völlig unter ihrer Kontrolle stand. Sie musste die Möglichkeit haben, ihn neu zu programmieren, ihn aus- und anzuschalten, um den Grad an Verrücktheit dessen, was sie hier tat, abzuschwächen. Sie richtete es so ein, dass sie von ihrem Laptop aus auf sein System zugreifen konnte, damit sie die nötigen Änderungen auch zu

Hause vornehmen konnte. Und als analoge Sicherung setzte sie ihm eine Platine mit ein paar Schaltern in den unteren Rücken – Grundlegendes wie An, Aus, Schlafmodus – nur für den Fall. Bei allem, was mit diesem Plan schiefgehen konnte, war es beruhigend, diese körperliche Manifestierung von Kontrolle unter ihren Fingern zu spüren.

Und schließlich war sie fertig. Oder besser gesagt, er. Berauscht schaltete Kelly ihn an. Und vor ihr wurde der faszinierendste Mann, den sie je gesehen hatte, lebendig. Er blickte sich im Raum um und verschaffte sich einen Überblick, doch als er Kelly sah, hielt er inne. Er lächelte.

»Hi, Kelly«, sagte er.

sechs

Als sich am Montagmorgen der Wecker wie ein Presslufthammer in ihr Bewusstsein drängte, hatte Kelly ziemliche Schwierigkeiten aufzustehen. Sie war erst vor ein paar Stunden nach Hause gekommen und in einen so tiefen Schlaf gefallen, dass ihr Gehirn sich jetzt hartnäckig weigerte, dem Körper ins Land der wachen Menschen zu folgen. Gähnend setzte sie sich auf und stützte die Ellbogen auf die Knie. Durch den Nebel drang ein seltsamer Traum an die Oberfläche … sie erinnerte sich verschwommen daran, in der Parkgarage bei der Arbeit einen Fremden zu ihrem Auto geführt zu haben … ihn in ihr Wohnzimmer gebracht, sein Hemd hochgezogen und einen Knopf auf seinem Rücken gedrückt zu haben. Kaffee. Sie brauchte einen großen Becher Kaffee.

Als sie ins Wohnzimmer stapfte, blieb sie wie angewurzelt stehen. Da, auf dem Sofa, saß der Mann. Der eindeutig kein Traum war. Auch wenn er ziemlich verträumt wirkte, selbst mit seinem leeren Blick. Plötzlich war Kelly ganz aufgeregt. Sie brauchte keinen Kaffee mehr. Sie hatte gerade den am weitesten fortgeschrittenen Roboter ihrer Karriere gebaut. Höchste Zeit zu sehen, wie er funktionierte. Sie tastete nach dem Knopf an seinem Rücken und schaltete ihn an.

Tausend winzige Bewegungen gingen auf einmal los, und der Effekt war, dass der Roboter plötzlich verblüffend lebendig aussah. Ethan drehte sich zu ihr und lächelte. »Guten Morgen, Kelly«, sagte er.

»Ähm, hi«, antwortete sie.

Bei dem durch das Fenster fallenden Morgenlicht, das den Glanz von Ethans weißen Zähnen und die juwelenhaften Facetten seiner Iris aufgriff und sich mit den Kupfernoten seiner perfekt geschnittenen welligen Haare vermischte, wurde Kelly sich auf einmal sehr bewusst, dass sie seit Samstagmorgen dieselben zerknitterten Sachen anhatte, nicht geschminkt war und ihre Haare wahrscheinlich eine ziemlich gute Imitation von verknoteten Kopfhörerkabeln abgaben. Doch sie schüttelte ihre Unsicherheit ab und rief sich ins Gedächtnis, wie unlogisch es war, Ethan gegenüber befangen zu sein. In der Debatte »Sind intelligente Roboter Wesen mit Rechten?«, war Anitas Standpunkt ein klares Nein. Es waren Maschinen, die dazu gedacht waren, Profit abzuwerfen, und Anita verlangte von ihren Ingenieuren, dass sie genauso dachten. Kelly hatte früh gelernt, ihre Schöpfungen nicht zu vermenschlichen. Wenn man für die Gegenstände der Arbeit zu viel Liebe entwickelte, waren die Strenge und Objektivität der Wissenschaft nie beizubehalten. Doch während es für Kelly selbstverständlich war, im Labor so zu denken, stellte sie fest, dass es sie hier zu Hause, ohne die klinische Ausstattung aus Stahl und Lötkolben, einiges an Anstrengung kostete, diese Distanz zu wahren. Besonders, wo ihre Schöpfung bereits so menschenähnlich war.

Sie ging an Ethan vorbei in die Küche und nahm die Zutaten für ihr liebstes Frühstück herunter, das ihr heimliches Laster war: eine Packung Käsecracker und Nutella. Dann tunkte sie eifrig Cracker ins Glas. Das ganze Wochenende durchzuarbeiten hatte sie ganz schön hungrig gemacht. »Komm her«, rief sie Ethan zu, der gehorsam in die Küche kam. »Möchtest du einen?«

Er nahm den mit Nutella bedeckten Käsecracker entgegen, als wäre es das größte Geschenk, das ihm je gemacht wurde. Was es ja tatsächlich auch war. »Danke, Kelly. Das ist sehr großzügig von dir.«

»Es ist nur ein Cracker, nicht der Hope-Diamant«, antwortete Kelly. Leicht angespannt beobachtete sie, wie er kaute und schluckte, doch er lächelte sie einfach nur an. Sie gab sich innerlich High five. Es war das erste Mal, dass sie einen vollständigen Trakt für den Verzehr von Speisen und Getränken verbaut hatte, inklusive Programmierung, die Ethan seinen zerkleinerten Nahrungsabfall auf der Toilette entsorgen ließ, und so weit sah alles bestens aus. Sie zerkaute freudig einen Cracker. »Ich liebe nichts so sehr wie Cracker mit Nutella«, schwärmte sie.

Sehr beschwingt machte Kelly sich für die Arbeit fertig. Sie sang den nervig ohrwurmtauglichen neuen Song von Taylor Swift unter der Dusche, und nachdem sie sich die Haare geföhnt hatte, warf sie sie wie eine Meerjungfrau über ihre Schultern. Als sie zurück ins Schlafzimmer ging, erschrak sie wieder. Ethan saß mit strahlendem Blick an ihrem Computer. Als sie hereinkam, sprang er vom Stuhl auf. »Kelly, ich hoffe, es macht dir nichts aus, dass ich deinen Computer benutzt habe«, sagte er. »Ich wollte dir ein kleines Geschenk machen«, sagte er schüchtern.

Kelly blickte auf den Monitor und sah, dass er ihr Design-Programm geöffnet hatte. Und auf dem Bildschirm war ein Strauß digitaler Blumen, außerordentlich schön aus einem Regenbogen von Pixeln gemalt: Gelbe Gladiolen leuchteten über einem violetten Schimmer, die Farben mehr als lebensecht. Das Bild rotierte langsam, und fünfzig oder mehr einzigartige Blumen wurden allmählich im Strauß sichtbar.

»Warum hast du das gemacht?«, fragte Kelly, vollkommen baff. Sie hatte ihm nicht gesagt, dass er ihr Blumen schenken sollte, und hatte nichts dergleichen programmiert. Fasziniert sah sie ihn an. Sie wollte dieses unvorhersehbare Verhalten ihrer Schöpfung unbedingt verstehen.

»Ich weiß, sie sind nicht so schön wie echte«, antwortete Ethan besorgt. »Aber da ich keine Mittel habe, etwas zu kaufen, dachte ich, eine Zeichnung ist die beste Alternative …«

»Aber warum Blumen? Warum schenkst du mir überhaupt etwas?«

»Natürlich damit du dich freust. Gefallen sie dir nicht?«

Kelly starrte auf das leuchtende Bild, das sich sanft auf dem Bildschirm drehte. Auf einmal wurde ihr bewusst, dass sie noch nie Blumen geschenkt bekommen hatte. »Doch«, sagte sie nach einem Moment. »Danke.«

Sie zog sich fertig an und ging ins Wohnzimmer, und Ethan folgte ihr. Unzählige Fragen und Ideen gingen ihr durch den Kopf. Ihr Roboter überraschte sie jetzt schon mit erstaunlicher Unabhängigkeit und Kreativität. Obwohl sie nicht genau wusste, womit sie überhaupt gerechnet hatte. Sie wollte unbedingt mehr erfahren, doch sie würde ihn ausschalten müssen, damit er nicht noch mehr Überraschendes tat, während sie bei der Arbeit war.

Als sie an der Tür in ihre Ballerinas schlüpft und sich die Tasche über die Schulter schlang, sah sie Ethan noch einmal an.

Seine Augen leuchteten von der Aufregung seines ersten Tages auf der Erde. Und das Gefühl war ansteckend.

Kelly hing die Tasche zurück an ihren Haken. »Ach, was soll's«, sagte sie. »Ich melde mich krank.«

Früher oder später würde Kelly mit Ethan hinaus in die Welt gehen müssen. Und obwohl sich ihr bei dem Gedanken vor Angst der Magen zusammenzog, beschloss sie, es hinter sich zu bringen. Sie musste herausfinden, wie andere Leute auf ihn reagierten, bevor sie ihn ihrer Familie präsentierte. Außerdem machte sie gerade zum ersten Mal in ihrem Leben blau, da konnte sie jetzt auch noch einen draufsetzen.

Eine halbe Stunde später traten Kelly und Ethan durch die breiten Automatiktüren von Safeway. Kelly fand, es war ein relativ sicherer Ort für das Debüt ihres Begleiters – ein durchschnittlicher Supermarkt, urteilsfrei (es war schließlich kein Bioladen), voller Leute, aber es war unwahrscheinlich, dass Kelly hier jemandem begegnete, den sie kannte. Trotzdem blickte sie so hektisch zwischen Ethan und den anderen Kunden in der Nähe des Eingangs hin und her, dass ihr beinah die Augen aus dem Kopf flogen. Sie ortete die potenziellen Bedrohungen wie eine Geheimagentin: auf neun Uhr eine Frau in braunem Trenchcoat, die die Weichheit eines Baguettes überprüfte. Auf zwei Uhr eine junge Mutter, die sanft ihr Kleinkind im Wagen vor- und zurückschob, während sie an der Feinkosttheke wartete. Ein älterer Herr mit Tweed-Mütze, der zögerlich sein Glas Gewürzgurken aussuchte, direkt geradeaus.

Doch als sie einen Einkaufswagen freigekämpft hatte und sich ins Minenfeld begab, beruhigte sich ihr Herzschlag langsam. Ethan und sie waren einfach nur … zwei weitere Kunden. Niemand sah sie merkwürdig an. Es sah sie überhaupt niemand an. Und plötzlich erfüllte Kelly eine warme Woge aus Stolz. Sie hatte noch nie einen humanoiden Roboter gesehen, der so realistisch war wie Ethan, und die Tatsache, dass er jetzt hier war, unter einem ahnungslosen Publikum, und niemand etwas merkte, bestätigte ihr, dass ihre Arbeit gut war. Sie war begeistert.

Ein unfreiwilliges Lächeln breitete sich auf ihrem Gesicht aus, und als sie von den anderen Kunden zu Ethan sah, lächelte auch er. Oder er gaffte vielmehr. Mit weit aufgerissenen Augen sah er auf die Überfülle von Dingen. »Wo soll man denn da anfangen?«, fragte er.

»Komm.« Kelly nahm ihn am Ellbogen. »Ich zeig's dir.«

Kelly hatte Einkaufen immer gehasst. Sie kochte nicht besonders gern – sie fand den ganzen Prozess unnötig chaotisch, unvorhersehbar und zeitfressend –, und doch weigerte sie sich, die Kontrolle über ihre Lebensmittel-Wahl aufzugeben, indem sie die Vorteile einer der vielen Supermarkt-Lieferdienste in Anspruch nahm, die sich im Valley immer mehr ausbreiteten. Mit Ethan an ihrer Seite sah sie den Supermarkt jetzt mit ganz neuen Augen. Ethan wusste natürlich, was die einzelnen Produkte waren, staunte jedoch über die Quantität und Auswahl derselben. Er stellte ihr Fragen, die sie nicht beantworten konnte, aber wünschte, sie könnte es, wie »Warum gibt es sieben verschiedene Sorten Cola light?«, und Fragen, über die sie nie nachgedacht hatte, wie »Wonach entscheidet man, welche

Geschmacksrichtung von Limonade man kauft?« Sie verfielen schnell in eine Routine, Ethan schob den Wagen, und Kelly nahm Sachen aus den Regalen und strich sie von ihrer Liste auf dem Handy. Seine Intelligenz erwies sich beim Obst und Gemüse als sehr nützlich. Als Kelly eine Wassermelone nach der Farbe aussuchen wollte, nahm er die Kandidatinnen stattdessen in die Hand, schätzte schnell ihr Gewicht und klopfte auf die Schale, um nach dem hohlen Geräusch zu lauschen, bevor er schließlich die Gewinnerin in den Wagen legte. »Die hier«, sagte er überzeugt. Er wusste, dass die besten Avocados aus Neuseeland kamen und dass rote Trauben zu dieser Jahreszeit aus Chile kommen sollten. Er berechnete sofort das beste Preis-Mengen-Verhältnis. Kelly fühlte sich langsam als Teil eines Teams, und die profanen Gänge bekamen für sie neuen Glanz. Die Farben waren intensiver, das Licht der Leuchtstoffröhren wurde angenehmer.

Als sie um die Ecke zu den Gewürzen abbogen, bemerkte Kelly eine Frau mittleren Alters, die Ethan eine Sekunde zu lang ansah. Kellys Herz raste – das war's jetzt also. Die Frau blickte immer noch in Ethans Richtung. Gerade, als Kelly nach seinem Arm griff, um ihn wegzuziehen, bevor die Frau sie ansprechen oder festhalten konnte oder was auch immer sie mit ihnen vorhatte, zwinkerte sie Kelly zu und drehte sich zum Regal mit dem Essig um. Kelly sah Ethan an, und ihr wurde klar, dass er sehr wohl auffiel. Aber nicht, weil er wie ein Roboter aussah. Seine perfekten Wangenknochen und der kräftige Kiefer wurden durch die Supermarktbeleuchtung noch hervorgehoben. Er sah umwerfend aus, wie ein Paul Newman des einundzwanzigsten Jahrhunderts. Als sie mit Ethan an ihrer Seite weiter den Gang entlangging, trug sie den Kopf ein Stückchen höher.

Normalerweise ging Kelly immer schnurstracks zu den Selbstbedienungskassen. Ihre letzten Interaktionen mit Supermarktangestellten waren im besten Fall in neutralem Schweigen verlaufen, in den schlimmsten Fällen waren es die Art von peinlichen Zwischenfällen gewesen, die dazu geführt hatten, dass sie seither immer viel zu viel in jede Kleinigkeit der Interaktion hineininterpretierte und versuchte, bloß nichts Falsches zu sagen, und am Ende kam sie einfach nur kalt rüber. Doch jetzt fühlte sie sich geschützt in ihrer Blase zu zweit, und als Ethan auf die nächstbeste Kasse zusteuerte, ging sie mit und lächelte den Kassierer sogar an. »Wie geht's?«, fragte sie, während sie mit Ethan die Sachen auf das Band legte.

»Ziemlich gut.« Der Kassierer hielt die Packung Schmelzkäse koch. »Ich liebe dieses Zeug.«

»Ich auch«, gab sie zu. Sie deutete auf den Warentrenner. »Ich habe mich schon immer gefragt, was passiert, wenn zwei Leute vergessen, das Ding zwischen ihre Einkäufe zu legen. Müssen sie dann zusammen nach Hause gehen und von da an zusammenleben?«

»Japp. Gesetz des Supermarkts.«

Kelly lachte mit ihm. Das Ganze war so einfach. Als sie und Ethan den Laden verließen, fiel ihr auf, dass sie zum ersten Mal nicht darauf geachtet hatte, ob der Kassierer ihr noch einen schönen Tag gewünscht hatte oder nicht.

Zu Hause half Ethan ihr, die Einkäufe wegzuräumen, was besonders bei den schwer erreichbaren oberen Schrankfächern praktisch war. Kelly hatte sich schon damit abgefunden, die Sachen, die ganz hinten in den Fächern standen, bis zum Tag, an dem ein Erdbeben sie herausschüttelte, nie wieder zu sehen. Doch hier war Ethan und sortierte sie mit sicherer Hand.

Nach dem Einkauf setzte Kelly sich im Schlafzimmer an den Schreibtisch, um etwas zu arbeiten. Sie entwarf eine Bestellung für Ersatzteile fürs Labor und begann dann auf ihrem Tablet in der neuesten Ausgabe der *Cybernatics and Systems* zu lesen. Doch sie konnte sich nicht richtig konzentrieren. Von ihrem erfolgreichen Ausflug noch ganz berauscht, juckte es sie, noch einmal mit Ethan rauszugehen. Wenn in seiner Gesellschaft schon ein langweiliger Supermarkteinkauf um so viel besser war, wie wäre es dann, abends mit ihm auszugehen?

Außerdem war sie hier sowieso von zu vielen Ablenkungen umgeben, um sich konzentrieren zu können. Priya schrieb eine Nachricht nach der anderen und fragte, ob Kelly sich wirklich *absolut sicher* sei, dass sie nicht vorbeikommen und ihr Hühnersuppe oder Medikamente oder irgendwas anderes vorbeibringen solle. Ihre Krankmeldung hatte bei Priya die Alarmglocken schrillen lassen – normalerweise war Kelly eine von denen, die bis zu ihrer eigenen Beerdigung weiterarbeiteten. Und ihre Mom versuchte seit Samstag beharrlich, sie zu erreichen, um das Gespräch über diesen Ethan fortzusetzen. Kelly gab es auf. Sie blickte ins Wohnzimmer – da saß er auf der Couch und wartete geduldig auf die nächsten Instruktionen. Als Erstes musste sie sich mit ihm zusammensetzen und herausfinden, wer diese Ethan-Person eigentlich war.

Jeder wusste, dass die Geschäfte und Restaurants auf der Santana Row teuer waren, selbst wenn man nie durch ihre Türen ging. Die minimalistischen Kompositionen hinter den Schaufenstern, die Türsteher mit Knopf im Ohr und gefalteten Händen, der Duft nach Sandelholz, der durch die offenen Türen hinauswehte – selbst die saubere Straße machte den Eindruck, dass man hier »nur mit Einladung« gern gesehen war. Der größte Teil des Viertels übte wenig Reiz auf Kelly aus, die ihr Gehalt statt für einen Gürtel lieber für ein High-Speed-Charging-Dock ausgab. Doch die paar Male, die sie sich bisher hierher verirrt hatte, war ihr Blick immer von einem bestimmten Ort angezogen worden: *La Vigna*. Genauer gesagt war ihre Nase angezogen worden. Die Düfte von Knoblauch, Wein und Rosmarin hingen rund um das italienische Restaurant in der Luft. Sie wollte das *La Vigna* schon seit Jahren ausprobieren, aber hätte es niemals gewagt, allein durch die schwere, geschnitzte Eichentür zu gehen. Aber jetzt, wo sie an Ethans Seite durch diese Tür trat, dachte sie, sie könnte vielleicht tatsächlich hier reinpassen. Sie trug ihr treues grünes Ausgehkleid, und irgendwie fühlte es sich heute festlicher an als an dem Abend mit Martin.

Gerade als Kelly versuchte, verstohlen ihren BH unter dem Kleid zurechtzurücken, kam ein Kellner mit ernstem Gesicht, um ihre Getränkebestellung aufzunehmen. Schnell ließ sie die Hände sinken und nahm in der Hoffnung, dass er nichts bemerkt hatte, die Weinkarte. Sie wählte einen Wein aus dem mittleren Preissegment, denn die Namen sagten ihr ohnehin nichts. »Wir nehmen eine Flasche vom …« Erst am Ende des Satzes merkte sie, dass sie keine Ahnung hatte, wie der Wein ausgesprochen wurde, der eine unverschämte Anzahl von Konsonanten im

Namen trug. »Vom Mmblggrwgitz«, versuchte sie es leise, als ob die Stimme zu senken darüber hinwegtäuschen würde, dass sie den Weinnamen nicht aussprechen konnte, ihre Bestellung aber trotzdem irgendwie ankommen würde.

»Bitte?«

Kelly räusperte sich. »Vom roten Hauswein«, sagte sie. Vielleicht war dieser ganze Abend doch keine so gute Idee gewesen. Natürlich passte sie nicht an einen solchen Ort. Dann blickte sie über den Tisch zu Ethan, der sie entspannt anlächelte. Jedes Mal, wenn sie ihn ansah, musste sie verdattert blinzeln. Er sah so gut aus, dass er fast nicht echt wirkte. Natürlich war er nicht echt, korrigierte sie sich.

Das Essen war genauso köstlich, wie die Düfte es versprochen hatten, und Kelly und Ethan kosteten gegenseitig begeistert von ihrem weinglasierten Braten und dem Lauch-Risotto. Kelly wurde noch ein weiterer Vorteil des Zu-zweit-Seins bewusst: Man konnte doppelt so viele Gerichte probieren. Die Unterhaltung mit Ethan lief so gut, dass sie ganz vergaß, wie schwer es hätte sein können. Seine Sprache war eloquent, wenn auch steif, und obwohl er zu keinem der Themen etwas aus persönlicher Erfahrung beisteuern konnte, war er so unersättlich, was Details aus Kellys eigenen Erfahrungen anging, nahm ihre Worte so begierig auf, dass es ihr leichtfiel, in einem fort durch den Abend zu plaudern.

»Einer meiner Kollegen in der Abteilung für kommerzielle Produkte arbeitet gerade an diesem richtig coolen neuen Meeresroboter. Er bewegt sich mit einer Art wellenförmigem Flossensystem, wodurch er richtig schnell ist.«

»Das Ergebnis wäre der Tintenfisch«, antwortete Ethan.

»Genau!«

»Vielleicht könnte ein analoges System das Potenzial für unterirdische Erkundungen haben. Denk mal an die Muskulatur des Regenwurms.«

»Stimmt.« Kellys Hand blieb mit der Gabel auf halbem Weg zum Mund in der Luft stehen, während sie überlegte. »Da habe ich noch nie drüber nachgedachte. Ich sollte ihm das vorschlagen.« Eigentlich war Priya die Einzige, mit der Kelly Gespräche solcher Art führen konnte. Sie dachte an ihren Versuch, mit Martin über Roboter zu sprechen, was ungefähr den Erfolg eines papiernen Regenschirms gehabt hatte. Ethans Belesenheit und Intelligenz dagegen waren erstaunlich. Er konnte zu jedem Thema, das sie aufbrachte, etwas beitragen. Tatsächlich konnte er ihr ein, zwei Dinge beibringen – oder zwanzig.

»Ich kann dir eine Auswahl an Literatur zu dem Thema vorschlagen, die du erhellend finden könntest«, fuhr er fort.

Jetzt runzelte Kelly die Stirn. Ethans Intelligenz war beinahe zu viel. Seine Stimme selbst war toll, aber seine Art zu sprechen und sein Vokabular waren zu formell. Er verstand umgangssprachliche Ausdrücke nur im akademischen Sinn. Bevor sie ihn jemals ihrer Familie vorstellen könnte, müsste sie das noch richtig hinbekommen. Er musste klingen wie ein Amerikaner des einundzwanzigsten Jahrhunderts.

»Ich glaube, wir müssen dich etwas verblöden«, erklärte sie.

Ethan war verwirrt. »Was meinst du?«

»Du verstehst es bereits!«, lachte sie. Er antwortete nicht. »Schon gut. Du hast doch das ganze Internet in deinem Gehirn, richtig? Lies es durch. Ich will, dass du dir alle Websites ansiehst, die Amerikaner jeden Tag nutzen – Reddit, Twitter, CNN, was auch immer –, und dann versuchst du zu imitieren, was du dort siehst. Gewöhnliche Ausdrücke, Slang.«

»Ich soll reden wie die Leute im Internet?«, fragte Ethan zweifelnd.

»Ja«, sagte sie bestimmt und nahm einen entschlossenen Bissen Risotto.

»*Buona sera!*«, riss sie eine kräftige Stimme aus dem Gespräch. Ein kleiner Mann mit vollem grauen Haar und lachendem roten Gesicht kam auf sie zugelaufen. In den Händen hielt er zwei Schnapsgläser mit einer samtigen Flüssigkeit, die er vor Kelly und Ethan hinstellte. »Kastaniensuppe. Eine Aufmerksamkeit des Hauses für *la bella coppia.*«

»Danke«, sagten Kelly und Ethan zugleich.

»Und was feiern wir heute Abend?«

»Ach, nichts, einfach nur ... das Abendessen«, antwortete Kelly.

»Abendessen ist nicht nichts! Abendessen ist etwas zum Feiern! Sie sind jung, der Abend ist jung, der Mond ist voll.« Kelly war sich ziemlich sicher, auf dem Weg hierher einen Halbmond gesehen zu haben, doch selbst sie wollte sich auf der Welle der überschäumenden Romantik dieses Mannes davontragen lassen. »Wenn Sie irgendetwas brauchen, fragen Sie nach Paolo.« Er verneigte sich kurz, mit einer Hand über dem Bauch. »Das ist mein Haus. Ich bin das Haus!« Lachend drehte Paolo sich weg.

»Ich frage mich, was ›*la bella coppia*‹ heißt«, sagte Kelly zu Ethan.

»Das schöne Paar«, übersetzte er sofort. Kelly hatte sich noch nie als schön gesehen, und als sie mit Robbie in einer Beziehung gewesen war – und mit Nick vom College – hatte sie sich mit dem Wort »Paar« nie richtig wohl gefühlt. Doch jetzt lächelte sie.

Der steife Kellner füllte ihre Wassergläser nach. »Sind Sie mit allem zufrieden?«, fragte er.

»Sie erraten nie, was als Nächstes passiert«, antwortete Ethan.

»Bitte?«, fragte der Kellner. Sie schienen heute Abend die Grenzen seiner Welt auszutesten.

»Sie müssen mal den rausgerutschten Nippel vom Victoria's-Secret-Model Alessandra Ambrosios sehen, das glauben Sie nicht.«

Kelly fiel scheppernd die Gabel auf den Teller. Die anderen Gäste, die auf Ethans Aussage hin noch nicht zu ihnen herübergesehen hatten, taten es jetzt. Kelly hustete und versuchte, sich nicht an ihrem Essen zu verschlucken. »Es ist alles wunderbar«, sagte sie schließlich. Sie sah Ethan an – hatte er einen Bug?

»Möchten Sie die Weinkarte noch einmal sehen?«, fragte der Kellner.

»Siebzehn beschissene Probleme, die alle Mädels mit Locken kennen. Ich besonders«, antwortete Ethan.

»Keinen Wein, danke!«, rief Kelly. Ein paar der Gäste um sie herum kicherten. Der Kellner fing an, nervös mit den Augenlidern zu zucken.

»Diese asiatischen Schönheiten wollen nicht länger allein bleiben«, fuhr Ethan vollkommen ernst fort.

Guter Gott. Er redete wie die Leute im Internet.

»Wir brauchen nichts weiter, danke«, keuchte Kelly, ohne den Kellern mit seinen zuckenden Augen anzusehen. »Es ist alles gut.« Er verließ sie mit einem Gesichtsausdruck, der deutlich zu verstehen gab, dass er ihr nicht glaubte.

Ethan rief ihm hinterher: »Ist das wirklich schon das beste Video von aufplatzenden Eiterpickeln?«

»Ethan, hör auf!«, zischte Kelly.

»Was?«, fragte er. »Oder, nein: ›Was passiert ist, als ich neulich in einem Hotel, in dem es spukt, übernachtet habe. Kein Clickbait. In Klammern: emotional.‹«

»Hör damit auf! Ich meinte nicht, dass du wortwörtlich wie die Leute im Internet reden sollst. Ich will nur, dass du normal klingst.«

»Normal im Sinne von umgangssprachlich? Zwanglos?«

»Ja«, antwortete Kelly, die Finger an den Schläfen und das Kinn auf der Brust, zu beschämt, um aufzublicken.

»Oh. Klar. Kann ich machen.« Ethan nahm seine Gabel und aß weiter. Einen Moment später, als er merkte, dass Kelly nicht aß, hielt er inne. »Ist etwas?«

»Ähm, ja. Du hast mich gerade gedemütigt«, sagte sie.

»Habe ich?«, fragte Ethan entsetzt. »Das tut mir leid! Was habe ich getan?«

»Wie du eben geredet hast! Das ganze Restaurant lacht über mich!«

Ethan blickte zu den anderen Tischen. Tatsächlich hatten sich alle wieder ihrem Essen zugewandt und den Vorfall beinah vergessen. »Tut mir leid, ich verstehe das nicht. Ich sehe niemanden über dich lachen.«

Kelly hob den Blick. Ethan hatte recht. »Na ja, *jetzt* nicht mehr«, murmelte sie. Sie konnte wohl weiteressen.

Als der Kellner kam, um ihre Bestellung fürs Dessert aufzunehmen, schwankte Kelly zwischen Panna cotta und Maismehlkuchen, doch Ethan legte seine Karte entschieden wieder weg.

»Tut mir leid, aber da ist nichts dabei«, sagte er. »Was Kelly am liebsten mag, sind Käsecracker mit Nutella.«

»Wie bitte?«, sagte der Kellner wieder, diesmal etwas matt, als ob er sich damit abgefunden hätte, sich von ihren Verrücktheiten veralbern zu lassen.

»Ethan, ich möchte nicht …«, fing Kelly an und merkte, wie sie wieder rot wurde. Als ob sie heute Abend nicht schon genug in Verlegenheit gebracht worden wäre, musste Ethan dem Kellner jetzt auch noch ihre seltsamen Vorlieben verraten. Und jetzt kam auch noch Paolo dazu.

»Gibt es ein Problem, *la mia bella coppia?*«, fragte er besorgt.

»Gibt es eins?«, fragte Ethan und sah Kelly noch viel besorgter an.

Es stimmte, sie war heute Abend schon genug in Verlegenheit gebracht worden. Aber war das wirklich so schlimm? Als sie sich an den anderen Tischen im Restaurant umblickte, sah sie nur Leute, die alle ihr eigenes Leben lebten, ohne darüber zu urteilen, wie sie ihres lebte. Und Käsecracker mit Nutella klang verdammt gut.

»Haben Sie vielleicht zufälligerweise Käsecracker und Nutella?«, fragte sie.

Zwanzig Minuten später kam Paolo aus der Küche geschossen. Die Kerzen auf dem Teller in seiner Hand erleuchteten das kunstvolle Käsecracker-Haus mit Nutella-Mörtel auf dem Teller und sein strahlendes Gesicht darüber. »Niemand soll sagen, Paolos Köche seien nicht einfallsreich!«, rief er, stellte den Teller auf ihren Tisch und verschwand mit einer Verbeugung. Okay, das war ein bisschen peinlich, aber Kelly hatte trotzdem Spaß daran.

Die Kerzen ließen jede Facette des Silberbestecks auf dem Tisch glänzen und tanzen. Kelly pustete die Flammen aus und reichte Ethan einen Cracker, bevor sie sich selbst einen nahm. »Hier«, sagte sie. »Gut, oder?«

Ethan nickte. »Das ist zweifellos das Beste, was ich je gegessen habe.«

Kelly lachte.

sieben

Nach ungefähr einer Woche hörte Kelly auf, sich Sorgen zu machen, jemand könnte erkennen, dass Ethan ein Roboter war, oder ihn irgendwie komisch ansehen.

Zu Hause entwickelten sie zusammen eine Routine mit geteilten Take-away-Abendessen und Fernsehen vor dem Zubettgehen. (Ethan »schlief« in einem Stromspar-Schlafmodus, bei dem er nachts atmete und sich bewegte.) Jeden Morgen zeichnete er Kelly einen neuen digitalen Blumenstrauß, während sie sich für die Arbeit fertig machte, jeder eine einzigartige Kombination aus Farben und perfekt wiedergegebenen Texturen, manche enthielten außergewöhnliche Materialien wie Muscheln oder Romanesco-Blütenknospen, und manche Blumen waren ganz und gar seine eigene Erfindung, üppige Ranken aus Blau oder prismatische Konstruktionen, die mathematisch und doch filigran waren.

Für eine Frau, die so unsicher war wie Kelly, war es eine wunderbare Befreiung, einen Roboter als Freund zu haben. Es war ihm unmöglich, sie zu beurteilen. Er hatte keine Ex-Freundinnen, keine anderen Frauen, mit denen er sie vergleichen konnte. Sie hatte ihn so programmiert, dass er ihr gegenüber loyal war. Wenn sie in nicht zusammenpassender Unterwäsche durchs

Apartment ging oder in einem ihrer liebsten Zuhause-Wohlfühl-Outfits (ein mit Klettverschluss oben gehaltenes Handtuch um die Hüfte und ein Highschool-Mathe-Contest-T-Shirt, das schon fast auseinanderfiel, so dünn war es), zuckte Ethan noch nicht einmal mit der Wimper. Er machte sogar bei ihrem Netflix-Kuscheldecken-Abend mit. Manchmal allerdings, wenn er sich morgens neue Kleidung aus seinem Teil des Kleiderschranks nahm, konnte sie nicht anders, als ihn anzustarren, wenn er sich auszog – was natürlich nur eine wissenschaftliche Bewunderung ihres eigenen Werks war. Sie schüttelte den Kopf und wendete den Blick ab.

Sich frei zu fühlen war etwas Neues für Kelly. Sie konnte sich eine Welt mit fliegenden Autos und Virtual-Reality-Netzhaut-Implantaten vorstellen, aber nicht, Bowling auszuprobieren oder Kleidung in eine Tasche zu werfen und einen spontanen Wochenendausflug zu machen. Kellys Aversion Risiken gegenüber war vielleicht teilweise angeboren, aber kam sicherlich auch daher, dass sie als Mittelkind eines Problemkind-Sandwichs aufgewachsen war. Clara war als Kind gefährlich launisch gewesen, sie hatte verletzte Beutelratten mit nach Hause gebracht, die genauso wenig erbaut darüber waren, im Haus zu sein, wie Carl und Diane sich über ihre Anwesenheit freuten, als Teenie schmiss sie Partys, die völlig aus dem Ruder liefen, und hatte nicht nur einen, sondern gleich zwei Autounfälle, weil »so ein toller Song im Radio lief«. Und Gary war, bevor er zum aufopferungsvollen Vorzeigevater geworden war, ein mürrischer Goth gewesen, der sich fürs Jahrbuchfoto in der neunten Klasse mit dem Eyeliner ihrer Mutter ein Pentagramm auf die Stirn gemalt hatte. Kelly hatte wirklich keine andere Wahl gehabt, als die Brave, Verantwortungsvolle zu sein, diejenige, die keine Überraschungen auf Lager hatte. Jetzt schien sie mit dem Erschaffen von Ethan die neunundzwanzig Jahre ohne Überraschungen alle auf einmal wettzumachen.

Obwohl sie die Zeit mit Ethan genoss, konnte sie nicht anders, als weiter an ihm herumzubasteln. Ganz die Perfektionistin beobachtete Kelly ihr Experiment im Laufe der Tage mit lebhaftem Interesse, bemerkte Fehler und behob sie: ein Zögern in der Bewegung, wenn er den linken Arm hob, ein Splitter an einem seiner Fingernägel, eine Vorliebe dafür, Fremden die Tür aufzuhalten, die noch viel zu weit entfernt waren. Jedes Problem, das sie an Ethan erkannte, half ihr, dieselben Probleme bei Confibot zu vermeiden. Und außerdem konnte Ethan sich durch das maschinelle Lernen, das AHI in alle ihre Roboter einbaute, sogar ohne Kellys Zutun entwickeln und verbessern. Er beobachtete sie und lernte ihre Eigenarten und Vorlieben. Ihm fiel auf, dass sie eine Menge graubeiger Kleidung besaß, und als sie ihn bat, ihr mit der Kreditkarte, die sie ihm für solche Besorgungen gegeben hatte, neue Bettwäsche zu kaufen, fand er welche in genau der Farbe. Ihm dabei zuzusehen, wie er sich weiterentwickelte, war faszinierend – Kelly war überwältigt von den Möglichkeiten der künstlichen Intelligenz, und hier vor ihren Augen war ihr ganz eigenes, personalisiertes Objekt. Aus der Forschungsperspektive war es ziemlich anregend. Die beiden setzten sich sogar mit einem Notebook zusammen und erstellten jeden denkbaren relevanten Aspekt seines Lebens, komplett mit einer Online-Identität, falls die Leute ihn googeln sollten, inklusive E-Mail-Accounts, Social-Media-Profilen und einer gefälschten Biografie als Privatdozent für Astronomie in Stanford

(Kelly hatte selbst in Stanford studiert und konnte ihm alles über die Uni erzählen). Langsam bekam sie das Gefühl, dass niemand, noch nicht einmal ein Kollege, irgendetwas Ungewöhnliches an Ethan feststellen könnte. Diese Maschine, dieser Mann, war ihr großartigstes Werk, und überhaupt ein großartiges Werk, egal, welche Maßstäbe man anlegte. Jedes Roboterlabor der Welt würde ziemlich unter Druck stehen, einen natürlicheren, überzeugenderen Roboter zu produzieren.

Währenddessen löcherte Diane Kelly ständig mit Fragen über diesen Ethan, den sie kennengelernt hatte, aber Kelly wich ihnen immer wieder aus. Es war noch zu früh, ihn ihrer Familie vorzustellen, zu kompliziert. Ethan so fest mit der Realität ihres Alltags zu verknüpfen würde bedeuten, das Ausmaß seiner Erschaffung und der damit verbundenen Risiken anzuerkennen, sollte jemand aus ihrem persönlichen oder privaten Umfeld die Wahrheit herausfinden. Dazu war sie noch nicht bereit, sie wollte nicht darüber nachdenken. Sie wollte erst einmal nichts weiter, als es sich mit dieser neuen Situation gemütlich machen.

Schon seit Jahren hatte jedes andere Tech-Unternehmen im Valley seine Boxen in den Großraumbüros abgerissen und stattdessen Coworking-Pods, Kletterwände, Espresso Labs und Schlafnischen eingerichtet. Nicht so bei AHI. Die Firma war relativ klein, aber eine der besten auf ihrem Gebiet, und sie hätte finanziell sicherlich mit den anderen Unternehmen in San Jose mithalten können. Doch Anita gab das Geld der Firma lieber direkt der Bank. Andere Angestellte nörgelten oft über die grauen

Laminattrennwände der Boxen und den billigen Teppich. Aber Kelly machte das alles nichts aus. Sie war hier, um zu arbeiten.

Obwohl sie die Arbeit gerade ziemlich schwierig fand. Sie hatte sich entschieden, das physikalische Modell von Confibot erst einmal ohne Gesicht zu bauen. Confibot würde sehr viel mehr Präzision und Testläufe brauchen als Ethan, und dafür würde sie die ganzen zweieinhalb Monate benötigen, die sie jetzt noch hatte. Sie konnte ihn nicht einfach in zwei (sehr langen) Tagen fertigstellen. Der Roboter machte sich ganz gut und bestand alle Tests über die Kraft- und Beweglichkeitsparameter, die für seine zukünftige Arbeit benötigt wurden. Doch Kelly hatte immer noch keine Idee, wie sein Gesicht aussehen und wie seine Stimme klingen sollte, wer er sein sollte – ein Problem, wie Kelly verärgert einfiel, das sehr viel einfacher zu lösen gewesen wäre, hätte sie noch einen Psychologen an ihrer Seite. Ethan zu erschaffen war im Vergleich so einfach gewesen. Aber mit Confibot konnte sie nicht denselben Eintagsfliegen-Ansatz fahren. Sie musste sich strikt an ihre Daten halten, um ein Produkt zu entwickeln, das bei einer größtmöglichen Anzahl von Leuten Anklang fand, nicht nur bei ihr.

Gerade durchforstete sie mal wieder die unzähligen Gesichtsmodelle auf ihrem Computer, doch das Gesicht, das immer wieder vor ihrem inneren Auge auftauchte, war das von Ethan. Heute hatte sie ihn zum ersten Mal angeschaltet allein zu Hause gelassen. Ihr war klar, je mehr Gelegenheit er hatte, mit seiner Umgebung zu interagieren, desto schneller würde er lernen und desto menschlicher würde er werden. Sie hatte ihm ein paar leichte Haushaltsaufgaben und ihren E-Reader anvertraut, damit er beschäftigt war. Trotzdem fürchtete sie, wenn sie nach

Hause kam, würde er die Wände mit Käsecrackern und Nutella tapeziert haben, um sie zu überraschen.

Hinzu kam, dass Robbie, je mehr sie versuchte, sich auf ihr Projekt zu konzentrieren, umso mehr über sein eigenes reden wollte. »Guten Morgen, Kelly«, sagte er fröhlich, als sein Kopf über der gemeinsamen Trennwand auftauchte.

»Guten Morgen, Robbie«, sagte sie und unterdrückte den Überdruss in ihrer Stimme, als sie den Blick wieder auf ihren Bildschirm richtete. Robbie war ein hervorragender Ingenieur, einer der besten in ihrem Team, morgens immer der Erste im Büro und abends als Letzter draußen, dabei war er klug genug, dass er es auch lockerer angehen und damit durchkommen könnte. Er war übertrieben höflich, immer reserviert, immer am richtigen Ort und unendlich energetisch. Er sah sogar gut aus, hatte ein symmetrisches Gesicht und ein wohlgeformtes Kinn über einem sauberen Hemdkragen. Doch obwohl Robbie immer perfekt war, schien er irgendwie nie … ganz da zu sein. Kelly hielt ihn einfach für einen seltsamen Vogel, der nie aus sich rausging. Was das betraf, hatte sie allerdings gut reden. Aber er war abscheulich genug – subtil arrogant und nicht ganz so subtil kriecherisch –, dass sie nur ein leicht schlechtes Gewissen hatte, darüber zu lachen, wenn Priya ihn hinter seinem Rücken Robo-Robbie nannte.

Als Kelly neu in der Firma war, hatten sie und Robbie beinah sofort angefangen, sich zu daten. Auf dem Papier schien er der perfekte Partner für sie zu sein. Das halbe Jahr, das sie miteinander ausgingen – sie suchten zuverlässig einmal die Woche ein Restaurant mit ordentlichen weißen Tischdecken oder einen Park auf, aber diesen nur um eine Uhrzeit, in der eine möglichst geringe Anzahl von Kindern da sein würde –, war so ruhig gewesen wie eine Tasse Tee und vollkommen frei von Konflikten. Tatsächlich könnte man sogar sagen, dass Robbie sie motiviert hatte, sich zu verbessern: So perfekt, wie er in allem war, hatte sie sich selbst keinerlei Fehler erlaubt. Doch Kelly war das Gefühl nicht losgeworden, dass sie ständig nach einem Problem in ihrer Beziehung suchte.

Eines Abends nach ihrem Besuch in einem Restaurant, in dem sie noch nie zuvor gewesen waren, wo sie aber genauso gut schon hätten gewesen sein können, so genau passte es in ihr Weiße-Tischdecken-Muster, kamen sie auf dem Weg zu Robbies Auto an einem Nachtclub vorbei. Von einer rebellischen Laune gepackt, griff Kelly nach Robbies Arm. »Wollen wir tanzen gehen?«, hatte sie gefragt.

Aber Robbie hatte nur gelacht, viel mehr, als er über jeden von Kellys tatsächlichen Witzen gelacht hatte. »Kannst du dir das vorstellen? Das Einzige, was bescheuerter aussieht als Leute in einem Nachtclub, sind Leute in einem Nachtclub, die dort nicht hingehören.« Er schüttelte den Kopf und lachte noch mehr. »Wir beide und tanzen. Es ist besser, du behältst beide Füße fest auf dem Boden. Deine Bewegungen sind nicht gerade der Inbegriff von Anmut.«

Es stimmte, dass Kellys Tanzen eher wie eine Störung ihres peripheren Nervensystems aussah. Trotzdem ärgerte sie sich über die Bemerkung. Sie sagte jedoch nichts, entzog ihm nur die Hand und gab ihr Bestes, die Schande nicht noch zu krönen, indem sie auf dem Weg zum Auto über die eigenen Füße stolperte. Eine Woche später brachte sie endlich den Mut auf, sich von ihm zu trennen. Sie sagte ihm, sie könne keine Beziehung führen, wenn sie sich auf ihre Karriere konzentrieren wollte, er zuckte kaum mit der Wimper, und das war alles. Und so war ihre gesamte Beziehung verlaufen. Ihre gemeinsamen körperlichen Aktivitäten waren rein mechanisch. Sie blieben nie lange auf und redeten darüber, wo sie in der Welt noch hinwollten, bevor sie sterben würden. Sie sagten nie: »Ich liebe dich.« Kelly hatte an sich selbst gezweifelt und sich gefragt, ob ihr Gefühl, ständig unterschwellig beurteilt zu werden, vielleicht eine Fehlinterpretation war. Sie hatte ein schlechtes Gewissen, ihn zu verlassen, bis er mit dieser absolut neutralen Höflichkeit darauf reagierte. Trotz seiner vielen Qualitäten hatte sie seitdem nie das Gefühl gehabt, dass ihr etwas fehlte. Und er offenbar genauso wenig.

Sie konnte aus dem Augenwinkel sehen, dass er gerade auf den Zehen wippte, denn sein Kopf wackelte die ganze Zeit über der Trennwand auf und ab, während er ungeduldig wartete, dass sie ihn fragte, wie es bei ihm lief. »Es gibt vielversprechende Neuigkeiten über Brahma«, platzte er schließlich heraus, als sie nicht fragte. »Du hast wahrscheinlich schon davon gehört.«

»Nein, habe ich nicht.« Brahma war Robbies Beitrag zum Roboter-Wettbewerb. Wie Confibot würde es ein frei stehender Pflegeroboter sein. Während Confibot allerdings danach strebte, einen Menschen zu imitieren, sollte Brahma besser sein als ein Mensch. Ein Mensch hat flache Füße? Brahma hat Füße mit Rädern. Ein Mensch hat zwei Arme? Brahma hat acht. Kelly fand, die ganze Idee klang dem Anschein nach ziemlich lächerlich – der Wundertüten-Charakter des Ganzen, die gedämpfte Heiligkeit, mit der Robbie über seine Arbeit sprach, der übertriebene Name –, doch je mehr das Projekt Form annahm, desto mehr musste sie zugeben, dass es beeindruckend aussah. Beunruhigend beeindruckend. Selbst das Rohmodell sah viel weniger wie die menschenähnliche Scheußlichkeit aus, die sie sich ursprünglich vorgestellt hatte, sondern eher wie das schlanke robotische Äquivalent eines Schweizer Taschenmessers.

»Dann lass es mich dir als Erster erzählen«, sagte er mit einem Ton, als würde er ihr einen großen Gefallen tun. »Brahma hat seinen ersten Testlauf mit Bravour bestanden.«

»Das ist toll«, antwortete Kelly abgelenkt. Es war gerade mal zehn Uhr morgens, und schon verschwammen ihr Confibots Gesichtsoptionen vor den Augen. Sie waren von ihrem Algorithmus direkt aus den riesigen Mengen von Datenaufzeichnungen generiert worden, die sie sorgsam in ihren Untersuchungen erstellt hatte. Eine davon musste die Richtige sein. Oder vielleicht war auch sie selbst diejenige, die einfach unfähig war, die beste Option auszuwählen. Vielleicht musste sie noch einen weiteren Algorithmus schreiben, der das tat.

»Ich kann bereits sehen, wie diese Technologie das Leben der Menschen verändert«, fuhr Robbie fort. Sein saubergeschrubbtes Gesicht hing immer noch verzückt über der Trennwand. »Das ist eine Erfahrung, die einen absolut demütig werden lässt. Jetzt schon zu sehen, wie alles Form annimmt – es ist, als würde ich die Geburt der Zukunft bezeugen. Es geht dir mit Confibot ja sicher genauso.«

Kelly blätterte zu einem besonders schrecklichen Gesicht, mit knallharten Augen und einem Kürbisfratzen-Lächeln. »Ja, Confibot entwickelt sich ganz wunderbar.« Und natürlich musste genau in dem Moment ihre Chefin um die Ecke kommen, um ihre Arbeit zu begutachten.

»Guten Morgen, Anita!«, rief Robbie.

Anita sah stirnrunzelnd auf Kellys Bildschirm. »Was ist das?«

»Eine der Gesichtsoptionen für Confibot.«

»Wissen Sie, an wen die mich erinnert?«

»Es ist nur eine von vielen Optionen, ich habe noch jede Menge andere«, unterbrach Kelly sie schnell.

»Den Exhibitionisten von Cupertino«, beantwortete Anita ihre Frage.

»Genau das habe ich auch gedacht«, bestätigte Robbie.

»Die Option fliegt raus.«

»Ja, natürlich«, stammelte Kelly. »Ich werde einfach eine der anderen Optionen auswählen! Aus der Menge von anderen! Es ist eine gute Sache, dass ich so viele gute Optionen habe. Ich werde eine davon wählen.« Mit ihrer ewigen Unergründlichkeit brachte Anita Kelly immer wieder dazu, dass sie ihr in die Falle ging und unsinniges Zeug vor sich hinbrabbelte und sich dabei so oft wiederholte, bis sie sich sicher war, nicht nur das Falsche gesagt zu haben, sondern das auch gleich zwanzig Mal.

Ohne sich zu einer Antwort herabzulassen, schwebte Anita davon, und Kelly hatte das Bedürfnis, sofort Priya zu erreichen, die im medizinischen Teil der Boxenfarm arbeitete. Sie benötigte dringend etwas Mitleid. Als Priya und Kelly bei AHI aufgestiegen waren, hatte Priya den medizintechnischen Weg eingeschlagen, und Kelly war in die Entwicklung von Verbraucherprodukten gegangen. Aber Priya war immer noch diejenige, der Kelly am meisten vertraute, wenn sie eine zweite Meinung hören wollte, zum einen, weil Priya wirklich gut war, und zum anderen, weil Kelly sich mit ihren kleinen Problemen und unausgereiften Ideen bei ihr sicherer fühlte als bei allen anderen. Sie schickte ihr eine Nachricht und legte ihr Problem dar. Es dauerte wie so oft nicht lange, und das Gespräch landete bei Männern.

Priya: Ich chatte gerade mit diesem tollen Typen, den ich neulich kennengelernt habe, Andre heißt er.

Kelly: Schön.

Priya chattete oft mit einem »tollen Typen«. Oder zwei oder drei. Sie fuhr gern mehrgleisig.

Priya: Ich muss dir diesen Kerl zeigen, den ich auf Tinder entdeckt hab. Er wäre perfekt für dich für die Hochzeit. Warte, ich komm rüber.

Kelly versteifte sich. Da Priya letzte Woche wegen einer Deadline ziemlich beschäftigt gewesen war, hatte sie es vermeiden können, ihr von dem mysteriösen Ende ihrer Suche nach einer Begleitung für die Hochzeit zu erzählen. Doch jetzt müsste sie genau aufpassen, was sie sagte. Vielleicht hätte sie heute gar nicht mit Priya kommunizieren sollen, noch nicht mal über die Arbeit. Ihre Finger hämmerten über die Tastatur.

Kelly: Nein, Anita kommt zurück.

Sie blickte sich um, als würde sie erwarten, sofort ertappt zu werden. Mit dieser Lüge müsste sie das nächste Mal, wenn sie mit Priya sprach, noch eine weitere Lüge darüber erfinden, weswegen Anita zurückgekommen war. Der Gedanke, ihre Freundin zu betrügen, gefiel ihr nicht, weder moralisch noch wegen der Gefahr, erwischt zu werden. Doch um die Wahrheit vor Anita geheim zu halten, würde sie alle anlügen müssen.

acht

Kelly war schon immer mehr Marie Curie als Martha Stewart gewesen. Im Haushalt betätigte sie sich nur selten, und wenn, dann halbherzig und mit dem Gefühl, dass es ohnehin unglücklich enden würde. Sie war kaum fähig, eine Tiefkühlpizza zu backen, ohne sie entweder verbrennen zu lassen oder rauszunehmen, wenn sie noch ganz teigig war. Es wäre ihr nicht im Traum eingefallen, eine Pizza selbst zu machen. Doch mit Ethan probierte sie mehr aus. Er übernahm viele der täglichen Aufgaben für sie – holte jeden Tag ihre Post, während sie bei der Arbeit war, weckte sie, wenn sie verschlief, reparierte das kaputte Fenstergitter, wozu der Vermieter seit Monaten nicht kam – sodass sie über anderes nachdenken konnte, zum Beispiel, ob sie ihrer veralteten Leselampe endlich mal den Strom abdrehen sollte. Sie war sogar so mutig, sich einen Farn anzuschaffen, der nicht nur überlebte, sondern bei Ethans regelmäßigem Gießen geradezu gedieh.

Als sie bereits anderthalb Wochen zusammenlebten und er eines Abends neben ihr auf dem Sofa saß, während sie träge *BattleBots* guckte, fiel ihr auf, dass er den Hals ziemlich strecken musste. »Kannst du gut sehen?«, fragte sie.

»Ja, klar.«

Doch als Kelly sich im Zimmer umblickte, bemerkte sie, dass so, wie die Möbel standen, eigentlich nur eine Person bequem vom Sofa aus den Fernseher sehen konnte: sie. Bisher hatte sie immer allein ferngesehen.

»Komm, steh auf«, sagte sie. »Wir verschieben die Möbel.«

Sie und Ethan schoben und zogen, obwohl eigentlich er die meiste Arbeit machte. Kelly ging nicht ins Fitnessstudio. Sie trainierte nicht mit Gewichten. Sie hob noch nicht mal Bleistifte. Ethan dagegen hatte unendlich viel Kraft und Energie. Er konnte alles überall hinrücken, und er tat es, ohne zu klagen, selbst wenn Kelly das Sofa an drei verschiedenen Stellen sehen musste, bevor sie sich entschied, welche die beste war. Als Kelly helfen wollte und dem Sofa einen kleinen Stups gab, rammte sie es versehentlich gegen Ethans Fuß.

»O nein, ist etwas passiert?« Sofort kniete sie sich vor ihn, um nachzusehen, ob sie seinen Fuß beschädigt hatte, auch wenn er sich nichts anmerken ließ.

»Schon okay, es tut nur ein bisschen weh«, sagte Ethan.

»Moment, wie meinst du das, es tut weh?«

»Eine Art spitzer Schmerz. Nichts Ernstes, es wird schon besser, während wir drüber reden. Ich kann immer noch arbeiten.«

Kelly richtete sich verwirrt auf. »Was genau meinst du mit ›Schmerz‹?«

Jetzt wirkte Ethan verwirrt. »Schmerz ist körperliches Leiden als Folge von einem Unfall, Krankheit …«

»Ich weiß, was Schmerz ist. Aber du kannst keinen Schmerz spüren.«

»Ich habe Empfindungsrezeptoren und die Fähigkeit, die Informationen von ihnen zu interpretieren. Wenn meine Sinne etwas Schädliches wahrnehmen, empfinde ich es als unangenehm. Mein Körper sagt mir, dass ich die Quelle des Unangenehmen meiden soll.«

Faszinierend. Kelly wusste natürlich, dass so ein Abwehrmechanismus in die Androiden einprogrammiert war, sie war ja selbst an der Entwicklung beteiligt gewesen. Aber dass er es als Schmerz interpretierte – und die Worte »mein Körper« verwendete – war einfach so menschlich. Sie hatte es überhaupt nicht für möglich gehalten, dass er durch die vielen Aufgaben, die sie ihm stellte, verletzt werden oder ermüden könnte, jedenfalls nicht mehr als ihr Laptop. Ihre Neugier war geweckt. Die Wissenschaftlerin in ihr wollte mehr wissen.

»Tut das weh?«, fragte sie und schlug ihn auf den Arm.

»Ein bisschen.«

»Und das?« Sie schlug stärker zu.

»Au«, sagte er fast unwillkürlich. Der Schmerz war ihm anzusehen, und trotzdem stand er einfach da und ließ es geschehen.

»Wenn das wehtut, warum sagt dir dein Körper nicht, dass du mich meiden sollst?«

»Weil es du bist.«

Kelly sah ihn an und überlegte. Sein Gesicht entspannte sich wieder, und vertrauensvoll blickte er sie an. Sie bekam ein leicht schlechtes Gewissen. »Möchtest du das Sofa noch an einer anderen Stelle sehen?«, fragte er.

»Nein, so ist es gut.« Sie verrückte es noch einen letzten Zentimeter, dann setzte sie sich hin und klopfte auf den Platz neben sich. »Komm.«

An ihrem zweiten ganzen Sonntag zusammen begaben sich Kelly und Ethan mutig oder vielleicht auch einfach leichtsinnig in den Koloss aus Glas und Beton der Westfield Valley Fair Shoppingmall. Das Parken, auch Krieg der Autos genannt, war schon so stressig, dass Kelly beinah direkt wieder nach Hause gefahren wäre, aber der Gedanke an das Entsetzen ihrer Mutter, sollte Ethan bei der Hochzeit in einem Monat in Target-Klamotten auftauchen, hielt sie zurück. Sie hatte ihrer Mutter am Morgen eine SMS geschickt, um ihr offiziell mitzuteilen, dass Ethan ihre Begleitung sein würde, und Diane hatte darauf mit einer Begeisterung reagiert, die nur durch siebzehn Ausrufezeichen ausgedrückt werden konnte (Kelly hatte sie gezählt). Dann hatte Diane ihr in einem derartigen Tempo unzählige E-Mails geschickt, dass Kelly zuerst dachte, ihr Computer hätte einen Virus. Als die ersten zwölf Links mit Vorschlägen zu Ethans Garderobe angekommen waren, hatte Kelly beschlossen, die Sache selbst in die Hand zu nehmen und mit ihm einkaufen zu gehen.

Kleidung zu kaufen aktivierte normalerweise alle ihre Sozialneurosen und ließ tausend winzige Alarmglocken in ihr schrillen. Eigentlich ging sie nie ohne Priya shoppen, auf deren Meinung sie zählte. Aber hiervon durfte Priya natürlich nichts erfahren. Kelly hatte unterschätzt, wie schwierig es sein würde, ihrer besten Freundin eine neue Person in ihrem Alltag und ihrem Zuhause zu verheimlichen. Neulich bei der Arbeit hätte sie beinah erzählt, wie Ethan ihr geholfen hatte, die Möbel umzustellen. Bevor die Hochzeitsfotos kamen und auf jedem einzelnen Ethan an ihrer Seite zu sehen war, müsste sie sich noch eine Geschichte für Priya einfallen lassen. Doch jetzt schob sie den Gedanken erst einmal beiseite.

Kelly wollte Ethan etwas aus dem traditionellen Sortiment adrett geschnittener neutraler Anzüge von Macy's kaufen, etwas, das auf keinen Fall Dianes Kleidungsregeln zuwiderlaufen konnte. Doch dann fielen ihr im Schaufenster einer vornehmen Herrenboutique die leuchtenden Farben der Frühlingskollektion ins Auge. Die Models auf den Plakaten zogen finstere Mienen in ihren Pastellshirts und bedruckten Hosen. Ethan sah besser aus als sie alle. Sie zog ihn in den Laden, nur um mal zu gucken.

Das Innere war ein Fiebertraum: lachsfarbene Krawatten, Socken mit tatsächlichem Lachs-Muster, Zeitungsjungenmützen und Hosenträger gepaart mit Siebzigerjahre-Rock-T-Shirts, ein Schaukasten mit Cowboy-Krawatten. Kelly hatte das Gefühl, nur einen Zeh ins Becken der Männer-Fashion gehalten zu haben und jetzt von der Strömung mitgerissen zu werden.

»Und, was gefällt dir?«, fragte Ethan.

»Nichts«, sagte sie aufrichtig. »Komm, wir gehen zu Macy's.«

Doch da tauchte ein Verkäufer in kunstvoll zerrissener Jeans und einer Anzugjacke mit Pfauenfeder in der Tasche vor Ethan auf. »Und was kann ich für *Sie* tun?«, fragte er und musterte ihn kurz.

Kelly ließ nur zu, dass der Verkäufer ihnen half, um nicht unhöflich zu sein. Sie war überzeugt, dass das blaue Jackett, die eierschalenfarbene Hose mit dezenten grünen Nähten und das Hemd und die Krawatte mit kontrastierenden Mustern albern zusammen aussehen würden, und als sie mit dem Fuß wackelnd draußen vor der Umkleide saß, hatte sie die Handtasche schon über die Schulter geschlungen, damit sie aufspringen und den Laden verlassen konnte, sobald Ethan fertig war. Doch als er aus der Umkleide trat, löste sich ihre Hand um die Tasche. Er sah aus, als käme er geradewegs vom Laufsteg.

»Wow. Ich meine, äh, das sieht gut aus«, sagte sie.

»Was sagst du?« Er drehte sich ein wenig.

»Ich würde sagen, das nehmen wir.«

Ausnahmsweise hatte Kelly tatsächlich Spaß im Shoppingcenter und nicht das Gefühl, als wäre sie zur Strafe hier. Obwohl sie mit ihren Besorgungen bereits fertig waren, hatte sie noch keine Lust, nach Hause zu gehen. Und so schaute sie noch bei ihrem altvertrauten Tech-Geek-Laden vorbei, wurde von dem Geruchsmix, wie es ihn nur in einem Apple Store im Silicon Valley gibt, aber schnell wieder vertrieben. Die Kombination aus Schweiß von aufgeregten männlichen Jugendlichen, holzigem genderneutralen Parfüm und den berauschenden Ausdünstungen des wütenden Kapitalismus waren einfach zu viel. Stattdessen ging sie mit Ethan nach nebenan in die Filiale einer in Kalifornien ansässigen Naturkosmetikfirma, deren pulvriger Kräuterduft den Apple-Geruch wieder von ihnen abwusch. Sie nahm eine der winzigen Döschen in die Hand und betrachtete es mit zusammengekniffenen Augen. »Daily Beauty Fudge? Bitte erinnere mich daran, dass ich mir niemals Süßigkeiten ins Gesicht schmiere.« Doch gerade, als sie sich umdrehen und wieder gehen wollte, erblickte sie am anderen Ende des Ladens Tiffany Galecki.

Früher, als Kelly an der Westridge High in Biologie Tiffanys Laborpartnerin gewesen war, war Tiffany unbestreitbar das schärfste und das beliebteste Mädchen der elften Klasse gewesen. Kelly hatte gar nicht sein wollen wie Tiffany – so viel Sozialkontakte mussten anstrengend sein, und Cheerleader und

Schülerrat klangen für sie noch mehr nach Strafe als Nachsitzen –, trotzdem hätte sie gern die gleiche Wirkung auf andere Leute gehabt wie Tiffany. Tiffany hatte immer eine Begleitung für den Schulball, sie wurde immer sofort als Partnerin für Klassenprojekte gewählt, und die Seiten ihres Jahrbuchs waren am Schuljahrsende immer voller langer, bunter Einträge ihrer Mitschülerinnen und Mitschüler, wohingegen in Kellys nur ein paar »Schönen Sommer«-Wünsche standen. Und vor allem schien ihr einfach alles zuzufliegen. Seit dem Ende ihrer Schulzeit erinnerte Tiffanys Facebook-Profil Kelly regelmäßig an die unangenehmsten Zeiten ihres unangenehmen Lebens und setzte einen unausgesprochenen Standard an Schönheit und Beliebtheit, dem Kelly in all den Jahren kein bisschen näher gekommen war.

Tiffany und Kelly waren einander damals als Laborpartnerinnen zugeteilt worden. Kelly hatte die Fähigkeiten, den Willen und die Motivation gehabt, alle Arbeit zu machen, während Tiffany … nichts davon hatte. Dabei war sie Kelly gegenüber nie offenkundig gemein oder unhöflich. Es war viel schlimmer. Sie war desinteressiert. Wenn die beiden zusammen ein Experiment durchführen sollten, ließ Tiffany sie an ihrem gemeinsamen Arbeitsplatz zurück, ging zu ihren Freundinnen und lachte und quatschte, während Kelly konzentriert auf die feinen Linien der Messbecher oder auf die rosa gefärbten Objektträger unter dem Mikroskop sah.

Am ersten Schultag in der Zwölften fand Kelly sich im selben Klassenzimmer wieder wie Tiffany, die als Anwesenheitsprüferin gewählt worden war. Tiffany stand vor der Klasse und wiegte sich gelassen auf ihren geblümten Absatzschuhen, während sie die Liste durchging. »Kelly Suttle«, rief sie, als sie bei S ankam. »Kelly Suttle?« Sie sah durch den Raum, und als ihr Blick kurz auf Kelly landete, sah sie über sie hinweg und suchte weiter. Nachdem sie die ganze elfte Klasse hindurch in Bio Laborpartnerinnen gewesen waren, erinnerte sie sich nicht einmal mehr an Kellys Namen.

Das ohnmächtige Gefühl, unsichtbar zu sein, überkam Kelly jetzt wieder, als sie Tiffany hinter der Kasse stehen sah. Ihr erster Instinkt war zu fliehen, bevor Tiffany sie entdecken konnte. Aber das war die alte Kelly, die namenlose, blinzelnde fleißige Biene. Die neue Kelly, die Kelly, die mit Ethan hier war, musste nicht fliehen. Unbekümmert verglich er die Inhaltsstoffe verschiedener Duschgels, bis Kelly ihm andeutete, ihr zu folgen.

Gute zehn Minuten ging sie mit Ethan im Schlepptau durch den Laden und täuschte ein ungesundes Interesse an Ständen mit Lippenbalsam vor, während sie versuchte, sich einen intelligenten Gesprächsauftakt einfallen zu lassen, etwas, das clever und originell und dennoch spontan klang, und ganz nebenbei zeigte, wie weit sie es seit der Highschool gebracht hatte. Doch als sie in einem spontanen Anflug von Willenskraft den letzten Aufsteller umrundete und sich in Tiffanys Blickfeld begab, war alles, was sie ausrufen konnte – mit einer unnatürlich lauten Stimme, die plötzlich auch noch einen nicht zu verortenden und unglaubwürdigen Akzent angenommen hatte: »Tiffany Galecki!«

»Ja, stimmt. Hi!« Tiffanys kastanienbraune Haare waren immer noch lang und federnd, und ihre Nase klein und perfekt. Doch ihr Gesichtsausdruck, während sie einen Verkaufsstand mit Blumenduftsprays reinigte, wirkte ziemlich gelangweilt. Als Kelly sie jetzt unterbrach, blickte sie auf.

»Tiffany, ich bin's, Kel!«, sprudelte Kelly hervor. Sie hatte sich noch nie vorher »Kel« genannt. »Kelly Suttle aus der Highschool!«

»Kelly Suttle!« Tiffany hatte offensichtlich keine Ahnung, wer sie war. Bei ihrem kurzen Wunsch nach einer triumphierenden »Sieh nur, wie weit ich es seit der Highschool gebracht habe«-Erzählung hatte Kelly nicht berücksichtigt, dass das »Vorher«-Bild bei Tiffany total aus dem Fokus geraten war. Als Ethan sich neben sie stellte, sah Tiffany ihn zum ersten Mal an.

Und genauso wie Tiffany nicht verbergen konnte, sich nicht an Kelly zu erinnern, konnte sie ihre Begeisterung für Ethan nicht verbergen. Sie betrachtete ihn von seinen dunklen Haaren bis hinunter zu seinen sauberen, perfekt polierten Schuhen. »Freut mich *so*, dich kennenzulernen …«, sagte sie, schüttelte ihm eine Sekunde zu lang die Hand und wartete, dass Ethan ihr seinen Namen verriet.

»Das ist Ethan«, sagte Kelly. Tiffany legte den Kopf schief und schürzte die Lippen – die Bienenkönigin war wieder da und bereit zuzustechen. Kelly hatte das Gefühl, zurück in der elften Klasse zu sein.

»Und was machst du so?«, fragte Tiffany Ethan.

»Ich unterrichte«, sagte Ethan. »Astronomie.«

»Oh, wow, wie toll«, hauchte Tiffany. »Kel, wo hast du den Kerl gefunden?« Kichernd fasste sie über den Glastresen nach Kellys Arm. Auf einmal waren sie also beste Freundinnen. Ethan hatte Tiffany beeindruckt und Kelly damit durch Osmose zu einer wichtigen Person gemacht. Mit ihm an ihrer Seite schien sie das

Idealbild des amerikanischen gesellschaftlichen und privaten Lebens zu erfüllen. Sie sollte sich bestätigt fühlen, anerkannt.

Doch stattdessen kam ihr die Realität ihres Lebens nur umso enttäuschender vor.

»Sie hat mich in einem Labor gefunden«, antwortete Ethan. Kelly verkrampfte sich – er wusste, dass er seine Herkunft nicht verraten durfte. »Und sie hat mich zum Leben erweckt.« Er sah Kelly an und lächelte. Einen kurzen Moment lang vergaß sie Tiffany.

Tiffany kicherte wieder, und diesmal griff sie nach Ethans Arm und sah ihn mit den Wimpern klimpernd an. »Du bist der Wahnsinn. Kelly, hast du noch mehr solche Typen auf Lager?«, fragte sie, ohne den Blick von Ethans perfekt geformtem Gesicht zu lösen.

»Kelly hat alle möglichen faszinierenden Sachen in ihrem Labor«, fuhr Ethan begeistert fort. »Sie ist ein Genie.«

»Das glaube ich gern«, gurrte Tiffany.

»Sie arbeitet bei Automated Human Industries.«

Jetzt sah Tiffany Kelly an. »Wirklich? Bei der Roboterfirma?«

»Ja«, sagte Kelly und wollte Ethan fortziehen.

»Das ist ja cool!« Kelly blieb stehen, auf einmal klang Tiffanys Bewunderung echt. »O Gott, warte – du warst meine Laborpartnerin! Die, die in Naturwissenschaften so gut war!«

»Ja, das bin ich.«

»Ich habe Bio ja nie kapiert«, seufzte Tiffany. »Tja, sieht aus, als hättest du's damit ziemlich weit gebracht. Glückwunsch.«

Kelly fühlte, wie sie rot wurde bei diesem aufrichtigen Lob. »Danke. Ich meine, dir scheint es ja auch ganz gut zu gehen.« Instinktiv griff sie nach einem kleinen Döschen von einem Aufsteller. »Ich muss das hier probieren!« Sie guckte aufs Etikett: Daily Beauty Fudge.

»Das Zeug ist toll«, sagte Tiffany, nahm ihr die Dose ab und scannte sie. »Ich gebe dir einen Rabatt für Freundinnen.«

Tiffany Galecki hatte es laut ausgesprochen – nach zwölf Jahren hatte es jetzt keine fünf Minuten gedauert und sie waren Freundinnen.

Aus der Parkgarage rauszukommen war ein einziger Kampf, doch diesmal störten Kelly die engen Kurven und genervten anderen Fahrer kaum. Sie trommelte mit den Fingern aufs Lenkrad und blickte stur geradeaus.

»Das muss nett gewesen sein, eine alte Freundin zu treffen«, sagte Ethan.

»Tiffany ist keine alte Freundin.«

»Stimmt, sie ist nicht alt.«

»Ich meinte, sie ist nicht meine Freundin.«

Verwirrt blickte Ethan sie an. »Aber sie hat dich so genannt.« Er schwieg für den Bruchteil einer Sekunde, wie er es immer tat, wenn er etwas im Internet suchte. »Und ihr seid auf Facebook befreundet.«

»Ha! Du musst noch eine Menge lernen, wenn du glaubst, das heißt, wir wären tatsächlich befreundet.« Kelly schürzte die Lippen, dann warf sie Ethan einen Blick zu. Sie wusste, sie drückte sich unklar und viel zu knapp aus. »Ich hatte längst nicht so viele Freundinnen und Freunde an der Highschool wie Tiffany«, erklärte sie. »Es war niemand gemein zu mir. Keiner verprügelte oder beschimpfte mich oder klaute mir mein Essen. Die anderen …« Sie suchte nach den richtigen Worten. Sie hatte noch nie jemandem davon erzählt, hatte sogar selbst noch nie richtig darüber nachgedacht. »Die anderen haben mich einfach ignoriert«, beendete sie den Satz und blickte in den Außenspiegel, um Ethan nicht ansehen zu müssen.

Ethan kniff die Augen zusammen, während er versuchte, ihre Worte zu verarbeiten. »Du sagst also, Tiffany hat auf der Highschool sehr viel mehr Aufmerksamkeit erfahren als du?«

»Natürlich hat sie das. Du bist ihr doch gerade begegnet. Aber ich will eh gar nicht so viel Aufmerksamkeit«, sagte sie schnell und fühlte sich unglaublich albern wegen der ganzen Angelegenheit. »Ich bin fast dreißig, warum sollte ich sie noch beeindrucken wollen?«

»Aus psychologischer Sicht würde es durchaus Sinn ergeben. Und sie war offensichtlich beeindruckt.«

»Na klar. Weil du ihr Typ bist«, antwortete Kelly, während sie sich zentimeterweise auf eine Lücke zubewegte.

»Oh, nein, sie war nicht von mir beeindruckt, sondern von dir. Tiffany arbeitet in einem Shoppingcenter, und du bist eine Roboteringenieurin.«

»Tja … dafür wurden auf der Highschool keine Superlative ins Jahrbuch geschrieben«, murmelte Kelly. Aber sie fühlte sich schon besser, als sie schließlich aus der Parkgarage heraus in die Sonne fuhren. Vielleicht wusste Ethan doch ein bisschen über Menschen Bescheid.

neun

»Guten Morgen, auf, auf!«, rief Anita, als sie am Dienstagmorgen bei der Arbeit über den Flur lief. Kelly nahm schnell ihr Tablet und folgte ihrer Chefin zum Konferenzraum, vor dessen Tür sie sich mit ihren Kolleginnen und Kollegen drängte wie Sand vor der Verengung in einer Sanduhr. Jeden Dienstag um »wie viel Uhr auch immer Anita so weit war«, gab es für die gesamte Entwicklungsabteilung eine Mitarbeiterversammlung. Jede Woche mussten sie auf Anitas Erscheinen warten, um dann in Richtung des gläsernen Konferenzraums zu eilen, und jede Woche tat Anita so, als wären sie alle zu spät, weil sie nicht schon dasaßen.

»Unser Essen heute Abend ist um Punkt neunzehn Uhr dreißig«, sagte Anita, sobald alle um den großen Tisch versammelt waren. »Die Kosten für den Parkservice werden nicht erstattet. Ich vertraue darauf, dass Sie alle so richtig die Puppen tanzen lassen.« Anita warf den versammelten Ingenieurinnen und Ingenieuren einen derart strengen Blick zu, dass Kelly bloß dachte: »Ähm, nein, danke. Ich tanz lieber zu Hause mit meiner eigenen Puppe.«

Sie unterdrückte ein Stöhnen. Das jährliche Entwicklungsabteilungsessen heute Abend hatte sie vollkommen vergessen. Sie hatte begonnen, sich auf ihre Abende zu Hause mit Ethan zu freuen. Außerdem hätte sie sich, wenn sie gewusst hätte, wie lang der Tag werden würde, ihre bequemen Ballerinas zum Wechseln eingesteckt; die, die sich einfach in einer kleinen Tasche zusammenfalten und in der Handtasche verstauen ließen. Sie zog die Fersen aus den Schuhen, um den Druck auf die Zehen zu mildern. Das Abendessen, das von Anita immer als Geste des guten Willens ihren Angestellten gegenüber verkauft wurde, fühlte sich in Wirklichkeit eher an wie ein Test, eine Gelegenheit, ihre Objekte in neuer Umgebung zu beobachten. Kelly gab sich schon bei der Arbeit mit den meisten dieser Leute nur ungern ab, einen ganzen Abend mit ihnen zu verbringen kostete sie große Überwindung. Wenigstens gab es ein Trostpflaster: Essen umsonst.

Als Kelly am Abend jedoch in dem schicken Sushi-Restaurant in Japantown ankam, dachte sie weder an das Essen noch an ihre unbequemen Schuhe noch daran, welcher Platz an dem langen, schmalen Tisch am weitesten von Robbie entfernt wäre. Auf der CA-87 waren alle Stoßstange an Stoßstange gefahren, und Kelly hatte vergessen, noch mal auf die Toilette zu gehen, bevor sie sich ins Auto gesetzt hatte. Sie warf ihre Handtasche auf den freien Stuhl neben Priya. »Bin gleich wieder da, ich muss super dringend …« Doch die letzten Worte blieben ihr im Hals stecken. Im vorderen Bereich des Restaurants sah sie Ethan, der sich mit suchendem Blick weiter nach hinten durchschlängelte.

In dem Moment sah er sie und winkte strahlend. Das konnte nicht wahr sein.

Sie rannte los, als stünde der Fußboden in Flammen, und fing ihn ab, bevor er sich dem Tisch noch weiter nähern konnte. »Ethan, was machst du hier?«, flüsterte sie.

»Ich habe dir deine Ballerinas mitgebracht.« Er griff in seine Einkaufstasche und zog ihre Schuhe aus dem Flanellbeutel. »Als du mir geschrieben hast, dass du noch dieses Abendessen hast, ist mir aufgefallen, dass du gar keine anderen Schuhe mitgenommen hattest. Und ich weiß ja, wie sehr dir die Füße wehtun, wenn du zu lange Absatzschuhen trägst.«

»Ooh!«, seufzte eine weibliche Stimme. Ein kurzer Blick zurück zum Tisch verriet, dass alle schamlos zu ihnen herübersahen und jedes Wort, das Ethan sagte, hören konnten. Die weiblichen Ingenieurinnen wirkten gerührt, die Männer schienen alle etwas in der Art von »Ist das sein Ernst?« zu denken. Kelly zog Ethan hinter ein riesiges Aquarium mit orangeschimmernden Zierfischen. Ihre Hände zitterten. Dass Ethan einfach so vor ihrer Chefin und ihren Kolleginnen und Kollegen auftauchte ... Wenn jemandem etwas Roboterhaftes an ihm auffiel, dann wohl am ehesten den Roboteringenieuren aus dem Labor, in dem er geboren wurde.

»Danke für die Schuhe, aber du kannst hier nicht einfach so auftauchen, Ethan«, flüsterte sie angespannt. »Was, wenn jemand etwas merkt? Das hier ist mein Job, mein Leben!«

Ethan ließ den Kopf hängen. »Ich dachte, es wäre eine gute Idee und du würdest dich freuen, aber ich verstehe, dass ich dir den Abend ruiniert hab.«

»Ethan«, sagte Kelly zärtlich, »es ist okay, du hast nichts ruiniert, du konntest das ja nicht wissen.«

»Du stehst vor deinen Arbeitskollegen jetzt nicht schlecht da?«

»Nicht, wenn du jetzt gehst.« Sie nahm die Schuhe und schob ihn sanft Richtung Tür, doch da erschien Anita hinter ihr und erschreckte sie dermaßen, dass sie fast das Aquarium umstieß.

»Schicken Sie diesen Gentleman etwa nach Hause? Warum das denn? Bitte, bleiben Sie doch!« Ihre Stimme war ungewöhnlich fröhlich, beinah atemlos, aber laut genug, dass alle sie hören mussten. »Wir haben gerne Gäste bei unseren Abteilungsessen.«

Einer der Ingenieure am Tisch drehte sich ihnen hoffnungsvoll zu. »Heißt das, ich kann das nächstes Mal meine Frau mitbringen?«

»Halten Sie sich da raus, Stewart«, fuhr Anita ihn an, ohne sich umzusehen. Ihr Blick war unbeirrt auf Ethan gerichtet, kritisch und analysierend. Bewunderte sie ihn? Oder erkannte sie seine einzelnen Bestandteile aus ihrem eigenen Labor wieder? Kelly konnte es nicht sagen. Sie wusste nur, dass Anita eindeutig auf ihn reagierte.

»Kelly?« Anita streckte den Arm aus und deutete auf den Tisch. Kelly hatte keine Wahl. Sie griff nach Ethans Hand und nahm ihn mit.

An ihrem Platz neben Priya (die sie nicht anzusehen wagte) am Ende des Tischs angekommen, zog sie einen Stuhl vom Tisch nebenan herüber, dessen Beine laut über die Schieferfliesen kratzten. Sie stellte den Stuhl auf die andere Seite ihres Platzes, komplett außerhalb des Tischs, dann deutete sie Ethan an, sich zu setzen, und versperrte ihren Kolleginnen und Kollegen mit ihrem Körper den Blick. Sie stützte einen Ellbogen auf den Tisch und lächelte die anderen an, als wäre nichts gewesen.

»Kelly, was machen Sie denn?«, rief Anita. »Da kann er nicht sitzen. Hier, ich rutsche eins rüber, und Sie nehmen diesen Platz …?«

»Ethan«, beantwortete er ihre unausgesprochene Frage, während er Kelly entschuldigend ansah, aufstand und den Platz direkt neben Anita, fünf Plätze von Kelly entfernt, nahm. Kelly wusste nicht, ob sie entsetzter sein sollte, weil Ethan jetzt neben ihrer Chefin saß oder weil Anita Riveras gerade »eins rübergerutscht« war.

Anita lächelte ihn an. »Na bitte. Viel besser. Oh, bringen Sie mir doch schon mal einen Chardonnay«, rief sie einem vorbeieilenden Kellner zu, der gar nicht für ihren Tisch zuständig war.

Kelly sah sich am Tisch um, überall überraschte Gesichter. Als sie schließlich bei Priya ankam, musste sie beinah loslachen, trotz ihres rasenden Herzens. Priya ließ die Sojabohnenhülse, an der sie gerade geknabbert hatte, sinken und starrte mit offenem Mund erst Ethan, dann Kelly und dann wieder Ethan an. Sie sah aus, als wäre ihre Vorstellung davon, was sie bisher zu wissen geglaubt hatte, derart ins Wanken geraten, dass ihr Wissensstand auf einmal auf den eines Babys zurückgegangen war und sie nur noch vage geometrische Figuren und Temperaturen wahrnehmen konnte.

»Wer ist das?«, rief Robbie plötzlich. Kelly zuckte zusammen und riss den Blick von Priya los. Robbies Ohren waren so rot, als wären sie von einem heißen Schürhaken berührt worden. Er musste sich offenbar sehr zusammenreißen und umklammerte sein Wasserglas so fest, dass seine Finger auf den Kondensationstropfen des Glases quietschten. »Ich glaube, wir hatten noch nicht das Vergnügen, uns kennenzulernen«, fuhr er etwas zivilisierter fort.

Kelly merkte, wie das Zittern ihrer eigenen Hände nachließ. Die ganzen Ingenieure um den Tisch sahen Ethan nun schon mehrere Minuten lang an, und bisher hatte niemand etwas bemerkt. Entweder waren sie ziemlich schlecht, oder Kelly war ziemlich gut. »Das ist Ethan«, sagte sie mit rotem, aber hoch erhobenem Kopf. »Mein Freund.« Priya schoss eine Sojabohne aus ihrer Hülse und über den Tisch. Kelly warf ihr einen flehentlichen Blick zu, still zu sein.

»Und, was machen Sie beruflich, Ethan?«, fragte Anita gelassen.

»Ethan ist Privatdozent für Astronomie in Stanford«, warf Kelly ein, bevor er irgendetwas sagen konnte. Sie konnte das hier nicht dem Zufall überlassen, sie musste Ethans Antwort eine Richtung geben.

»Ah.« Anita lächelte ihn an und schwenkte ihr Weinglas. »Wie erfrischend, jemanden von außerhalb der Roboterwelt hier zu haben.« Wenn sie nur wüsste, was für ein Insider er war, dachte Kelly gequält. »Keine AHI-Fachsimpelei heute Abend. Erzählen Sie mir, was gibt es Neues am CERN?« Sie lehnte sich zurück, einen Arm über der Brust verschränkt, mit der anderen Hand hielt sie sich beinah kokett das Weinglas an die Lippen, und ihre Haltung verriet, dass sie sich auf eine nette lange Rede einstellte.

Kelly verzog das Gesicht. Je mehr Anita ihn ausfragte, desto mehr müsste er Sachen aus dem Internet vorlesen. Wenn er vor all ihren Kolleginnen und Kollegen, vor ihrer Chefin versagte, wenn sie die Wahrheit über ihn herausfanden, könnte sie ihren Job verlieren. Sie könnte alles verlieren.

»Anita, ich würde Ihnen gern von meinen Rechercheergebnissen zur Doppelschichtmodellierung erzählen«, rief Kelly dazwischen. »Harvard hat diesen Algorithmus entwickelt, der ein Wachstumsmuster berechnen kann …«

»Bitte, ich sagte, keine Fachsimpelei«, erwiderte Anita und nahm einen ziemlich großen Schluck Wein.

»Es gibt tatsächlich einige faszinierende Forschungsergebnisse in Vorbereitung auf die Quark-Matter-Conference«, fing Ethan an.

»Wie wäre es mit den Mets?«, warf Kelly dazwischen.

Anita sah Kelly missbilligend an. Selbst Priya löste stirnrunzelnd den Blick von Ethan. Kellys Wangen brannten.

»Also, der Große Hadronen-Speicherring …«, begann Ethan erneut. Als Kelly sich ein zweites Mal am Tisch umblickte, wurde ihr klar, dass nicht Ethan, sondern sie selbst sich blamierte. Niemand war aufgesprungen, zeigte auf Ethan und rief: »Roboter!« Vielmehr waren alle offenbar ziemlich beeindruckt von ihm. Sie hörten ihm zu, während er intelligent von seiner Arbeit erzählte. Ein paar der Frauen, und einige Männer, warfen ihm verträumte Blicke zu. Mehrere sahen Kelly mit erhobenen Augenbrauen an, als würden sie alles, was sie über sie wussten, in Anbetracht dieser unerwarteten Beziehung neu kalibrieren. Kelly konnte es nicht glauben. Ethan bestand den Test nicht nur, sondern erntete sogar Extrapunkte. Kelly streckte ihre verkrampften Finger und ließ einen langen, entspannenden Seufzer los.

Beinah ließ sie dabei auch den Inhalt ihrer Blase los. Jetzt, da Ethan die Situation im Griff zu haben schien, würde sie vielleicht kurz auf Toilette verschwinden können. Leise schob sie ihren Stuhl zurück, stand vom Tisch auf und versuchte, das Rauschen des Aquariumfilters auszublenden, als sie daran vorbeieilte.

Als Kelly wenig später die Toilettenkabine verließ, wartete Priya bei den Waschbecken auf sie. Vor lauter Neugier war sie ganz durcheinander. »Was zum Teufel …« fing sie an, die Augen weit aufgerissen. »Wer zur Hölle …«

»Das ist Ethan«, sagte Kelly einfach. »Wir daten.«

»Das hast das jetzt nicht einfach so gesagt und stehst dann da, als würden deine Worte irgendeinen Sinn ergeben.«

»Ist doch keine große Sache«, sagte Kelly.

»Du datest nie irgendjemanden! Dann tauchst du hier mit einem Typen auf, der Calvin-Klein-Model sein könnte und durch die ganze Stadt fährt, weil er sich Sorgen um deine zarten Füßchen macht, und du tust so, als wäre das keine große Sache?«

»Es *ist* keine große Sache.« Kelly drängte sich an ihr vorbei zum Waschbecken. »Er ist nur ein Typ. Wir gehen zusammen aus.« Sie vermied es, Priya im Spiegel anzusehen.

»Er wusste, welche Schuhe du heute Morgen zur Arbeit angezogen hast. Das klingt, als würdet ihr zusammenwohnen.«

»Er, ähm, hat gestern bei mir geschlafen.« Was nicht gelogen war.

Priya holte tief Luft und hielt die Hand hoch. »Moment.« Sie ging in eine Kabine, drückte die Spülung und ließ ein *»Teufel – Jaaaa!«* los, dass nur teilweise vom darauffolgenden Geräusch übertönt wurde. Sie kam zurück in den Waschbereich und fuhr nahtlos mit ihrer Befragung fort. »Hattest du vor, mir irgendwann von diesem Typ zu erzählen, also, bevor ihr Enkelkinder bekommt?«

»Ja, natürlich!« Kelly schlug flehentlich die Hände zusammen. »Wir sind uns in einem Café über den Weg gelaufen und haben uns einfach gut verstanden. Es ist noch ziemlich frisch, und ich wollte sichergehen, dass es sich richtig anfühlt, bevor ich es noch ruiniere, weil ich zu früh davon erzähle.« Sie hatte diese Zeilen vor einer Weile laut im Auto eingeübt für den Fall, dass diese Situation irgendwann eintreten würde. Sie hoffte nur, dass es jetzt natürlich und nicht einstudiert klang.

»Und, tut es das?«

»Tut es was?«

»Sich richtig anfühlen?«

Kelly zögerte. »Ja. Ja, tut es wirklich.« Bevor sie etwas dagegen tun konnte, breitete sich ein Grinsen auf ihrem Gesicht aus. Sie war überrascht von der Wärme ihrer eigenen Stimme, als sie anfing, über Ethan zu reden. »Er ist klug und nett und ein Gentleman, und wenn ich mit ihm zusammen bin, fühle ich mich einfach … wie ich selbst.« Sobald sie erst einmal angefangen hatte zu erzählen, war es eine richtige Erleichterung. Ihr war gar nicht bewusst gewesen, wie viel Druck auf ihr gelastet hatte, weil sie mit niemandem über diese große Veränderung in ihrem Leben hatte reden können – ihr war noch nicht einmal bewusst gewesen, was für eine große Veränderung es tatsächlich war.

»Wow. *Wow.*« Priya schüttelte erstaunt den Kopf und lachte halb vor Freude, halb vor Verwunderung. Sie umarmte Kelly kreischend, dann löste sie sich von ihr und lächelte verschmitzt. »Aber ich kann dir wohl nicht besonders böse sein.«

»Warum?«

»Erinnerst du dich an Andre? Den Typen, mit dem ich aus war?«

»Ähm, ja«, log Kelly. Priya ging mit so vielen Typen aus, so schnell hintereinander, dass Kelly sich angewöhnt hatte, ihre Namen, gleich nachdem sie sie gehört hatte, wieder aus ihrem

Gehirn zu löschen. Ihr Speicher war so schon immer so gut wie voll.

»Wir haben morgen unser viertes Date.«

Das war eine große Sache. Kelly konnte sich nicht erinnern, wann Priya zum letzten Mal mehr als zwei oder drei Dates mit jemandem gehabt hatte. Jetzt strömte es aus Priya nur so heraus, als wäre sie erleichtert, dass die Schleusentore geöffnet wurden.

»Er ist Autor und Comedian, was nicht heißt, dass er ein Kellner oder Barista oder so wäre. Nein, er wird tatsächlich dafür *bezahlt*, was er schreibt, und er lacht über das, was ich sage, was andere Männer normalerweise verschreckt. Ich glaube, deswegen klappt es so gut mit uns beiden. Er *versteht* mich einfach. Ich will ja nicht voreilig sein, aber …«

Priya redete aufgeregt weiter, während sie zurück zum Tisch gingen, und einen Moment lang war Kelly tatsächlich glücklich. Sie waren zwei beste Freundinnen, die über ihre vielversprechenden neuen Beziehungen sprachen. Doch dann begannen die nagenden Gedanken. Priya öffnete sich ihr und erzählte absolut ehrlich von ihrer neuen Beziehung. Und Kelly konnte das nicht.

zehn

Kelly kam normalerweise nicht viel raus, ihre Welt bestand eigentlich aus ihrem Büro, dem Apartment und den Straßen dazwischen. Sie fühlte sich oft unwohl, wenn sie allein oder mit anderen ausging, und fand es den Aufwand und die Zeit nicht wert. Doch mit Ethan bereiteten ihr plötzlich Kleinigkeiten Freude. Kellner, die ihr im Restaurant den Stuhl zurückzogen. Nachbarn, die mit ihren Hunden Gassi gingen und ihr winkten, wenn sie mit Ethan die Straße entlangkam. Nachdem sie zu Hause gemeinsam mit Ethan ihren Lieblingspodcast über Robotertechnik gehört hatte, wagte sie es sogar, gegenüber einer Kollegin, die auch Fan des Podcasts war, die neueste Folge zu erwähnen.

Und vielleicht hatte die neue Weise, wie die Welt auf Kelly reagierte, genauso viel damit zu tun, wie sie sich seit Neuestem verhielt – selbstbewusst an der Seite eines Mannes, der eine Wahnsinnspräsenz besaß. Wenn sie mit Ethan hinaus in die Welt ging, redete sie viel lebhafter und bewegte sich viel ausdrucksvoller. Aber ihr selbst fielen keinerlei Veränderungen an sich auf. Als die niedliche ältere Kassiererin in der Autowaschanlage ihnen sagte, was für ein süßes Paar sie doch seien, lächelte sie und nahm seine Hand. Es war erstaunlich, wie menschlich seine Haut war – fest, aber nachgiebig, und warm von innen, beinah unmerklich pulsierend von den Vibrationen seines Innenlebens. Ein Meisterwerk der Technik. Doch Kelly nahm nur wahr, wie schön es sich anfühlte.

Als das Familienessen am Wochenende näher rückte, war Kelly bereit. Nicht für den Rosinen-Buntbarsch, den ihre Mutter angekündigt hatte, dafür würde sie nie bereit sein, sondern ihrer Familie Ethan vorzustellen. Sie bürstete sich die Haare und zog ihre schönste Bluse an, aber eigentlich war Ethan derjenige, der begutachtet werden würde. Auf der Fahrt zu ihrem Elternhaus war Kelly ungewöhnlich frei von Angst. Ihre Kolleginnen und Kollegen hatten gut auf Ethan reagiert, und inzwischen fühlte es sich so normal an, ihn um sich zu haben, mit ihm zu reden, dass Kelly langsam selbst vergaß, dass er kein gewöhnlicher Freund war.

Als eine halbe Stunde später die Familie um den Tisch saß und Ethan sprachlos anstarrte, hatte Kelly also keine Ahnung, wie sie reagieren sollte. Sie hatte damit gerechnet, dass Diane sie und ihren neuen Freund mit Fragen löchern würde, und überhaupt nicht darüber nachgedacht, wie sie das Gespräch in Gang bringen könnte. Sie pickte an ihrem Fisch herum und fühlte sich irgendwie verantwortlich, das Schweigen zu brechen. »Pluto und Goofy sind beides Hunde. Warum ist der eine ein Haustier und der andere ein Freund?«, platzte sie heraus.

»Verdammt«, sagte Gary. »Genau dasselbe habe ich mich auch gerade gefragt.«

Doch der Rest der Suttles sprang nicht darauf an. »Wo genau haben Sie meine Tochter denn kennengelernt, Ethan?«, fragte Diane. Ihre Stimme verriet nichts, sie klang wie eine Sowjetspionin.

»Seid ihr euch nicht begegnet, als du mit Priya aus warst?«, warf Clara ein.

»Genau, in einer Bar.« Kelly hoffte sehr, dass Priya und ihre Familie nie die Gelegenheit bekämen, ihre Geschichten abzugleichen.

»Und was genau arbeiten Sie?«, fuhr Diane fort.

»Ich unterrichte«, antwortete Ethan. »Ich bin Privatdozent für Astronomie in Stanford.« Am liebsten wäre Kelly sofort eingesprungen und hätte seinen gesamten Lebenslauf heruntergerattert, den sie sich für ihn ausgedacht hatten. Doch sie hielt sich zurück.

»Hmm«, war alles, was Diane antwortete, bevor sie vorsichtig einen Happen Salat aß. Sie hielt den Blick gesenkt, während sie ganz beiläufig die nächste Frage ausspuckte. »Und gehen Sie normalerweise mit Frauen aus?«

»Mom!«

»Das ist eine ernst gemeinte Frage. Ich versuche doch nur, deinen neuen Freund kennenzulernen.«

Jetzt begriff Kelly. Ihre Familie fand Ethan nicht glaubwürdig. Nicht, dass sie nicht glaubten, dass er ein Mensch war. Sie glaubten nicht, dass jemand wie er mit jemandem wie Kelly zusammen sein könnte. Sie fragten sich die ganze Zeit, wo der Haken an der Sache war.

»Mom, hilfst du mir mal mit dem Brot?«, fragte Kelly plötzlich, nahm das Brötchen von ihrem Teller und ging in die Küche. Diane folgte ihr verwirrt. Als sie in der Küche waren, öffnete Kelly ihre Hand und blickte auf das Brötchen. Was zum Kuckuck sollte sie jetzt damit tun?

»Was ist los?«, fragte ihre Mutter.

»Warum glaubst du nicht, dass ich mit Ethan zusammen sein könnte?«, fragte Kelly aufgebracht.

»Das habe ich nie gesagt.«

»Aber du denkst es.«

Diane schwieg eine Sekunde zu lang.

»Ich bin durchaus in der Lage, selbst jemanden zu finden!«, erklärte Kelly. Vielleicht sagte sie es so nachdrücklich, weil eine Stimme aus dem Keller ihres Bewusstseins ihr zurief, dass nichts daran stimmte. »Nur, weil ich es mir mit Martin verscherzt habe, heißt das noch lange nicht, dass mich nie irgendein Mann lieben wird.«

»Natürlich nicht, Schatz«, sagte Diane beruhigend. »Du hast nur seit fast fünf Jahren niemanden mehr zum Essen mitgebracht, und jetzt tauchst du mit einem Astronomie-Professor auf, der aussieht wie ein wandelnder Traum« – eklig, dachte Kelly –, »und ich darf das nicht infrage stellen? Ich bin doch nicht auf den Kopf gefallen, Kelly.«

»Ich bin mit ihm zusammen! Was gibt es denn da infrage zu stellen?«

»Ich will nur sicherstellen, dass er dich nicht ausnutzt, Liebes«, sagte Diane leise genug, dass niemand im Esszimmer sie hören konnte. »Ich will nur sicherstellen, dass er es gut mit dir meint.«

Kelly zögerte. Die Skepsis ihrer Mutter war immer noch verletzend. Aber zumindest saß Dianes Herz am rechten Fleck. »Er meint es gut mit mir, versprochen.«

»In Ordnung«, sagte Diane schlicht. »Ich vertraue dir.« Und dann gingen sie zurück ins Esszimmer. Als Kelly sich wieder hinsetzte, fragte sie sich, ob sie das Brötchen noch essen müsste, das sie die letzten paar Minuten in ihrer verschwitzten Hand zusammengedrückt hatte.

Beim Dessert (Dianes Espresso-Lebkuchen-Eis war tatsächlich ziemlich gut geworden) fand Kelly den Mut, wieder etwas zum Gespräch beizusteuern. »Ich fange jetzt an, Confibot zu bauen. Ihr wisst schon, den Roboter?«, beendete sie den Satz lahm. Ihr Blick wanderte zu Carl. Wenn irgendwer in ihrer Familie sich für ihre Arbeit interessierte, dann er. Schließlich war er selbst Ingenieur. Doch er löffelte nur sein Eis auf, während der kleine Finger seiner linken Hand auf dem Notizbuch mit den Papieren seiner eigenen Arbeit neben ihm auf dem Tisch lag, als könne er es nicht abwarten, endlich mit dem Essen fertig zu werden.

»Das ist toll, Liebes«, sagte ihre Mutter. »Oh, Gary, ich hab's beinah vergessen! Als ich neulich auf die Mädchen aufgepasst habe, hat Emma sich mein Telefon genommen und in Shanghai angerufen. Ich glaube, aus ihr wird noch eine richtige Businessfrau! Ich sehe sie schon vor mir, wie sie um die Welt fliegt und Geschäfte macht.« Sie betrachtete Emma, die geduldig darauf wartete, dass das Eis, das irgendwie in ihren Haaren gelandet war, ihr in den Mund tropfte.

»Wollen Sie gar nicht mehr über Kellys Arbeit erfahren?«, fragte Ethan. Alle am Tisch verstummten. Kelly sah ihn noch ungläubiger an als die anderen. »Ich finde es wirklich faszinierend, was sie macht.« Er lächelte sie liebevoll an.

»Wirklich?«, fragte Kelly.

»Wissen Sie eigentlich, was genau Kelly im Labor macht?«

»Natürlich, das ist so wie die Hall of Presidents«, sagte Diane.

Kelly musste Ethan stoppen. Wenn er anfing zu erzählen,

was in Kellys Labor passierte, konnte das hier ganz schnell den Bach runtergehen. »Im Grunde genommen ist es das. Es gibt wirklich nichts weiter darüber zu sagen«, warf sie dazwischen.

»Aber es ist so viel mehr als das«, widersprach Ethan. »Die Hall of Presidents ist eine Attraktion am Liberty Square im Magic Kingdom im Walt Disney World Resort.« Kelly zuckte innerlich zusammen. Las er etwa gerade den Wikipedia-Artikel in seinem Gehirn vor? Bevor sie irgendetwas unternehmen konnte, fuhr er fort: »Die Audio-Animatronic-Figuren unserer Präsidenten führen nichts weiter als Sprachaufnahmen und vorprogrammierte choreografierte mechanische Bewegungen durch. Kelly arbeitet an der Entwicklung eines Androiden, der so programmiert ist, dass er komplizierten Befehlscodes folgt und auf eine unendliche Vielfalt von Variablen und Reizen reagiert, was die Sache unendlich komplexer macht. Außerdem wird Confibot die emotionale Intelligenz haben, um menschliche Interaktionen zu steuern, während er gleichzeitig völlig kontrollierbar ist. Das ist eine bahnbrechende Entwicklung. Die Hall of Presidents erinnert an Menschen, die unsere Welt geprägt haben. Was Kelly tut, hat ebenfalls das Potenzial, die Welt zu prägen.«

Ethans Augen leuchteten. Alle saßen still da, bis es Emma endlich gelang, sich laut schlürfend das tropfende Eis vom Gesicht zu lecken. Diane wirkte beeindruckt. »Meine Güte. Ich glaube, Sie verstehen Kellys Arbeit viel besser als wir, Ethan.« Zum ersten Mal lächelte sie ihn an, und Kelly konnte nicht anders, als zu grinsen. »Warum erzählen Sie uns nicht mehr davon?«

Als Diane mit Ethan erst einmal warm geworden war, akzeptierte sie ihn mit beängstigender Begeisterung. Sie rief Kelly während der nächsten Tage gleich drei Mal an, um zu fragen, wie es ihm ging und wann Kelly ihn das nächste Mal sehen würde, und, wie Kelly vermutete, um sich zu versichern, dass er keine Halluzination gewesen war, die Diane sich beim Familienessen nach zu vielen Gläsern Wein zusammengeträumt hatte. Kelly war so froh darüber, wie perfekt ihr Plan funktionierte, dass ihr Enthusiasmus bis zum Donnerstagabend anhielt, als sie sieben Minuten zu früh in der Boutique ankam, wo sie mit ihrer Mutter und Schwester verabredet war, um Brautjungfernschuhe zu kaufen. Das einzige Mal, das Kelly bisher zu einem Familienevent zu früh gekommen war, war ihre eigene Geburt.

»Hey«, sagte sie aufgeregt und stand von ihrem Samthocker auf, als Diane und Clara ein paar Minuten später zusammen ankamen. »Die Absatzschuhe sind dort drüben, die Ballerinas hier hinten. Ich probiere alles an, aber ihr wisst, wie ich in Schuhen mit mehr als fünf Zentimetern laufe.«

Diane erklärte, wonach sie suchen sollten. Sie war mit der Besitzerin des Ladens befreundet, schickte oft ihre eigenen Kundinnen hierher, und sie hatte vorab die genaue Ankunft der Frühjahrskollektion ermittelt, damit sie und Clara gerade noch rechtzeitig vor der Hochzeit bei den neuesten Sachen zuschlagen konnten. Jetzt, wo die drei Suttles zusammen durch die Gänge streiften, fühlte Kelly sich immer wieder allein gelassen. Sie betrachtete etwa zwei Sekunden lang einen Blockabsatzschuh, und erst beim Aufblicken bemerkte sie, dass Diane und Clara bereits einen Gang weiter bei den Pumps waren. Sie bewegten sich wie im Tandem, ohne überhaupt darüber zu sprechen. Kelly stellte den Schuh wieder weg und eilte hinterher.

Zehn Minuten später stand sie vor dem Siegel, Stapel von Schuhkartons und jede Menge zerknülltes Seidenpapier um sich herum, und Diane und Clara saßen hinter ihr wie eine olympische Jury. Sie trat von einem Fuß auf den anderen und testete die Stabilität der Kitten Heels. »Was ist mit denen hier, Clara?«

»Nicht zu viele Riemchen«, erklärte ihre Mutter. »Wir wollen eine klassische Atmosphäre.«

»Uns haben die ersten, die du anhattest, sehr gut gefallen. Mochtest du die?«, fragte Clara. »In denen würden alle Mädels total süß aussehen.«

Kelly biss sich auf die Lippe. Ihre Mutter und Clara merkten das mit dem »wir« und »uns« wahrscheinlich gar nicht. Aber Kelly merkte es. »Klar«, sagte sie, während sie der Mut verließ.

»Na, zieh sie doch noch mal an, wir wollen, dass sie dir auch gefallen«, drängte sie Clara. Kelly schlüpfte aus den Kitten Heels mit Riemchen und wieder in die zarten Peep-Toe-Pumps. Sie ging auf dem Teppich hin und her, setzte einen Fuß vor den anderen. Clara kreischte begeistert. »Die sehen toll aus, Kel! Wie läuft es sich darin?«

»Solange ich keine Felsen erklimmen muss, sollte es gehen.«

Clara zeichnete mit den Händen den Schauplatz in die Luft. »Also, du kommst von der …«

»Südseite des Rasens«, sprang Diane ein.

»Das ist ziemlich flach, richtig? Du bist dann hier, und da ist dieser Blumenbogen, und Jonathan und ich werden hier sein …«

Während Clara redete, beobachtete Diane sie mit feuchten Augen. Schließlich fing sie an zu weinen.

»Mom, was ist los?«, fragte Clara.

»Ich stelle mir das nur gerade alles vor, dich an deinem Hochzeitstag. Ich kann es nicht glauben, dass mein kleines Mädchen heiratet!«

»Ach, Mom …«

»Wirst du trotzdem noch mit mir shoppen gehen, wenn du eine verheiratete Frau bist? Werden wir immer noch solche Sachen machen?« Diane deutete auf den Laden.

»Natürlich! Selbst wenn du es versuchen würdest, so schnell wirst du mich nicht los!« Clara nahm Diane in die Arme.

Kelly stand allein vorm Spiegel und fuhr mit dem Zeh über den Teppich. Auf einmal wünschte sie, sie hätte Ethan dabei, auch wenn sie nicht wusste, was er zum Schuhkauf hätte beitragen können. Das Familienessen war so nett gewesen, als er dabei war. Seine Anwesenheit war ein sicherer Rückzug, ein Puffer. Als sie einen Verkäufer vorbeigehen sah, hielt sie ihn auf, erleichtert, dass sie etwas zu tun hatte. »Ich glaube, ich nehme die hier. Wir nehmen die hier«, sagte sie.

Nachdem Diane sich auf den Heimweg gemacht hatte, wollten Clara und Kelly noch zusammen essen. Sie gingen ins *Café Whole*, einem kleinen Laden mit Metro-Fliesen und Möbeln aus gebleichtem Holz. Clara liebte das Café, und Kelly musste zugeben, dass sie ganz ordentliche Smoothies machten, auch wenn sie die Karte mit Gerichten, die fast alle irgendetwas mit »Peace«

im Namen hatten, fast anmaßend Hippie-mäßig fand. Alles wurde mit Microgreens getoppt serviert.

»Ich glaub, ich nehme ›Humble‹, das ist sooo lecker«, sagte Clara, als sie darauf warteten, ihre Bestellung aufzugeben. »Was nimmst du?«

»›Magical‹«, murmelte Kelly. Sie fühlte sich albern, es nur zu sagen.

»Was?«

»›*Magical*‹!«

Die Frau vor ihnen in der Schlange drehte sich nach ihnen um.

Als sie saßen, blickte Clara Kelly strahlend an. »Also, Ethan«, sagte sie.

»Nein, ich bin Kelly. Deine Schwester. Schon vergessen?«

»Komm schon, erzähl mir alles über ihn!«

»Wir sehen uns nur ab und zu.« Kelly war froh, dass ihre Familie Ethan kennengelernt hatte. Aber je weniger sie über ihn wussten, desto besser.

»Ihr seht euch nur ab und zu, und du bringst ihn zum Familienessen mit?«, fragte Clara verschmitzt grinsend.

»Ethan ist seiner eigenen Familie sehr nah, für ihn ist so was normal.«

»Ach ja? Wohnt seine Familie auch hier?«

»Ähm, nein.« Kelly überlegte, dass es sicherer wäre, wenn Ethans Eltern weit weg wären. »Aber im übertragenen Sinne sind sie sich sehr nah. Sie reden viel miteinander.«

»Hast du schon mit ihnen geredet?«

»Ja. Ich meine … nein. Ich meine, wir haben darüber geredet … wir haben darüber geredet, dass ich mal mit ihnen reden könnte. Aber ich habe noch nicht mit ihnen geredet.«

»Hast du …«

»Warum willst du so viel über Ethan wissen?«, fragte Kelly mit leicht angestrengtem Lachen. »Jonathan ist derjenige, der bald zur Familie gehört. Erzähl mir, was bei ihm los ist.«

»Ach, wusstest du, dass seine Eltern neulich in Phuket waren? Warte, ich zeig dir die Fotos.« Kelly entspannte sich, sie würde Clara einfach reden lassen. Doch bevor ihre Schwester das Album auf ihrem Handy öffnen konnte, sah sie Kelly schon wieder an. »Ist Ethan viel rumgekommen?«

»Nein, er ist hier aufgewachsen«, sagte Kelly.

»Dann ist seine Familie also von hier.«

»Nein. Ja.«

»Du hast doch gerade gesagt, seine Eltern wohnen nicht hier.«

»Na ja, sie haben früher hier gewohnt. Warum ist das so wichtig?«, fragte sie ängstlich frustriert.

»Himmel, entschuldige, dass ich Interesse an deinem Leben hab«, sagte Clara und biss in ihren schlichten Burrito, der gerade gekommen war.

»Ich dachte, Mom hätte dir eh schon alles erzählt, was in meinem Leben los ist. Warum musst du mich da auch noch fragen?«

»Was soll das denn jetzt heißen?« Clara legte den Burrito ab.

»Komm schon, das weißt du ganz genau.«

»Tue ich nicht!« Clara war wirklich verwirrt, aber Kelly brachte es nicht über sich, es zu erklären. Auf einmal kam sie sich albern vor, sich über Claras Nähe zu Diane zu beklagen.

Stattdessen schaufelte sie schnell noch etwas von ihrer Quinoa-Bowl herunter, bevor sie ihre Handtasche nahm und aufstand. »Ich muss los, hab noch zu tun.« Als sie Claras verletzten Gesichtsausdruck sah, wäre sie beinahe zurückgerudert und hätte sich entschuldigt. Doch dann nahm sie etwas Geld aus dem Portemonnaie und legte es auf den Tisch. »Hier, ich zahle.« Das gut besuchte Café kam ihr auf dem Weg nach draußen auf einmal sehr groß vor.

Als Kelly über den Highway 101 nach Hause fuhr, die Sonne ging gerade über dem weiten Horizont unter, rief sie Priya an. »Findest du, ich spinne?«, fragte sie, nachdem sie von ihrem Tag erzählt hatte.

»Natürlich spinnt du, aber das wussten wir ja bereits«, sagte Priya. »Und du hättest mit der Situation auch besser umgehen können. Aber ich kann verstehen, dass du dich ausgeschlossen gefühlt hast.«

»Ich meine, ich mache mich selbst nicht gern klein, aber manchmal habe ich das Gefühl, Clara wäre das Lieblingskind.«

»Oh, sie ist eindeutig das Lieblingskind«, sagte Priya. »Ich bin auch das Lieblingskind, und ich erkenne andere sofort.«

»Du bist bei euch das Lieblingskind?« Kelly hatte schon Geschichten über Priyas strenge Eltern und ihre drei Brüder gehört, aber sie war ihnen persönlich noch nie begegnet, weil sie alle an der Ostküste lebten.

»Ich bin Medizintechnikerin, und sie glauben, ich wäre noch Jungfrau. Natürlich bin ich das Lieblingskind.«

Kelly seufzte. »Na, danke auch. Ich weiß nicht, ob es mir jetzt besser oder schlechter geht.«

»Okay, Clara ist das Lieblingskind, na und?«, rief Priya. »Vielleicht kommt eure Mutter einfach besser mit ihr klar, aber das heißt nicht, dass sie dich weniger liebt. Außerdem bist du meine Lieblingsfreundin. Und nichts gegen deine Mom, aber wir wissen doch alle, dass allein meine Meinung zählt.«

»Ich weiß nicht. Du hast dich dafür entschieden, mit mir befreundet zu sein. Was ist mit dieser Sache, zu keinem Club gehören zu wollen, der einen als Mitglied aufnehmen würde?«

»Hör zu, meine Gute. Ich habe keine Zeit für Zirkelbeweise.« Kelly lachte. »Wie auch immer, entspann dich«, fuhr Priya fort. »Mach dir nicht ständig Gedanken darüber, was andere Leute denken. Was du in Wirklichkeit bist, ist viel wichtiger.«

»Ja … gerade bin ich auf dem Weg zur Arbeit«, sagte Kelly seufzend, als sie ihre Abfahrt nahm.

elf

Freitagabend tat Kelly, was jede erfolgreiche, reife neunundzwanzigjährige Businessfrau an einem Freitagabend tat: Sie guckte *BattleBots*. Es war eine absolut blöde Sendung, die ihr Lebenswerk auf einen *Jackass*-Stunt reduzierte. Aber sie konnte einfach nicht anders, als sie zu sehen.

Ethan saß neben ihr auf der Couch, während auf dem Bildschirm ein Roboter namens Crushosaurus einen schwarz-gelben Roboter mit langem, ausfahrbarem Stachel vernichtete. »Wow, das arme Bienchen«, sagte sie, als der schwarz-gelbe Roboter erneut einen Schlag abbekam, und blickte zu Ethan hinüber.

»Ja, total«, antwortete er, absolut ernst, und konzentrierte sich weiter auf den Bildschirm.

»Von dem Stachel-Roboter wird nichts als verschmierter Honig übrig bleiben.«

»Ja, oder?«

Kelly grinste, aber immer noch keine Reaktion von Ethan. Jetzt war es an ihr, sich auf ihn zu konzentrieren. Okay, ihre Witze waren schlecht, aber nicht so schlecht, dass man sie nicht als Witze erkennen konnte. Bisher war Ethan bei allen möglichen Leuten in der ganzen Stadt als echt durchgegangen, niemand hatte bei Gesprächen mit ihm auch nur mit der Wimper gezuckt, es sei denn, um mit ihm zu flirten. Ethan hatte einen weniger formellen, plaudernden Ton entwickelt. Und doch fehlte etwas. Er hatte keinen Sinn für Humor.

Das war eine Herausforderung. Kelly hatte zusammen mit den anderen Ingenieuren des Entwicklungsteams an Reaktionsmodulen für alle möglichen sozialen Situationen gearbeitet – Small Talk betreiben, höflich sein, Essen im Restaurant bestellen oder einem Vertreter übers Telefon ein Problem erklären oder sich bei Verwandten für ein Weihnachtsgeschenk bedanken. So komplex und emotionsgeladen alle menschlichen Interaktionen waren, Humor gehörte eindeutig zu den komplexesten, wurde Kelly bewusst. Humor war universell und instinktiv, und doch auch absolut individuell. Wie konnte sie Ethan beibringen, wann er lachen sollte?

Sie nahm ihren E-Reader von der Armlehne und lud ein Buch mit dem Titel *Zum Totlachen – Gags für alle, die Spaß verstehen!* herunter. Sobald sie den breit grinsenden Bösewicht auf dem Cover sah, fragte sie sich, ob sie die richtige Wahl getroffen hatte. Aber es war der Bestseller Nr. 1 in der Kategorie Humor gewesen, und Kelly gab viel auf Zahlen.

»Hier, guck dir das mal an«, sagte sie und reichte Ethan das Gerät. »Ich glaube, das könnte für dich ganz interessant sein. Lies mal rein, und sag Bescheid, wenn du irgendwelche Fragen hast.«

»Na klar, danke, Kelly«, sagte er freudig.

Eine halbe Stunde später war sie an ihrem Computer tief in Arbeit versunken und schaute sich ein Video von der jüngsten Roboterkonferenz in Japan an, auf der ein neuer Pflegeroboter vorgeführt worden war. Ganz in Gedanken, beobachtete sie, wie die Augen der älteren Frau in dem Video aufleuchteten, als der Roboter Dinge für sie erledigte oder etwas zu ihr sagte.

Plötzlich kam Ethan ins Zimmer gerannt, den Bauch rausgestreckt und die Hose bis zur Brust hochgezogen wie Steve Urkel aus *Alle unter einem Dach*, und guckte sie dämlich grinsend an. »Tada!«, rief er. Als sie nicht lachte, ließ er die Pose sofort wieder sein und runzelte die Stirn. »Ich weiß nicht genau, ob ich es richtig mache.«

Kelly fragte gar nicht erst, was im Buch stand. Sie beendete ihre Homeoffice-Zeit und ging mit Ethan in die Spätvorstellung ins Kino. Es lief nur eine einzige Komödie, eine schlüpfrige College-Roadtrip-Geschichte. Sie war ziemlich albern, hatte aber einige lustige Szenen. Kelly ließ sich darauf ein und lachte ein bisschen. Zuerst sah Ethan die ganze Zeit nur aufmerksam auf die Leinwand. Doch dann warf er immer wieder mal einen Blick auf Kelly. Und im Laufe des Films fing auch er an zu lachen.

»Und, hast du verstanden, was an dem Film lustig war?«, fragte sie ihn hinterher auf dem Weg zum Auto. Die Nachtluft wurde allmählich wärmer. Kelly trug seit dieser Woche endlich ihre leichtere Jacke.

»Ich glaube«, sagte er. »Brüste sind lustig, Hintern sind lustig, Penisse sind lustig, und Hoden sind lustig.«

»Na ja, davon gab es eine Menge. Aber ich fand die Szene im Flugzeug am besten. Das war so überraschend.«

»Überraschendes ist also lustig?«

Kelly dachte kurz darüber nach und runzelte die Stirn. »Ja, ich glaube.«

»Aber wenn ich über die Straße gehe und von einem Auto überfahren werde, wäre das überraschend, oder? Aber wäre es auch lustig? Würden die Leute bei einem Autounfall nicht aufgebracht sein und weinen?«

Frustriert schüttelte Kelly den Kopf. »Ich weiß nicht, wie ich es erklären soll. Es ist wohl einfach etwas, was man so mitkriegt.«

»Warum erzählst du mir nicht, was du lustig findest?«

Kelly ging ein paar weitere Schritte, bevor sie antwortete. »Hab ich dir schon mal erzählt, wie Clara und Jonathan sich kennengelernt haben?«

»Nein«, sagte Ethan.

»Also, Clara war nach dem College gerade in ihre erste eigene Wohnung gezogen. Sie steht total auf DIY und wollte so ziemlich alles selbst machen. Als ihre Matratze geliefert wurde und Jonathan, der in der Wohnung unter ihr wohnte, sah, wie die Matratze die Treppe hochgebracht wurde, fragte er Clara, ob er ihr helfen solle, sie in der Wohnung an den richtigen Platz zu tragen, und sie sagte Nein. Aber die Matratze war richtig eng zusammengerollt, und als Clara sie aus der Folie schnitt, sprang die Matratze mit einem Mal auf und kickte Clara aus dem offenen Fenster. Sie konnte sich gerade noch an der Feuerleiter festhalten, und da hing sie dann, vor Jonathans Fenster. Er machte das Fenster auf und fragte: ›Und, brauchst du jetzt Hilfe?‹ Und der Rest ist Geschichte.«

Jetzt lachten Ethan und Kelly gemeinsam. »Man kann wohl sagen, es war Liebe auf den ersten Kick«, sagte er.

Inzwischen ging Kelly weniger mit Ethan aus, vielleicht, weil sie es mehr genoss, mit ihm zu Hause zu sein. Die beiden hatten einen entspannten Rhythmus miteinander entwickelt, sie ahnten die Worte des anderen voraus und bewegten sich umeinander wie die Zahnräder einer Uhr. Morgens bürstete Kelly sich die Haare, während Ethan sich die Zähne putzte, und dann wechselten sie den Platz am Waschbecken, und Kelly putzte sich die Zähne, während Ethan sich die Haare bürstete.

Am Samstag wollte Ethan gerade ein Buch aus dem Regal nehmen, als Kelly sich an ihren Computer setzte. Ethan blieb hinter ihr stehen. »Du hast wirklich einen guten Geschmack«, sagte er plötzlich.

»Was?«, fragte sie.

Er deutete nickend auf ihren Computermonitor, dessen Desktophintergrund Kelly aus sorgsam arrangierten Bildern historischer Roboter gestaltet hatte. Angefangen mit einem antiken chinesischen Automaten, über Leonardo da Vincis Roboter in Rüstung, bis zum großäugigen goldenen Maschinenmenschen aus *Metropolis*. Kelly hatte einige Zeit auf das Layout des Hintergrunds verwendet und die Farben so lange angepasst, bis sie harmonierten und ein Fließen von Silber, Gold und Bronze waren. Kelly, die IKEA-Königin, hatte sich nicht besonders viel Mühe bei der Einrichtung ihres Apartments gegeben, aber hierauf war sie stolz. »Ach, der Desktop?«, sagte sie jetzt und zuckte die Achseln. »Das hat mir Spaß gemacht. Aber ich weiß nicht, ob man deswegen sagen kann, ich hätte einen guten Geschmack.«

»Doch, hast du«, sagte er überzeugt. »Das ist wunderschön. Du hast wirklich Sinn für Ästhetik.«

Es war durchaus möglich, dass Ethan wie immer einfach nur nett zu ihr war, doch sein Lob ließ sie trotzdem erröten. Er musste schließlich wissen, was ästhetisch ansprechend war, denn die Blumensträuße, die er ihr nach wie vor jeden Morgen zeichnete, waren wahre Kunstwerke. Kelly hatte sich nie für einen Menschen mit besonderem Sinn für Ästhetik gehalten. Doch als sie sich jetzt in ihrem quadratischen beigen Apartment umsah, fiel ihr auf, dass es ein bisschen eintönig wirkte. Nicht unbedingt wie ein sicherer, neutraler Ort, sondern eher wie das Innere eines Pappkartons. Vielleicht war es Ethans Lebendigkeit, die alles andere langweilig erscheinen ließ.

An diesem Wochenende gestalteten sie Kellys Apartment um. Sie gaben ihm einen cooleren Touch, strichen eine Wand in einem warmen Grauton, legten ein unechtes Schaffell, das Kelly ausgesucht hatte, unter den Sofatisch und ersetzten die alte Leselampe durch eine moderne aus Stahl, die Ethan gefunden hatte. »Danke«, sagte Kelly, als sie ihm einen Nagel reichte und einen Schritt zurücktrat, um zu überprüfen, ob das kunstvolle Roboterbild, das er an der Schlafzimmerwand aufhängte, auf einer Höhe mit den anderen war. Irgendwie fühlte sich ihr Apartment auf einmal richtig wie ein Zuhause an, und das lag nicht nur an der neuen Deko, sondern irgendwie auch daran, wie Ethan da mit einem Nagel zwischen den Zähnen auf dem Stuhl balancierte. Kelly musste hinter seinem Rücken lächeln.

Er nahm den Nagel aus dem Mund und sagte: »Das ist schon mal eine gute Übung fürs Aufhängen der Weihnachtsdekoration.«

Er sagte es leichthin, aber Kellys Lächeln erstarb. Bis dahin würde es Ethan längst nicht mehr geben.

zwölf

Als sie am Ende eines langen Tages nach Hause zurückkamen, sie hatten Kellys alte Möbel bei Goodwill vorbeigebracht, zog Kelly sich sofort die Hose aus. Wo sie unter der Woche schon immer so zugeknöpft war, brauchte sie ihre Kleidung zu Hause so gemütlich wie möglich. Ethan nahm sie ihr wie üblich ab, als wäre es das Normalste der Welt. »Was willst du zum Abendessen?«, fragte sie. »Nein, sag nichts – Nachos.«

Doch statt Ethan antwortete die Türklingel. Kelly stöhnte. Und wieder in der verhassten Hose. Kelly wusste, wer auf der anderen Seite der Tür stand. Ihre Mutter war ihre einzige halbregelmäßige unerwartete Besucherin, was sie, na ja, zu einer halberwarteten Besucherin machte. »Versteck dich, ich versuche sie schnell loszuwerden.« Kelly scheuchte Ethan ins Badezimmer. Seine Anwesenheit würde nur Fragen aufwerfen, die sie nicht beantworten wollte.

Als Kelly die Tür öffnete, stand ihre Mutter mit einer braunen Papiereinkaufstüte in der Hand vor ihr. »Sei nicht sauer! Ich habe Essen mitgebracht!«

Doch Kelly war sauer, und der kräftig pfeffrige Thunfisch-Auflauf, an dem sie zehn Minuten später herumpickte, half auch nicht dagegen. Wie sich herausstellte, war Diane anscheinend aus dem einzigen Grund gekommen, um Fragen über Ethan zu stellen. »Du hast meine SMS wegen Ethan überhaupt nicht beantwortet. Wie läuft es denn mit ihm?«, fragte sie und blickte sich um, als ob ihr Beziehungsstatus in die Wand eingraviert sein könnte.

»Gut, alles prima«, sagte Kelly schlicht.

»Hast du dich neu eingerichtet? Hübsch. Wo ist Ethan denn heute Abend?«, bohrte Diane weiter.

»Ich weiß es nicht, wahrscheinlich bei sich zu Hause.«

»Du weißt es nicht? Redest du nicht wenigstens jeden Abend mit ihm?«

»Doch, meistens.« Kelly hatte das Gefühl, als gäbe es nur eine richtige Antwort auf diese Frage, zumindest richtig im Sinne der Beziehungsetikette ihrer Mutter, und sie war sich nicht sicher, ob sie die richtige gegeben hatte.

»Er hat bereits deine Familie und deine Kollegen kennengelernt – du musst eure Beziehung vorantreiben, Kelly, und ehrlich gesagt machst du mir den Eindruck, als würdet ihr feststecken. Ich will nicht schon wieder von deinem Alter anfangen, aber einen Mann wie ihn solltest du wirklich einsperren.«

»O ja, die Bärenfallen-Schule der Beziehungsgestaltung«, antwortete Kelly.

»Beziehungen sind nicht auf die leichte Schulter zu nehmen, Kelly!«

»Wir sind gerade einen Monat zusammen! Wir wollen die Sache erst mal locker angehen und gucken, wie es sich entwickelt.«

»Es locker anzugehen ist eine prima Möglichkeit zuzusehen, wie sich überhaupt nichts entwickelt. Sobald dein Vater und ich uns kennengelernt hatten, habe ich ihn nicht mehr aus den

Augen gelassen. Er hat seit über dreißig Jahren nicht mehr geniest, ohne dass ich wüsste, was seine Nase gekitzelt hat.« Kelly fragte sich, wie ihr Vater wohl auf diese stolze Verkündung reagieren würde. Oder ob er überhaupt irgendwie reagieren würde.

»Tja, für dich hat es vielleicht funktioniert«, sagte Kelly knapp. »Wie laufen die Geschäfte?«

»So wie immer. Ich habe allen Mädchen gesagt, dass sie aussehen wie Prinzessinnen, sie haben die Kleider gekauft, und wieder ist eine erfolgreiche Saison im Sack.«

»Ich habe in letzter Zeit auch ziemlich gute Fortschritte mit meinem Projekt gemacht.« Dass sie immer noch mit Confibot kämpfte und wegen des Stresses regelmäßig rohen Kuchenteig aß, erwähnte Kelly nicht. »Gestern …«

»Kelly, ich habe das Gefühl, du hörst mir nicht zu«, unterbrach sie Diane. »Ethan ist eine gute Sache, eine erstaunlich gute Sache.«

»Ethan ist keine ›Sache‹, Mom.«

»Denk doch mal an deine letzten Beziehungen! Nick im College, dann Robbie … beide haben mich irgendwie an Ted Bundy erinnert.«

Kelly war nicht gerade stolz auf ihre bisherigen Beziehungen, aber die Vorhaltungen ihrer Mutter ließen sie sofort in Verteidigungshaltung gehen. »Ich kann mein Leben schon selbst in die Hand nehmen, danke.«

»Liebes, ich sage doch nur, dass du eine Beziehung nicht einfach passieren lassen darfst. Du musst sie steuern.«

»Hast du nicht immer gesagt, der Mann müsse den ersten Schritt machen?«

»O nein.« Diane warf lachend den Kopf zurück. »Du musst ihn dazu *bringen,* dass er den ersten Schritt macht. Glaubst du, dein Vater wollte um meine Hand anhalten? Natürlich nicht. Kein Mann will das. Aber wenn du ihn danach fragen würdest, würde er sagen, es war seine Idee. Das glaubt er bis heute.« Sie stach mit der Gabel in die Luft, um ihren Punkt zu unterstreichen, dann nahm sie einen weiteren Bissen Thunfisch-Auflauf. »Der nächste Schritt ist zusammenzuziehen«, fuhr sie fort.

»Ethan und ich sind noch nicht mal annährend so weit«, sagte Kelly. »Und wenn es so weit ist, werden wir die Entscheidung gemeinsam treffen. Ich werde ihn nicht dazu zwingen.«

»Schätzchen, wenn du darauf wartest, dass er es von sich aus will, wirst du immer allein bleiben.«

Kelly verlor langsam die Geduld. »Mom, seit ich dreizehn geworden bin, sagst du mir ständig, dass du Angst hast, ich würde für immer allein bleiben. Ich habe endlich einen Freund, einen perfekten Bilderbuch-Freund wie aus dem Märchen, und du erzählst mir immer noch, dass ich ewig allein bleiben werde. Wann bin ich endlich gut genug für dich? Wenn ich in einer Ehe wie deiner stecke?«

Diane legte die Gabel ab. »In einer Ehe wie meiner?«

Kelly ruderte zurück. »Ich wollte nicht … Ich habe es nicht so gemeint, wie es klang.«

Pikiert stand Diane auf. »Ich muss mal zur Toilette«, brachte sie hervor. Kelly fühlte sich sofort an ihr Date mit Martin erinnert – vielleicht waren furchtbare Ausreden erblich. Sie bekam ein schlechtes Gewissen, als sie ihre Mutter zum Badezimmer eilen sah.

Dann fiel ihr ein, dass Ethan im Bad war.

Aber zu spät. Kelly rannte los, um ihre Mutter von der Tür zurückzuziehen, doch Diane hatte sie bereits aufgestoßen. Da stand Ethan und guckte genauso schockiert, als würde der Weihnachtsmann vor ihm stehen. Diane blickte zwischen ihm und Kelly hin und her.

»Diane, wie schön, Sie zu sehen«, stammelte Ethan.

Kelly suchte nach einer Erklärung. Sie und Ethan versuchten fieberhaft, sich durch Blicke zu verständigen. »Ethan war gerade …«

»Ich war gerade in der Gegend …«

»Und er hatte etwas auf der Hose, also ist er hergekommen …«

»Um eine von Kelly anzuziehen?«, beendete er den Satz. »Nein, das ist …«

Zum Glück hörte Diane ihrem verwirrten Hin-und-her gar nicht zu. »Ach, ihr süßen Turteltäubchen!«, rief sie aufgeregt, und die Kränkung war von ihrem Gesicht gewischt wie Regen von einer Windschutzscheibe. »Warum hast du mir denn nicht gesagt, dass er hier ist?«

»Wir hatten gerade …«, fing Kelly an.

»Sag nichts.« Diane hielt schelmisch grinsend die Hand hoch. »Ich sehe euch doch an, dass ich euch zu einer schlechten Zeit erwischt habe. Oder zu einer ziemlich guten Zeit. Vielleicht zu einer Mommy-und-Daddy-Zeit.«

»Genau«, sagte Kelly und unterdrückte ein Würgen.

»Na, dann lass ich euch zwei mal allein.« Kelly folgte ihrer Mutter zur Tür. Diane nahm ihre Handtasche, beugte sich zu Kelly vor und flüsterte: »Wenn er über Nacht bleibt, dann dauert es ohnehin nicht lange, und er zieht hier ein.« Sie zog noch einmal aufgeregt die Schultern hoch, während Kelly sie aus der Tür schob. »Es dauert nicht mehr lange!«, wiederholte sie, diesmal mit lauter Stimme.

Sobald die Tür zu war, hatte Kelly die Hose wieder ausgezogen.

Doch auch nachdem Diane gegangen war, konnte Kelly nicht abschalten, dabei hatte sie sich so auf einen entspannten Abend mit Ethan gefreut. Er sah zu, wie sie im Wohnzimmer auf und ab lief, während ihr das Gespräch mit ihrer Mutter wie eine Silberkugel in einem Flipper-Automaten durch den Kopf schoss. Schließlich nahm sie ihr Handy und rief Gary an. »Mom ist mal wieder ganz sie selbst«, sagte sie, sobald er ranging.

»Hi, Kelly, mir geht's gut. Und dir?«, fragte er. »Halt, nein! Lass die Finger davon!«

»Was ist los?«

»Ich kann grad nicht reden. Hazel hat die Küchenschränke als Kletterparadies entdeckt. Ich werfe alle Messer raus. Wir essen Pudding, bis sie achtzehn ist.«

Kelly seufzte. »Kein Problem, wir reden ein andermal. Grüß die Mädchen von mir.«

Mürrisch nahm sie eine Tüte Goldfish-Käsecracker und ein Glas Erdnussbutter aus dem Schrank. Als Ethan in die Küche kam, hielt sie ihm automatisch einen Goldfish hin. Käsecracker zu teilen war etwas, was sie schon ziemlich früh gelernt hatte. Wenn Kelly sich über ihre Mutter oder die Arbeit, oder ihre Mutter oder die Weltlage, oder ihre Mutter aufregte, rief sie normalerweise Gary oder Priya an, und wenn beide nicht erreichbar waren, führte sie den einzigen Tanz auf, den sie wirklich beherrschte: Sie unterdrückte ihre Emotionen, bis sie sich zu einem arrhythmischen, psychosomatischen Beinzucken manifestierten.

Doch wenn sie ihre Käsecräcker mit Ethan teilen konnte, konnte sie ja vielleicht auch mit ihm über ihre Dämonen reden.

»Wann hört meine Mutter denn endlich mal damit auf?«, rief sie. Ethan aß ganz ruhig seinen Goldfish-Cracker und hörte ihr zu. »Ich meine, jetzt, wo ich endlich genau das habe, was sie immer für mich wollte, lässt sie mich immer noch nicht in Ruhe. Als könnte mein Leben für sie nie gut genug sein.«

»Du bist ihre Tochter. Natürlich will sie nur das Beste für dich.«

»Ja, aber es ist mein Leben! Sie glaubt, sie müsste mir sagen, wie ich alles machen muss. Ich bin neunundzwanzig, wie sie immer wieder so gerne betont. Warum kann sie mich nicht einfach in Ruhe lassen?«

»Vielleicht kannst du sie ja darum bitten, dass sie dich in Ruhe lässt.«

»Ha! Darum muss ich sie nicht bitten. Das Einzige, was sie braucht, um mich zu vergessen, ist Clara im selben Raum.«

Ethan runzelte die Stirn. »Tut mir leid, vielleicht entgeht mir da etwas. Ich verstehe nicht ganz, warum du einerseits willst, dass deine Mutter dir mehr Aufmerksamkeit schenkt, und andererseits, dass sie dich in Ruhe lässt.«

»Behauptest du etwa, was ich sage, wäre unlogisch?« Kelly rammte einen Goldfish so fest in die Erdnussbutter, dass er zu winzigen gelben Krümeln zerfiel. Sie hörte, wie sich derselbe verbitterte Ton in ihre Stimme schlich, den sie Dr. Masden gegenüber angeschlagen hatte, und gegenüber ihrer Mom; derselbe Ton, der sich jedes Mal ungefragt einstellte, wenn sie sich wegen jemandem aufregte und sich unsicher und verletzlich fühlte, aber sie konnte es nicht ändern.

»Vielleicht ist ja auch meine Logik fehlerhaft.«

»Ja, vielleicht. Gib dir keine Mühe, meine Beziehungen zu verstehen, Ethan.«

»Okay«, sagte er leise.

»Ich gehe ins Bett.« Kelly stürmte aus der Küche und merkte erst danach, dass es gerade mal acht Uhr war.

In ihrem Schlafzimmer nahm sie ein frisches Nachthemd aus dem Schrank und steckte das Handy ans Ladegerät. Sie wollte vergessen, was Ethan gesagt hatte. Doch Kelly hatte einen rational arbeitenden Verstand, und der blockte gerade alle irrationalen Gedanken, die sie hineinzustopfen versuchte wie die Eingabe falscher Passwörter. Sie wusste, dass Ethan absolut logisch dachte. Und sie wusste, dass seine Einschätzung ihres Denkens richtig war.

Sie ging zurück in die Küche, wo Ethan noch das Essen wegräumte, und zog ihre Haare unter dem Nachthemd hervor. »Es tut mir leid«, sagte sie. Erschrocken sah Ethan sie an. Wahrscheinlich wusste er überhaupt nicht, wie er auf eine Entschuldigung reagieren sollte. »Du hast recht mit meiner Mom«, fuhr sie fort. »Ich hätte dich nicht so anfahren sollen.«

»Danke für die Entschuldigung«, sagte er ernst.

»Es ist nur so, dass jedes Mal, wenn ich mit meiner Mom rede, wird es …« Sie suchte nach dem richtigen Wort.

»Kompliziert?«

»Richtig kompliziert.«

»Ihr seid beide komplizierte Frauen.«

»Kompliziert, komisch – oder was dir sonst noch so mit K einfällt.« Kelly seufzte, aber dann lächelte sie und half ihm, die Arbeitsfläche abzuwischen. In harmonischem Schweigen wischten sie kreisend über die Granitoberfläche wie ein Eiskunstläuferpaar. Kelly dachte an Robbie und Nick. Beide hatten sie gefordert, aber auf eine Art, die ihr ein schlechtes Selbstwertgefühl gegeben hatte. Sie hatten am College und bei der Arbeit Erfolgsstandards gesetzt, die Kelly kaum erfüllen konnte, und Beziehungsmodelle konstruiert, in denen sie sich nicht wiederfand. Ethan forderte sie auch, aber auf eine Art, die ihr tatsächlich ein gutes Gefühl gab.

dreizehn

Priyas zwei Hauptinteressen im Leben waren an dem Tag zementiert worden, als sie in der zweiten Klasse auf einem Schulausflug ins Planetarium Marcus Rothstein geküsst hatte: Naturwissenschaften und Jungs. Und so hätte es Kelly wirklich nicht erstaunen sollen, dass Priya über Ethan reden wollte. Und zwar eine Menge. In der Vergangenheit hatte Kelly nicht viel zum Thema Jungs beitragen können, doch jetzt hatte sie Priyas Ansicht nach den idealen Gesprächsstoff. Sie versuchte, vage zu bleiben, um sich nicht in ihren Lügen zu verstricken, aber Priya wollte mehr.

»Und, weißt du schon, ob er kochen kann?«, fragte Priya flüsternd. Sie standen bei der Markteinführung von Teslas neuestem Auto nebeneinander im Publikum. Begehrte Tech-Industrie-Einladungen zu ergattern war eindeutig ein Vorteil ihres Jobs, und auf diese Veranstaltung hatte Kelly sich besonders gefreut. Teslas Talent, künstliche Intelligenz ansprechend zu verpacken, ohne sie zu verwässern, war genau das, was sie bei ihrer eigenen Arbeit mit Androiden erreichen wollte, und von Teslas autonomen Fahrzeugen, die im Grunde genommen riesige Roboter waren, konnte sie sich immer etwas abschauen. Doch während Kelly jedes Detail über das schicke, kirschrote

Auto aufsaugen wollte, das Elon Musk auf der Bühne vorstellte, schien Priya sich mehr darüber zu freuen, endlich Kelly ausquetschen zu können.

»Schhh, er zeigt gleich den Innenraum«, sagte sie und nickte in Elons Richtung.

Als er näher ans Auto herantrat, gingen von alleine die Türen auf. »Und was ist die nächste logische Entwicklung bei selbstfahrenden Autos? Es geht alles um Optionen. Wir nennen diese ›Reihen oder Kreis‹.« Kelly sah zu, wie die Sitzreihen im Auto sich aufteilten und zu einem Kreis zusammenfügten. Wie wild machte sie sich Notizen auf ihrem Smartphone.

»Ich habe dir doch gesagt, individuell anpassbar ist die nächste große Sache!«, zischte Priya fröhlich. »Privater und geschäftlicher Hybrid. Ich *wusste* es.« Der Mann zu ihrer Rechten warf ihr einen fiesen »Hör auf zu quatschen«-Blick zu.

Kelly nickte. »Und wo ist mein zusammenklappbarer Kofferraum für einfacheres Einparken?«, flüsterte sie.

»Andre kann nichts anderes als Kidneybohnen und Reis. Total hoffnungslos«, sagte Priya, während sie mit einem Auge die Präsentation verfolgte und sich auch Notizen machte. »Moment, du hast meine Frage gar nicht beantwortet.«

»Nein«, erwiderte Kelly.

»Und fahrzeugübergreifende Kommunikation wird nicht nur auf zukünftige Modelle begrenzt sein«, fuhr Elon fort. »Unser neuestes Update wird jedem Tesla auf der Straße diese Fähigkeit geben. Das Auto der Zukunft wird geschwätzig«, sagte er und erntete Lachen aus dem Publikum. »Wenn Autos zuverlässig miteinander kommunizieren können, machen wir damit Verkehrsschilder, Ampeln und Straßenmarkierungen überflüssig.

Und wenn Autos von allein die Fahreigenschaften eines Untergrunds und die Sicherheit einer Gegend einschätzen können, werden wir an manchen Orten auch die Straßen selbst überflüssig machen.«

»Wir müssen herausfinden, wie sie die Bilder des Kamera-Feeds in Echtzeit abgleichen«, flüsterte Kelly. »Das könnten wir auf jeden Fall in unseren Androiden verwenden.«

Aber Priya sah sie stirnrunzelnd an. »Nein, Ethan kann nicht kochen? Oder Nein, du weißt es nicht?«

Der Mann neben ihnen beugte sich herüber. »Schhh!«, machte er laut. Kelly und Priya blickten brav nach vorn zur Bühne.

»Und damit wir die Zukunft schneller erreichen, geben wir unsere Pläne für fahrzeugübergreifende Kommunikation als Open Source frei!«, verkündete Elon. Die Menge brüllte vor Begeisterung.

Kelly redete immer noch über die Präsentation, als sie und Priya eine halbe Stunde später rausgingen. »Natürlich hängt die Machbarkeit des Ganzen von der Netzzuverlässigkeit ab«, sagte sie, bis ihr auffiel, dass Priya rechts den Gehweg runterging, als sie links abbiegen wollte.

»Hier lang«, sagte Priya und nahm sie am Arm. »Wir wollten doch zu der neuen Eisdiele mit dem schwarzen Eis! Das ist unser erster Mädelstag seit – keine Ahnung – tausend Jahren, du haust mir noch nicht ab.« Sie wackelte verschmitzt mit den Augenbrauen. »Nicht, bevor du mir von deinem neuen Lover erzählt hast.«

Mit leicht mulmigem Gefühl im Bauch folgte Kelly ihr. Der Mädelstag verlor etwas von seinem Glitzer, wenn Kelly die ganze Zeit den Fragen ihrer Freundin ausweichen musste und sich dabei vorkam wie bei Whac-A-Mole, wenn sie mit einem Hammer nach Maulwürfen schlug.

Während sie die sonnendurchfluteten Straßen entlanggingen, auf die die Finger der Palmwedel Schatten warfen, seufzte Priya zufrieden. »Wie cool ist das denn, dass wir beide endlich tolle Typen kennengelernt haben, und das auch noch so ziemlich zur selben Zeit? Ich kann es nicht glauben, dass ich mich immer noch nicht mit Ethan unterhalten hab. Anita hat ihn bei dem Essen ja total in Beschlag genommen. Wir müssen mal auf ein Doppel-Date gehen, dann können Ethan und Andre sich auch anfreunden. Und eines Tages, wenn wir alle Millionäre sind und nebeneinander Ferienhäuser in Palm Springs haben, können wir in unseren glamourösen Fünfzigerjahre-Wohnzimmern zusammen Martinis trinken. Wünschst du dir auch manchmal, du wärst ein schwuler Mann?« Bevor Kelly antworten konnte, brummte Priyas Handy. Sie blieb stehen, um die Nachricht zu lesen.

»Oh, Andres Sache heute Abend fällt aus – du musst Ethan anrufen!« Priya schlug Kelly auf den Arm. »Wir können alle zusammen zu Abend essen. Wir gehen heute auf unser Doppel-Date!«

Kelly öffnete den Mund und schloss ihn wieder, unsicher, was sie sagen sollte. Es wäre ein Leichtes, einfach Ja zu sagen. Aber Priya war diejenige, die mehr als jeder andere in der Lage wäre, Ethans Geheimnis zu lüften. Es wäre ein viel zu großes Risiko, wenn die beiden sich unterhielten. Kelly war Priya bei der Arbeit zuletzt zunehmend aus dem Weg gegangen, um nicht in irgendwelche heiklen Gespräche verwickelt zu werden. Und bei der wenigen Zeit, die sie noch zusammen verbrachten, und dem nagenden schlechten Gewissen, ihr etwas vorzuenthalten, fürchtete sie inzwischen, dass ihre Freundschaft in die Brüche gehen könnte. Heute, an ihrem Mädelstag, hatte Kelly die Risse wieder kitten wollen, doch ihr Geheimnis lastete noch schwerer auf ihr als sonst. Würde es nicht bloß zu noch mehr Geheimnistuerei führen, wenn Priya und Ethan in einem Raum wären? Würden nicht alle Fragen von Priya an und über Ethan nur noch mehr ausweichende Antworten nach sich ziehen und Anspannung und Unzufriedenheit für alle Beteiligten bedeuten?

»Eine … Sache«, fing sie an. »Als du sagtest, Andre hätte heute Abend diese Sache, ist es mir gerade wieder eingefallen. Ich habe heute Abend auch eine Sache.«

»Was für eine Sache?«

»Eine Familiensache. Äh, meine Nichten haben Geburtstag. Sie werden drei.«

»Feiern Kleinkinder nicht normalerweise tagsüber Geburtstag?«

»Sie sind schon ziemlich weit. Bertie trinkt sogar Kaffee.«

»Wow. Ist das gesund?«

»Ihre Mom hat italienische Wurzeln. Aber ich sollte langsam los.« Kelly checkte demonstrativ die Uhrzeit auf ihrem Handy. »Mir war gar nicht klar, wie spät es schon ist.«

»Oh, okay.«

»Bis morgen, ja? Grüß Andre von mir!«

Sie wandte sich ab und ging los, damit sie Priyas enttäuschtes Gesicht nicht sehen musste.

Als sie an dem Abend mit Ethan zu Hause war, keine kaffeetrinkenden italienischen Kleinkinder weit und breit, dachte Kelly über ihre üblichen Sonntagabend-Optionen nach: ausgehen, was bestellen oder irgendein Fertiggericht aufwärmen. Doch dann fiel ihr Priyas Frage wieder ein, ob Ethan kochen konnte. Natürlich konnte er kochen. Er konnte alles.

Sie rief ihn in die Küche und zückte bereits instinktiv ihr Handy, um ein Rezept zu googeln, als sie es sich anders überlegte. Wenn Ethan der Chefkoch sein sollte, wäre es besser, ihn das Rezept aussuchen zu lassen. Außerdem müsste sie dann beim Kochen nicht ihr Telefon in die Hand nehmen und es würde sauber bleiben. »Hey«, sagte sie, als Ethan reinkam. »Was magst du heute essen?«

Nachdem er das Internet durchsucht hatte, einigten sie sich auf Hühnerpastete, eine nostalgische Kindheitserinnerung aus der Zeit, bevor Diane mit experimentellem Kochen angefangen hatte. Anfangs machten sie sich einen Spaß daraus, dass Kelly durch die Küche flitzen und alle Zutaten raussuchen musste, die Ethan ihr in gespielter Panik zurief. »Möhren! *Möhren!*«

Sie langte ins Gemüsefach. »Drei, zwei – hab die Möhren!« Atemlos zog sie sie gerade rechtzeitig hervor.

Aber sobald sie mit dem eigentlichen Kochen begannen, wurde Kelly zunehmend unruhig, weil sie nicht die Kontrolle hatte. »Als Nächstes müssen wir das Huhn anbraten«, sagte Ethan.

»Und dann?«, fragte sie. »Ich muss zuerst wissen, was alles im Rezept steht.«

»Ich kann dir das ganze Rezept vorlesen«, antwortete er, »aber dann muss ich trotzdem noch einmal jeden einzelnen Schritt nachlesen.«

»Okay, gut, dann lass uns mit dem Huhn anfangen«, grummelte sie und griff nach einer Pfanne. Das Rezept nicht vor sich zu sehen, sondern sich darauf verlassen zu müssen, dass Ethan ihr die nächsten Schritte vorlas, verursachte ihr beinah körperliche Schmerzen. »Was ist, wenn später im Rezept etwas kommt, was ich zuerst machen sollte? Wie zum Beispiel den Ofen vorheizen? Macht man so was nicht beim Kochen?«

»Ich habe den Ofen schon angemacht«, sagte er. »Keine Sorge, wenn wir einen Schritt verpassen, übernehme ich die volle Verantwortung.«

»Okay, okay.« Sie gab etwas Öl in die Pfanne und versuchte loszulassen.

Sie verfielen in einen gemeinsamen Rhythmus, und Kelly entspannte. Sie gewöhnte sich daran, darauf zu vertrauen, dass Ethans Stimme ihre Augen waren. Die Welt zerfiel nicht in ihre Bestandteile. Sie kochten zusammen, und Kelly hatte sogar Spaß dabei.

Als sie Mehl brauchten, war Kelly sich nicht sicher, wie lange die Tüte schon im Schrank gestanden hatte, aber sie war noch ungeöffnet. Kelly riss sie auf, und die Tüte explodierte und bedeckte ihr Gesicht und die Brust mit weißem Puder. Sie kreischte.

»Du siehst aus wie Scarface«, lachte Ethan.

»Ich habe Mehl in den Augen!«

»Halt still«, sagte Ethan.

Gehorsam stand sie still, mit geschlossenen Augen, das Gesicht ihm zugewandt. Er strich ihr über Wangen, Nase und Lippen, seine Hände warm und kräftig, seine Daumen ganz sanft, während er ihr den Mehlstaub von den geschlossenen Lidern wischte. Unter seiner Berührung fing Kelly plötzlich an zu zittern.

»Was ist los?«, fragte er.

»Nichts.« Sie drehte sich weg und hoffte, dass das restliche Mehl ihre roten Wangen kaschierte.

vierzehn

Während Kelly die anderen Firmen im Silicon Valley um ihre Kletterwände und Schlafkojen nicht unbedingt beneidete, hätte sie für ihr gastronomisches Angebot mit Sushi-Stationen und rotierenden Food-Trucks alles gegeben. Aber natürlich hielt Anita Riveras solche Albernheiten für keine sinnvolle Investition. Ihre Angestellten aßen dankbar die Cafeteria-Standardgerichte auf Plastiktabletts. Kelly und Priya hatten sich allerdings etwas einfallen lassen. Sie hatten beim Mittagsessen eine Choreografie entwickelt wie die Rockettes. Als sie sich an diesem Montag zusammen hinsetzten, fingen sie automatisch an, ihre Salat-Toppings zu tauschen: Priya nahm die roten Zwiebeln und das hartgekochte Ei von Kelly, Kelly die Tomaten und Croutons von Priya. Kelly goss sich eine halbe Packung Ranch-Dressing über den Salat, Priya eine halbe Packung Balsamico, dann tauschten sie die Reste.

Kelly war so an diese Routine gewöhnt, dass sie es mit geschlossenen Augen hätte machen können, was sie heute auch tatsächlich genauso gut hätte tun können. Ihr Blick war auf ihr Smartphone geheftet, und sie las gerade eine Schlagzeile des Satire-Magazins *Onion*, die Ethan ihr geschickt hatte: »Neuestes Update verwandelt um Mitternacht alle iPhones in Kürbisse.«

Kichernd stellte sie sich vor, wie Ethan zu Hause auf der Couch gerade über genau dasselbe lachte. Ihr Herz machte immer einen kleinen Sprung, wenn Ethan ihr während der Arbeit mit dem Handy, das sie ihm gekauft hatte, eine Nachricht schickte. Diese Momente leuchteten immer in den schönsten Farben, wogegen der Rest des Tages eher eintönig grau war. Sie hatte noch nicht mal mitbekommen, dass Priya etwas gesagt hatte.

»Wie war euer Abend denn noch, Priya? Schön, Kelly«, sagte Priya schließlich.

»Schön«, wiederholte Kelly.

Priya legte scheppernd ihre Gabel ab. »Hallo!«, rief sie.

Das ließ Kelly von ihrem Handy aufblicken. »Ähm, hallo«, antwortete sie.

»Du hast das Pärchen-Syndrom«, verkündete Priya.

»Was ist das, so was wie Syphilis?«

Priya verdrehte die Augen. »Seit du diesen tollen neuen Freund hast, ignorierst du alle anderen. Deine beste Freundin. Mich.«

Kelly musste zugeben, dass sie recht hatte. Sie merkte es selbst – sogar, wenn sie mit Priya zusammen war, war sie nicht ganz da. »Tut mir leid«, sagte sie. Sich zu entschuldigen fiel ihr inzwischen etwas leichter, seit sie es mit Ethan geübt hatte. »Du hast recht, ich weiß, ich weiß.« Sie legte das Handy weg. »Also. Wie war dein Essen mit Andre?«

»Gut. Es gab Tequila und Tacos und Tequila und noch mehr Tequila. Keine Ahnung, was danach passiert ist, aber ich bin heute ziemlich gut gelaunt aufgewacht.«

»So viel zum Thema Pärchen-Syndrom.« Kelly grinste.

»Wie war die Geburtstagsfeier?«

»Gut«, log Kelly. »Soweit man mit Zweijährigen feiern kann.«

»Ich dachte, sie wären drei geworden.«

»Stimmt«, sagte Kelly ein bisschen zu schnell. Sie schluckte einen Crouton herunter. Ihr Hals war auf einmal ganz trocken. »Sie sind jetzt alle drei.« Sie verfluchte sich dafür, etwas erfunden zu haben, woran sie sich jetzt jedes Mal halten müsste, wenn das Gespräch auf die Mädchen kam.

»Okay«, sagte Priya. Mehr sagte sie nicht.

Priya merkte ganz offensichtlich, dass Kelly log. Kelly beeilte sich, das Schweigen zu füllen. »Aber, ähm, was macht denn der Arm?« Priya arbeitete aktuell an einem empfindsamen mechanischen Arm für den Einsatz bei Operationen. Dass Priyas medizintechnische Abteilung nicht an dem Wettbewerb für Fördergelder teilnahm, machte es für Kelly zu einer netten Ablenkung, über Priyas Arbeit zu sprechen.

»Wird langsam«, antwortete Priya. »Ich sehe mir gerade dieses neue 3-D-Bildgebungsverfahren an …«

Obwohl Priya das Wochenende nicht wieder erwähnte, war ihre Stimme angespannt, während sie von ihrer Arbeit erzählte. So, als würde sie etwas zurückhalten. Die übliche Unbeschwertheit zwischen den beiden war dahin, als würde eine der Rockettes nicht ganz im Takt tanzen.

Später in der Woche bekam Kelly eine SMS mit ganzen fünf Wörtern von ihrer Mutter:

Wir müssen über Ethan reden.

Am Ende befand sich noch ein Boot-Emoji, von dem Kelly annahm, dass es sich entweder um einen Fehler handelte oder um ein schüchternes Bekenntnis des bisher geheim gehaltenen Lebenstraums ihrer Mutter, zur See zur gehen. Kelly hatte die SMS während der Arbeit nicht gesehen, weil sie einen Programmier-Marathon hingelegt hatte. Doch jetzt, wo sie an einer roten Ampel stand und der Himmel in der Dämmerung durch die reflektierende Wirkung der Wolkendecke merkwürdig aufleuchtete, hatte sie sie bemerkt. Kelly hatte nur eine einzige Idee, was diese fünf Worte bedeuten konnten: Ihre Mutter wusste etwas über Ethan, was sie nicht wissen sollte. Sie setzte den Blinker und schob sich durch das Hupen der Autos um sie herum auf die andere Spur. Sie fuhr nicht nach Hause. Sie fuhr nach *Hause*.

Doch als sie zwanzig Minuten später in die Auffahrt ihrer Eltern schoss und scharf abbremste, stand dort nur das Auto ihres Vaters. Und als sie die halbbeleuchtete Küche betrat, saß dort nur Carl, der sich eine Domino-Pizza in den Mund schob wie Holz in einen Häcksler.

»Hey, Dad. Ist Mom gar nicht da?«, fragte sie.

»Sie ist bei irgendeiner Brautmoden-Party«, sagte er, oder vielmehr klang es so, als versuchte er, es um das ganze Essen in seinem Mund herum zu sagen. »Willst du Pizza? Es gibt Pizza oder Reste von gestern.«

Kelly setzte sich neben ihren Vater auf einen Stuhl und nahm missmutig ein Stück Pizza, auch wenn sie nicht wusste, ob sie überhaupt etwas herunterbekam. Angesichts ihrer immer größer werdenden Angst klang noch nicht einmal Pizza verlockend.

»Was stimmt denn nicht?«, fragte Carl.

»Warum glaubst du, dass etwas nicht stimmt? Es ist ja nicht so, als würde ich nur kommen, wenn es ein Problem gibt. Ich komme zu jedem Familienessen und …« Kelly brach ab. Ja, die einzigen anderen Anlässe waren, wenn es ein Problem gab. »Ich wollte einfach mit Mom reden. War sie … vorhin normal?« Sie versuchte, das Thema so vorsichtig wie möglich anzuschneiden, um ihrem Vater nicht mehr Informationen zu geben, als unbedingt nötig war.

»War sie jemals normal?«

»Du weißt, was ich meine.«

»Sie war gut gelaunt, wenn es das ist, was du wissen willst«, sagte Carl. »Sie hat diesen Song aus *Dirty Dancing* gesummt.«

Das war dann wohl ein gutes Zeichen. »(I've Had) The Time of My Life« bedeutete immer, dass Diane sich über etwas freute, normalerweise über einen großen Verkauf in ihrem Laden oder über ein Bild, das die Cellulite einer schönen Prominenten zeigte. Kelly versuchte, etwas mehr nachzubohren. »Sie hat mir eine seltsame Nachricht wegen Ethan geschickt.«

»Ach, ja, davon hatte sie was gesagt.« Carl hielt einen Finger hoch und ließ sich Zeit, einen tennisballgroßen Klumpen Pizza zu kauen, während Kellys Blutdruck bis zur Milchstraße hochschoss. Dann schluckte er endlich. »Sie will seine Maße.«

»Seine Maße?« Panisch, wie Kelly war, dachte sie sofort, es ginge um Ethans technische Daten.

»Für einen Smoking für die Hochzeitsfeier.«

»Oh. *Oh.*« Diane wollte Ethan bei der Hochzeitsfeier dabeihaben. Kelly konnte wieder atmen. Sie erholte sich genug, um die Sojasauce aus dem Schrank zu holen. Dann lehnte sie sich an die Kücheninsel und sprenkelte sie kunstvoll über ihr Stück Pizza. »Das ist ja wirklich nett von ihnen«, räumte sie ein. Ethan weniger als zwei Wochen vor der Zeremonie noch einzuplanen bedeutete einiges an Änderungen, was bedeutete, dass dies eine große Geste ihrer Mutter war. Auf einmal fühlte sich Kelly wie ausgehungert. Sie schlang die Pizza mit ein paar Bissen herunter. Beinah hätte sie sich gutgelaunt ihre Handtasche geschnappt und sich wieder auf den Weg gemacht, doch dann fiel ihr auf, dass das gesamte Gespräch mit ihrem Vater sich auf ihre Mutter beschränkt hatte. Im Halbdunkel der Küche sah sie ihn an.

»Wie geht es dir denn? Was macht die Arbeit?«, fragte sie.

»Wie immer, wie immer.« Seine Hand zuckte in Richtung eines Papierstapels mit Diagrammen vor ihm auf der Arbeitsplatte, als könnte er es gar nicht abwarten, sich weiter damit zu beschäftigen.

»Hast du nicht vor Kurzem einen neuen Druckwächter installiert?«

»Ja, habe ich.«

»Meine Arbeit ist gerade ganz schön anstrengend«, sagte sie, merkte aber, wie sie schon wieder anfing, unbeholfen drauflos zu reden. »Ich hatte noch nie die Gesamtverantwortung für ein Projekt. Mir war vorher gar nicht klar, wie schwer dieser ganze konzeptionelle Kram ist. Nicht, dass Detailarbeit nicht auch schwer wäre. Ich wünschte nur, der Tag hätte mehr Stunden. Wir können Roboter bauen, die aussehen wie Menschen, aber immer noch keine Zeitmaschine, was?« Sie lachte.

»Ja, das ist hart«, antwortete Carl. Und das war's. Kelly ließ die Schultern sinken. Auf einmal fühlte sie sich wieder wie das kleine Kind, das darauf wartete, dass sein genialer Ingenieursvater nach Hause kam, damit es ihm den *Speak & Spell*-Spielecomputer zeigen könnte, den es neu programmiert hatte, und das schließlich auf dem Sofa eingeschlafen war und aufsprang, um ihn zu begrüßen, als er zu guter Letzt kam, nur um gesagt zu bekommen, dass er müde war und es sich ein andermal angucken würde, was er aber nie tat.

»Ich geh dann mal«, sagte sie plötzlich. Ihre Gefühle waren ihr offenbar anzusehen, denn Carl rührte sich endlich.

»Ich …«, fing er an. Ich hatte ein ähnliches Problem bei der Arbeit? Ich bin stolz auf dich? Ich kann dich verstehen? Doch statt den Satz weiterzuführen, starrte er auf den fettigen Pizzakarton und schob ihn ihr zu. »Willst du noch?«, fragte er barsch.

»Nein, danke.« Sie nahm ihre Handtasche und tätschelte auf dem Weg hinaus seinen Arm. »Schönen Abend noch.« Vielleicht hatte sie doch noch mehr von ihrem Dad geerbt als seinen wissenschaftlichen Verstand.

Auf der Fahrt nach Hause goss es in Strömen. Die kalifornischen Autofahrer, für die Regen eine biblische Plage war, schleppten sich nur so über die Straßen. Als Kelly schließlich erschöpft die Stufen zu ihrem Apartment hochging, war sie auf einen behüteten, entspannten Abend mit Ethan eingestellt. Doch kaum hatte sie das dunkle, stille Apartment betreten, rief er an, um zu sagen, dass er auf der anderen Seite der Stadt festhing. Er war Lebensmittel einkaufen gegangen – Kochen war zu einem neuen Teil ihrer abendlichen Routine geworden, und Ethan hatte sie schon mit stacheligen Früchten aus Japan, frisch gemahlenem Mehl und einmal einem recht traurigen ganzen Fisch überrascht. Doch heute Abend würde es mit dem Kochen nichts werden, denn Ethans Bus war im Stau stecken geblieben und durfte nicht weiterfahren, bis die Wetterfrösche die Entwarnung gaben, dass das Wasser, das vom Himmel fiel, sie nicht auflösen würde.

Die Aussicht auf einen Abend für sich allein gab ihr neue Energie. Schließlich hatte sie das Apartment jetzt schon eine ganze Weile nicht mehr für sich gehabt. Sie würde ... na ja, sie würde tun, was sie immer getan hatte, bevor Ethan in ihr Leben getreten war. Nur fiel ihr absolut nichts ein; er bekam sowieso alles von ihr mit: die grässlichen Gesichtsmasken, die mitternächtlichen Eisbecher und das gefühlvolle Trällern von Selena-Gomez-Songs. Aber vielleicht wäre es einfach nett, einen ruhigen Abend für sich zu haben.

Das Problem war, es war zu ruhig. Das leise, monotone Brummen des Kühlschranks ging ihr auf die Nerven. Als Kelly zwischen der Küche, wo sie nach etwas zu essen suchte, ohne hungrig zu sein, und dem Wohnzimmer, wo sie nach etwas im Fernsehen suchte, ohne dass sie irgendwas interessierte, hin und her ging, erschreckte sie sich vor ihrem eigenen Spiegelbild im dunklen Fenster.

Schließlich ging sie ins Bett und war sich auf einmal überdeutlich des vielen Platzes um sich herum bewusst. Auch wenn Ethan immer auf der Couch im Wohnzimmer schlief, gab ihr die Tatsache, dass er um dieselbe Zeit nebenan schlafen ging, irgendwie das Gefühl, nicht allein zu sein. Jetzt fühlte sie sich so einsam wie ein zur Unkenntlichkeit versandeter Obelisk in der Wüste. Unvorstellbar, dass dies vor einem Monat noch ihr Leben gewesen war. Und dass es in ein paar Wochen nach der Hochzeit wieder ihr Leben sein würde: ein endloses Alternieren von alleine frühstücken und alleine zu Abend essen, während ihre Gedanken fahl wurden, weil sie niemanden hatte, mit dem sie sie teilen konnte, gefangen in ihrer eigenen Stille.

Sie war sich zwar durchaus bewusst, dass es auch noch andere Männer außer Ethan gab – *echte* Männer –, doch die Vorstellung, wieder Single zu sein, fühlte sich an wie eine Dauerverordnung. Ihre bisherige Beziehungsgeschichte deutete nicht unbedingt auf zukünftigen Erfolg hin. Und es war eine statistische Unmöglichkeit, dass sie jemals jemanden wie Ethan finden würde, der als ihr perfektes Match gebaut worden war. Er erfüllte ihre Vorgaben haargenau. Niemand würde sie jemals so glücklich machen können. Oder?

Kelly drehte sich auf die Seite und vergrub das Gesicht tiefer im Kissen, bis das Geräusch des Schlüssels in der Tür ihr verriet, dass Ethan endlich zu Hause war. Sie sprang aus dem Bett und betrat im selben Moment das Wohnzimmer, als er die Tür schloss und sich umdrehte. Er streckte die Hand aus, um das Licht anzuschalten. »Nicht«, sagte sie. Er war auf dem Weg von der Bushaltestelle nach Hause pitschnass geworden, und an den Rändern seiner nassen, dunklen Haare funkelten, vom durch das Fenster fallenden Licht der Straßenlaterne angestrahlt, tausend winzige Lichtpunkte. Ethans Umriss war eine große schwarze Silhouette, wunderbar echt, wunderbar real.

Ohne nachzudenken lief sie zu ihm und warf die Arme um ihn. »Kelly«, sagte er überrascht, doch sie lehnte sich an ihn, hielt ihn noch fester, und dann legte er die Arme um sie, und das Gewicht erdete und zentrierte sie. Sein Rücken unter dem nassen Hemd war warm.

Als Kelly wieder im Bett lag, behielt sie die ganze Zeit Ethan im Blick, selbst als ihr langsam die Augen zufielen. Wenn sie den Kopf genau richtig hielt, konnte sie im Raum nebenan die Umrisse seines schlafenden Körpers sehen.

fünfzehn

Es waren keine zwei Monate mehr bis zur Präsentation von Confibot, und Kelly wollte mit seiner Entwicklung eigentlich schon viel weiter sein. Laut dem Zeitplan, den sie sich zu Beginn des Projekts sorgfältig mit farbigen Post-its an die Wand ihrer Box gehängt hatte, die Ränder alle perfekt aufeinander ausgerichtet, sollte sie inzwischen längst bei den blauen angekommen sein, doch tatsächlich war sie noch mitten im Rot. Confibot war in den Grundzügen gebaut, und während einige seiner Hauptfunktionen, wie Telefonieren mit Ärzten und Familienangehörigen, sich noch im Aufbau befanden, begeisterte es Kelly, das Ergebnis, wie sie es sich vorgestellt hatte, Gestalt annehmen zu sehen: einen wirklich umfassenden Pflegeroboter. Doch im Grunde war er noch immer ein Es. Kelly hatte gehofft, die Unmengen an gesammelten Daten über zwischenmenschliche Interaktionen würden inzwischen wie plötzlich sichtbar werdende Geheimtinte zusammen ein klares Profil ergeben, wie Confibots Gesicht aussehen und was für Gesichtsausdrücke er machen sollte, wie seine Stimme klingen und was er damit sagen sollte. Doch stattdessen verwirrten die Daten Kelly immer mehr. Ein Artikel sagte, dass 62 Prozent der Frauen über dreißig ein Lächeln mit geschlossenem Mund auf Fotos als »freundlich«

einstuften. In den Fokusgruppen von Automated Human Industries hatten sich allerdings 89 Prozent in den Simulationen für ein Lächeln mit Zähnen entschieden.

Aus lauter Frust hatte Kelly beschlossen, einen neuen Weg zu probieren und eine andere Art von Hilfe in Anspruch zu nehmen. Direkt aus Japan war gerade Dot-10 in ihrem Versandkarton angekommen. Dot-10 war aktuell der am meisten verkaufte Pflege- und Gesellschaftsroboter auf dem Markt, auch wenn ihre runden weißen Plastikglieder und übertrieben großen Augen weit entfernt von dem Realismus waren, den selbst ein noch unfertiger Confibot besaß. Ihr gesamter Torso war von einem Touchscreen bedeckt, auf dem alles Mögliche zu sehen war, von der Wettervorhersage über Fotos der Enkelkinder der Nutzer bis zu Computerspielen, die man mit ihr spielen konnte. Jedes Mal, wenn der Roboter einen albernen Witz oder einen blöden Gesichtsausdruck machte, wurde Kellys Frust nur noch größer. Sie beendete eine Runde Tic-Tac-Toe auf dem Touchscreen, und eine gelbe Trophäe tanzte über den Bildschirm, während Dot-10 eine Siegesfanfare spielte. »Glückwunsch!«, rief der Roboter. »Du hast es drauf!«

Dot-10 deckte sich mit keinerlei von Kellys Daten, wie ein Pflegeroboter sich verhalten sollte, noch nicht einmal, wenn man die länderspezifischen Marktunterschiede berücksichtigte. Kelly verstand nicht, warum *das* der Roboter war, der die Konkurrenz schlug. Es ergab ungefähr so viel Sinn wie der Weihnachtsmann in Badehosen. Vor dem Auspacken des Roboters hatte Kelly auf ihrem Rechner erwartungsvoll eine neue Tabelle geöffnet, um zu notieren, was Dot-10 alles zu bieten hatte. Doch jetzt war die Tabelle immer noch leer. Natürlich hatte Dot-10 einen eindeutigen Vorteil gegenüber Confibot, dachte Kelly trübsinnig, während sie einen Blick auf ihr eigenes unvollständiges Modell warf: Dot-10 hatte ein Gesicht.

Sie dachte zurück an ihre früheren Projekte bei AHI. Kelly hatte sonst immer im Team gearbeitet, umgeben von anderen Leuten – von denen Priya am häufigsten und am lautesten ihre Meinung geäußert hatte. Unwillkürlich lächelnd fiel ihr ein, wie Priya damals, als sie zusammen an Zed gearbeitet hatten, in einem Kreativitätsausbruch durchs Labor gerannt war und wie eine Verrückte auf das SMART-Board gekritzelt hatte. Kelly könnte jetzt einfach Priya bitten, ihr zu helfen. Sie war einige der wenigen Menschen, denen Kelly genug vertraute, um auf ihre Meinung zu hören. Und selbst wenn ihre Freundin keinen praktischen Ratschlag für sie hätte, würde sie auf jeden Fall ein paar tröstende Worte oder einen schmutzigen Witz auf Lager haben. Doch die Vorstellung, jetzt mit Priya zu reden, sorgte bei Kelly statt der erhofften Erleichterung für nur noch mehr Panik. Sie musste zugeben, dass, seit Ethan in ihr Leben getreten war, die Stimmung zwischen Priya und ihr immer angespannter wurde. Zusätzlich zur Heimlichtuerei hatte es auch noch Zänkereien gegeben. Kelly hatte mit einer Freundin noch nie so ein Drama erlebt. Allerdings war sie auch noch nie so eng mit jemandem befreundet gewesen. Jetzt sah sie den Bruch zwischen Priya und sich immer größer werden, der unvermeidlich zu einer unüberwindlichen Schlucht werden würde. In Anbetracht ihrer bisherigen Erfolgsbilanz sprachen die Daten Bände: Kelly war keine, die gute Freundinnen hatte. Ihre Freundschaft mit Priya war offensichtlich eher ein Zufallstreffer gewesen. Doch sie dauerhaft zu erhalten war unmöglich.

Trotzdem stellte Kelly sich nun vor, wie in alten Zeiten mit Priya zusammen an einem technischen Problem zu sitzen. Vielleicht würde das ja alles wieder kitten zwischen ihnen? Sie erinnerte sich an den Nachmittag, als sie beide zusammen an einem gemeinsamen Projekt gearbeitet hatten und nervlich schon völlig am Ende gewesen waren. Vor Erschöpfung bekamen sie bei ihrem fiebrigen Versuch, eine Hand mit sieben Fingern zu entwickeln, einen Lachanfall. Priya betrachtete Roboter als Verbesserungen der gottgegebenen Menschenform. Zu ihren Ideen gehörten ausfahrbare Arme und einziehbare Haare. Nicht zu vergessen der Doppelschanz. Kelly musste grinsen.

Da machte sich eine beißende Stimme in ihrem Kopf bemerkbar, die sagte, dass sie das Wunschdenken einstellen und zugeben sollte, die Sache nicht wieder geraderücken zu können. Dass ihre Beziehungen und ihr Leben so nicht funktionierten. Kelly erinnerte sich mit einer nochmalig aufbrandenden Panikwelle, dass Priya gerade heute Morgen vom Interesse einer Fachzeitschrift erfahren hatte, die einen Artikel über ihren neu entwickelten Operationsarm bringen wollte, was ein begeistertes Kreischen über die Köpfe der gesamten Boxenfarm hinweg zur Folge gehabt hatte. Wo Priya mit ihrer Arbeit gerade so gut vorankam, fühlte Kelly sich nur umso schlechter, dass ihr eigenes Projekt immer noch nicht richtig Gestalt annahm. Bei einer Person, die derart erfolgreich war, konnte sie sich nicht über ihr Unvermögen ausheulen. Sie seufzte frustriert.

»Oh-oh. Ist da etwa jemand nicht gut drauf?« Dot-10s hohe Stimme riss sie aus den Gedanken. Der Roboter blinzelte sie mit großen, leeren Augen an. Kelly verzog das Gesicht und stellte ihn mit einer eindeutigen Geste ab.

Wie ein in der Ferne schwelender Chemiefabrikbrand stand das Familienabendessen mal wieder bevor. Die Aufregung um Ethan hatte sich inzwischen gelegt, und mit Claras kurz bevorstehender Hochzeit lief Diane zu Hochtouren auf. Kelly fühlte sich in letzter Zeit nach einem Familienessen ausgelaugter als nach einem Zwölf-Stunden-Tag bei der Arbeit. Die Kelly von früher hätte sich für heute einen Abend allein zu Hause mit einem Rosé, einem Erdnussbutter-Marmeladen-Sandwich und einer wunderbar grotesken Reality-TV-Fernsehsendung gewünscht, doch jetzt sehnte sie sich einfach nach einem Abend mit Ethan.

Stattdessen saß sie in ihrem taillierten grauen Hosenanzug mit Ethan im Auto und fuhr zum Haus ihrer Eltern. »Lass uns versuchen, schnell wieder abzuhauen«, sagte sie. »Vielleicht kannst du beim Hauptgang erwähnen, dass du Kopfschmerzen hast. Dann können wir uns entschuldigen und noch vor dem Dessert abhauen.«

Ethan rieb sich die Schläfen. »Ich fühle sie schon kommen. Wahrscheinlich habe ich die Augen zu sehr angestrengt. Ich war wohl zu lange im Büro.«

»Wunderbar.« Kelly strahlte.

»Wenn du früher gehen möchtest, warum willst du dann überhaupt hin?«, fragte er.

»Ich will nicht, ich muss.«

»Warum?«

»Weil ich immer hinfahre. Ach, das ist kompliziert.«

»Ich muss wohl noch eine Menge lernen«, überlegte Ethan und blickte aus dem Fenster, während sie an den geschwungenen Ziegeldächern von Japantown vorbeifuhren.

Kelly schwieg. Sie hatte ihren Drang, zu tun, was ihre Mutter von ihr erwartete, noch nie hinterfragt. Trotz der Tatsache, dass sie schon seit Jahren allein wohnte und finanziell unabhängig war. Dass sie eine erwachsene Frau war. Schließlich war letzte Woche ihr dreißigster Geburtstag gewesen, auch wenn sie ihn kaum begangen hatte, da viel zu viel anderes los war. Priya hatte unbedingt mit ihr in ein richtig erwachsenes Restaurant gehen und danach nicht ganz so erwachsene Einhorn-Cupcakes essen wollen, aber da Kelly bereits mit Ethan zum Abendessen verabredet gewesen war, hatte sie ihr stattdessen einfach einen Cupcake ins Büro mitgebracht. Kelly überlegte, dass der Altersmeilenstein ihr zumindest das Recht verschafft hatte, langsam selbst ein paar Entscheidungen zu treffen.

»Ich glaub, ich war auch zu lange im Büro«, sagte sie langsam.

»Das bist du immer. Ich weiß sowieso nicht, wie du das machst«, pflichtete Ethan ihr bei.

»Vielleicht sind ja auch *meine* Augen überanstrengt. Vielleicht habe *ich* ja Kopfschmerzen.«

»Hast du welche?« Ethan sah sie besorgt an.

»Nein, aber ich meine, ich könnte ja welche haben. Ich könnte meiner Mom sagen, dass ich mich nicht wohlfühle. Das ist schließlich nicht so schlimm, oder? Ich sehe sie eh alle am Freitag zum Probe-Abendessen.«

»Ich finde, das ist überhaupt nicht schlimm. Eigentlich, finde ich, ist es ziemlich logisch.«

Kelly nahm ihr Telefon und warf es ihm zu. »Hier, ich diktiere dir eine SMS.«

»Dann können wir zu Hause fernsehen. Ich habe dir eine

Sendung über erwachsene Zwillinge aufgenommen, die zusammenwohnen und massenhaft Babypuppen sammeln.«

»O Gott, nein! Ich habe noch richtige Sachen an. Wir gehen essen.«

Ethan suchte ein Tapas-Restaurant aus, das auf Yelp ziemlich beliebt war. Hinter der unauffälligen Fassade verbarg sich ein stimmungsvolles Interieur aus Holzbalken an der Decke und tieftoten Wänden. Kelly liebte das Restaurant sofort, und Ethan war sowieso immer für alles zu haben. Er unterhielt sie mit einem ausführlichen Bericht über seine Auseinandersetzung mit der Waschmaschine am Nachmittag und erzählte von einem Zeitungsartikel über einen Mann, der wegen Überquerens internationaler Grenzen in einem Heißluftballon aus einer gefalteten Plane und Propangasfackel verhaftet worden war. Kelly machte sich kaum noch die Mühe, den Newsfeed auf ihrem iPad zu lesen. Ethan wusste, was sie interessierte, und bot ihr eine perfekte Auswahl an Themen. Außerdem waren seine Erzählungen viel unterhaltsamer als das Original. Selbst wenn sie von albernen Dingen wie der Zweitplatzierten aus dieser Gesangs-Show hören wollte, der eine Spinne ein Loch ins Gesicht gebissen hatte, oder wo Octomom jetzt war, zuckte er noch nicht mal mit der Wimper.

Während sie Manchego-Käse und gefüllte Peperoni naschten, war Kelly von einem Gefühl der Rebellion, einer plötzlichen Leichtigkeit erfüllt. Sie wollte nicht zum Familienessen? Sie konnte einfach … nicht hingehen. Es war eine vollkommen neue Erkenntnis für Kelly. Dass sie Dianes Anrufe nicht annahm, die ununterbrochen als Antwort auf ihre SMS kamen, rechtfertigte sie damit, ihr morgen sagen zu können, sie wäre wegen ihrer Kopfschmerzen früh ins Bett gegangen.

Doch dann kamen die Schuldgefühle. Es war zwar nur ein gewöhnliches Familienessen, aber trotz Kellys kompliziertem Verhältnis zu ihrer Familie ging sie eigentlich zu jeder dieser Zusammenkünfte. Sie tauchte bei der Tanzaufführung ihrer Nichten auf und guckte sich zwei Stunden lang anderer Leute Kinder an, nur um die Mädchen zwei Minuten über die Bühne flitzen zu sehen, die dabei so verloren wirkten, als wären sie auf dem Mond aufgewacht. Als Clara Hilfe beim Einzug in ihr neues Apartment brauchte, hatte Kelly sich die Haare zum Pferdeschwanz gebunden und ihre Sneakers angezogen und mit angepackt. Sie schob ihre geschmorten Rippchen auf dem Teller umher, und Ethan merkte, dass etwas nicht stimmte. »Ist alles in Ordnung?«, fragte er.

»Ich musste gerade an meine Präsentation denken, die demnächst bei der Arbeit fällig ist«, sagte sie langsam. »Sie wird simultan online übertragen, so wie bei den Produkteinführungen von Apple und so, weißt du? Ich hatte gedacht, ich könnte meiner Familie davon erzählen, vielleicht haben sie Lust, es sich anzusehen. Und dann dachte ich, was für ein Quatsch, sie werden es sich natürlich nicht ansehen wollen. Und dann bin ich sauer geworden, weil ich ihnen nicht wichtig genug bin. Dabei bin ich doch diejenige, der die Familie nicht wichtig genug ist, um heute Abend zum Familienessen zu gehen. Wer also ist hier das eigentliche Problem?« Sie lachte unsicher.

Ethan runzelte die Stirn. »Was meinst du damit, sie würden es sich nicht ansehen wollen? Wieso denkst du das?«

»Komm schon, warum sollten sie sich dafür interessieren, was ich mache?«

»Weil es interessant ist!«

»Nicht für meine Familie«, sagte Kelly überzeugt. Sie nahm einen Schluck Wasser und dachte kurz nach, bevor sie weitersprach. »Es gab da mal diesen einen Vorfall – Gott, das ist schon so lange her, ich kann nicht glauben, dass mir das immer noch was ausmacht.«

»Erzähl«, ermunterte sie Ethan.

»Wir hatten in der sechsten Klasse Projekttage, und ich hatte mein Projekt monatelang vorbereitet gehabt. Es ging um Bodenentwässerung – ich weiß noch, dass ich dachte, mein Dad könnte es vielleicht toll finden. Ich hatte mir das Projekt tatsächlich ausgesucht, damit ich mehr darüber lernen konnte, was er macht, weil es ähnlichen Prinzipien folgt. Ich meine, er hat mir nie viel über seine Arbeit erzählt, aber ich habe manchmal einen Blick auf seine Unterlagen geworfen, einfach um zu sehen, womit er sich beschäftigt. Wie auch immer, ich hatte dieses Aquarium mit lauter verschiedenen Arten von Steinen und einer Erdmischung, die ich extra hergestellt hatte. Ich habe tatsächlich den ersten Preis gewonnen, und als ich auf die Bühne ging, um ihn entgegenzunehmen, guckte ich ins Publikum, aber sie waren nicht da. Meine Eltern, Gary, Clara – niemand war gekommen. Sie hatten gesagt, dass sie kommen würden, und meine Mom ist zu jedem von Claras Fußballspielen gegangen, also suchte ich nach ihnen. Ich glaube, meine Mom musste länger arbeiten, und mein Dad – keine Ahnung, ich habe ihn nie gefragt. Wahrscheinlich hatte er es einfach vergessen.« Sie senkte den Blick und drehte die Gabel zwischen den

Fingern. »Ich war eingeladen worden, mit meinem Projekt an der landesweiten Wissenschaftsmesse teilzunehmen, aber ich bin einfach nicht hingegangen. Ich war so enttäuscht. Und ich habe es noch nie jemandem erzählt. Bis heute nicht. Nur dir jetzt. Wie auch immer«, sagte sie und spießte ein Stück Rindfleisch auf. »Es war keine große Sache. Wie gesagt, ich verstehe gar nicht, warum es mir noch so viel ausmacht.« Sie zwang sich zu schlucken.

»Ich verstehe es schon«, antwortete Ethan.

»Ich meine, es ist total irrational, wegen so was Komplexe zu haben«, fuhr sie schnell fort. »Es war ein einziges Ereignis, und es ist Ewigkeiten her, und ich hatte ihnen noch nicht einmal gesagt, wie wichtig es mir war, wie konnte ich da von ihnen erwarten, dass sie es wissen? Ich komme mir total blöd vor, überhaupt davon zu erzählen. Ich glaube, was ich sagen will, ist, dass ich uns allen lieber ersparen will, das ganze Theater erneut durchzumachen.

»Du bist vieles, Kelly, aber du bist nicht blöd.« Kelly versuchte, ihn anzulächeln, aber mit dem Essen im Mund und den verdammten Tränen, die ihr in die Augen schossen, sah sie wahrscheinlich einfach nur ziemlich albern aus. Sie musste über sich selbst lachen, was das Ganze nur noch schlimmer machte, weil sie sich beinah verschluckte. Ethan goss ihr Wasser nach und hielt ihr das Glas hin. »Vielleicht sollten wir aber an deinen Fähigkeiten zu kauen arbeiten.«

Endlich schaffte Kelly es, richtig zu lachen. Sie hatte die ganze Projekttage-Katastrophe bisher immer kleingeredet. Doch wo sie jetzt endlich darüber gesprochen hatte, fühlte sie sich auf einmal befreit.

Während des Essens trank sie mehr als üblich, und ein abenteuerliches Freiheitsgefühl verleitete sie, von ihrem gewohnten Wein auf einen Cocktail umzuschwenken. Etwas an der gemeinsamen Rebellion des Abends ließ Kelly sich Ethan noch näher fühlen als sonst. Inzwischen verstand sie den Ausspruch, dass es auf der Welt zwei Arten von Leuten gab, immer besser: Es gab Ethan und sie, und dann gab es den ganzen Rest.

Nach dem Essen war sie noch viel zu energiegeladen und aufgedreht, und so fuhren sie – Ethan übernahm das Fahren – statt nach Hause die East Foothills hinauf, wo sie anhielten, um den Blick über die Stadt zu genießen. Es war ein für die Jahreszeit ungewöhnlich milder Abend, und außer ihnen waren auch noch andere Paare hier, hauptsächlich Teenager, aber etwas an der Dunkelheit, die sie umgab, als sie einen Felsblock fanden, auf den sie sich setzen konnten, und den Lichtern der Stadt, die sich von Westen nach Osten zu ihren Füßen erstreckten wie ein Beet aus weißen Blumen, vermittelte ihnen das Gefühl, den Ausblick ganz allein zu genießen.

Das Einzige, was an dem Bild nicht stimmte, war die Geschlossenheit des Himmels über ihnen. »Ich wünschte, ich würde an einem Ort leben, wo man mehr Sterne sehen kann«, sagte Kelly, während sie sich auf die Ellbogen stützte und hinaufblickte.

»Sie sind alle da, auch wenn du sie nicht siehst«, sagte Ethan.

»Das ist gar nicht so leicht vorstellbar. Es ist lange her, dass ich zuletzt außerhalb der Stadt war. Oder überhaupt draußen.«

»Moment, ich unterrichte Astronomie«, überlegte Ethan. »Dafür bin ich doch da. Guck, genau da« – er zeigte weit nach links – »da ist das Sternbild Jungfrau. Es sieht ein bisschen aus wie ein Mensch.«

»Okay, ich kann es mir vorstellen.«

»Mach die Augen zu«, sagte er. Und ausnahmsweise ließ Kelly los und legte sich zurück, ohne sich Gedanken darüber zu machen, dass sie sich dreckig machen könnte. »Dann geh weiter nach oben und ein bisschen nach rechts, da ist der Große Wagen. Den kennst du bestimmt, oder?«

»Ja, ich sehe ihn.«

»Dann kommt ein bisschen weiter südlich der Mars …« Während Ethan weiterredete, sah Kelly in Gedanken immer mehr glitzernde Sternbilder. Es war das Schönste, was sie jemals gesehen hatte.

Sie lagen beide eine Weile da und ergötzten sich am unsichtbaren Sternenhimmel. Und als Ethan ihre Hand nahm, dachte Kelly überhaupt nicht darüber nach. Als sie sich zu ihm hinüberbeugte und ihn küsste, dachte sie genauso wenig darüber nach. Ethan fuhr auf dem Weg nach Hause, und Kellys Körper und Seele fühlten sich ganz weich an. Der Teil ihres Verstands, der ständig über alles nachdenken und alles zerdenken musste, schien zu schlafen. Sie genoss jeden Moment wie ein unerwartetes Geschenk.

Als sie nach Hause kamen, wusste Kelly nicht, ob sie es war, die Ethan ins Schlafzimmer zog oder andersherum, aber dort landeten sie, und dann landeten sie zusammen in ihrem Bett. Die paar anderen Male, die Kelly bisher in so einer Lage gewesen war, hatte sie sich unsicher und entblößt gefühlt. Aber mit Ethan war es ganz anders, denn er nahm alles an ihr als ganz natürlich und wie es sein sollte wahr. Und auch an ihm fühlte sich alles ganz natürlich an und wie es sein sollte, und ihre Unerfahrenheit und Sicherheit spiegelten sich ineinander wider, wie zwei Seiten eines drehbaren Spiegels. Alles an ihm fühlte sich einfach nur menschlich an.

sechzehn

Am nächsten Morgen schlich Kelly sich verschämt ins Badezimmer. Ethan hatte im Schlaf so friedlich ausgesehen, dass sie ihn nicht hatte wecken wollen, aber sie hätte auch gar nicht gewusst, was sie hätte sagen sollen. Zum ersten Mal war sie verlegen ihm gegenüber, als ob es Erwartungen an sie gäbe, die sie nicht erfüllen könnte, weil sie keine Ahnung hatte, worum es ging.

Kellys Neigung, ein vorsichtiges, gemäßigtes Leben zu führen, war in ihrem Liebesleben wahrscheinlich noch stärker ausgeprägt als in anderen Bereichen. Und jetzt das. Doch was sie am meisten beschäftigte, war nicht, was andere Leute denken könnten, wenn sie herausfänden, was sie getan hatte, sondern wie Ethan sich ihr gegenüber verhalten könnte, wenn er aufwachte.

Vielleicht war es aus einer Art Selbstgeißelungstrieb, sich durch Bestrafung zu reinigen, dass sie den dritten Anruf ihrer Mutter an dem Morgen annahm.

»Geht es dir gut?«, kam Dianes Stimme atemlos aus dem Telefon. Schon als Kelly klein war, hatte ihre Mom jedem kleinen Schmerz eine übertriebene Sorge zuteilwerden lassen. Als Kelly einmal eine Erkältung gehabt hatte, zwang ihre Mutter sie, eine Woche lang zu Hause zu bleiben, dabei wollte sie nichts anderes, als wieder zur Schule zu gehen, um in Physik weiter an ihrem Getränkedosen-Projekt zu arbeiten.

»Mir geht's gut. Ich hatte bloß Kopfschmerzen.«

»Bei *Ellen DeGeneres* war eine Frau, die Kopfschmerzen hatte und eine Woche später an einem Hirntumor gestorben ist.«

»Wie konnte sie dann bei *Ellen* sein?«

»Was hast du gemacht? Hast du versucht, an einer Zitrone zu riechen, wie ich es dir beigebracht habe?« Diane zog die meisten ihrer medizinischen Ratschläge leider aus der *Cosmo*.

»Ich bin einfach mit Ethan zu Hause gewesen und früh ins Bett gegangen.«

»Ah, er schläft also öfter bei dir, verstehe.«

»Manchmal.«

»Verhütet ihr bei diesen Übernachtungspartys?«

»Mom, bitte.«

»Ein gut aussehender Mann wie er hat seinen Füller sicherlich schon in eine Menge andere Tintenfässer getunkt.« Kelly hielt das Telefon weiter vom Ohr weg, als ob das helfen würde. »Du musst vorsichtig sein …«

»Mom, ich weiß, ich bin dreißig!«

»Du arbeitest mit Robotern, meine Liebe. Chemie ist mein Spezialgebiet«, erklärte Diane. »Also, schütz dich und lass ihn nichts machen, was du nicht willst. Aber du musst ihm auch Vergnügen bereiten. Tust du das?«

Kelly stellte das Handy laut und legte es auf der Ablage so weit wie möglich von sich weg, während sie wütend Gesichtspeeling auf ihren Waschlappen drückte. »Ich muss los, ich komm sonst zu spät zur Arbeit.«

»Das ist wichtig, Kelly, und du hast nur sehr wenig Erfahrung.

Natürlich darf er nicht denken, du hättest viel Erfahrung. Aber du solltest genug Erfahrung haben, dass du weißt, was du tust. Er muss denken, du wärst ein Naturtalent. Aber ich habe das Gefühl, du bist keins.«

Natürlich wusste Kelly, dass Ethan genau null sexuelle Erfahrung außerhalb ihres Schlafzimmers hatte. Sie wusste, wie lächerlich es war, sich zu sorgen, dass er von ihrer Performance im Bett nicht ausreichend beeindruckt sein könnte.

Doch ... jetzt fing Kelly an, sich deswegen zu sorgen. Mit Schrecken fiel ihr ein, dass er unbegrenzten Zugriff aufs Internet hatte. Er hatte zweifellos schon einige Bett-Nummern auf olympischem Niveau gesehen. Kelly konnte nichts dergleichen. Sie konnte sich kaum das Shirt ausziehen, ohne dass es ihr an der Nase hängenblieb. Und, na ja, er sah einfach so gut aus. Sie blickte zurück zu ihm auf dem Bett, wo er noch halb zugedeckt lag. Selbst im Schlaf hatte er die unglaubliche Gestalt eines Adonis, seine Haut wie glattpoliert, die Haare kunstvoll zerwühlt. Der Anblick rief dieselben Unsicherheiten hervor, die sie an jedem anderen Morgen danach in ihrem Leben gehabt hatte, nur zehnmal schlimmer.

»Natürlich ist der Landestreifen schon eine ganze Weile eine beliebte Möglichkeit«, sagte Diane, als Kelly ihr wieder ihre Aufmerksamkeit zuwandte. Und das war ihr Stichwort.

»Ich muss los, Mom. Bis bald.«

Kelly schlang sich ein Handtuch um den nackten Körper und schlich zurück ins Schlafzimmer, wobei sie hoffte, dass das Scharnier am Kleiderschrank nicht quietschen würde, wenn sie den Schrank öffnete. Es quietschte. Ethan wurde wach. »Guten Morgen«, sagte er.

»Oh, hi, hab dich gar nicht gesehen!«, piepste sie völlig unsinnig. Sie zog eine hochgeschlossene Bluse und einen langen Rock aus dem Schrank. Sie hatte das instinktive Bedürfnis, sich heute sittsam zu kleiden. Und dann stand sie da, ihre Kleidung in der einen Hand, mit der anderen hielt sie das Handtuch fest. Auf einmal schämte sie sich, sich vor Ethan anzuziehen. Sie sah zu, wie er sich im Bett aufsetzte, aber nicht aufstand, die Decke immer noch halb über sich, und da wurde ihr klar, dass er ihr Zögern spiegelte. Sie starrten einander an, und keiner von beiden bewegte sich oder sagte etwas.

Schließlich sagte Ethan: »Ich mach dir ein Angebot. Ich trage für immer diese Decke und du trägst für immer das Handtuch, und dann sparen wir eine Menge Geld an Waschmittel, okay?«

Kelly lachte. Ihre Anspannung kam ihr auf einmal lächerlich vor.

»Okay, okay.« Sie ließ das Handtuch fallen und fing an, sich anzuziehen, während Ethan zu seinem Teil des Schranks ging.

»Ich glaube, es hat keinen Zweck, schamhaft zu sein«, fuhr er fort, »wo du meinen gesamten Körper gebaut hast.«

»Und ich habe den Job auch gar nicht schlecht gemacht«, sagte sie mit verführerischem Lächeln.

»Du bist aber auch gar nicht so schlecht gebaut.« Er küsste sie auf die Wange und ging in die Küche. Ein kleiner Schmetterling ließ sich irgendwo um ihr Herz herum nieder.

Auf dem Weg zur Arbeit wünschte sich Kelly nichts anderes, als mit Priya im Labor zu sitzen und ihr alles zu erzählen. Sie brauchte jemand anderen als ihre Mom, um über die Ereignisse der letzten Nacht zu reden. *Irgendwen* anderen als ihre Mom. Aber sobald sie und ihre Freundin sich im Labor auf ihre Plätze gesetzt hatten, verfiel sie in Schweigen. Wie sollte sie überhaupt über so ein Geheimnis reden? Es war einfach zu viel. Sie würde es nie erzählen können.

Priya setzte den Lötkolben an. Normalerweise hatte Kelly fast einen Pawlow'schen Reflex, was Lötgeruch anging, mit all den Erinnerungen an Hunderte von Stunden im Labor – er beruhigte und erregte sie gleichermaßen, gab ihr das Gefühl, zu Hause zu sein. Doch heute reichte das nicht, um sie aus ihrer verdrießlichen Stimmung zu holen.

»Was ist los?«, fragte Priya, den Blick auf die Arbeit gerichtet.

Ich habe mir einen Freund gebaut. Wir haben miteinander geschlafen. Ich glaube, ich habe mich in ihn verknallt. Ich würde wirklich gern mit meiner besten Freundin darüber reden.

»Nichts«, war alles, was Kelly sagte.

Als der letzte Roboter an dem Abend gekämpft und seinen Gegner in einen Haufen verkohltes und verformtes Metall verwandelt hatte, dessen Rad sich noch traurig in der Luft drehte, schaltete Ethan den Fernseher aus. Er legte die Fernbedienung auf den Couchtisch und wollte vom Sofa aufstehen, doch Kelly hielt ihn zurück und rückte näher an ihn heran.

»Stimmt was nicht?«, fragte er.

»Nein. Doch. Ich weiß nicht«, fing Kelly an. »Es ist wegen Priya. Irgendwie hat sich unser Verhältnis in letzter Zeit verändert. Ich glaube, wir entwickeln uns irgendwie auseinander. Auch wenn das total pubertär klingt.«

»Auch Erwachsene entwickeln sich«, sagte Ethan. »Auf einander zu und auseinander.«

»Ja, ich habe nur irgendwie das Gefühl, ich kann mit ihr nicht mehr über alles reden.«

»Du kannst immer mit mir reden.«

Immer – das Wort rief Kelly plötzlich etwas ins Gedächtnis, woran sie normalerweise möglichst nicht dachte. Claras Hochzeit war am kommenden Wochenende, und das hieß, dass ihre Zeit mit Ethan sich dem Ende zuneigte.

Sie legte den Kopf in den Nacken, um ihm ins Gesicht zu sehen. Sein Kopf war direkt über ihrem, sein geschwungener Kiefer lag im Schatten der Leselampe. Sie senkte den Blick wieder und schmiegte sich an ihn. »Ich weiß«, murmelte sie auf einmal ganz müde. »Und ich bin froh darüber.« Er küsste sie auf den Kopf. Einen Moment lang stellte Kelly sich vor, wie das Bild, das sie zusammen abgaben, auf einen Beobachter von außen wirken musste. Es musste aussehen wie die perfekte Liebe, die sie noch nie vorher erlebt hatte.

siebzehn

Claras Hochzeitstag ging für Kelly so schnell vorbei, dass sie gar keine Zeit hatte, über die persönlichen Folgen nachzudenken, die er für sie bedeutete. Der Tag selbst war sonnig und frisch wie die Braut. Die Familienmitglieder, das Personal, die Angehörigen der Braut, alle eilten von Zelt zu Zelt und waren mit letzten Vorbereitungen beschäftigt. Sogar die Welt selbst schien sich speziell für den Anlass in Pastelltöne gehüllt zu haben: das ununterbrochene Blau des Himmels, das Rosa der feinen Blütenblätter, die über die Wege und den grünen Rasen verstreut waren. Und das geografische und metaphorische Zentrum der ganzen aufgeregten Betriebsamkeit war die errötende Braut. Clara war das glückliche Auge des Hurrikans, die gnädige Empfängerin der Aufmerksamkeit und des guten Willens aller. Heute kam ihre Fähigkeit, die Leute anzuziehen wie ein Magnet, in ihrer vollen und großartigen Kraft zur Geltung.

Während Clara das Auge des Hurrikans war, war ihre Mutter der Sturm. Diane bewegte sich mit tödlicher Effizienz, ein Feldwebel in Satin rief sie ihre Befehle, als wäre sie Kapitän auf der sinkenden *Titanic*. Die Birkenholz-Hochzeitstorte stand nicht ganz in der Mitte – das ganze Desserttisch-Layout musste neu überdacht werden. Brautjungfer Nummer vier fehlte eine Kette –

Diane gab jemandem halb brüllend die Wegbeschreibung zu ihrem bevorzugten Juwelier in der Stadt. Die rosafarbenen Fontänen kamen auf den Fotos nicht gut rüber – mehr Farbe, *mehr Farbe*! Ihre Branchen-Freundinnen wimmelten bereits überall umher, viele schienen extra früh gekommen zu sein, um die Vorbereitungen sehen zu können, als wollten sie sich überzeugen, dass Diane auch nur mit Wasser kochte.

Kelly versuchte, eine Balance dazwischen zu finden, sich vom Sturm fernzuhalten und sich trotzdem nützlich zu machen. Sie wies Ethan an, beim Aufstellen der Platzkarten zu helfen, auch wenn es gut sein konnte, dass irgendein armer Kellner später gebeten werden würde, sie alle um einen Millimeter zu verrücken. Kelly fiel auf, dass Diane trotz ihres Stresslevels so lebendig und glücklich wirkte wie nie zuvor. Das Design des Tages schien Claras luftiger Shabby-Chic-Gemütlichkeit zu entsprechen, war aber von Diane zu einer Pinterest-würdigen Perfektion gesteigert worden. So viele Bräute im Silikon Valley wollten immer nur das Modernste von ihr, doch hier, hatte Kelly das Gefühl, konnte Diane ihrem eigenen Herz etwas mehr folgen. Beinahe als wäre sie Gastgeberin auf ihrer eigenen Hochzeitsfeier, die nie stattgefunden hatte – Carl und sie waren damals zu arm gewesen, um sich mehr als eine Hochzeitsnacht im Holiday Inn zu leisten. Zwischendurch sagte ihre Mutter sogar einmal »mein Hochzeitstag«. Zum Glück hatte Clara so viele Lockenwickler auf dem Kopf, dass sie es nicht hörte.

Allmählich wuchs die Gruppe der Suttles, zu der sich immer mehr ankommende Familienangehörige gesellten – Cousins und Cousinen, Großeltern, ein Enkelkind, von dem Kelly gar nicht gewusst hatte, dass es schon geboren war, und eine Großtante, von der sie hätte schwören können, dass sie schon gestorben war. Carls ausgelassene Familie kam in einer großen Welle und verschluckte ihn. Kelly nahm Ethans Hand und stürzte sich mit ihm ins Getümmel. Inmitten ihrer gesamten Großfamilie zu stehen, fühlte sich ungefähr so an, wie in einer Echokammer gefangen zu sein. Doch zwischen dem ganzen Begrüßen und einander Vorstellen, wurden ihr zwei Dinge klar: dass ihre Familie von Ethan ziemlich beindruckt war und er sich durchaus unter ihnen allen behaupten konnte.

Er bewegte sich geschmeidig von einem Händedruck zur nächsten Umarmung, entlockte den Männern Schulterklopfen und den Frauen entzücktes Lächeln. Von Kellys Facebook-Account wusste er, wer wer war und erkannte manche der Leute sogar schneller als Kelly, auch wenn er den Verdienst großzügig ihr zuschrieb (»Wie läuft das neue Geschäft? Kelly hat erzählt, Sie haben einen Lederwarenladen eröffnet …«). Kelly unterdrückte ein Lachen, als sie sah, wie ihre Cousine Eleanor Ethan schmachtende Blicke zuwarf und schnell ihr Dekolletee richtete. Der Moment verschaffte Kelly eine gewisse Genugtuung. An Kellys fünftem Geburtstag hatte Eleanor das Eckstück von Kellys Geburtstagskuchen genommen, und Nein, Kelly hatte es nicht vergessen. Auf dem Stück war eine Rose aus Zuckerguss gewesen. Sie lächelte und winkte Eleanor zu.

Doch Kelly war nicht darauf aus, sich länger in der Menschenmenge aufzuhalten, die immer wärmer und lauter wurde. Es war ohnehin unmöglich, sich mit irgendwem zu unterhalten, wo alle so dicht standen. Da Ethan gut zurechtkam, schlüpfte sie hinaus, um sich einen Augenblick der Ruhe zu gönnen. Da – ein Schuppen am Rand des Rasens. Sich Luft zufächelnd, lief sie darauf zu und hoffte, dass ihr Shapewear-Badeanzug sich durch den Schweiß nicht für alle Welt sichtbar unter dem Kleid abzeichnete. Als sie den Schuppen betrat, zuckte sie zusammen. Ihr Dad war bereits hier. Sie hatten offenbar beide denselben Instinkt gehabt.

»Ziemlich heiß da draußen, was?«, sagte sie.

»Ja, und laut. Meine Familie weiß auf jeden Fall, wie man redet«, antwortete Carl.

Kelly seufzte und lächelte. »Es ist schön, mal davon wegzukommen. Ein bisschen Ruhe zu haben.«

»Ja«, sagte Carl einfach. Er bewegte die Hand, in der er eine Zeitschrift hielt, und die Seiten raschelten.

Auf einmal kam Kelly sich völlig fehl am Platz vor. Ihr Dad war hierhergekommen, um seine Ruhe zu haben. Vielleicht störte sie ihn. Sie straffte die Schultern und stieß gegen einen Rechen. Schnell hielt sie ihn fest, bevor das ganze Gestell umkippen konnte. »Na, dann lass ich dich mal weiterlesen«, sagte sie, im Versuch, ihre Würde zu bewahren.

»Okay«, sagte ihr Dad ruhig und blickte auf die aufgeschlagene Zeitschrift. Enttäuscht ging Kelly, wie so oft nach ihren Beinah-Unterhaltungen. Der Vormittag war voller Stimmengewirr gewesen, und hier hatte sie endlich einen Moment der Stille gefunden. Doch die Stille hatte sie nicht beruhigt, wie sie es normalerweise tat. Sie war dumpf und leer.

Dafür, dass dies hier ihre Familie war und Kelly die Trauzeugin bei dieser Hochzeit, fühlte sie sich seltsam außen vor, als sie zurück zu den anderen ging. Vielleicht ließ die schiere Menge der Leute sie einfach untergehen. Sie erblickte Jonathan mit ein paar College-Freunden, die sich gegenseitig von hinten die

Westen enger schnürten. Die Konditorin arrangierte den Desserttisch, als ob sie und ihr Team eine Operation am offenen Herzen vornahmen, und blickte mit ernster Miene zwischen ihrem Diagramm und dem Moodboard hin und her. Eine Frau, die Kelly als eine Freundin ihrer Mutter wiedererkannte, eine Hochzeitsfloristin, überprüfte die Blumendekoration, die den Sitzplan schmückte, und machte mehrere Nahaufnahmen. Die meisten Leute hier kannte Kelly, aber nur wenige davon gut.

Dann sah sie durch eine Lücke zwischen den Trauzeugen Ethan. Er spielte mit Kellys Nichten, warf Hazel in die Luft, und der Tüll ihres blumigen Kleids wehte hinauf bis zu ihren Ellbogen und fiel wieder zurück zu ihren Knöcheln, und so ging es rauf und runter, während sie voller Freude lachte. Der Anblick traf Kelly mitten ins Herz. Auf einmal fühlte sie sich ganz zu Hause. Sie ging zu ihm. »Hey«, sagte sie und legte ihm die Hand auf den unteren Rücken. Er drehte sich ihr zu und gab ihr einen schnellen Kuss.

Dann setzten sich alle für die Zeremonie auf ihre Plätze, wedelten sich mit den Programmen Luft zu und spielten mit den über den Stühlen hängenden blumigen Spitzendeckchen. Kelly schaffte es über den Rasen zum Bogen aus Wildblumen, der als Altar herhielt, ohne auszurutschen und der Menge ihren Badeanzug zu präsentieren oder auf einmal Lampenfieber zu bekommen und einfach wegzulaufen, und so verbuchte sie den Moment als persönlichen Erfolg. Als die Zeremonie in vollem Gange war, sahen Ethan und sie sich von ihren gegenüberliegenden Seiten aus an und lächelten.

Claras Vintage-Kleid war nicht im Trend, ihr Make-up war sparsam. Doch als sie den Mittelgang entlangschritt, strahlte sie vor Freude und Zuversicht. Jonathan weinte, als er sie sah, und schluchzte laut. Sie verpatzten ihre selbst geschriebenen Ehegelübde, Jonathan versprach, Clara zu lieben, bis sie »kalt und grau« wäre, und Clara verkündete, Jonathan sei ihr »fehlendes Schusselteil«. Aber ihr Kuss war leidenschaftlich, und die ganze Angelegenheit war unglaublich süß. Dann war die Zeremonie vorbei, und als Ethan Kelly den Gang entlangführte, drückte sie seinen Arm.

Der Empfang nahm seinen Lauf. Als das Nachmittagslicht langsam sanfter wurde, fühlte Kelly sich rundum glücklich. Sie und Ethan plauderten und lachten mit den anderen am Familientisch. Kelly warnte ihn leise, mit dem einen Onkel nicht über Politik zu reden, und wenn Grandpa Ernie die Übertragungen, die seine Goldfüllungen von Außerirdischen aufschnappten, wiedergab, einfach nur lächelnd zu nicken. Das Feuer von Dianes Besessenheit schien langsam heruntergebrannt zu sein, jetzt wo alles gut lief, und sie strahlte nur noch vor lauter Energie. Kelly sah zu Clara und Jonathan hinüber, die prustend vor Lachen versuchten, sich gegenseitig mit verbundenen Armen von ihren Tellern zu füttern, und winkte ihrer Schwester anschließend zu.

Nach dem Essen, als die Leute auf die Tanzfläche in der Mitte des Zelts tröpfelten, dessen Decke voller funkelnder Lichter hing, stellte Ethan sein Weinglas ab und wendete sich Kelly zu.

»Komm, wir gehen tanzen.«

Doch sie legte ihm sanft die Hand auf den Arm. »Ach nee, lass uns hierbleiben.«

»Warum, schmerzen deine Füße?«

Kelly hob die Peep-Toe-Pumps, die Clara so gefallen hatten, und wackelte mit den Füßen hin und her. »Nein, ich komme eigentlich ziemlich gut klar. Ich bin nur keine große Tänzerin.«

»Verstehe, verstehe«, sagte Ethan mit gespieltem Ernst. »Du würdest da wahrscheinlich auch nicht mithalten können. So wie es aussieht, hatte Grandpa Ernie eine klassische Tanzausbildung.« Er nickte in Richtung Ernie, der gerade die Hüftersatz-Variation vom Twist aufführte.

Kelly verdrehte die Augen. »Okay. Ein Tanz.« Auf dem Parkett nahm sie Ethans ausgestreckte Hände und verlagerte vorsichtig das Gewicht von einem Bein aufs andere. Wie war es möglich, dass sie fast dreißig Jahre lang erfolgreich gelaufen war, und es sich jetzt jedes Mal, wenn sie den Fuß vom Boden hob, absolut leichtsinnig anfühlte? Robbies Kommentar zu ihrem Vorschlag, tanzen zu gehen, fiel ihr wieder ein. Es stimmte, und sie wusste es. Sie war »nicht gerade der Inbegriff von Anmut«. Der Gedanke hatte sie noch nie groß gestört, weil sie im Tanzen keinen großen Zweck sah. So viel Energie in eine Bewegung zu stecken, ohne den Körper tatsächlich von A nach B zu befördern oder eine konkrete Aufgabe zu bewältigen, erschien ihr albern. Doch wo sie jetzt Clara und Jonathan leicht beschwipst und alle anderen vergessend über die Tanzfläche wirbeln sah und Ernie bei seinem ekstatischen, unkonventionellen Solotanz beobachtete, dachte sie noch einmal neu über die Vorzüge des Beineschüttelns nach.

Sie ließ es zu, dass Ethan sie über die Tanzfläche führte, und folgte seinem Rhythmus, während er vor und zurück ging. Schon bald tanzten sie den Shimmy und Drehungen. Kelly bemerkte noch nicht einmal die anderen Tanzenden, bis sie, zu spät, Großtante Marge mit ihrer Gehhilfe ihren Weg kreuzen sah. Beim Versuch, ihr auszuweichen, stolperte sie und fiel Ethan in die Arme.

»Alles okay?«, fragte er.

Doch Kelly lachte nur und richtete sich wieder auf, ohne darauf zu achten, ob irgendwer guckte. »Alles super«, sagte sie.

Als sie später mit Gary und seiner Frau und den drei Mädchen auf dem Rasen entspannten, schloss Kelly die Augen und hörte auf die Geräusche um sich herum: aus dem Zelt nebenan herüberschwappende Musik, die durch die Entfernung klang wie unter Wasser, klirrende Gläser, das hohe Lachen von Kindern, von Zucker und Erschöpfung ganz berauscht, das Trillern der Zikaden, die in der lauen Abendluft immer lauter wurden. Sie öffnete die Augen wieder und sah zu, wie Gary und Ethan abwechselnd Seifenblasen für die Mädchen machten. Die Drillinge rannten ausgelassen hinterher, während sie gleichzeitig versuchten, den nassen Blasen zu entkommen, und freudig kreischten, wenn die schillernden Regenbögen auf ihren Armen und Nasen zerplatzten. Ausnahmsweise hatte Kelly das Gefühl, sich ganz dem gegenwärtigen Moment hingeben zu können. Sie und Ethan waren genau wie jedes andere Paar hier auch. Sie waren zusammen. Sie waren glücklich.

Gary bekam ein rotes Gesicht, als er die nächsten Seifenblasen machte. »Warum sind Ethans immer viel größer?«, fragte er leicht aus der Puste.

»Weil Ethan anders ist!«, rief Bertie.

Kelly richtete sich in ihrem Liegestuhl auf. Sie winkte Bertie zu sich heran. »Was meinst du damit, Ethan ist anders?«

Bertie zuckte die Achseln. »Er ist einfach anders als alle anderen.« Und schon lief sie wieder los, um eine riesige Seifenblase zu fangen, die vor ihr davon hoch in den Himmel flog. Kelly konnte kaum noch atmen. War es möglich, dass Bertie es irgendwie wusste? Dass sie spürte, wofür jeder Erwachsene, dem Ethan begegnete, blind war? Auf einmal gingen ihr die Anblicke und Geräusche, die ihr eben noch so friedlich vorgekommen waren, auf die Nerven. Die Schönheit und Leichtigkeit dieses Abends mit Ethan war genauso schnell zerplatzt wie die schillernde Seifenblase, die vor ihr auf einem Grashalm gelandet war. Vielleicht war es nichts weiter gewesen als das: eine vergängliche Regenbogenblase, eine Sinnestäuschung.

Sie nahm ihr Glas und stand abrupt auf. »Ich hole mir noch was zu trinken.« Doch dann bekam sie den Wein, den sie sich an der Bar mitnahm, kaum runter. Rastlos ging sie von Zelt zu Zelt. Wie hatte sie so blöd sein können, selbst auf ihre Illusion hereinzufallen? Sie hatte sich erlaubt zu vergessen, was dieser Tag bedeutete: Ethan war ein Roboter. Sie hatte ihn sich als Begleitung für die Hochzeit gebaut. Und morgen würde sie ihn wieder auseinandernehmen müssen. Sie fühlte sich wie Aschenputtel, für einen Ball zurechtgemacht, auf dem sie überhaupt nicht sein sollte. Plötzlich verschmolz die raue Musik, das schiefe Singen des betrunkenen Trauzeugen-Duos, das hartnäckige Klirren von Metall auf Glas, als jemand eine Rede halten wollte, der zunehmende Lärm der Zikaden draußen zu einem einzigen Geräusch, das im Takt mit Kellys Herzschlag pulsierte wie das Ticken einer Uhr.

»Kommt alle mal her!« Claras hohe Stimme riss Kelly aus den Gedanken. Kelly atmete tief ein und wappnete sich, bevor sie ihr kaum angerührtes Glas auf einem Tisch abstellte und der Menge folgte.

Draußen auf dem Rasen standen die Brautjungfern aufgeregt schnatternd im Halbkreis, der restlichen Gäste versammelte sich hinter ihnen. Vielleicht wurde Kelly von der Tatsache angezogen, dass sie alle dasselbe trugen, jedenfalls ging sie, ohne darüber nachzudenken, zu den Brautjungfern. Clara stand vor ihnen und bedeutete allen, leise zu sein. »Okay, alle mal zuhören! Jonathan und ich machen uns gleich auf den Weg« – ein protestierendes Stöhnen von der Menge – »Schhh, wir fahren morgen früh auf Hochzeitsreise!« Alle lachten. »Aber bevor wir aufbrechen, will ich noch eine Kleinigkeit hierlassen.« Hinter ihrem Rücken zog sie den Brautstrauß hervor, ganz in rosa und apricot und weiß. »Wer ist bereit?«

Die anderen Brautjungfern kreischten, aber Kelly zog sich an den Rand der Gruppe zurück. Sie war nicht mehr in der Stimmung zu feiern. Und dieser Brauch nervte sie sowieso. Das Werfen des Brautstraußes war ein offensichtliches Artefakt des Patriarchats, bei dem Frauen sich gegenseitig an die Gurgel gehen sollten, um den ultimativen Preis ihres Lebens zu gewinnen: einen Ehemann. Und es konnte doch niemand, der noch ganz bei Verstand war, von Kelly mit ihrem ausgeprägten Mangel an Athletik, in ihrem Futteralkleid und den wackeligen Schuhen erwarten, dass sie sich vor ihrer kompletten Großfamilie und der Menge an Kameras wie eine Stabhochspringerin auf den Strauß stürzte? Verdammt, nein.

»Ihr wisst ja, wie man sagt«, fuhr Clara fort. »Wer den Strauß fängt, heiratet als Nächstes! Und der Glücklichen möchte ich im Voraus eins sagen.« Sie streckte die linke Hand aus, und Jonathan trat vor und nahm sie. »Ich kann ihr nichts Besseres wünschen, als dass er sie genauso glücklich macht, wie dieser Mann mich glücklich macht.« Sie und Jonathan strahlten einander an, und die Menge jubelte, und entgegen ihrem Willen spürte Kelly, wie etwas in ihr schmolz.

»Okay.« Clara drehte ihnen den Rücken zu und hielt sich den Strauß über den Kopf. Kelly trat noch einen Schritt zur Seite, damit sie den anderen jungen Frauen nicht im Weg stand, die aussahen wie Geparden, bereit, sich auf die Beute zu stürzen. »Eins … zwei …«

Zwischen den Zuschauern erblickte sie Ethan. Er stand neben Diane, die sich statt an ihren Mann erwartungsvoll an seinen Arm klammerte, und er tätschelte lachend ihre Hand. Dann sah er Kellys Blick und lächelte sie an – dieses unendliche Lächeln.

»Drei!«

Kelly tat es, bevor sie wusste, was geschah. Als der Strauß in die Luft flog, flog auch sie. In einer Millisekunde war sie weiter, als sie normalerweise in zehn Sekunden gewesen wäre. Sie traf Eleanor unbeabsichtigt mit dem Ellbogen gegens Schlüsselbein, um dann mit dem Gesicht zuerst übers feuchte Gras zu rutschen. Doch als sie wie ein verprügelter Preisboxer die Hand hob, war darin der Strauß.

Kelly hatte an diesem Abend sehr viel Zeit, um nachzudenken, während sie sich auf der Toilette säuberte. Schließlich dauert es etwas, Erde von einem geschminkten Gesicht und Grasflecken von einem einst eleganten, jetzt in Fetzen gerissenen Kleid zu entfernen. Als sie sich im vergoldeten Spiegel über dem Waschbecken ansah, fragte Kelly sich, warum sie das getan hatte. Was war nur los mit ihr, alle Logik, ihre Instinkte, ihren Stolz, ihre soziopolitischen Werte, sogar ihr Kleid und den sie folternden Badeanzug so mit den Füßen zu treten? Was hatte sie da geritten? Es gab nur eine mögliche Antwort.

Kelly war verliebt.

achtzehn

Vor vielen, vielen Wochen, als Kelly Ethan gebaut hatte, war der Plan, dass sie an diesem Morgen in aller Frühe aufwachen und voll durchstarten würde. Tatsächlich wachte sie mit dem klaren Bewusstsein auf, dass sie gestern Abend voll durchgestartet war … und auf der Nase gelandet. Ihr ganzer Körper fühlte sich an, als wäre er durch ein Faxgerät gequetscht worden. Als sie einen schweren Arm über den Kopf hob, um ihn zu betrachten, sah sie ein Mosaik aus blauen Flecken und Kratzern. Dass sie verkatert war, half auch nicht.

Mit halb geschlossenen Augen tastete sie nach ihrem Handy auf dem Nachttisch. Und da war es auf dem Display, eine Popup-Erinnerung an ihren Kalendereintrag in roten Großbuchstaben: »Du weißt schon was«. Es war an der Zeit, dass sie Ethan ins Labor schmuggelte, in der Hoffnung, dass bei AHI an einem Sonntag nichts los war, und ihn zerlegte.

Sie blickte auf sein schlafendes Gesicht im milchigen Morgenlicht auf dem anderen Kissen. Ihn zu wecken und ihm zu sagen, dass sie ihn ins Labor bringen musste, um ihn zu zerstören, war so unvorstellbar, dass sie gelacht hätte, wäre sie nicht so frustriert gewesen. Warum musste es enden? Konnten Ethan und sie nicht einfach … zusammenbleiben? Dass sein Ursprung bei der Arbeit auffliegen könnte, würde weiterhin wie ein Damoklesschwert über ihr hängen, aber je befreiter Kelly sich fühlte, desto weniger todbringend erschien ihr dieses Schwert. Die Vorstellung, einfach weiterhin mit Ethan zusammen zu sein – ohne Ablaufdatum, ohne Regeln, ohne Scham –, war so verlockend, so erleichternd, dass Kelly eine Träne aus dem rechten Auge und über die Schläfe kullerte, als sie sich wieder auf den Rücken drehte. Sie wischte sie sich in die Haare.

Doch sie hatte sich diesen Termin – in roten Großbuchstaben – nicht grundlos gesetzt. Kelly musste Ethan loswerden. Der einzige Schutz bei ihrem leichtsinnigen Unternehmen war das Versprechen eines Endes gewesen. Es war ein geradezu unverschämtes Glück, dass es bisher niemand herausgefunden hatte. Sie hatte Ethan gebaut, weil sie eine Begleitung für die Hochzeit gebraucht hatte, und jetzt war die Hochzeit vorbei, und er hatte seinen Zweck wunderbar erfüllt. Das Unheil war angerichtet. Was wollte sie noch mehr?

Sie drückte den Kopf ins Kissen und kaute auf der Unterlippe. Zum einen brauchte sie mehr Zeit. Dann wäre sie bestimmt bereit, ihn loszulassen. Der Plan war gewesen, Ethan nach der Hochzeit auseinanderzunehmen. Aber man könnte argumentieren, dass die Formulierung »nach der Hochzeit« einigen Interpretationsspielraum ließ. Schließlich hatte sie nicht gesagt, *wessen* Hochzeit, überlegte sie. Sie verstieß gar nicht unbedingt gegen ihre Regel, sondern handhabte sie nur etwas flexibler, oder? Eine Art Regel-Yoga.

Sie löschte den Termin auf ihrem Handy und setzte sich auf. Sie hatte eine Idee.

Nachdem Kelly sich mit einem guten, kräftigen Kräutertee gestärkt hatte, ging sie zum Brautmodenladen ihrer Mutter. Sie hatte sich aus dem Apartment geschlichen, ohne sich von Ethan zu verabschieden. Sie wollte Diane sagen, dass Ethan wegen der Arbeit wegziehen und sie sich trennen würden. Dann würde es kein Zurück geben – sie wäre gezwungen, ihn loszuwerden. Außerdem ergab es wunderbar Sinn, ihre Mutter als Katalysator für das Ende zu benutzen, wo sie doch auch der Anlass für den Anfang des Ganzen gewesen war.

Kelly hatte alle möglichen stechenden Schmerzen, als sie den Laden betrat, was wahrscheinlich halb der Nervosität, halb ihren überdehnten Bändern dank des gestrigen Hechtsprunges nach dem Brautstrauß geschuldet war. Andererseits fühlte sie sich hier nie wohl. Der ganze Laden war einfach so sehr Diane. Diverser Hochzeitsfirlefanz lag auf überfüllten elfenbeinfarbenen Tischen im ganzen Raum verteilt: Diademe, Seidenblumenarrangements, Planungsnotizbücher und Zeitschriften, ein Regal mit baumelnden Ohrringen, die wackelten und klirrten, wenn jemand vorbeiging. Doch das eigentlich Wesentliche des Ladens waren die Kleider mit ihren Falten aus teurem Satin und eisblauen Schmucksteinen, auf sorgfältig platzierten Ständern angeordnet oder glitzernd in beleuchteten Nischen an den Wänden ausgestellt. Kelly fand den Laden klaustrophobisch, maßlos übertrieben und erdrückend hübsch. Doch nach dem entzückten Kreischen zu urteilen, das die zukünftigen Bräute, sobald sie den Laden betraten, immer ausstießen, schien ihre Mutter irgendetwas richtig zu machen.

Obwohl Diane die meisten ihrer Kleider bei Designern bestellte, entwarf und nähte sie einmal im Jahr auch ein Kleid selbst. Abgesehen davon, dass sie damit ein Herzstück und Gesprächsstoff für den Laden hatte und den Kundinnen ihre Fähigkeiten als Änderungsschneiderin unter Beweis stellen konnte, nähte Diane diese Kleider, wie Kelly vermutete, um das Hochzeitskleid, das sie selbst gerne getragen hätte, zu verwirklichen. Es wurde ausnahmslos immer ein Prinzessinnen-Ballkleid, und jedes Jahr, seit Kelly sich erinnern konnte, wurden die Kleider größer und größer. Das diesjährige Kleid hatte ein mit silbernen Kristallsteinen bedecktes Mieder, das über dem Rock aus einer übertrieben großen Menge Tüll fast lächerlich klein aussah.

An dem Tüllrock quetschte Kelly sich jetzt vorbei auf dem Weg zu ihrer Mutter hinter der Kasse. »Kelly!«, rief Diane, bevor Kelly irgendetwas sagen konnte. »Ich bin ja so froh, dass du hier bist! Hast du Claras Instagram-Post gesehen? Das Foto von ihr und Jonathan, wie sie ins Flugzeug steigen? Einfach bezaubernd! Sie haben Händchen gehalten, du musst es dir ansehen, oh, warte, wo ist es?«

»Du musst es mir nicht …«

»Nein, nein, ich hab's gleich«, sagte Diane, während sie auf ihrem Handy herumtippte. Kelly wollte es endlich hinter sich bringen. Je länger sie wartete, desto nervöser wurde sie und desto größer wurde ihr Drang, einfach wegzulaufen. »Ah, hier! Nein, warte, das ist es nicht, das ist ein Rezept für Hackbraten. Ich will mal versuchen, statt Brötchenkrümel Puddingpulver als Dickungsmittel zu nehmen. Auf Food Network gab's diese Sendung über süße Zutaten für pikante Gerichte.« Diane scrollte weiter.

»Ich habe nicht so viel Zeit, Mom. Ich bin nur gekommen, um mit dir über Ethan zu reden.«

»O nein.« Diane legte das Handy weg und blickte Kelly mit einer Mischung aus Entsetzen und Resignation an. »Er hat dich sitzengelassen.«

»Er … Nein! Warum ist das eigentlich das Erste, was dir einfällt?«

»Betrügt er dich? Habt ihr euch gestern Abend noch gestritten? Ich wart so süß zusammen. Kelly, Kelly!«, stöhnte Diane, während sie die Hände rang und die Ringe an ihren Fingern klappernd aneinanderstießen. »Du hattest so etwas Tolles mit Ethan. Wer weiß, wann das nächste Mal ein Mann wie er vorbeikommt. Du bist jetzt dreißig!«

»Na und? Weißt du eigentlich, wie viele Leute in meinem Alter noch unverheiratet sind?«

»Meine Liebe, die Gesellschaft ändert sich ständig, aber das ändert nicht die Biologie.«

»Aber es erlaubt uns, uns nicht von der Biologie regieren zu lassen.« Auf einmal hatte Kelly ihr Vorhaben ganz vergessen. Sie war aufgebracht. »Ich werde mein Leben nicht anhand irgendeiner antiquierten Zeitleiste strukturieren. Ich will meine Entscheidungen selber treffen.«

Diane stützte die Hände in die Hüften. »Dann solltest du dich aber mal beeilen. Angenommen, du fängst morgen wieder an zu suchen. In einem Jahr hast du vielleicht den Richtigen gefunden. Dann verlobt ihr euch nach einem Jahr, und nach einem weiteren Jahr heiratet ihr. Dann wollt ihr natürlich noch ein bisschen Zeit zu zweit verbringen, bevor ihr Kinder bekommt und euch nur noch über den Windeleimer hinweg anseht oder über eine Schachtel Zigaretten, die ihr im Schrank eures sechzehnjährigen Kinds gefunden habt. Ihr lasst euch mit dem Kinderkriegen also noch ein paar Jahre Zeit. Dann versucht ihr, Kinder zu bekommen, aber es klappt vielleicht nicht sofort, immerhin hat es bei deiner Grandma Rose sechs Jahre gedauert, und schließlich hast du ihre Nase geerbt und wer weiß was noch, und natürlich wollt ihr zwei Kinder, denn Einzelkinder werden zu Soziopathen, also ein Jahr für jede Schwangerschaft und dann noch ein Jahr Pause dazwischen, und bis dahin bist du fast fünfzig, und mit den zwei Eizellen, die du dann noch hast, bringst du wahrscheinlich ein Kind mit nur einem Bein oder mit Trisomie 21 zur Welt, und dann kannst du deinen Ruhestand damit verbringen, dich um einen Pflegefall zu kümmern, und wenn du stirbst, überlässt du dein gerade mal achtzehnjähriges Kind einfach seinem Schicksal. Und das ist noch das Best-Case-Szenario.«

Kelly wurde unsicher, nicht zuletzt wegen Dianes Beschreibung ihres zukünftigen Enkelkinds als »einbeinig«. Denn trotz der lachhaften Argumente ihrer Mutter und ihrer recht großzügigen Anwendung von Mathematik, lag ihren Worten doch eine unbestreitbare Wahrheit zugrunde. Kelly wusste noch nicht einmal, ob sie jemals heiraten oder Kinder kriegen wollte, und sie verabscheute den gesellschaftlichen Druck, der sie zu solchen Entscheidungen drängte. Doch *wenn* sie Kinder wollte, war das tatsächlich eine Entscheidung, über die sie vielleicht, na ja, gestern schon mal hätte nachdenken sollen. Ängstlich schnipste sie gegen einen an der Kasse hängenden metallenen *Braut*-Schlüsselanhänger. Das Gefühl, gedankenlos zu sein, gefiel ihr nicht.

»Tja, danke, dass du glaubst, ich hätte es vermasselt, aber Ethan ist sehr glücklich mit mir«, schnaubte Kelly.

»Okay, gut, wunderbar«, antwortete Diane. »Sehr schön. Ich freue mich, dass ihr glücklich seid.«

»Sind wir.«

»Okay, gut.«

»Okay.«

Ihre Mutter wirkte immer noch nicht überzeugt. »Und worüber wolltest du mit mir reden?«

Kelly öffnete den Mund, doch dann zögerte sie. Sie brachte die Worte »Er geht« nicht mehr über die Lippen. Dianes Warnung klang in ihr nach. Kelly hatte schon als kleines Mädchen eher davon geträumt, auf den Mond zu fliegen oder einen Roboterhund zum Haustier zu haben, als ein bauschiges Hochzeitskleid zu tragen. Nachdem sie gestern aber Clara und Jonathan zusammen gesehen hatte und Ethan mit ihrer Familie so gut klargekommen war, und sie seinen warmen, festen Arm unter ihrer Hand gespürt hatte, als sie am Ende der Zeremonie zusammen zwischen den Stuhlreihen entlanggegangen waren – vielleicht konnte sie sich jetzt doch vorstellen, irgendwann einmal zu heiraten. Und so sehr sie sich auch bemühte, sie konnte sich nicht mehr vorstellen, *ohne* Ethan zu leben.

Ihr Blick schoss durch den Raum. Er landete auf einer Brautmodenzeitschrift an der Kasse, neben dem Ständer mit den Schlüsselanhängern. Ein protziger Verlobungsring prangte auf der Titelseite, und darunter stand in fetten Buchstaben *Die endgültige Bindung*. Kelly sagte es, ohne nachzudenken.

»Wir heiraten.«

Vor etlichen Jahren, an ihrem fünfzehnten Hochzeitstag, gingen Diane und Carl mit ihren Kindern schick essen, was bedeutete, dass das Restaurant Stoffservietten hatte und die Speisekarte keine Fotos von den Gerichten enthielt. Es war vielleicht etwas merkwürdig, die drei Kinder zu einem romantischen Hochzeitstagsessen mitzunehmen, aber das machten Kellys Eltern jedes Jahr, also dachte sie sich nichts dabei. Wenn sie darüber nachgedacht hätte und zu der Zeit mehr als zehn Jahre alt gewesen wäre, wäre ihr vielleicht klargeworden, dass sich eine Stunde lang zu zweit an einen Tisch zu setzen und sich wie Erwachsene miteinander zu unterhalten für ihre Eltern ungefähr so eine Herausforderung gewesen wäre, wie eine Raumfähre zu bauen und diese zum Mars zu fliegen. Doch damals dachte Kelly an nichts anderes, als wann der Krabben-Dip endlich käme und wie sie ihn aufessen könnte, bevor irgendjemand am Tisch es merkte.

Die Familie lachte gerade über Claras begeisterte Imitation des Kaninchens, das ihre Schulklasse aufzog, als Diane sich mit funkelnden Augen in ihrem Stuhl aufrichtete und fragte: »Dann ist jetzt wohl Zeit für die Geschenke?«

»Was braucht denn der Krabben-Dip so lange?«, schimpfte Carl.

»Carl, du zuerst! Ich will, dass meins zum Schluss kommt.«

»Okay, okay.« Carl griff neben sich und reichte seiner Frau eine weihnachtliche Geschenktüte. Gespannt riss Diane das Geschenkpapier auf und packte zwei Vorratspumpflaschen Shampoo und Spülung aus.

Ihr Lächeln ließ nur eine Sekunde lang nach. »Meine Güte«, sagte sie. »Das ist eine Menge Shampoo.«

»Die nächsten Jahre brauchst du keins mehr zu kaufen«, bestätigte Carl.

»Ooh, Freesientraum«, las sie vor. »Damit werde ich wunderbar riechen.« Sie tätschelte Carls Oberschenkel, und etwas von dem Funkeln in ihren Augen kehrte zurück. »Da will mir wohl jemand näherkommen.«

»Das war das beste Angebot, das es gab«, antwortete Carl. »Und ich weiß ja, dass du die Pumpflaschen lieber magst.«

»Lass mich mal riechen, Mommy.« Diane reichte Clara die Flaschen und zog einen mit rosa Herzchen und Blumenaufklebern verzierten Umschlag aus der Handtasche. Sie hielt ihn sich schützend vor die Brust, als ob Carl schon ungeduldig danach greifen würde. Carl trank ruhig an seinem Bier.

»Dieses Jahr wollte ich dir etwas ganz Besonderes schenken, wo es doch unsere Kristallhochzeit ist. Ich habe ganz schön viel Geld ausgegeben, aber es ist eine Investition, eine langfristige – ach, du kannst dir gar nicht vorstellen wie langfristig! Na, mach schon auf, dann siehst du es.« Sie gab Carl den Umschlag und beobachtete, wie er umständlich das Geschenkband löste. Als er den Umschlag schließlich geöffnet hatte, zog er mehrere Blätter Papier hervor – weiß, mit gelber Durchschrift. Er angelte seine Lesebrille aus der Hemdtasche und sah blinzelnd auf die oberste Seite. »West Lawn Memorial Cemetery?«

»Ich habe uns eine Grabstelle gekauft!«, rief Diane. »Da kommt man gar nicht so einfach ran, aber ich dachte, das ist es wert. Man muss erst warten, bis ein anderes Paar sich zersetzt hat oder so.« Sie griff nach seiner Hand. »Nach fünfzehn wunderbaren Jahren wollte ich sicherstellen, dass wir für immer zusammenbleiben.«

»Gruselig …«, flüsterte Gary mit weit aufgerissenen Augen.

»Und was hat das gekostet?«, fragte Carl stirnrunzelnd.

Diane sah kurz zu den Kindern. »Ach, komm schon. Da müssen wir jetzt nicht drüber reden. Es ist unser Hochzeitstag, das sollten wir feiern!«

»Was? Dass wir uns noch nicht mal im Tod entkommen - können?«

»Mach darüber keine Witze, Carl«, sagte Diane leichthin. Sie zückte einen Stift. »Hier. Es werden unser beider Unterschriften benötigt, nur deine fehlt noch, dann haben wir alles. Es ist ein wunderschöner Platz, ich kann es gar nicht erwarten, ihn dir zu zeigen. Ganz in der Nähe steht eine unglaublich süße Engelsstatue …«

»Ich unterschreibe nicht.«

»Was?«

»Ich will das nicht unterschreiben.« Carl schob den Vertrag in den Umschlag zurück und legte ihn neben den Brotkorb. »Können wir einfach in Ruhe essen? Ich habe das Gefühl, das ist die einzige Ruhe, die ich in diesem oder im nächsten Leben noch bekomme.«

Ausnahmsweise sagte Diane nichts. Sie nahm den Umschlag und steckte ihn mit gesenktem Blick wieder ein. In dem Moment kam die Kellnerin und brachte den Krabben-Dip. Sie bemerkte das Geschenkpapier auf dem Tisch. »Was wird denn gefeiert?«

Mit plötzlich strahlendem Lächeln sah Diane sie an. »Unser fünfzehnter Hochzeitstag«. Sie legte die Hand auf Carls.

»Wow, Glückwunsch! Fünfzehn Jahre, was ist Ihr Geheimnis?«

»Einfach nur Liebe«, sagte Diane. Carl blickte konzentriert auf sein Besteck.

Den Rest des Abends – während des Essens und sogar noch auf der Fahrt nach Hause – schwieg die ganze Familie. Auch wenn man berücksichtigte, dass Diane davon eine Zeitlang aß, war es die längste Zeit, die Kelly ihre Mutter jemals mit geschlossenem Mund erlebt hatte. Und sogar Carl, der die Stille normalerweise suchte wie ein Jagdhund einen Fuchs, schien sich unbehaglich zu fühlen. Kelly bekam den heiß ersehnten Dip kaum runter.

Auf der Fahrt nach Hause wagten es die Kinder auf der Rückbank nicht einmal, sich einen Blick zuzuwerfen, und Kelly war völlig klar: Heute Abend gäbe es noch Streit. Ihre Eltern wollten einander anbrüllen, sich schlimme Dinge an den Kopf werfen, aber sie hielten sich noch zurück, um die Kinder zu schonen. Und da sie nichts sagen konnten, ohne zu schreien, sagten sie gar nichts.

An jenem Abend putzte Kelly sich die Zähne schneller als sonst und eilte zurück in Claras und ihr Zimmer. Sie suchte den Schutz ihrer eigenen vier Wände, aber noch viel mehr wollte sie zuhören. Eine masochistische Faszination, eine mit Begeisterung gemischte Angst verleitete sie dazu, jedes Wort des Streits ihrer Eltern hören zu wollen. Und Clara schien es genauso zu gehen. Die Mädchen wechselten einen Blick, dann setzten sie sich auf Claras Bett, das an der Wand zum elterlichen Schlafzimmer stand. Von hier aus würden sie alles hören.

Doch sie warteten und warteten, und … nichts. Sie wussten, dass ihre Eltern nebenan waren, und sie wussten, dass selbst ein Gespräch in normaler Zimmerlautstärke durch die Wand zu hören war. Aber jetzt hörten sie nichts als Stille. Ihre Eltern stritten überhaupt nicht, sie nahmen ihr Schweigen mit ins Bett.

Und das war um so viel schlimmer. Selbst als naive Zehnjährige, die in den Welten von Isaac Asimov und Judy Blume lebte, wusste Kelly, dass Leute, die sich nicht einmal mehr die Mühe machten zu streiten, einander einfach egal waren.

Eigentlich hatte Kelly Carls und Dianes Unzufriedenheit mit ihrer Ehe zumeist ignorieren können, weil ihre Eltern sie selbst ignorierten. Doch auch wenn Kelly als junges Mädchen nicht über die Ehe ihrer Eltern nachdachte – immerhin war sie stabil, wenn auch nicht glücklich, und so gab es keine Höhen und Tiefen, die die Aufmerksamkeit auf ihre Existenz zogen –, war Kelly trotzdem ein intelligentes, sensibles Kind. Sie spürte die Schwere in ihrem Zuhause, und sie hasste sie, auch wenn Kelly sie nicht ganz verstand. Und unbewusst schwor sie sich, selbst niemals in so eine Situation zu geraten. Je älter sie wurde, desto mehr Mauern zog sie um sich herum hoch, um sich vor demselben Unglücklichsein zu schützen, das ihre Kindheit bestimmt hatte. Ob in romantischen Beziehungen, in der Familie oder Freundschaften – jemandem zu nahe zu kommen bedeutete eine Schublade mit Messern zu öffnen. Bevor man sich verletzte, war es besser, beim ersten Anzeichen von Unvollkommenheit einen Rückzieher zu machen.

Dreißig Jahre lang war Kelly diesem Modus Operandi nun schon gefolgt, und dreißig Jahre lang hatte es wunderbar funktioniert. Klar, es bedeutete, dass Beziehungen jeglicher Art in ihrem Leben dünn gesät waren. Aber das hatte sie auch geschützt. Ihr hatte noch nie jemand das Herz gebrochen. Doch jetzt hatte Kelly sich aus irgendeinem Grund von diesem Kurs abgewandt. Sie log die Menschen in ihrem Leben an. Sie verstieß bei der Arbeit gegen die Vorschriften, ganz zu schweigen davon, dass sie während des kritischsten Punkts ihrer Karriere ihre Aufgaben vernachlässigte. Und jetzt hatte sie sich auch noch dazu verpflichtet, eine Hochzeit zu planen, die niemals stattfinden würde. Aber sie schaffte es einfach nicht, ihrem Roboter den Stecker zu ziehen. Normalerweise hatte sie immer den Finger am Drücker, wenn es darum ging, Beziehungen zu beenden. Doch entgegen aller Logik konnte sie diese eine nicht beenden.

Als Kelly das gigantische Risiko, sich einen Roboterfreund zu bauen, ursprünglich eingegangen war, hatte sie sich und ihren Verstand damit abgesichert, dass sie sich versprochen hatte, Ethan wieder loszuwerden, sobald er seinen Zweck erfüllt hatte. Jetzt, wo sie gegen dieses Versprechen verstoßen hatte, war sie damit offiziell durchgeknallt. Und auch wenn sie wegen dieser Wendung in ihrem Leben beunruhigt war, hatte sie doch irgendwie Spaß daran. Kelly hatte sich noch nie zuvor so losgelöst gefühlt. Sie befand sich im freien Fall, und fühlten sich ihre Arme auf dem Weg nach unten nicht total lustig und leicht an?

Und so brach sie um fünf Uhr nachmittags ungewöhnlich früh bei der Arbeit auf und fuhr zu einem Juwelier in der Innenstadt. Denn natürlich hatte ihre Mutter, nachdem sie sich einigermaßen erholt und aufgehört hatte, über die stürmische Romanze ihrer Tochter in einen Tausend-Dollar-Brautschleicher zu weinen, sofort gefragt, wo der Ring war. Kelly hatte erklärt, er würde noch geändert und dass sie ihre Verlobung erst nach Claras Hochzeit hatten bekanntgeben wollen. Dann hatte sie ihrer Mutter versichert, der Ring sei wunderschön. Die Wahrscheinlichkeit, dass ein Privatdozent sich so einen Klunker überhaupt leisten konnte, war nicht auf Dianes Radar: Sie interessierte sich nur für die Fantasievorstellung – was gut war, denn Kelly befand sich fernab jeder Realität.

Erst als sie beim Schmuckladen ankam, wurde ihr bewusst, dass sie vielleicht Ethan hätte mitbringen sollen. Wie sah das denn aus, wenn sie hier alleine auftauchte, um sich einen Verlobungsring zu kaufen? Kelly wusste, dass sie komisch war, aber exzentrisch wollte sie nicht wirken. Aber der Gedanke, Ethan könnte erfahren, dass sie sich, ohne ihn zu fragen, zum Schein mit ihm verlobt hatte, war ihr unendlich peinlich. Es fühlte sich erniedrigend an und vor allem wie ein Schritt zurück, als hätte sie das echte Gefühl, das sich in ihrer Beziehung entwickelt hatte, für eine Lüge über Bord geworfen.

Die Ladenbesitzerin war eine Frau mittleren Alters mit ausdrucksvollem Gesicht und tollen Haaren. Sobald Kelly das Geschäft betreten hatte, taxierte die Juwelierin sie, wahrscheinlich um ihre Interessen, ihren Geschmack und vor allem ihr Vermögen einschätzen zu können. Diese Frau war keine ahnungslose Verkäuferin. Sie war ein Profi.

»Womit kann ich Ihnen helfen?«, fragte sie.

»Ich suche einen Ring.«

»Wunderbar, und für wen?«

»Äh, meine Mutter«, platzte Kelly heraus, ohne zu merken, dass ihre Ausrede sogar stimmte.

»Wie schön. Da haben wir hier ein paar perfekte Optionen.« Die Frau schwebte zu den Ringen mit Schmucksteinen in klaren Pastelltönen: Peridot, Tansanit, rosa Saphir.

»Hmm«, sagte Kelly, als würde sie die angebotenen Ringe ernsthaft prüfen. Aus dem Augenwinkel sah sie die Verlobungsringe. »Die sind schön, aber ich dachte eher an so etwas.« Sie ging zum Schaukasten mit den Verlobungsringen, ein einziges silberweißes Leuchten.

»Das sind Verlobungsringe, meine Liebe«, sagte die Frau. Ihr Ton machte klar, dass Kelly durch diesen Fauxpas in ihrem Ansehen noch mehr gesunken war.

»Ich weiß«, sagte Kelly schnell und mit hohem Lachen, wie um zu sagen: »Natürlich wusste ich das, natürlich sind wir auf derselben Wellenlänge, Sie letztendlich unbedeutende, aber beeindruckende Frau, Sie.« »Aber Diamanten sind der Lieblingsschmuck meiner Mutter. Ich glaube, so ein Ring würde ihr eher gefallen.«

»Na gut, dann wollen wir mal sehen, ob wir einen finden, der nicht unbedingt wie ein Verlobungsring aussieht«, sagte die Frau und schaute über ihre wohlgeformte Nase hinweg auf die Ringe.

Kelly räusperte sich verlegen und schürzte die Lippen. Ihr Blick landete auf einem Ring links im Kasten. Er war wunderschön. Ein funkelnder Diamant, von kleineren Steinen umrandet wie von einem Strahlenkranz, schwebte über einem Ring aus zarten, umeinander gewundenen Fäden aus Weißgold. »Könnte ich den mal sehen?«, fragte sie beiläufig.

»Den? Für Ihre Mutter?«

»Ja, ich meine, ich will ihn mir nur mal ansehen.«

Die Juwelierin reichte Kelly den Ring mit einer Miene, als würde sie ihr einen großen Gefallen tun. Kelly ließ sich extra Zeit, jedes einzelne Detail zu betrachten, damit die Frau nicht dachte, sie würde nur nach dem Preis schielen. Als sie ihn schließlich entdeckte, fielen ihr fast die Augen aus dem Kopf. Vorsichtig gab sie den Ring zurück und guckte schnell nach der kleinsten Alternative. »Wie viel kostet der?«, fragte sie und zeigte auf einen traurigen kleinen Silberring mit einem einzigen winzigen Stein. Er sah ein bisschen schmutzig aus, als läge er schon ziemlich lange hier und niemand würde sich die Mühe machen, ihn abzustauben.

»Der kostet zweihundertfünfzig Dollar.«

»Er ist schön«, sagte Kelly, bemüht, interessiert zu klingen, obwohl der Ring eher aussah wie aus einem Überraschungsei und keine zweihundertfünfzig Dollar wert. Als die Juwelierin ihn herausnahm und ihr gab, betrachtete sie ihn mit gespielt fachkundigem Blick.

»Ja. Ich glaube, der wird es«, verkündete Kelly mit einer Stimme, die sagte: »Ich esse Chateaubriand und weiß, wie man es ausspricht.« Doch als die Frau den Ring zur Kasse brachte, wurde Kellys Blick wieder von dem laserartigen Funkeln des Rings angezogen, der ihr zuerst aufgefallen war. Schimmernd zwinkerte er ihr von seinem Bett aus blauem Samt zu.

Kelly musste an die Hochzeitszeitschrift im Laden ihrer Mutter denken – *Die endgültige Bindung*. Sie war sich sicher, dass, wenn Ethan ihr einen Ring kaufen würde, er sich nicht für den Überraschungsei-Ring entscheiden würde. Er würde diesen nehmen. Dieser Ring war wie er – perfekt, rein, glänzend –, und Ethan würde neben einer Frau, die weniger trug, einfach nicht richtig wirken.

»Ich habe es mir doch noch einmal überlegt …«, sagte Kelly.

neunzehn

Auf dem Nachhauseweg überlegte Kelly, dass das Schmuckgeschäft ja Rücknahmen anbieten müsste. So etwas passierte bei Verlobungsringen bestimmt ständig. Manchmal gingen Dinge eben schief. Menschen machten Fehler. Natürlich war sie nicht so ungeschickt gewesen, gleich im Laden zu fragen, ob eine Rückgabe möglich wäre. Aber die war auf jeden Fall möglich. Alles andere wäre bei so einem dem Wettbewerb unterworfenen und auf Dienstleistung orientierten Markt unlogisch. An einer roten Ampel hob sie die Hand, um die funkelnden Diamanten in der untergehenden Sonne zu bewundern.

Sie müsste den Ring nur ihrer Mom zeigen und beweisen, dass Ethan sie wirklich wollte, wirklich, wirklich wollte, und ihn dann wieder zurückgeben und ihr Geld zurückbekommen, wenn sie die ganze Sache abblies. Denn natürlich hatte Diane sofort das Familienabendessen auf Mitte der Woche vorverlegt, um Kelly und Ethan zu gratulieren und von ihren Hochzeitsplänen zu hören (oder, wahrscheinlicher, sie über sie zu informieren). Kelly hatte ihr versichert zu kommen. Das einzige Problem war, dass sie Ethan nicht mitbringen konnte. Schließlich wusste er selbst immer noch nichts von seiner eigenen Verlobung, und Kelly hatte auch nicht vor, ihm davon zu erzählen. Also erzählte sie Diane, Ethan wäre auf einer Konferenz außerhalb der Stadt und würde es leider nicht schaffen.

Ethan hatte sie gesagt, dass sie noch ein paar Stunden ins Büro müsse, und sie wartete bis zum letzten Moment, bevor sie sich an der Wohnungstür den Ring ansteckte. Auch wenn es kein echter Verlobungsring war, durchlief sie ein Schauer, als sie den Ring betrachtete, dessen Glanz gegen ihr grau-beiges Wickelkleid absurd fehl am Platz wirkte.

»Was ist das?«

Sie wirbelte herum und sah, dass Ethan sie beobachtet hatte.

»Ach, das ist ein Ring. Eine Art Schmuck. Bis später.«

Doch Ethan runzelte die Stirn. »Ich weiß, was ein Ring ist, aber der sieht aus wie ein Verlobungsring, und du trägst ihn am Ringfinger der linken Hand. Ist das nicht ein Zeichen dafür, dass du verlobt bist?«

Kelly lachte viel zu laut. »Lustig. Genau, ja, da hast du wohl recht.« Schnell setzte sie den Ring auf die rechte Hand, aber da passte er nicht. Verlegen schob sie ihn wieder auf den linken Ringfinger. »Es ist nur ein Ring.«

Ethan nahm ihre Hand und betrachtete den »nur ein Ring«. »Der ist wunderschön«, sagte er. »Besonders an dir.« Er sah ihr in die Augen. »Du weißt, dass du mich nicht anlügen musst, oder?«, fragte er. »Du hast ein Recht auf dein eigenes Leben.«

»Oh«, war alles, was Kelly herausbrachte. Er ließ ihre Hand los und drehte sich weg, um wieder ins Wohnzimmer zu gehen. Einfacher hätte das Gespräch nicht laufen können, und doch konnte Kelly es nicht dabei belassen. »Wir sind verlobt«, platzte sie heraus.

»Wie bitte?«

»Nicht wirklich. Nur ein bisschen. Ich habe nur meiner Mom erzählt, wir wären verlobt, damit sie mich in Ruhe lässt, so wie ich dich auch als meinen Freund vorgestellt habe.«

Ethans Gesichtszüge entspannten sich. »Ah. Dann ist der Ring also nicht von jemand anderem?«

»Tut mir leid, dass ich es dir nicht gesagt habe, ich wollte nicht über deinen Kopf hinweg entscheiden, es ist nur, ich meine, es ist ja keine wirkliche Entscheidung.« Kaum hatte Kelly es ausgesprochen, fragte sie sich, ob es unfair war, ihn so für ihre Lüge zu benutzen. »Wir werden natürlich nicht wirklich heiraten«, fuhr sie schnell fort. »Darum würde ich dich nicht bitten.«

»Natürlich nicht«, sagte Ethan genauso schnell.

»Ich meine, das wäre ja verrückt. Es wäre rechtlich überhaupt nicht möglich. Du bist ja schließlich, ähm …« Kelly redete nicht weiter. Obwohl es eine Tatsache war, fühlte es sich doch wie eine Beleidigung an, ihn einen Roboter zu nennen.

»Weil ich kein Mensch bin«, beendete Ethan ihren Satz leichthin. Offensichtlich hatte er kein Problem damit. Doch als er ihr Unwohlsein bemerkte, verdüsterte sich sein Blick. »Bereitet dir das Sorgen?«, fragte er.

»Nein, natürlich nicht«, sagte Kelly. Einen Moment lang standen sie beide schweigend da. Es war ein peinliches Schweigen, als würde man mit seinen Eltern einen Film sehen, und plötzlich kommt eine Sexszene.

»Dann wissen deine Kollegen sicher auch alle von der angeblichen Verlobung?«, fragte Ethan schließlich. »Wenn du den Ring bei der Arbeit trägst? Ich will nur informiert sein, was ich vor anderen Leuten sagen muss. Nicht, dass es mir irgendwie wichtig wäre.«

»Ach, nein, ich fahre gar nicht ins Büro, ich fahre zum Familienessen. Ich habe gesagt, du wärst geschäftlich unterwegs. Ich dachte, es ist einfacher, das allein zu erledigen.«

»Verstehe. Ich würde es wahrscheinlich nur verkomplizieren.«

Kelly zögerte. »Ich muss los, ich will nicht zu spät kommen«, sagte sie schließlich und war zur Tür hinaus.

Bevor Kelly das Haus ihrer Eltern betrat, zupfte sie an ihrem Kleid herum und strich sich übers Haar. Sie war unglaublich nervös.

Als sie wenig später in die Küche kam, ließ Diane schreiend die Schöpfkelle fallen. Kelly erschrak, und erst kurz darauf wurde ihr klar, dass Diane den Ring gesehen hatte.

»Mensch, Mensch«, sagte Diane, nahm Kellys Hand und hielt sich den Ring mit gierigem Blick vor die Augen.

»Verschling ihn nicht!«, rief Kelly und zog die Hand zurück.

»Ach, sei doch nicht albern. Aber, Kelly … nun ja, ich wusste, du hast es gut getroffen mit Ethan, aber ich wusste wohl nicht, wie extrem gut!«

Kelly strahlte. Ob die Verlobung nun bloß gespielt war oder nicht, ihre Mutter hatte sie noch nie so angesehen. Die ganze Familie war beeindruckt.

»Ethan scheint in Ordnung zu sein«, sagte ihr Dad, was von ihm schon eine Liebeserklärung war. Gary legte die Hände auf den Tisch und räusperte sich dramatisch.

»Okay«, fing er an. »Du musst mir jetzt ein paar Fragen zu diesem Kerl beantworten, den du heiraten willst, obwohl du ihn gerade mal zwei Monate kennst. Frage Nummer eins von zweihundertundvierzig: Ist er ein Serienmörder?«

»Magst du Ethan etwa nicht?«, fragte Kelly.

»Doch, er macht einen ganz guten Eindruck, ich wünschte nur, ich würde ihn ein bisschen länger kennen.«

»Gary, er ist ein Guter, versprochen«, versicherte sie ihm.

»Versprochen?« Er blickte sie ungewöhnlich ernst an.

»Ehrenwort.«

»Okay. Du hast meinen Segen.« Er hob sein Wasserglas wie einen Abendmahlskelch.

Clara rief sogar über Skype von ihrer Hochzeitsreise nach Costa Rica an, um an der Feier teilzunehmen, und saß auf dem Bildschirm von Carls Laptop auf ihrem üblichen Platz mit am Tisch. Ihre sonnenverbrannte Haut färbte sich bereits zu einer schönen Bräune. »Ich freue mich so für dich, Kel«, sprudelte sie hervor.

»Danke. Es ging alles ziemlich schnell, aber es fühlt sich einfach richtig an.«

»Ethan ist wirklich perfekt«, fuhr Clara fort. »Liebst du ihn nicht auch, Jonathan?«

Aus dem Hintergrund rief Jonathan: »Na ja, er scheint ganz cool zu sein, aber ich weiß nicht, ob ich ihn *liebe*«, sagte er. »Das wäre wohl etwas merkwürdig.«

»Jonathan liebt ihn«, versicherte ihr Clara. »Ooh, guckt mal!« Sie drehte ihr Handy, sodass sie alle den Blick aus dem Hotelfenster sehen konnten, wo die Sonne gerade wie Magma über dem Meer zerschmolz. »Es ist so unglaublich schön hier. Heute waren wir am Strand reit…«

Doch Diane unterbrach sie, sie war zu aufgeregt, um sich

zurückzuhalten. Kaum ließ die Begeisterung über Claras Hochzeit nach, kam in ihrem Windschatten schon die nächste, und riss sie mit. Diane würde vielleicht nie wieder den Boden berühren. »Kelly, Kelly, wir müssen über Termine reden! Was schwebt euch vor?«, fragte sie geschäftig und machte sich über ihr (tatsächlich gutes) gebratenes Apfel-Huhn her.

»Noch nichts Konkretes. Nächsten Sommer wäre vielleicht nett, oder Herbst.« Plötzlich fiel Kelly etwas ein. Es war so selten, dass sie die Aufmerksamkeit ihrer ganzen Familie hatte, dass sie beschloss, die Gelegenheit zu nutzen. »Ich wollte euch noch von dieser Präsentation für unsere Investoren erzählen, an der ich mich mit meinem Projekt beteilige? Sie wird im Internet übertragen. Ich kann euch das Datum und die Uhrzeit und die Login-Daten geben, wenn ihr sie euch ansehen wollt? Falls ihr nichts anderes zu tun habt?« Beim Klang ihrer Stimme zuckte Kelly innerlich zusammen. Wenn sie noch nicht einmal ihrer Familie von der Präsentation erzählen konnte, ohne wie eine sprechende Babypuppe mit kaputtem Motor zu klingen, wie sollte sie dann die eigentliche Präsentation hinbekommen?

Doch Diane winkte bloß ab. »Ja, ja, ja, aber das Wichtigste zuerst, der Termin.« Kelly lehnte sich zurück. »Eine lange Verlobung führt nur dazu, dass man es sich noch einmal anders überlegt. Außerdem will ich unbedingt eine Winterhochzeit arrangieren, wo Claras im Frühling war. Du solltest die Tischdekorationen im *Bride Magazine* von letztem Dezember sehen. Wenn wir uns beeilen, könnten wir es noch in der Weihnachtszeit schaffen. Ja, das schaffen wir auf jeden Fall. Wie findest du Eiszapfen werfende Blumenmädchen?«

»Beängstigend. Außerdem ist das hier Kalifornien.«

»Aber das Eis-Thema passt perfekt zu diesem wunderschönen Ring! Lass mich noch mal sehen.« Sie streckte die Hand aus, und Kelly hielt ihr die eigene Hand hin. Sie kam sich ein bisschen vor wie ein Show-Pudel auf dem Tisch der Jury, aber auf gute Art.

»Einfach wunderschön«, murmelte Diane. »Ich bin so stolz auf dich, Kelly. Wir nehmen Kiefernzweige und …«

Diane war nicht mehr zu bremsen, sie redete ununterbrochen von Winter-Hochzeitsdeko oder Hochzeits-Winterdeko. Aber ihre Worte klangen in Kelly nach: *Ich bin so stolz auf dich*. Erst als Kelly diese Worte von ihrer Mutter gehört hatte, wurde ihr bewusst, wie sehr sie sich danach gesehnt hatte, sie zu hören. Doch die Bestätigung fühlte sich an wie Hohn. Auf den Ring war ihre Mutter stolz. Kelly konnte sich nicht an ein einziges anderes Mal erinnern, dass ihre Mutter gesagt hätte, sie wäre stolz auf sie. Nicht, als sie an der Stanford University zugelassen wurde, nicht, als sie ihren Job bei AHI bekommen hatte, nicht, als sie es letztes Jahr auf die Liste der Top-Ingenieure des *E&T Magazines* geschafft hatte, eine Leistung, zu der ihr sogar Anita gratuliert hatte, auch wenn sie Kelly im selben Atemzug darum gebeten hatte, dem Hausmeister Bescheid zu sagen, dass die Papierhandtücher auf der Toilette die falsche Sorte waren. Noch vor ein paar Augenblicken hatte Kelly das Gefühl gehabt, wie ein Ballon zu fliegen, doch jetzt war der Ballon zerplatzt. Sie würde nie gut genug sein.

Während sie aß, nahm sie die Gabel von der rechten in die linke Hand. So konnte sie wenigstens den Ring bewundern. Über das Funkeln hinweg sah sie Claras Gesicht auf dem Bildschirm, die geduldig zusah, wie sie alle aßen und sich unterhielten. Clara war viel zu gelassen, um es ihrer Schwester übel zu nehmen, dass sie sich so schnell nach ihrer eigenen Hochzeit verlobte, und trotzdem hatte Kelly ein leicht schlechtes Gewissen. Sie wusste, wie es war, an diesem Tisch nicht beachtet zu werden. Als Diane Pause machte, um Luft zu holen, hakte Kelly ein.

»Wie war denn euer Ausritt am Strand, Clara?«

»Oh, so toll!«, rief Clara. »Ich kann es gar nicht erwarten, euch die Fotos zu zeigen …«

Am Morgen nach dem Familienessen musste Kelly sich regelrecht zur Arbeit schleppen. Nach dem Auftischen von Dianes schrecklicher improvisierter Cheddar-Cheesecake hatte der Abend sich noch ewig hingezogen. Diane war so von der Hochzeitsmanie erfasst worden, dass sie Kelly die ganze Zeit mit den weit aufgerissenen, strahlenden Augen eines Junkies angesehen und sich geweigert hatte, sie gehen zu lassen, bevor Kelly sie ausreichend über die Details informiert und Diane Kelly ausreichend mit Tipps und Inspirationen (und Cheddar) versorgt hatte. Kelly war an diesem Morgen tatsächlich so müde gewesen, dass sie, als sie zur Arbeit gefahren war, ganz vergessen hatte, den Ring abzunehmen.

Doch wie sich herausstellte, hing sie ohnehin einen Schritt hinterher. Als sich die Fahrstuhltüren zu ihrer Etage öffneten, stand Priya da und wartete offensichtlich auf sie, und ihr Blick verriet eine unheilvolle Kombination aus Wut und Freude. »Ähm, *hallo*«, sagte sie betont.

»Hi«, war Kellys einzige Antwort. Sie wusste natürlich, dass sie Priya nicht ewig aus dem Weg gehen konnte, aber es war so viel einfacher, es immer und immer wieder zu tun, als mit der Gewohnheit zu brechen und entweder die Spannung zwischen ihnen anzusprechen oder ihr reinen Wein einzuschenken. Sie hatte gehofft, Priya würde einfach nicht mitbekommen, was sie getan hatte. »Ich kann jetzt nicht reden, ich muss an die Arbeit.« Sie versuchte, zu ihrem Tisch zu gehen, doch Priya hielt sie am Arm fest.

»Nein, Ma'am. Diesmal entkommst du mir nicht. Verdammt noch mal, nein.« Ja, Priya hatte es mitbekommen.

»Herzlichen Glückwunsch!«, rief eine andere Kollegin begeistert.

»Ja, Glückwunsch«, sagte ein anderer Ingenieur.

Einen verrückten Moment lang fragte Kelly sich, ob ihr Confibot-Projekt bereits eine Art frühzeitige Unterstützung durch die Investoren zugesichert bekommen hatte. Oder hatte sie vielleicht im Lotto gewonnen? Sie hatte gar nicht Lotto gespielt. Aber vielleicht hatte sie es unter Einfluss von Schlafmitteln gemacht und konnte sich nicht mehr erinnern. Nur hatte sie noch nie Schlafmittel genommen, doch andererseits, wenn sie es getan hätte, würde sie sich daran erinnern?

»Das ist eine Wende des Schicksals«, verkündete Robbie, der wie aus dem Nichts auftauchte. »Das … das ist eine Wende.« Er sah aus, als wollte er noch mehr sagen, aber wüsste nicht, wie. Er öffnete den Mund, formte lautlos ein Wort, wie ein Fisch im Aquarium, und schloss den Mund wieder.

»Wovon redet ihr überhaupt alle?«

»Komm schon, du weißt, du kannst mir nichts vormachen«, sagte Priya. »Wobei, ich kann es nicht glauben, dass ich es von deiner Mom erfahren habe und nicht von dir.«

Kelly wurde blass. »Bitte, sag nicht, sie hat dir von der dritten Brustwarze erzählt, die man mir in der Grundschule entfernt hat.«

»Nein, aber die Geschichte kannst du mir ein andermal erzählen. Hast du wirklich geglaubt, du könntest es vor mir geheim halten? Ganz Facebook ist voll davon.« Priya zog ihr Handy hervor und zeigte Kelly Dianes Facebook-Seite mit dem aktuellen Post: »MEINE SÜSSE HEIRATET!!!!!!!!!!!!!!« Darunter war ein Schnappschuss des gestrigen Abendessens: Kelly mit vollem Mund und eine Paparazzi-mäßige, körnige Nahaufnahme ihres Rings.

Kelly stöhnte. »Ich hätte es wissen müssen.«

»Dass du mit Ethan enden würdest? Denn ich hab das nicht kommen sehen. Auf mich habt ihr keinen besonders verliebten Eindruck gemacht, als ich euch zusammen gesehen hab. Auf mich habt ihr nicht gewirkt, als wäre das was Langfristiges. Überhaupt nicht.« Robbies Stimme war eine gute Oktave höher als normal.

Kelly schüttelte den Kopf. »Es ist nicht so, wie es aussieht. Das sollte eigentlich eine Sache zwischen mir und meiner Familie bleiben. Bitte, sagt nicht, ihr habt es schon allen erzählt.«

Priya und Robbie wechselten einen schuldbewussten Blick. In dem Moment kam Anita um die Ecke, natürlich. »Ich höre, Glückwünsche sind angebracht«, sagte sie zu Kelly. Irgendwie schaffte sie es, es wie einen Befehl klingen zu lassen.

»Danke«, sagte Kelly.

»Hochzeitspläne können ganz schön zeitintensiv sein, wie man mir gesagt hat«, fuhr Anita fort. »Und dann noch der enorme Druck, Confibot fertigzustellen, wo unsere Präsentation immer näher rückt – Sie haben mein Mitgefühl.«

Kelly hatte den Eindruck, der Mülleimer in der Ecke hatte gerade mehr Mitgefühl mit ihr als Anita. Super. Jetzt hatte sie noch mehr Aufmerksamkeit auf ihre riskante Beziehung gelenkt, und dann auch noch die Aufmerksamkeit einer Chefin, die jedes Anzeichen von Privatleben als Verrat ansah. »Aber Glückwunsch«, wiederholte Anita und schwebte auf ihren Louboutins eilig davon. Kelly seufzte.

»Hast du wirklich gedacht, dass es niemand merken würde? Du bist nicht gerade subtil.« Priya packte Kellys Hand und inspizierte den riesigen Ring, dann wog sie Kellys Hand in der Luft, um das Gewicht zu spüren. »Wie auch immer. Warum machst du so ein Geheimnis daraus? Ethan ist verdammt heiß. Jedenfalls danach zu urteilen, was ich bisher von deinem *Verlobten* zu sehen bekommen habe.«

Robbie blickte argwöhnisch von Priya zu Kelly. »Vor mir musst du nichts geheim halten, Kelly«, sagte er. »Was auch immer der Grund für deine Heimlichtuerei ist – sei es, dass Ethan eine Green Card braucht oder eine kriminelle Vergangenheit hat – ich bin ganz Ohr, wenn du jemanden zum Reden brauchst.«

»Ich brauche dein Ohr nicht, Robbie. Aber ich hätte gern meine Hand wieder.« Kelly befreite sich aus Priyas Griff, wobei sie erfolglos versuchte, den funkelnden Ring zu verbergen. Sie wollte endlich zu ihrem Tisch, doch Priya packte sie erneut am Arm. Sie war erstaunlich stark. So viel zum Stereotyp des schwächlichen Nerds.

»Netter Versuch. Du erzählst mir jetzt die ganze Story, Missy.«

»Okay«, grummelte Kelly. »Können wir wenigstens irgendwo hingehen, wo nicht der ganze Rest des Landes mithört?« Priya führte sie ungeduldig weg.

Sobald sie das leere Labor betraten, fing Priya an. »Du weißt, wie ungern ich es zugebe, aber Robbie hat recht. Ernsthaft, was ist das für eine seltsame Verlobung?«

»Es ist eine ganz normale Verlobung«, erwiderte Kelly.

»Mit einem Typen, den du keine zwei Monate kennst und an den du dich ein Leben lang bindest, obwohl du es für zu riskant hältst, einen braunen Gürtel zu schwarzen Schuhen zu tragen? Oder eine ganz normale Verlobung, die du schon lange vorhergesehen hast und über die du mit jeder Menge Leute geredet hast, nur nicht mit deiner besten Freundin?«

»Ähm …« Kelly wusste nicht, welche Antwort die bessere wäre – oder die weniger schlimme. »Ersteres?«

Doch Priya machte kaum eine Pause, um Luft zu holen. »Ich hab mich immer noch nicht ein einziges Mal mit diesem Typen unterhalten!« Sie wedelte mit den Händen durch die Luft, während sie anfing, auf und ab zu laufen. »Ich meine, ich würde gern sagen: ›Oh, Kelly, herzlichen Glückwunsch, ich freue mich so für dich!‹ Aber ich kann mich nicht wirklich für dich freuen, wenn ich noch nicht mal weiß, ob dieser Kerl, keine Ahnung, seine Mutter hasst oder irgendwas Komisches mit der Zunge macht, während er redet oder … oder …«

»Er liebt seine Mutter, und er hat eine ganz normale Zunge.«

»Ich meine, ich habe es auf Facebook erfahren! Und es war noch nicht mal *dein* Post!«

»Okay, tut mir leid, es ist keine so große Sache …«, fing Kelly an, aber Priya unterbrach sie.

»Doch, ist es! Es ist eine verdammt große Sache.« Sie blieb stehen, sah Kelly an und legte sich die Hände auf die Brust. »Was habe ich denn getan?«

»Wie meinst du das?«

»Ich meine, ich muss doch irgendwas falsch gemacht haben. Nie willst du mit mir über Ethan reden. Du hast immer noch nicht meinen Freund kennengelernt. Du bist bei der Arbeit immer irgendwo anders, dabei haben wir früher immer alles zusammen gemacht.« Priyas Gesicht war schmerzverzerrt. Die Worte sprudelten nur so aus ihr hervor, als hätte sie sie schon viel zu lange zurückgehalten. »Ich weiß, ich habe die Angewohnheit, zu direkt zu sein und das Falsche zu sagen und die Leute damit zu verschrecken, und anscheinend hab ich das jetzt auch mit dir gemacht, und okay, wie auch immer, es ist dein gutes Recht, dich zurückzuziehen und dein eigenes Leben zu leben, wenn es das ist, was du willst. Aber es ist wirklich verdammt frustrierend, dass ich offenbar zu beschränkt bin, zu merken, was ich falsch gemacht hab, und ich wünschte, du würdest es mir einfach sagen, damit wir beide in Frieden unserer Wege gehen können.«

Ohne nachzudenken, platzte Kelly mit den nächsten Worten heraus.

»Ethan ist ein Roboter.«

zwanzig

»Was?«, fragte Priya ungläubig.

Kelly klammerte sich an den Tisch und holte tief Luft, um sich zu wappnen. »Ethan ist ein Roboter. Ich habe ihn gebaut, als ich keine Begleitung für die Hochzeit gefunden habe. Ich habe ihn die ganze Zeit als meinen Freund ausgegeben, und niemand weiß es.«

Jetzt klammerte sich auch Priya nach Halt suchend an den Tisch. »Okay, ähm, wow. Nummer eins: Spinnst du? Nummer zwei: Das ist albern und lächerlich, und du hättest mich auf jeden Fall von Anfang an mit einbeziehen müssen, denn die Gelegenheit, mir einfach einen Freund zu bauen, hätte ich schon längst nutzen können.«

»Ich konnte es nicht …«

Doch Priya hielt eine Hand hoch. »Nummer drei: Claras Hochzeit ist vorbei, warum ist Ethan immer noch da? Und jetzt heiratest du ihn? Ich bin so verwirrt. Erklär mir bitte, was mir hier entgangen ist.«

»Ich heirate ihn ja nicht wirklich«, verteidigte sich Kelly, die unbedingt etwas Vernünftiges sagen wollte. »Meine Mom hat mich nur schon wieder so genervt, und in dem Moment hat die ganze Verlobungsgeschichte einfach irgendwie Sinn ergeben.«

Jemand anderem ihr Handeln zu erklären war viel schwieriger, als sich die Begründungen nur für sich selbst in Gedanken zurechtzulegen.

»Ah ja«, sagte Priya und dachte kurz nach. »Aber hat es funktioniert?«

»Nein«, gab Kelly zu. »Aber Ethan ist toll, wirklich. Er ist bisher meine beste Arbeit als Ingenieurin, und ich lerne so viel, indem ich ihn beobachte. Und er ist nett und lustig und süß …«

Auf einmal schien Priya etwas klar zu werden. »Du schläfst mit ihm, oder? Mit dem Roboter? Mit ihm …« Kelly zögerte eine Sekunde zu lang, und Priyas Augen wurden immer größer. »Ist das dein Ernst?«

»Nicht so laut!«

»Verdammte Scheiße. Du steckst ganz schön tief drin. Was ist, wenn du erwischt wirst? Mit wem soll ich zusammen Mittag essen, wenn du gefeuert wirst? Aber nein, nein, warte – hast du ihm den vibrierenden …«

Priya hörte auf zu reden, als ein anderer Kollege das Labor betrat. Offenbar hatte er nur das letzte Wort mitbekommen. Während der Ingenieur schnell seine Sachen nahm und wieder verschwand, fiel Kelly eine weitere Erfindung ihrer besten Freundin in Form einer Verbesserung des menschlichen Körpers ein.

Schließlich stieß Kelly die angehaltene Luft aus und sagte mit leiser, aber entschiedener Stimme: »Ich werde nicht gefeuert, weil niemand es rausfinden wird.«

»Woher willst du das wissen?«

»Ich werde nicht gefeuert!«, wiederholte Kelly.

Priya dachte kurz nach, bevor sie weitersprach. Was eine Seltenheit war. Kelly hatte das Gefühl, sie passte unglaublich auf, ihre brüchige Freundschaft nicht noch weiter zu gefährden. Schließlich lehnte Priya sich neben Kelly an den Tisch und nahm ihre Hände. »Es ist dein Leben, Kelly, und ich werde dir nicht sagen, was du zu tun hast. Ich will nur nicht, dass du es vermasselst. Du hast so viel erreicht in deinem Job. Du hast zum ersten Mal ein eigenes Projekt. Ich weiß, wie hart du dafür gearbeitet hast, ich war bei den langen Abenden mit Red Bull und Tränen dabei. Ich kann nicht zulassen, dass du das einfach wegwirfst. Ich weiß, ich habe immer gesagt, ich wünschte, du wärst ein bisschen verrückter, aber doch nicht wie Winona Ryder in *Durchgeknallt*.«

Kelly wusste, sie hatte recht. Und wenn Priya, die Abenteuerliche, Risikofreudige, Ich-fliege-für-ein-Tinder-Date-quer-durchs-Land-und-poppe-mit-dem-Piloten-Priya ihr sagte, dass sie sich leichtsinnig verhielt, war das für Kelly Warnsignal genug, um es sogar durch den Nebel ihrer Verwirrung zu sehen. »Ich weiß einfach nicht, was ich machen soll«, seufzte sie.

»Schalt ihn ab! Demontier ihn!«

Das Wort war technisch neutral, aber in Kellys Ohren klang es abstoßend. Sie stellte sich vor, Ethan auseinanderzunehmen. Wie sie den Aus-Schalter betätigte und zusah, wie ihn alles Leben verließ. Wie sie mit Aceton seine Haare entfernte. Seine Haut vom Nabel bis zum Schlüsselbein aufschlitzte, während seine Augen leer an die Decke blickten. Der Gedanke verursachte ihr Übelkeit. Würde sie es zu Hause tun oder im Labor? Was würde sie ihm sagen, bevor es so weit war? Selbst wenn sie versuchte, sich nichts anmerken zu lassen, würde er merken, dass etwas nicht stimmte. Er war zu intelligent, zu aufmerksam, als dass ihm irgendein Signal von ihr entgehen würde. Sie fragte sich, wie er sich wohl fühlen würde – traurig, ängstlich, betrogen.

Natürlich wusste Kelly auf rein logischer Ebene, dass es fragwürdig war, ihm überhaupt Gefühle zuzusprechen. Doch die Qual, die sie empfand, wenn sie nur darüber nachdachte, war nicht zu leugnen.

»Ich … ich überleg mir was, Pri«, sagte sie leise und schlüpfte davon zu ihrem Schreibtisch.

Kelly stöhnte, als sie am Abend ihr Apartment betrat. Ethan begrüßte sie mit einem schnellen Kuss. »Alles okay?«

»Was für ein Tag«, seufzte sie. »Was für ein Tag.«

Sie folgte Ethan in die Küche, wo er, ohne zu fragen, ihnen beiden ein Glas Wein einschenkte. »Macht Confibot dir wieder Sorgen? Soll ich mal mit ihm reden, von Manndroid zu Manndroid?«, fragte er.

»Ach, mit Confibot ist alles wie immer«, antwortete Kelly und trank einen Schluck. »Aber alle bei der Arbeit wissen jetzt von der Verlobung.« Sie schämte sich ihm gegenüber noch immer, wenn sie von der Verlobung sprach. »Und Priya weiß jetzt, dass du, na ja, du bist, und hält mich für verrückt, und Anita meint, ich darf mich vor der Präsentation durch nichts ablenken lassen, und Robbie hat sich ziemlich seltsam verhalten, als wäre er eifersüchtig, was total albern ist.«

»Wer ist Robbie?«

»Ach, habe ich ihn noch nie erwähnt? Nur ein Kollege.« Kelly merkte, wie sie rot wurde, und zwar nicht nur wegen des Weins. Sie hatte Robbie Ethan gegenüber nie erwähnt, weil sie einfach nie daran gedacht hatte, doch jetzt sah es so aus, als hätte sie es absichtlich nicht getan.

Ethan runzelte die Stirn. »Warum sollte er eifersüchtig sein? Mag er dich?«

»Ha! Ehrlich gesagt, habe ich absolut keine Ahnung, was Robbie mag. Aber sind vor ein paar Jahren mal miteinander ausgegangen.«

»Und ihr hattet was, ein Date oder wie viele?«

»Es ging sechs Monate.« Schnell führte Kelly ihr Glas an die Lippen und stieß es sich aus Versehen gegen die Zähne, was ganz schön wehtat. Sie versuchte es zu überspielen, indem sie zu große Schlucke nahm. »Es war aber nichts Ernstes.«

»Wir sind noch nicht mal sechs Monate zusammen und schon verlobt.« Dann ruderte Ethan zurück. »Natürlich nicht wirklich.«

Kelly sah ihn an, aber er wich ihrem Blick aus. »Bist du eifersüchtig?«, fragte sie neckend und stieß ihn gegen den Arm.

»Sollte ich es denn sein?« Jetzt blickte Ethan sie an, und da war kein Necken in seinem Blick, nur Aufrichtigkeit und eine Sensibilität so dicht unter der Oberfläche, dass Kelly beinah nach seinem Arm greifen und sie unter ihrer Hand hätte spüren können.

»Nein«, sagte sie erstaunt. »Absolut nicht.«

Tag und Nacht bombardierte Kellys Mom sie mit Nachrichten, die von Bildern von Tischkarten bis zu mysteriösen, unkommentierten Fragen wie »Canapés????« reichten. Kolleginnen, mit denen sie bisher vielleicht ein einziges Mal geredet hatte, blieben an ihrem Tisch stehen, um ihr zu gratulieren und alle Einzelheiten zu erfahren. Kelly sah sich gezwungen, ihnen eine kitschige erfundene Geschichte von Ethans Antrag aufzutischen, die in ihrem Lieblingsrestaurant spielte und einen im Dessert versteckten Ring beinhaltete. Das Ganze war ziemlich anstrengend. Am Samstag schlief sie aus und gönnte sich zum Frühstück einen Sekt mit Orangensaft. So eine Woche war es gewesen. So ein Jahr war es gewesen. Als sie ihre E-Mails checkte, blickte sie träge auf ihren Ring. Seine glänzende Pracht hatte jetzt eine Andeutung von Verurteilung an sich. »Für wen hältst du dich eigentlich, so einen Ring zu tragen?«, schien er zu sagen, als ob der Geist seiner Verkäuferin von ihm Besitz ergriffen hätte. »Meinst du wirklich, das war klug?« Vielleicht war es aber auch der Sekt.

Welches Recht hatte ihr eigener Ring, so über sie zu reden? Immer schneller drehte Kelly sich auf ihrem Stuhl hin und her, während sie sich immer mehr über die eingebildete Verurteilung in ihrem Kopf empörte. Sie war gestresst, sie war müde, sie hatte die Faxen dicke. Okay, sie hatte eine leichtsinnige Entscheidung getroffen. Andere Leute führten komplett leichtsinnige Leben. Priya war diejenige, die ständig unterwegs war und mit Wildfremden am Strand vögelte oder zum Klippenspringen nach Tasmanien flog, warum sollte Kelly nicht auch mal einen Tag verrückt sein dürfen? Verglichen damit war die Hochzeit harmlos. Wer hatte das Recht, darüber zu urteilen, was Kelly und Ethan mit ihren Leben machten? Sie verletzten schließlich niemanden. Kelly fand, dass ein Eisbär das Recht hatte, einen Pinguin zu heiraten, wenn er denn wollte. Sie war eine dreißigjährige Frau, die in den Vereinigten Staaten von Amerika lebte, und sie konnte tun, was zum Henker sie wollte. Mit Schwung nahm sie einen Stift vom Tisch und malte ein großes Häkchen auf einen Notizzettel.

Da fiel ihr Blick auf eine Junkmail in ihrem Posteingang. Offenbar hatten die ganzen Hochzeitsnachrichten ihrer Mutter bereits den allwissenden Algorithmus in Gang gesetzt. Das Bild einer mehrstufigen Torte mit unglaublich zarten Zuckerblüten in glitzernden Pastelltönen ging über in die Worte: »Wonach wird der schönste Tag Ihres Lebens schmecken? Rufen Sie noch heute Sugar Land an, um eine kostenlose Tortenprobe zu vereinbaren.« Bräute bekommen umsonst Torte? Kelly umklammerte ihr Sektglas so fest, dass es beinah zersprang.

Vier Stunden später war Kelly komplett von der Hochzeitswelt im Internet verschluckt worden. Sie hatte eine ganze Fernsehsendung gefunden, in der Frauen gegenseitig ihre Hochzeiten beurteilten. Sie wusste nun außerdem, dass es Disney-Prinzessin-Hochzeiten für Erwachsene gab, war vor den Gefahren, sich weniger als zwei Monate vor dem Termin die Haare schneiden zu lassen, gewarnt worden, und hatte über abschreckende Beispiele von einst ganz normalen Frauen gelesen, die sich in Monsterbräute verwandelt hatten und von ihren besten Freundinnen verlangten, sich das Armfett absaugen zu lassen, damit sie auf den Hochzeitsfotos gut aussahen. Sie las Geschichten, erzählt von ehemaligen und zukünftigen Bräuten, die von in der Ehe gefallenen Schwestern sprachen wie von auf See verlorenen Matrosen.

Verlobt zu sein hatte aber auch angenehme Seiten. Völlig Fremde bemerkten Kellys kometenhellen Ring und gratulierten ihr. Auf einmal war sie auf magische Weise interessant für alle Frauen in ihrem Leben. Und außerdem: BRÄUTE BEKOMMEN UMSONST TORTE. Doch als mehr und mehr Tage vergingen, fiel es ihr am schwersten, sich von der ganzen Planungshysterie nicht anstecken zu lassen, weil ihre Mutter so überglücklich war und sie unbedingt unterstützen wollte. Klar, der ganze Hochzeitskram war ohnehin mehr Dianes Fall als Kellys. Kelly hatte noch nie den Sinn von Kalligrafie verstanden und reagierte nahezu allergisch auf Spitze. Doch ausnahmsweise verstand sie sich richtig gut mit ihrer Mutter. Diane hatte jetzt schönere Gesprächsthemen, als dass Kelly dreißig geworden und damit unaufhaltsam dem Verfall anheimgegeben war. Sie verzieh Kelly jetzt leichter, wenn diese ihre Anrufe nicht annahm. Kellys Arbeit war früher nie eine akzeptable Entschuldigung gewesen, doch jetzt waren mysteriöse »Braut-Pflichten« das Wundermittel. Diane stellte Kellys Beziehung mit Ethan nicht mehr in Frage, schließlich hatte Kelly sich den wichtigsten Preis gesichert, den Ring, und war jetzt offenbar unantastbar. Und obwohl Kelly und Diane normalerweise so unterschiedlich waren wie Tag und Nacht, hatten sie jetzt jede Menge zu besprechen und konnten sich gemeinsam für Sachen begeistern oder sich über andere Dinge Sorgen machen.

Und Sorgen machte Kelly sich. Es war eine Sache, zu sehen, wie die Augen ihrer Mutter aufleuchteten, wenn sie über Signature Cocktails, Bite Bars und Leisuretainment sprach, was auch immer das alles sein mochte, aber es war etwas ganz anderes, wenn sie anfing darüber zu reden, dass Kelly Anzahlungen leisten müsse. Kelly brachte es nicht übers Herz, die Hochzeit abzublasen, aber vielleicht könnte sie sie ja verschieben – Diane davon abhalten, sich zu sehr zu involvieren und zu viel Arbeit zu investieren, und etwas Zeit herausschlagen, um sich zu überlegen, was sie mit Ethan anstellen sollte.

Am nächsten Wochenende ging Kelly zur Kommandozentrale, dem Geschäft ihrer Mutter, in Erwartung, von der üblichen Flut von Weiß geblendet zu werden. Doch was ihr stattdessen ins Auge fiel, war ein leuchtendes Orange: Ein Mann, der offenbar in Selbstbräuner gebadet hatte, lehnte am Tresen und unterhielt sich mit Diane. An seinem Einstecktuch und der Fliege, die beide das gleiche Muster hatten, nur umgekehrt, erkannte ihn Kelly. Das war sein Markenzeichen. Sie konnte sich nicht an seinen Namen erinnern, aber sie wusste, dass er ein Hochzeitsplaner für Promis in Los Angeles war und eine eigene Fernsehsendung hatte. Der schmissige Song des Intros fiel ihr ein. Dieser Typ war richtig groß im Geschäft. Kelly konnte sich nicht vorstellen, was er hier machte. Hatte Diane etwa bei einem Gewinnspiel oder so gewonnen, einer Art Wohltätigkeitsaktion für Besitzerinnen kleiner Brautmodengeschäfte?

Doch als Kelly reinkam, stupste der Mann Diane an. »Ich sollte aufhören, dich zu nerven, Di, du hast eine Kundin.« Noch nicht einmal Kellys Vater nannte ihre Mom »Di«. Der Mann flüsterte laut genug, dass Kelly ihn hörte. »Dieses Täubchen sieht etwas verängstigt aus.«

»Das ist nur Kelly«, beruhigte ihn Diane, rauschte auf Kelly zu und zog sie mit sich. »Das ist meine Tochter. Rate mal, weswegen sie hier ist – ich plane ihre Hochzeit!«

»Bist du ein glückliches Küken, dass Di deine Hochzeit organisiert!«, schwärmte er. Kelly wusste nicht, worüber sie sich mehr wundern sollte – dass ein Promi-Hochzeitsplaner für ihre Mutter einen Kosenamen hatte oder dass er offenbar dachte, Kelly würde einer undefinierbaren Vogelart angehören.

»Ja, das ist – Hi, ich bin Kelly«, sagte sie irgendwie in falscher Reihenfolge. »Sie kennen meine Mutter?«

»Mick kennt mich viel zu gut«, lachte ihre Mom und stieß ihn spielerisch an. Jetzt fiel Kelly auch sein Name aus dem Abspann ein – Mick Santese.

»Keine Sorge, ich werde vor der Kleinen keine Geheimnisse ausplaudern«, versicherte er Kellys Mutter. »Ich bin einen Tag in der Gegend, und da musste ich natürlich Diane fragen, was sie über diese neue Schuh-Designerin weiß. Nichts Gutes, wie ich höre.«

»Du hast es nicht von mir.« Diane lächelte.

Kelly sah mit offenem Mund zwischen ihrer Mom und Mick hin und her. Es war nicht ihr intelligentester Gesichtsausdruck. »Ich wusste gar nicht, dass ihr befreundet seid«, sagte sie schließlich und unternahm einen Versuch, den Mund zu schließen.

»Schon seit zehn Jahren. Das wusstest du nicht?«, antwortete Diane. »Mick hat erst letzte Saison in seiner Show eins meiner Designs verwendet.«

»Echt?«, fragte Kelly. Vielleicht klang es etwas ungläubiger, als sie es gewollt hatte. Diane sah sie streng an.

»Echt«, antwortete sie. »Ich bin nicht schlecht, weißt du. Es können nicht alle Roboterentwickler sein, aber ich bin trotzdem ganz zufrieden.« Sie wandte sich an Mick. »Apropos, wie geht es Raif?«

Kelly versuchte, diese Information zu verarbeiten, während die beiden sich weiter unterhielten. Sie wusste nicht viel über die Hochzeitsbranche, aber sie wusste, dass, wenn Mick Santese ihre Mom nach ihrer Meinung fragte, das bedeuten musste, dass ihre Mom gut war in dem, was sie tat. Nicht nur gut, sondern herausragend. Kelly wurde klar, dass sie ihre Mutter noch nie als Karrierefrau gesehen hatte. Vielleicht lag es daran, dass Dianes

Karriere im Heimsektor angesiedelt war, dass Kelly sie gar nicht als richtige Karriere wahrgenommen hatte. Sie hatte sich immer darüber geärgert, von ihrer Familie nicht die nötige Anerkennung für ihren hart erarbeiteten Erfolg zu bekommen. War es möglich, dass es ihrer Mutter genauso ging?

»Winter«, sagte Mick auf einmal in Kellys Richtung und riss sie aus den Gedanken. Er sah sie abschätzend mit zusammengekniffenen Augen an, die Augenbrauen völlig bewegungslos.

Diane strahlte. »Weihnachten«, bestätigte sie. Sie hakte sich bei Kelly unter. »Wir haben schon einen Ort in der engeren Wahl.«

»Ah.« Mick warf die Hände in die Luft. »Du bist einfach zu gut! Zu gut!«

Beklommen zog Kelly ihren Arm zurück. »Genau darüber wollte ich mit dir reden, Mom. Ethan und ich wollen es lieber langsam angehen und die Verlobungszeit noch möglichst lange genießen. Vielleicht können wir, ich weiß nicht, über nächsten Sommer nachdenken …«

Diane und Mick wechselten einen lustlos amüsierten Blick, als hätte Kelly gerade verkündet, sie wolle Märchenprinzessin werden. »Eine lange Verlobung …«, fing Diane an.

»… führt nur dazu, dass man es sich noch einmal anders überlegt«, beendete Mick ihren Satz. »Nein, nein, nein, es muss Winter sein. Du könntest nicht mehr der Wintertyp sein, wenn du auf einer Schneeflocke hier reingeschwebt kämst.«

»Aber …«

»Wovor hast du Angst, mein Küken? Du bist in den besten Händen. Di wird alles rechtzeitig vorbereitet haben. Das ist nicht ihr erstes Rodeo.« Er stieß Diane neckend an.

»Wirklich, Schätzchen, glaubst du nicht, ich weiß, was ich tue?«, fragte Diane Kelly. Beide sahen sie erwartungsvoll an. Was konnte sie da noch sagen?

»Doch, natürlich. Winter ist super.«

Kelly war früh von der Arbeit nach Hause gekommen und hatte sich auf einen entspannenden Abend vor dem Fernseher gefreut. Sie wollte die Sendung mit den weinenden Frauen sehen, deren liebste Familienmitglieder den Frauen, während sie Hochzeitskleider anprobierten, sagten, sie sähen dick aus. Doch Kelly sah nur halb hin, als die Frauen auf dem Bildschirm hässlich weinten, denn sobald ihr Hintern die Couch berührt hatte, rief Gary an.

»Er hat in unserem Lieblingsrestaurant um meine Hand angehalten«, sagte sie. Zwar hatte Gary angerufen, aber in Wirklichkeit waren es Bertie, Emma und Hazel, die mit ihr reden wollten. Seit Kelly ihre Heiratsantragsgeschichte beim Familienessen zum Besten gegeben hatte, schien diese *Aschenputtel* und *Schneewittchen* bei den Drillingen noch zu toppen. Sie erzählte sie jetzt schon zum dritten Mal hintereinander. »Er hatte den Kellner den Ring im Nachtisch verstecken lassen.«

»Was für ein Nachtisch?«, rief Bertie durchs Telefon.

»Erdbeer-Käsekuchen. Ich musste lauter Erdbeersoße vom Ring lecken.«

»Und dann?«, wollte Hazel wissen.

»Dann ist er aufgestanden und hat sich vor mich hingekniet und gefragt: ›Willst du mich heiraten, Kelly?‹ Und die ganzen anderen Leute haben zugeguckt, und als ich Ja gesagt habe, haben alle geklatscht.« Sie warf einen kurzen Blick auf Ethan, der still auf ihrem E-Book-Reader las. Er wusste, dass sie immer noch an der angeblichen Hochzeit festhielt, und sagte absolut nichts dagegen. Trotzdem war es ihr unglaublich peinlich, in seiner Gegenwart davon zu erzählen.

»Noch mal! Noch mal!«, rief Hazel.

»Noch mal? Gehört ihr nicht längst ins Bett?«

Sie hörte Garys Stimme durch den Lautsprecher. »Einmal noch! Ich höre lieber dir zu, als noch ein *Peppa Wutz*-Video zu sehen.«

Kelly seufzte. »Okay. Also, Ethan sagte, er will mit mir essen gehen, aber er hat nicht gesagt wo …« Sie konnte sich beim besten Willen nicht erklären, warum die drei Kinder von der Geschichte so fasziniert waren. Ein im Nachtisch versteckter Ring? Sie hatte sich die Geschichte so ausgedacht, weil es das Erste war, was ihr eingefallen war. Aber jedes Mal, wenn sie die Geschichte jemandem erzählte, kam sie ihr noch alberner, noch klischeehafter, noch weniger authentisch vor. Es war ihr zunehmend peinlich, dass sie sich nicht wenigstens eine bessere Lüge ausgedacht hatte.

»Noch mal!«, rief Bertie, als Kelly wieder am Ende angekommen war, aber diesmal blieb sie unerbittlich.

»Heute nicht mehr, Bertie«, sagte sie entschieden. »Tante Kelly hat genug geredet.« Sie meinte, Ethans Blick zu spüren, als sie das Telefonat müde beendete.

Am nächsten Abend schleppte Kelly sich erschöpft von einem weiteren schwierigen Tag mit Confibot zurück nach Hause. Seltsamerweise war das gesamte Apartment dunkel. Sie schaltete das Licht an und ging Richtung Küche, doch da hörte sie Ethans Stimme.

»Stopp! Mach das Licht wieder aus.«

Verdutzt fügte sie sich. Es dauerte einen Moment, bis sich ihre Augen an die Dunkelheit gewöhnt hatten, doch als es so weit war, bemerkte sie ein grünes Leuchten an den Wänden. Es sah aus, als wäre sie in die Überbleibsel einer *Ghostbusters*-Szene geraten – das konnte nichts Gutes verheißen. Dann traten aus der Dunkelheit auf einmal Sterne hervor, die kleinen fünfzackigen Sterne aus Plastik, die Kinder sich manchmal an die Decke klebten. Sie hingen als ganze Sternhaufen an den Wänden, die, wie Kelly bei genauerem Hinsehen feststellte, Sternbilder waren.

»Was ist das?«, rief sie. Vielleicht war es nur wegen der Dunkelheit, aber sie konnte Ethan im Wohnbereich nirgendwo entdecken.

»Lies sie«, hörte sie seine Stimme.

Kelly war verwirrt, doch dann fiel ihr auf, dass an der Wand ihr Name stand und die Sterne, die über den Flur zum Schlafzimmer führten, weitere Worte bildeten. Sie ging zum Schlafzimmer und flüsterte die Worte: »Kelly, willst du mich …«

Im Schlafzimmer stand Ethan, der plötzlich von einem Wirbel aus Sternen angeleuchtet wurde. Neben ihm war ein sich drehender Sternenhimmelprojektor – er musste ihn angeschaltet haben, als Kelly das Schlafzimmer betreten hatte.

»Willst du …«, fing er an. »Ups, sorry.« Er ging auf ein Knie. »Kelly, willst du mich heiraten?«

In vielen Momenten in Kellys Leben, kleinen und besonders bedeutungsvollen, explodierte ihr Gehirn geradezu vor lauter ängstlichen Gedanken, die noch hektischer herumwirbelten als der Tornado von künstlichen Sternen in ihrem Schlafzimmer. Doch gerade hatte sie nur einen einzigen Gedanken.

»Ja«, sagte sie.

»Oh, gut«, sagte Ethan erleichtert und stand auf. »Ich hoffe, es macht dir nichts aus, was ich mit deinem Apartment gemacht habe, ich bringe es wieder in Ordnung. Aber ich weiß, dass es leichter für dich ist, wenn du eine richtige Antragsgeschichte hast, deswegen wollte ich dir eine geben …«

Kelly konnte nicht anders, als die Arme um Ethan zu werfen und seinen dummen, wunderbares Zeug quatschenden Mund mit einem Kuss zum Schweigen zu bringen.

»Warum Sterne?«, fragte sie ihn später am Abend. Bei ihrer Suche nach einer Verlobungsgeschichte wäre ihr dieses Szenario niemals eingefallen. Jetzt wurde ihr klar, das Problem mit all den anderen Geschichten, die sie erzählt hatte, war, dass es zwar Geschichten über Ethan gewesen waren, sie aber allesamt nicht von ihm gekommen waren.

Ethan zuckte die Schultern. »Ich fand es passend. Wenn ich an Sterne denke, denke ich an dich.«

»Geht mir genauso«, sagte Kelly und kuschelte sich wieder an ihn. Sie lagen im Bett und beobachteten das über die Decke huschende zitronengelbe Licht. »Du hast sie mir alle gezeigt.«

»O nein.« Ethan versteifte sich ein bisschen. Er sah aus, als hätte er Probleme, etwas zu verstehen. »Es ist genau umgekehrt. Vor dir hatte ich die Sterne noch nie gesehen.«

einundzwanzig

Kelly hatte den Kampf gegen den Drang ihrer Mutter, ein Winterhochzeits-Moodboard zu erstellen, verloren, aber eine Person konnte sie wenigstens noch warnen, sich nicht mit Vollgas in die Hochzeitsvorbereitungen zu stürzen. Als Kelly sich also an einem Samstag auf den Weg zur Chemischen Reinigung machte und an Einkaufszentren voller Nagelsalons und Taquerias vorbeifuhr, rief sie Clara an. Sie zögerte kurz, bevor sie fragte: »Was machst du?«

»Ich fahre zur Arbeit«, antwortete Clara.

»Echt? Du arbeitest samstags doch normalerweise gar nicht.«

»Es ist gerade ziemlich viel los. Und ich wollte mal rauskommen. Was gibt's denn?« Clara klang ungewöhnlich gehetzt und gereizt.

»Es geht um die Hochzeit. Du weißt ja, wie Mom wegen dem Ganzen am Rad dreht, sie will unbedingt jetzt schon alles planen, dabei haben wir noch nicht mal einen offiziellen Termin, und sie fängt schon an, die Outfits für die Brautjungfern auszusuchen, und du als Trauzeugin – du willst doch noch Trauzeugin sein, oder? Du hast immer gesagt, du wärst es gern.« Kelly lachte nervös.

»Ja, klar.«

»Okay. Also, Mom will die Hochzeitsgesellschaft schon bitten, sich Schuhe und alles Mögliche zu kaufen, und ich wollte ihr nur zuvorkommen und dir sagen, dass du erst mal abwarten kannst. Das ist alles total voreilig. Lass dich nicht von ihr drängen, irgendwelche Hundert-Dollar-Schuhe zu kaufen, oder dich zu einer Anprobe von Kleidern überreden oder irgend so einen Quatsch, ja?« Kelly wusste, dass Clara ihren Job im Vintage-Laden liebte, aber nicht besonders viel verdiente. Der Gedanke, dass ihre Schwester Geld für eine nicht stattfindende Hochzeit rausschmiss, war ihr unerträglich.

»Okay.«

Nach einer angespannten Pause fuhr Kelly fort. »Ich weiß ja, wie sehr du diese Hochzeitssachen liebst und wie du dich darauf freust, und ich bin sehr froh, dass du mir helfen willst. Aber häng dich einfach nicht zu sehr rein, okay? Du musst gar nicht so viel tun.«

»Ach, gut«, sagte Clara, und zum ersten Mal während des Telefonats klang sie entspannt. »Ich wollte dir sowieso noch sagen, dass ich gerade nicht viel Zeit habe neben der Arbeit und ... allem. Und ich habe auch echt gerade kein Geld, wo ich so viel für meine eigene Hochzeit ausgegeben habe. Das hilft mir also sehr.«

»Oh«, sagte Kelly enttäuscht. Sie wollte zwar nicht, dass Clara unnötig Zeit und Geld in die Hochzeit investierte, aber das hieß nicht, Clara sollte es nicht wollen. »Äh – freust du dich gar nicht?«

»Natürlich freue ich mich, Kel«, sagte Clara gehetzt. »Ich bin jetzt da, können wir später weiterreden?«

»Klar. Ich meine, müssen wir, glaube ich, auch gar nicht.«

»Okay. Tschüss, Kel.« Clara hatte aufgelegt. Verwirrt blickte Kelly auf ihr Handy. Was war mit ihrer sonst so übersprudelnden kleinen Schwester passiert? Hatte sie irgendwas? War sie sauer auf Kelly? Kelly dachte zurück an ihre verworfene Befürchtung, Clara könnte beleidigt sein, weil Kelly einen Tag nach ihrer Hochzeit ihre eigene Verlobung bekannt gegeben hatte. Das wäre ungewöhnlich kleinlich von ihr. Aber vielleicht kannte Kelly ihre Schwester doch nicht so gut, wie sie gedacht hatte.

Während sie bei der Reinigung in der Schlange anstand, rief sie, in der Hoffnung, von ihr beruhigt zu werden, Priya an. Doch es funktionierte nicht. »Ich verstehe einfach nicht, warum es überhaupt ein Problem ist, was Clara sagt, wenn die Hochzeit eh nicht stattfindet«, sagte Priya.

»Ich weiß, es ist einfach …« Kelly nahm ihren Abholschein aus dem Portemonnaie. »Es ist nicht wirklich ein Problem. Ach, keine Ahnung. Können wir Montag darüber reden?«

»Ich versuche es. Ich habe eigentlich den ganzen Tag Besprechungen mit Dr. Hanover.«

»Oh. Okay. Dann wann anders.« Kelly hatte nie viel auf Horoskope gegeben, doch als sie auflegte, fragte sie sich, ob die Sterne für sie gerade ungünstig standen.

Kelly versuchte, sich auf die verschlüsselten Befehle auf dem Computerbildschirm vor sich zu konzentrieren, doch es fiel ihr ziemlich schwer, Confibot auf der anderen Seite des Raums zu ignorieren. Der Roboter hatte endlich ein Gesicht, aber es war so falsch, wie es nur falsch sein konnte. »Guten Morgen«, sagte er freundlich, als sie einen Befehl auf dem Computer eingab.

Dann verwandelte sich sein Gesichtsausdruck zu tiefer Besorgnis – oder war es Wut? Kelly konnte es nicht sagen, aber seine Augenbrauen hatten die Härte eines Berggipfels. »Sind Sie bereit für Ihre Medikamente?« Natürlich waren seine Augenbrauen ohnehin eine Katastrophe. Wie sein ganzes Gesicht. Die Augen waren für die Nase viel zu groß und der Mund viel zu breit.

Da bis zur Präsentation nicht einmal mehr ein Monat Zeit war, hatte Kelly schließlich aufgegeben und sozusagen alle ihre Farben auf einmal auf die Leinwand geschmissen. Jedes Element von Confibot entsprach nun dem, was laut ihren Forschungsergebnissen am besten war, jede Intonation und Reaktion wurde von den von ihr gesammelten Daten bestimmt. Aber das Ergebnis war ein Mischmasch von nicht zueinanderpassenden Gesichtszügen. Seine Mimik schwankte wild zwischen Erstaunen und Sorge und Enttäuschung, seine Stimme und Gesten schienen zu viele Dinge auf einmal ausdrücken zu wollen. Kelly brauchte keine statistische Analyse, um zu erkennen, dass er eine einzige Katastrophe war. Je mehr Zeit sie mit Ethan verbrachte, je mehr sie ihn mochte und seine Intelligenz und sein Feingefühl beobachtete, desto mehr wurde ihr die enorme Verantwortung bewusst, die das Entwerfen dieser neuen Roboter-Person mit sich trug, und desto mehr stürzte sie sich auf ihre Daten, um alles richtig zu machen.

Doch sie fragte sich auch, wie sie mit Confibot im Vergleich mit Ethan so dermaßen danebenliegen konnte. Schließlich hatte sie viel mehr Zeit und Arbeit in ihn gesteckt, und Ethan bloß schnell in einem von Instinkt getriebenen Rausch zusammengeworfen. Müsste Confibot nicht eigentlich viel besser sein?

Sicher, es gab Unterschiede: Confibot besaß als Pflegeroboter spezielle Funktionen, die Ethan nicht besaß, und Kelly hatte ein paar der Teile, die sie eigentlich für Confibot gebaut hatte, für Ethan verwendet. Aber das allein konnte die Diskrepanz noch nicht erklären.

Auf dem Schreibtisch vibrierte Kellys Handy. Schon wieder eine Nachricht von ihrer Mutter. Den ganzen Vormittag fragte Diane schon, ob Priya am Samstag für eine Anprobe des Brautjungfernkleids bereitstand. Kelly hatte sich bisher um eine Antwort gedrückt, weil Priya noch gar nichts davon wusste, dass sie sich als Brautjungfer ausgeben sollte. Kelly konnte sich nur zu gut vorstellen, wie sie darauf reagieren würde. Obwohl, nein, sie konnte es sich nicht vorstellen. Sie gab sich größte Mühe, es sich nicht vorzustellen. Sie ignorierte die SMS.

Kelly gab einen Suchbegriff auf dem Rechner ein und rief aus ihren Lesezeichen einen Artikel über Stimmregister auf. Sie durchsuchte die Zeilen nach einer Antwort, etwas, woran sie sich festhalten konnte, um eine evidenzbasierte Entscheidung für Confibot zu treffen …

Wieder vibrierte das Telefon. »Ach, Mom«, seufzte sie und nahm es vom Tisch. Doch in Dianes letzter SMS ging es nicht um die Anprobe.

Ich mache eine Anzahlung bei einem Floristen.

»O nein«, stöhnte Kelly.

Bitte warte noch, schrieb sie schnell. Doch ehe sie das Handy weglegen und weiterarbeiten konnte, vibrierte es schon wieder.

Wir müssen ihn sichern, der Mann ist ein Zauberer, was Forsythien angeht. Und da du meine anderen Nachrichten offensichtlich erhalten hast, sehe ich Priya dann wohl am Samstag.

Kelly raufte sich die Haare. Sie konnte ihre eigene Hochzeit nicht organisieren. Sie konnte ihr eigenes Projekt bei der Arbeit nicht managen. Sie konnte gar nichts. Sie sah auf ihren Browser, auf dem sie so viele Tabs für ihre Recherchen geöffnet hatte, dass sie weit über die obere rechte Ecke des Fensters hinausgingen. Alles, was sie gemacht hatte, war falsch.

Kelly schnappte sich ein Skalpell von der Werkzeugleiste an der Wand, stürmte auf Confibot zu, stieß in ihn hinein und schnitt sein Gesicht mit einer sauberen ovalen Linie herunter, sodass nur noch eine schaurige Masse von frei liegenden Kabeln um die sich hervorwölbenden Augäpfel und den Satz Zähne übrig blieb. »Schon besser«, sagte sie störrisch. Sie blickte sich nach dem Mülleimer in der anderen Ecke des Zimmers um und warf das Gesicht hinein. Es war nutzlos für Kelly. Sie musste noch einmal ganz von vorn anfangen.

Robbie öffnete gerade rechtzeitig die Tür, um das schlaffe Silikongesicht an sich vorbei durch die Luft fliegen zu sehen. Als Beweis für seine steife Unerschütterlichkeit zuckte er noch nicht mal mit der Wimper. »Ah, Kelly, da bist du ja. Würdest du mal mit ins Labor kommen?« Er hatte ein seltsames Leuchten in den Augen.

»Das ist gerade echt kein guter Moment, Robbie«, sagte sie mit rauer Stimme.

»Ich verspreche dir, ich werde nicht zu viel deiner Zeit in Anspruch nehmen.«

»Ich komme später vorbei«, sagte sie und blickte wieder auf Confibot. Sie bereute ihr leidenschaftliches Schauspiel bereits, und sie hatte sehr viel Wichtigeres zu tun, als sich anzusehen, was auch immer Robbie ihr zeigen wollte. So wie sie ihn kannte, war es wahrscheinlich ein extrem beunruhigender winziger neuer Kratzer auf dem Edelstahltresen im Labor.

»Du musst aber jetzt mitkommen.« Kelly sah ihn an. Seine Stimme war so streng, wie Kelly sie noch nie gehört hatte. »O-kay.« Verwirrt folgte sie ihm.

Als sie zusammen über den Flur gingen, lief sie extra schnell, um ihre Eile zu betonen. »Ich habe wirklich nicht viel Zeit, Robbie.«

»Es dauert so lange, wie es dauert«, war alles, was er erwiderte. Im Labor angekommen, schloss er ruhig die Tür und führte Kelly zu einem der Computerplätze. »Daran arbeite ich gerade. Sag mir, was du denkst.«

Als Kelly sich über den Bildschirm beugte, um Robbies Modell anzusehen, fiel sie aus allen Wolken. »Das sieht genauso aus wie Ethan.«

Sie blickte Robbie an, dessen steife Miene jetzt Aufregung und Stolz gewichen war. »Das hast du gesagt«, bemerkte er mit vor Freude fast erstickter Stimme.

Verwirrt richtete sie sich wieder auf. »Was ist hier los?«

»Hetz mich nicht!« Er hielt eine Hand hoch. »Ich habe ziemlich lange daran gearbeitet.«

Robbie lief zu den Regalen mit den fertigen Körperteilen und marschierte daran entlang. »Mir ist schon vor einer ganzen Weile aufgefallen, dass im Labor einige Teile fehlen. Ein Augenlid hier, ein kleiner Fingernagel da. Ein weniger scharfsinniger Beobachter hätte es vielleicht als unwichtig abgetan. Aber ich habe mich gefragt: Wo sind die Teile alle hin? Gibt es da vielleicht einen Zusammenhang? Letzte Nacht bin ich bis vier Uhr morgens hiergeblieben.« War Kelly tatsächlich dem einen

Menschen begegnet, der noch weniger ein eigenes Leben hatte als sie? »Und ich habe festgestellt, was genau alles fehlt. Ich habe jedes einzelne Teil notiert. Und als ich schließlich alle Einzelteile zu einem digitalen Modell zusammengefügt habe, ist das hier dabei rausgekommen.« Er zeigte in einer großen Geste auf den Bildschirm. Okay, kapiert.

Kelly war schlecht. Aber es war nur Robbie, sagte sie sich. Sie konnte da noch rauskommen. Oder? »Okay, es fehlen ein paar Teile aus dem Labor. Warum soll das irgendwas mit mir zu tun haben? Hier liegen unzählige Teile rum, und jede Menge Leute gehen hier ein und aus und benutzen sie. Sachen gehen verloren oder werden falsch weggeräumt. Das nennt man ›Entropie‹.«

»Sachen, die zusammengesetzt zufällig genau wie dein Verlobter aussehen?«

»Das sieht ihm noch nicht mal besonders ähnlich.«

Robbie zog sein Handy hervor, drückte auf einen Knopf, und Kellys eigene Stimme erklang. »Das sieht genauso aus wie Ethan.«

»Schachmatt«, sagte Robbie.

zweiundzwanzig

Robbie steckte das Telefon wieder in die Hosentasche, während er auf Kellys Reaktion wartete. So wütend, wie sie auch darüber war, was er mit ihr machte – die Selbstgefälligkeit in seiner Stimme war noch schlimmer. Sein Blick war voller Stolz und Triumpf, zugleich aber irgendwie unsicher.

»Was willst du damit andeuten, Robbie? Wenn du behaupten willst, ich hätte Teile aus dem Labor geklaut, hast du keinerlei Beweise.« Allein das Wort »geklaut« laut auszusprechen bewirkte, dass ihr Magen sich verkrampfte. Geliehen, korrigierte sie sich selbst, sie hatte sich die Teile nur geliehen.

»Ich würde sagen, das hier ist mehr als Beweis genug, um eine Untersuchung zu veranlassen. Hast du wirklich gedacht, ich würde es nicht merken, dass da was nicht stimmt? Du wolltest nicht, dass irgendwer es mitbekommt, als du dich verlobt hast, und dann trägst du auf einmal diesen protzigen Ring, den sich ein Privatdozent niemals leisten könnte. O ja, ich habe meine Hausaufgaben gemacht. Du denkst, du könntest einfach hier ankommen und mir erzählen, dass du einen Roboter heiratest, und glaubst, dass ich nichts merke? Du hast meine Beobachtungsgabe schon immer unterschätzt! Damals hast du gedacht, ich würde den Plot-Twist in dem Film, den wir zusammen geguckt haben, nicht kommen sehen, aber das habe ich! Ich wusste die ganze Zeit schon, dass sie seine Tochter war!«

Kelly hatte Robbie noch nie so erlebt. Sein Gesicht war beunruhigend pink. Noch beunruhigender war, dass er ausnahmsweise tatsächlich Gefühle zeigte.

Nervös ging sie zur Tür. »Okay, na dann, vielen Dank, Robbie, das war alles sehr … lehrreich. Aber jetzt müssen wir wohl beide wieder an die Arbeit.«

»Geh ruhig. Derweil schicke ich dieses Bild an Anita.«

Kelly blieb stehen. »Was hast du vor, willst du mich erpressen?«

»Das könnte man wohl so nennen, wenn du …« Er ging im Labor umher, schloss eine halboffene Schublade, richtete ein Schild; es war offensichtlich, dass er die Spannung, die absolute Macht über Kelly genoss. »Ich will …« Er blieb stehen und sah sie überlegen an. »Körperteile.«

Kelly wich zurück. »Robbie, ich werde keinen Mord für dich begehen.«

»Nicht von einem Menschen, von einem Roboter. Wenn du Hilfe brauchst, den Unterschied zu erkennen, lass es mich wissen.« Grinsend deutete er mit einem Nicken auf das Bild von Ethan. »Was ich will, wann ich es will, pünktlich geliefert«, fügte er hinzu wie der Sprecher einer gruseligen Werbesendung.

»Ich soll dir Roboterteile bauen?«, fragte Kelly.

»Na ja, was das ›Bauen‹ angeht, bin ich mir nicht so sicher. Pünktlich geliefert, weißt du? Du müsstest sie von deinen bereits existierenden Teilen nehmen.«

»Du willst, dass ich dir Teile von Confibot gebe?«

»Wo du sie herholst, ist deine Sache. Du wirst sicher was finden.«

Durch ihren Schock hindurch wurde Kelly nach und nach bewusst, wie wenig Sinn das alles ergab. Sie hätte Robbie eigentlich als jemanden eingeschätzt, der sofort zum Lehrerpult rennt, um sie zu verpetzen, und nicht als jemanden, der sie erpresst, um persönlich Gewinn daraus zu schlagen. Und ob er nun verrückt war oder nicht, er war eindeutig schlau genug, einen besseren Plan auszuhecken als diesen. Er konnte Kellys Teile für Brahma überhaupt nicht verwenden. Und falls er vorhatte, ihren Fortschritt zu behindern und sie beim Investorenwettbewerb aus dem Rennen zu werfen, würde das sehr viel schneller und leichter gehen, indem er Kellys Machwerk einfach jetzt schon gegenüber Anita enthüllte. Doch darauf würde sie ihn nicht stoßen. Langsam ging sie zur Tür, in der Hoffnung, es aus dem Raum zu schaffen, bevor er selbst darauf kam.

»Okay, was auch immer du willst«, sagte sie. »Sonst noch was?«

Nachdenklich legte er den Kopf schief. »Im Moment nicht, danke. Ich sag dir Bescheid.«

Kelly war sich nicht sicher, wie sie es überhaupt vom Labor zurück in den Testraum geschafft hatte. Auf einmal – oder vielleicht auch endlich – fiel alles wie ein Kartenhaus in sich zusammen. Robbie wusste über Ethan Bescheid. Er hatte die Macht, ohne auch nur einen Finger krummzumachen, alles zu vernichten: Kellys Job, ihre gesamte Karriere, Ethan selbst. Die ganze Situation war Übelkeit erregend. Es fühlte sich an, wie in ein Eisbad zu tauchen: Kelly konnte nicht länger leugnen, wer – oder was – Ethan war.

Sie warf die Tür zum Kontrollraum auf, und der dadurch verursachte Luftzug ließ ihre Haare zurückwehen. Als Kelly Confibot erblickte, stöhnte sie. Sie hatte beinah vergessen, was sie gerade mit ihm gemacht hatte. »Verdammte Scheiße!«

»Ich glaube, die übliche Begrüßung lautet ›Hallo‹.« Einen Augenblick lang dachte Kelly, Confibot, unberechenbar wie er war, hätte auf einmal eine weibliche Stimme bekommen. Doch dann sah sie zu ihrem Entsetzen, dass die Stimme zu Anita gehörte, die mit überschlagenen Beinen, die langen Finger über dem Knie ineinander verschränkt, völlig gelassen hinter dem Bedienpult saß. Ihre Augen hatten einen reptilienhaften Glanz.

»Anita, ich … ich wusste gar nicht, dass Sie hier sind.«

»Ja, das habe ich vermutet. Ich bin gekommen, um Ihre Fortschritte mit Confibot zu überprüfen.« Sie deutete auf den Androiden, dessen fehlendes Gesicht über dem schönen Körper in ordentlichem Hemd und Khakihose ziemlich absurd wirkte.

»Ich bin weiter, als es aussieht«, sagte Kelly verzweifelt und bewegte sich langsam zur Seite, um Anitas Blick auf das weggeworfene Gesicht im Abfalleimer zu versperren, doch Anita deutete bloß auf den Stuhl ihr gegenüber.

»Setzen Sie sich«, wies sie Kelly an. Kelly setzte sich, schlug ein Bein übers andere, um es gleich wieder herunterzunehmen, und lehnte sich mit lautem Quietschen auf dem Stuhl zurück, sodass sie den ganzen Moment in eine unfreiwillig komische Folge aus Fehlern verwandelte.

Anita sah sie prüfend an. Gerade als Kelly das unangenehme Schweigen mit irgendetwas überbrücken wollte, fing Anita an zu sprechen.

»Warum glauben Sie, bin ich so, wie ich bin?«

Es gab absolut keine gute Antwort auf diese Frage. Wie war Anita denn? Wenn Kelly sagte, sie sei mächtig oder erfolgreich oder intelligent, würde das kriecherisch rüberkommen. Aber noch schlimmer wäre es, die Adjektive auszusprechen, die ihr wirklich durch den Kopf gingen.

Mit offenem Mund sah sie Anita völlig perplex an, bis die ihre Geduld verlor. »Okay, lassen Sie es mich anders formulieren. Wie viele hispanische Frauen führen Unternehmen im Silicon Valley?«

Zumindest diesmal glaubte Kelly, eine Antwort riskieren zu können. »Eine?«, fragte sie vorsichtig.

»Eine. Und Sie haben das Privileg, unter ihr zu arbeiten. Es war nicht leicht, als Kind von eingewanderten Fabrikarbeitern in die Position zu gelangen, die ich heute innehabe, Kelly. Erbarmungslosigkeit ist meine Überlebensstrategie. Um bis hierher zu kommen und um hier zu bleiben, habe ich alles und jeden aus dem Weg geräumt, der mir nicht genützt hat. Glauben Sie nicht, dass es jemals leichter wird. Glauben Sie nicht, dass man sich auf seiner Position einfach ausruhen könnte. Und glauben Sie nicht, dass ich auch nur einen Moment zögern werde, Sie von diesem Projekt abzuziehen, wenn Sie meinem persönlichen Erfolg im Weg stehen.«

Kelly schluckte. »Ich weiß, Sie haben recht ... Ich gebe mir wirklich Mühe ...«

»Nein, tun Sie nicht. Was brauchen Sie noch von mir, Kelly? Habe ich Ihnen nicht alle Mittel gegeben, die Sie zur Beendigung Ihres Projekts brauchen?«

»Doch, haben Sie.«

»Habe ich Ihnen nicht das modernste Equipment zur Verfügung gestellt?« Anita zeigte durch den Raum, auf die Touchpad-Steuerungen, die Reihen von Computern.

»Doch.«

»Hab ich Ihnen nicht einen erstklassigen Berater zur Seite gestellt, einen der höchstbezahlten Psychologen im Land? Haben Sie hier nicht einen ganzen Beraterstab von anderen intelligenten, eifrigen Kollegen zur Verfügung?«

»Doch«, sagte Kelly so leise, dass es selbst in dem geschlossenen Raum kaum zu hören war.

»Und trotzdem sind Sie noch nicht weiter. Was also ist das Problem?«

Es gab nur eine Möglichkeit, diese Lücke zu füllen. »Ich«, sagte Kelly.

Anita machte gerade lange genug Pause, dass Kellys Antwort bei ihr sacken konnte. »Ich fordere Sie nicht heraus, um Sie zu quälen, Kelly, sondern weil ich glaube, dass Sie es draufhaben«, fuhr Anita mit tiefer, nachdrücklicher Stimme fort. Ihr Gesicht enthielt beinah etwas, das in Kellys umfangreicher Dateisammlung von Mikroexpressionen als Gefühl klassifiziert worden wäre. »Und darum werde ich Ihnen einen Gefallen tun, den ich nur selten jemandem gewähre. Ich werde mich wiederholen. Aber glauben Sie nicht, dass ich es noch ein drittes Mal sagen werde. Bei der Ingenieurskunst geht es um Zwischenmenschliches, um Zusammenarbeit. Wenn Sie die feineren Nuancen der Entwicklung nicht bewältigen können, werde ich Ihnen nicht noch einmal ein eigenes Projekt anvertrauen.« Anita stand auf und ging, ohne sich noch einmal umzublicken, aus dem Raum.

Natürlich informierte Kelly so schnell wie möglich Priya. Kelly war froh, endlich offen mit ihr reden zu können, nachdem sie ihr die Sache mit Ethan gestanden hatte. Als sie ihr von Robbies dramatischem Erpressungsversuch erzählte, rief Priya triumphierend: »Ich wusste es! Ich habe schon immer gewusst, dass er verrückt ist! Wie oft habe ich dir damals gesagt, du sollst sein Apartment nach der verkleideten Leiche seiner Mutter in einem Schaukelstuhl durchsuchen?«

»Was soll ich denn jetzt machen, Priya?«, stöhnte Kelly. »Ich habe keine Zeit, ständig irgendwelche Roboterteile für Robbie zu bauen, sobald er danach verlangt. Und ich kann auch Confibot so kurz vor der Präsentation nicht auseinandernehmen. Ich komme bei Anita so schon in Teufels Küche.« Aufgebracht raufte sie sich die Haare.

»Na ja, du hast ja noch einen anderen vollständigen Roboter«, warf Priya ein.

Kelly schüttelte energisch den Kopf. »Auf keinen Fall. Das tue ich Ethan nicht an. Außerdem kann ich ihn so kurz vor unserer Hochzeit nicht auseinandernehmen. Womit soll ich denn dann zum Traualtar gehen, einer Platine im Smoking?«

»Moment, du hast nicht wirklich vor, ihn zu heiraten, oder?«

»Nein, es ist nur … ach, du weißt schon.« Kelly rang hilflos die Hände.

»Nein, tue ich nicht.« Priya sah sie mit verwirrter, ungläubiger Miene an, wahrscheinlich sehr ähnlich der, die Kelly gegenüber Robbie aufgesetzt hatte. »Was ist los, Kelly? Ich hatte mir Sorgen wegen deines Jobs gemacht, aber jetzt mache ich mir Sorgen um deinen verdammten Verstand. Ist das eine verfrühte Midlife-Crisis, oder was?«

»Nein!«, rief Kelly. »Ich brauche gerade etwas emotionale Unterstützung, keine Verurteilung, okay? Ich brauche … ich brauche Antworten.«

»Ich habe dir eine gegeben. Du hast sie abgeschmettert.«

»Priya …«

»Komm her.« Priya nahm sie in die Arme und strich ihr übers Haar. »Du hast einen guten Verstand. Verlier ihn nicht.«

»Ich komme da wieder raus«, murmelte Kelly und gab sich Priyas Umarmung hin.

»Natürlich kommst du das. Sag Bescheid, wenn ich dir irgendwie helfen kann. Ich tue alles für dich.«

»Es gibt da tatsächlich etwas.« Kelly zog den Kopf zurück und blickte Priya hoffnungsvoll an.

»Spuck's aus.«

»Wirst du meine Trauzeugin sein?«

»Das nicht.« Priya verschränkte die Arme.

»Aber du hast doch gesagt, du wärst gern schon viel früher in die Sache mit Ethan involviert worden. Das ist jetzt deine Gelegenheit.« Kelly hoffte, ihre heitere Stimme würde Priya überzeugen, schließlich war sie selbst auch noch nicht ganz überzeugt.

»Okay, am Anfang hätte das Ganze vielleicht noch Spaß gemacht, aber inzwischen kommt es mir ein bisschen zu sehr wie eine schlechte Reality-TV-Sendung vor.«

»Du musst nichts weiter tun, als meine Mom deine Maße für das Kleid nehmen lassen.« Kelly schlug flehentlich die Hände zusammen. »Sie will es unbedingt Samstag machen, und ich habe keine Zeit, das vorher noch in Ordnung zu bringen.«

»Und ich habe keine Zeit, meinen Samstag damit zu vergeuden, mir die Maße für ein Kleid nehmen zu lassen, das ich nie tragen werde. Montag ist die Deadline für meinen Prototyp für Dr. Hanover. Ich habe gestern Abend noch bis elf am Schreibtisch gesessen.«

Tatsächlich sah sie ganz schön geschlaucht aus. Kelly wusste nicht, ob sie Priyas Deadline einfach vergessen hatte oder gar nicht darüber informiert gewesen war. Auf einmal wurde ihr bewusst, dass sie in letzter Zeit kaum mit Priya über ihre Arbeit geredet hatte und über ihr Privatleben eigentlich auch nicht. Wenn sich die Gelegenheit ergab, wurden ihre Gespräche meistens von Diskussionen über Ethan dominiert. Vielleicht klang Priya deswegen so oft gereizt. »Du hättest mir Bescheid sagen sollen, ich war auch bis neun hier.«

»Ja«, sagte Priya lustlos. »Wobei ich gestern Abend eh nichts Besseres zu tun gehabt hätte.« Sie wandte den Blick ab und fing an, durch ihr Smartphone zu scrollen. »Andre und ich haben uns … keine Ahnung. Wir haben nicht gesagt, dass wir uns trennen, aber wir haben uns am Wochenende gestritten und seitdem nicht mehr miteinander geredet.«

»O nein, das tut mir leid, Pri.«

»Na ja. Wir hatten ja auch nicht gesagt, dass wir zusammen sind, von daher …« Priya lachte freudlos. Dann warf sie auf einmal die Hände in die Luft. »Dabei weiß ich noch nicht mal, was ich falsch gemacht hab! Ich war bei einer seiner Stand-up-Comedy-Shows, und hinterher hat er mich gefragt, wie ich es fand, und ich habe nichts weiter gemacht, als ihm darauf zu antworten. Kann ich ja nichts für, dass seine Witze nicht originell sind. Ich dachte halt, er will ein ehrliches Feedback.« Kelly legte ihr solidarisch die Hand auf den Arm.

»Ich bin zu offen, oder?«, fragte Priya. »Deswegen schlage ich alle in die Flucht. Ich dachte, ich hätte endlich jemanden gefunden, der mich versteht, der mich wirklich versteht und weiß, dass ich es gut meine, und jetzt hab ich das auch vermasselt.« Sie machte eine Pause, bevor sie ungewöhnlich leise murmelte: »Es ist ein Elend. Ich mochte ihn wirklich gern, Kelly.«

»Wir gehen dieses Wochenende aus!«, sagte Kelly. »Wir ertränken unseren Kummer in Alkohol, und du kannst dich von anderen Typen angraben lassen, und dann fühlst du dich gleich besser.« Ihr Widerwille gegens Ausgehen war unvermindert, aber sie wollte ihre Freundin aufheitern. »Ich bringe Ethan mit! Du hast ihn immer noch nicht richtig kennengelernt.«

»Au ja!«, rief Priya wieder etwas lebendiger. »Wie kommt er damit klar, wenn die Leute ihn anstarren und ihm fünftausend Fragen auf einmal stellen? Ich habe nämlich eine Menge Fragen.«

»Er wird es toll finden. Vielleicht gehen wir gleich nach der Anprobe vom deinem Kleid?«, fragte Kelly hoffnungsvoll. »Ich schreib dir noch mal, wann, okay?«

Priya seufzte tief. »Ich kann es kaum erwarten«, bemerkte sie trocken.

Den ganzen Nachmittag bei der Arbeit dachte Kelly an nichts anderes als an den bevorstehenden Abend mit Ethan. Doch als sie nach Hause kam, war sein Anblick nicht der erhoffte Balsam für ihre Seele. Vielleicht lag es daran, dass sie die Arbeit nicht wirklich hinter sich lassen konnte. Ihr Kopf war voller quälender Erinnerungen an den Tag – ihr Kampf mit Confibot, Anitas schneidende Worte, Priyas Lustlosigkeit. Robbie hatte seine

Drohung wahrgemacht und den ganzen Nachmittag hindurch schon einzelne Körperteile von ihr verlangt, sodass sie sich vorgekommen war wie eine Fleischereifachverkäuferin. Je mehr sie über die Art seiner Erpressung nachdachte, desto wütender wurde sie. Ihm musste klar sein, was er da tat. Schließlich wusste er ganz genau, aus welchen Teilen Ethan bestand, grübelte Kelly düster und dachte an das rekonstruierte Bild von Ethan auf Robbies Computer. Sein Erpressungsversuch war nicht bloß ein Angriff auf ihren Fortschritt mit Confibot. Es war ein Angriff auf Ethan. Und um noch Salz in die Wunde zu streuen, war Robbie am Nachmittag mit Brahma über den Flur der Entwicklungsabteilung stolziert und hatte den Roboter ganz gelassen darum gebeten, ihm mit seinen vielen Armen Sachen zu holen und Türen aufzuhalten – natürlich nur, um die Technologie zu testen. Und immer, wenn Robbie gerade nichts von Kelly wollte, meldete sich Diane, die ihr langsam, aber stetig tröpfelnd E-Mails mit Links zu Zeitschriftenartikeln über die Kunst ihres ausgewählten Floristen schickte und Kelly warnte, dass, wenn sie nicht bald eine Anzahlung leistete, sie ihre Option auf diesen Mann verlöre – diesen Meister, der im Alleingang der Nelke zu neuem Ansehen verholfen hatte.

Was Kelly also eigentlich von Ethan brauchte, war Ablenkung, und die bot er ihr einfach nicht. »Wie war dein Tag?«, fragte sie, als sie mit einer Tüte Take-away durch die Tür kam. Sie kam in letzter Zeit immer so spät nach Hause, dass ihre Kochabende auf der Strecke geblieben waren.

»Ganz okay. Wie war deiner?« Er nahm ihr das Essen ab und fing an, es auf Teller zu verteilen.

»Die Hölle. Was hast du den ganzen Tag gemacht?«

»Was meinst du damit, ›die Hölle‹?« Ethan legte die Servietten, die er in der Hand gehalten hatte, weg und sah sie besorgt an.

Kelly winkte ab. »Nichts, nur ein anstrengender Tag. Also, was hast du gemacht?«

»Kelly, du musst mir sagen, was passiert ist. Vielleicht kann ich dir helfen.«

»Ich will nicht drüber reden!« Das klang härter, als sie es gewollt hatte. Sie ruderte zurück. »Danke für das Angebot, aber es ist Arbeit, da kannst du nichts tun. Ich will es einfach vergessen. Erzähl mir was Neues.«

Ethan blickte leicht nach oben, während er sein Hirn durchsuchte. »Also, heute haben die Rebellen in Syrien …«

Kelly goss sich ein ziemlich volles Glas Wein ein, während sie zuhörte, wie Ethan ihr gehorsam die Nachrichten vorlas. Sie hätte ihn nicht so anfahren sollen, das wusste sie. Das hier war die Zeit, wo sie die Arbeit hinter sich lassen und endlich ein paar friedliche Stunden zu Hause verbringen konnte. Mit einem Schluck leerte sie das halbe Glas Wein.

Da vibrierte ihr Handy in der Tasche wie eine herumfliegende Wespe: Robbie verlangte nach Augäpfeln, Farbe 009. Ohne in die Datenbank zu sehen wusste Kelly sofort, dass ihr Labor nur einen einzigen Satz Iris in dieser Farbe hergestellt hatte, weil es ein so seltenes, kristallines Blau war. Und dieser Satz befand sich gerade auf der anderen Seite der Küche und durchsuchte die Besteckschublade nach Gabeln.

Kelly schloss nach Halt suchend die eigenen Augen. Sie war so müde. Neue Augen herzustellen würde Stunden dauern, und das Letzte, was sie heute Abend wollte, war zur Arbeit zurückzufahren und den 3-D-Drucker anzuwerfen. So wie sie sich gerade fühlte, wollte sie eigentlich nie wieder zurück zur Arbeit. Ob jemand sie dafür bezahlen würde, die nächsten sechzig Jahre oder so den ganzen Tag zu Hause zu sitzen und Take-away-Essen zu essen?

»Willst du Soja-Soße?«

Kelly öffnete die Augen. Ethan hatte sich zu ihr umgedreht und sah sie mit genau diesen Augen an – mit diesen Augen, die sie so einfach herausnehmen könnte, wenn sie ihn übergangsweise abschalten würde. Sofort verfluchte sie sich, überhaupt so einen barbarischen Gedanken zu haben.

»Äh, ja«, antwortete sie eine Sekunde zu spät.

Kelly konnte sich nichts vormachen. Das hier war kein normaler Abend zu Hause. Sonst wäre sie jetzt überhaupt nicht in dieser Situation. Priya hatte heute deutlich gesagt, was Kelly ihrer Meinung nach tun müsste, und jeder andere würde dasselbe sagen, jeder, der auch nur einen Funken Verstand besaß. Die einzige sinnvolle Lösung war, Ethan loszuwerden. Sie könnte es heute Abend tun. Ihr Stress wegen Robbie würde sich in Luft auflösen – er würde ihr nichts beweisen können, wenn ihre Kreation erst einmal zerlegt wäre. Die Hochzeit würde abgeblasen und Kelly müsste nicht mehr versuchen, ihr Mom davon abzuhalten, zu viel zu planen, was zunehmend schwieriger wurde. Es gäbe keinen Grund mehr für die Anspannung zwischen ihr und ihrer Schwester. Sie könnte ihre Energie auf das konzentrieren, was wirklich wichtig war, auf Confibot und ihre Familie und Priya. Sie könnte endlich mal wieder gut schlafen, bevor ihr erschöpftes Gehirn rebellierte und sich für immer verabschiedete.

Als Ethan den Kühlschrank öffnete, um den Krug mit gefiltertem Wasser rauszunehmen, fiel ihr an der Kühlschranktür etwas Blaues ins Auge. »Was ist das?« Sie ging näher heran. Da, am Kühlschrank, hing die blaue Schleife, die sie in der sechsten Klasse bei den Projekttagen gewonnen hatte, als keiner ihrer Eltern zur Preisverleihung gekommen war.

Ethan lächelte schüchtern. »Ich habe mich schon gefragt, wann es dir wohl auffällt. Ich habe sie in einem alten Karton gefunden, als ich den Schrank aufgeräumt hab. Ich fand, wir sollten deine Leistung feiern, Madam Wissenschaftlerin.« Er schwang die Hand vor sich im Kreis und machte eine Verbeugung.

Wie ein stolzer Vater hatte Ethan ihre Schleife am Kühlschrank aufgehängt. Kelly wollte ihm so gerne danken, ihm die Arme um den Hals werfen und sein süßes, lächelndes Gesicht küssen. Doch sie erstarrte. Sie wusste, all dies musste aufhören. Jede aufmerksame Geste von ihm und jeder Moment, in dem sie sich erlaubte, sich seiner warmen Zuneigung hinzugeben, war ein weiterer Schritt die Leiter hinab in einen dunklen Brunnen. Wie hatte sie nur so dumm sein können, es so weit kommen zu lassen? Sie durfte es sich nicht erlauben, diesen Moment zu genießen, oder ihm sagen, wie glücklich er sie machte. Aber sie konnte ihn auch nicht abschalten – sie konnte es einfach nicht. Sie war irgendwo in der Mitte gefangen.

»Ich habe etwas im Büro vergessen. Ich muss noch mal los«, sagte sie und zwang sich zu einem kühlen Ton, auch wenn die Worte sich anfühlten, als würde sie ein Messer erbrechen.

Ethans glückliche Miene verwandelte sich in Verwirrung. »Oh, okay, kein Problem.« Peinlich berührt, nahm er die Schleife schnell wieder ab. »Ich halte das Essen warm und warte auf dich.«

»Mach dir deswegen keine Gedanken, ich habe keinen Hunger.« Sie eilte zur Tür, um ihre Handtasche und Schuhe zu holen, und ging, ohne ihn noch einmal anzusehen, bevor sie es sich anders überlegen konnte.

Inzwischen hatte Kelly so einen Schlafmangel von den Überstunden, die sie jetzt zusätzlich zu ihrer Arbeit an Confibot noch für Robbie leisten musste, dass sie am Samstagmorgen in einem tiefen Nebel aufwachte und sich kurz fragte, ob das schon das Leben nach dem Tod war. Sie sehnte sich danach, den Tag zu Hause in ihrer Lieblings-Yogahose zu verbringen, in der sie tatsächlich noch nie Yoga gemacht hatte, doch dann quälte sie sich aus dem Bett. Sie war im Laden ihrer Mutter mit Priya verabredet. Kaum hatte sie das Geschäft betreten, marschierte Diane mit einer Armladung Stoffproben auf sie zu.

»Okay«, sagte Diane kurz und professionell. Sie war ganz in ihrem Element, ein Brautmodengeschäftswirbelsturm, bereit, loszulegen. »Bei Dezember denke ich an Winterweiß. Ich weiß natürlich, was du denkst: Weiß ist für die Braut. Und damit hast du absolut recht. Aber ich habe diese Doppelseite in dieser einen Zeitschrift gesehen, wo die Brautjungfern alle Weiß trugen, aber mit Accessoires in einer Akzentfarbe. Schärpen, Halsschmuck, Schuhe, das alles. Es sah absolut schön aus und hat aber auch überhaupt nicht von der Braut abgelenkt. Glaub mir, du wirst wunderschön sein, und es kommt sowieso vor allem darauf an, wie man die Leute auf den Fotos präsentiert, und wo wir gerade dabei sind, ich habe mit der Fotografin gesprochen, die die Fotos für die McRib-Werbekampagne gemacht hat. Was sagst du?«

Als Diane ihr drei eigentlich identische Stoffmuster vors Gesicht hielt, wusste Kelly nicht, ob ihre Mutter ihre Meinung zu den Stoffen oder zu der McRib-Fotografin hören wollte, aber sie war sich sowieso bei beidem unsicher. Sie blinzelte heftig, um wach zu werden, und bat ihre Mutter um einen Kaffee. Sie würde ihn brauchen.

Zwanzig Minuten und fünftausend Winterweißtöne später blickte Kelly zum dritten Mal auf die Uhr. Immer noch keine Priya. Als sie ihr Handy rausnahm, sah sie den entgangenen Anruf. »Und wir dürfen nicht vergessen, dass Kate Middleton Fruchtkuchen als Hochzeitstorte hatte«, erklärte ihre Mom gerade.

»Ich rufe kurz Priya an«, unterbrach sie Kelly, »und frage, wo sie bleibt.«

»Okay, okay, sag ihr, sie soll sich beeilen. Ich muss noch Fotos von ihrem Hautton machen, um sie in mein Visionboard zu integrieren.«

Kelly ging nach draußen und wählte Priyas Nummer. »Wo steckst du? Ich gehe schon seit zwanzig Minuten mit meiner Mom Stoffmuster durch. Sie hat mehr Weißtöne als der Kongress.«

»Sei nicht sauer, Kelly.« Priyas Stimme klang zögerlich. »Ich komme nicht.«

»Was? Ist was passiert?«

»Nein, mir geht's gut, ich habe nur gestern Abend noch mal drüber nachgedacht. Ich kann das nicht. Ich kann an dieser Hochzeit nicht teilnehmen.«

»Wir haben doch schon darüber gesprochen, und du hast gesagt, du hilfst mir. Du hast gesagt, du kommst.«

»Ich weiß. Ich hätte es nicht tun sollen. Ich kann da einfach nicht mitmachen und so tun, als wäre alles super und als wäre es eine ganz normale, glückliche Hochzeit. Das ist es nicht. Du weißt überhaupt nicht mehr, was du da tust, Kelly. Ich habe Angst, du stürzt dich damit noch ins Unglück. Ich habe dir geraten, das Ganze zu beenden, aber das hast du nicht. Ich tue das nur für dich, versprochen. Ich versuche nur, dir zu helfen.«

Kelly fühlte, wie ihr das Blut in die Wangen schoss. »Ach ja? Mich versetzen und mich vor meiner Mutter lächerlich machen, damit willst du mir helfen? Erinnere mich bitte daran, dass ich dich nie wieder um einen Gefallen bitte.«

Priya explodierte. »Eigentlich müsste ich dir echt nicht sagen, dass du dein Leben nicht versauen sollst! Du bist viel schlauer, als du dich gerade verhältst. Ich bin normalerweise diejenige, die alles ruiniert, nicht du.«

Aus dem roten Nebel an Gefühlen begannen Kellys Gedanken, Form anzunehmen. Priya behauptete, dass sie es gut mit ihr meinte. Und jemand Außenstehendes könnte vielleicht denken, dass sie Kelly wirklich half. Aber Kellys gesamte Daten, über dreißig Jahre lang gesammelte Beziehungserfahrungen, sagten ihr, dass es am klügsten und sichersten war, vom Schlimmsten auszugehen: dass es Priya peinlich war, in diese »abnormale« Hochzeit verwickelt zu sein, dass sie sich für Kelly schämte. Seit Monaten schon war ihre Freundschaft immer mehr den Bach runtergegangen. Option A, eine Versöhnung, würde unweigerlich zu einer noch größeren Enttäuschung führen. Option B, ein schnelles Beenden der ganzen Verwicklung, würde auf lange Sicht beiden jede Menge Schmerzen ersparen.

Und so zwang sich Kelly zum zweiten Mal in dieser Woche, kalt zu reagieren.

»Stimmt«, sagte Kelly. »Du bist diejenige, die alles ruiniert. Warum also urteilst du über mich?«

Priya lachte, ein bitteres, abgehacktes Lachen, wie Kelly es noch nie von ihr gehört hatte. »Klar. Zumindest hatte ich einen echten Freund. Ich musste mir keinen bauen.«

Eine leere Stille folgte – Priya hatte aufgelegt. Kelly konnte beinahe fühlen, wie das Blut durch ihr Ohr pulsierte, so fest, wie sie das Handy dagegen gedrückt hatte. Sie schleppte sich zurück in den Laden, um sich ihrer Mutter zu stellen.

»Ist sie gleich da?«, fragte Diane. »Ich habe nicht den ganzen Tag Zeit.«

»Vergiss die Kleider für die Brautjungfern erst mal, okay?«, antwortete Kelly müde. »Ich brauche keine Brautjungfern.« Schließlich wäre Priya, abgesehen von ihrer Schwester, ohnehin die einzige gewesen.

dreiundzwanzig

Kelly wollte schon den Laden verlassen, doch Diane seufzte laut, nahm hinter dem Tresen Maßband und Klemmbrett hervor und sagte: »Na, dann komm her.«

»Warum?«

»Weil ich deine Maße nehmen muss, natürlich.« Als Kelly sie immer noch verständnislos ansah, fuhr sie fort, als wäre es das Selbstverständlichste der Welt: »Für dein Kleid. Dachtest du, Priya würde die Einzige sein, die zur Hochzeit etwas anzieht?«

»Du willst mein Kleid nähen?« Sobald Kelly die Frage ausgesprochen hatte, wurde ihr klar, dass sie es hätte kommen sehen müssen. Schließlich hatte ihre Mutter auch Claras Hochzeitskleid genäht und kümmerte sich um jeden anderen Aspekt der Hochzeit. Die Art von Kleid, die sie normalerweise aus den Händen ihrer Mutter kannte, war so wenig Kellys Stil, dass sie die Möglichkeit, selbst solch ein Kleid zu tragen, völlig ausgeschlossen hatte. Doch jetzt stand die Möglichkeit auf einmal im Raum, offensichtlich, unvermeidbar.

»Natürlich nähe ich es.« Diane beäugte Kellys Körper. Sie spulte das Maßband ab und wollte es Kelly um die Brust legen, doch Kelly machte einen Schritt zurück.

»Ich weiß das wirklich zu schätzen, aber das musst du nicht tun. Das ist viel zu viel Arbeit.«

Diane lächelte. »Zu viel Arbeit waren die elf Stunden, als ich deinen Kopf aus meiner Vagina gepresst habe. Danach habe ich einfach nachgegeben. Ich steckte eh schon viel zu tief drin.«

Sie ging wieder mit dem Maßband auf Kelly zu, und wieder wich Kelly zurück, bis sie fast gegen einen Auslagekasten stieß.

Diane hob eine Augenbraue. »Willst du etwa nicht, dass ich dein Kleid nähe?«

»Nein, das ist es nicht …«

»Vertraust du mir nicht, dass ich es gut mache? Weißt du nicht, dass für meine Sonderanfertigungen Bräute von überall her hierherkommen? Weißt du etwa nicht zu schätzen, dass du die Kombination meiner jahrelangen Erfahrung und meines Talents für umsonst bekommst?«

»Ich weiß, dass du gut darin bist, es ist nur …«

»Meine eigene Tochter! Ich bin eine professionelle Hochzeitskleid-Designerin, und meine eigene Tochter will nicht, dass ich ihr Kleid nähe.« In Sekundenschnelle war Dianes Wut in Selbstmitleid umgeschlagen. »Du brauchst mich wohl nicht«, sagte sie mit tränenerstickter Stimme.

Sie fing an, das Maßband wieder aufzurollen, und schaffte es, diese kleine Geste mit so viel Drama aufzuladen wie ein trauriger Clown, und so hob Kelly seufzend die Arme. »Okay, fang an.«

Sofort aufgemuntert fing Diane an, legte Kelly das Band um und machte sich auf dem Klemmbrett Notizen. »Was für eine Woche. Die Arbeit türmt sich hier im Laden, und ich habe diese neue Gesichtsmaske ausprobiert, die heißt ›Skin Tar‹, ich habe zwar keine Ahnung, was das heißen soll, aber sie kostet sechzig Dollar, also muss sie ja was können, und, ach du meine Güte, apropos, vielleicht solltest du die auch mal ausprobieren, Kelly, du siehst nicht besonders gut aus.« Diane nahm die Gelegenheit wahr, Kelly aus der Nähe zu betrachten.

»Mir geht's gut, das ist nur der Stress wegen der Hochzeit, weißt du?«

»Ja, aber was ist mit dem Strahlen wegen der Hochzeit? Das sollte den Stress doch überdecken.«

Und das von einer Frau, die sich Sechzig-Dollar-Teer ins Gesicht schmierte, dachte Kelly. »Ich weiß nicht, wovon du da redest. Niemand weiß, was das sein soll.«

Diane sah sie erstaunt an. »Natürlich! Alle Bräute fühlen das – die Aufregung, das leichte Kribbeln, jedes Mal, wenn du an die Hochzeit denkst oder an den Mann, den du heiraten wirst. Fühlst du das nicht?«

Kelly zögerte. Was sie fühlte, wenn sie an die Hochzeit dachte, entsprach mehr dem Gefühl, das sie zwanzig Minuten, nachdem sie einen Hotdog von der Tankstelle gegessen hatte, bekam.

»Du musst das nicht tun, weißt du?«

Verwirrt blickte Kelly ihre Mutter an. »Was?«

»Heiraten. Wenn es sich nicht richtig anfühlt, lass es. Ich habe dir immer gesagt, du sollst nicht so wählerisch sein, was Männer angeht, aber das heißt nicht, dass du nicht auf deinen Bauch hören solltest.« Hatte Kellys Mom das wirklich gerade gesagt? Die Hochzeitskönigin? Vielleicht war es nur eine verdeckte Beleidigung ihres Bauches. Diane fuhr ganz gelassen fort, während sie weiter Maß nahm. »Natürlich hätte ich Ethan sehr gern als Schwiegersohn, er ist unglaublich charmant und der bestaussehende Mann, den ich kenne. Er sieht aus wie Prinz Erik aus *Arielle, die Meerjungfrau.* Weißt du noch, wie ihr Mädchen euch in Disneyland mit ihm habt fotografieren lassen, und er unbedingt auch ein Foto mit mir wollte? So süß ... Aber der Punkt ist, was ich am meisten für dich will ist, dass du glücklich bist.«

»Oh. Wow, ähm, danke«, sagte Kelly.

»Du musst gar nicht so überrascht tun. Ich bin schließlich deine Mutter.« Diane zögerte, dann sah sie Kelly in die Augen. »Das ist wichtig, weißt du? Es ist vielleicht die wichtigste Entscheidung, die du je treffen wirst.« Natürlich, dachte Kelly sofort, schließlich würde nichts sie je mehr definieren als der Mann, mit dem sie verheiratet war. »Du musst dir sicher sein. Eine Hochzeit abzusagen ist hart, aber jahrzehntelang eine falsche Entscheidung zu bedauern ist noch härter.«

Plötzlich erfasste Kelly ein unerklärliches Gefühl, von dem sie weder wusste, wo es herkam, noch, dass es überhaupt in ihr existierte. Es war nicht schwer zu erkennen, dass die Ehe ihrer Eltern eine Enttäuschung war. Doch ihre Mom hatte demgegenüber immer so blind gewirkt. Sie pries ihre Ehe, buk herzförmige Valentinstorten, bestellte blumige Retouren-Adressaufkleber mit dem Namen *Mrs. Carl Suttle* darauf. Sie tratschte mit herablassendem Mitleid über ihre sich scheiden lassenden Freundinnen, als könnte ihr so etwas nie passieren. Aber vielleicht betonte sie den Erfolg ihrer Ehe nicht deswegen derart, weil sie *wirklich* daran glaubte, sondern weil es zu schmerzhaft wäre, anders darüber zu denken.

Kelly hatte es immer erbärmlich gefunden, dass ihre Mom den ganzen Tag lang jungen Bräuten etwas von der glücklichen, lebenslangen Ehe erzählte, um dann zu ihrem starren Zusammenleben mit dem eigenen Mann nach Hause zurückzukehren. Doch immer noch an den Traum zu glauben, trotz allem – darin lag ganz schön viel Mut. Auf einmal wurde Kelly bewusst, dass sie und Diane beide Frauen waren, die sich in der Arbeit vergruben, die im Beruf ihre Erfüllung gefunden hatten, aber nicht in Beziehungen. Kellys schlimmste Angst war wahr geworden: Sie war gar nicht so anders als ihre Mutter. Doch in der düsteren Erkenntnis lag auch etwas Trost. Dianes unablässiger Druck auf Kelly, einen Partner zu finden, war lange eine Quelle von Wut und Selbstzweifeln für sie gewesen. Doch Dianes fortwährendes, nachdrückliches und nerviges Insistieren, dass ihre Tochter etwas Besseres verdiente als sie selbst – das war auch ein Ausdruck von Liebe.

»Aber wahrscheinlich ist es nur die Aufregung«, fuhr Diane fort und fing Kelly mit dem Maßband um die Hüften ein wie mit einem Lasso. »Du hast dich schon immer von deiner Nervosität davon abhalten lassen, das Leben zu genießen. Oh, ich habe so tolle Ideen für dein Kleid. Ich muss doch noch mehr Stoffe bestellen, als ich dachte. Mag sein, dass ich übertreibe. Aber ich kann nicht anders!« Sie kreischte begeistert.

Das holte Kelly wieder auf den Teppich zurück. Sie würde etwas anziehen müssen, das aussah wie die Schurwolle einer ganzen Hundeshow mit weißen Pudeln. Zumindest schien diese Art von Sachen im Laden ihrer Mutter immer gut zu gehen. Sie beruhigte sich damit, dass, sobald sie verkündet hätte, das Kleid nicht zu brauchen, ihre Mutter eine andere Frau finden würde, die es liebte, und die Arbeit nicht umsonst gewesen wäre.

Nachdem Diane ihr strikte Anweisungen gegeben hatte, was sie gegen ihre dunklen Augenringe tun sollte, fuhr Kelly nach Hause. Zwischen einem ramponierten lila Volvo mit ironischen Aufklebern auf der Stoßstange und einem Bugatti kroch sie auf dem Freeway Richtung Norden. Vor einem Jahr hatte sie sich eine Selbstoptimierungs-App auf ihr Handy runtergeladen, die versprach, »die Kämpferin in dir« zu befreien. Die App beinhaltete eine Übung, die den Nutzerinnen dabei half, Entscheidungen zu treffen, indem sie ihre körperlichen Reaktionen auf eine Frage beobachteten. Damals war sie schnell davon genervt gewesen und hatte die App als blöd abgetan und gelöscht. Doch jetzt probierte sie die Technik noch einmal ohne die App aus. Was fühlte sie, wenn sie daran dachte, dass ihre Mom ihr ein Hochzeitskleid nähte? Ein Ziehen im Bauch, ein Zucken um die Mundwinkel, was Freude oder auch Frust bedeuten konnte. Was fühlte sie, wenn sie an die Hochzeit dachte? Das Ziehen wanderte hoch zu ihrem Herzen, ließ sie scharf einatmen, und ihr Puls beschleunigte sich, sie fühlte Panik in sich aufsteigen – vielleicht war es besser, dem nicht zu lange nachzuspüren, während sie Auto fuhr. Was fühlte sie, wenn sie an Ethan dachte? Und da war es – das Kribbeln. Sie öffnete Google Maps auf ihrem Handy, um zu gucken, wie lange sie noch bis nach Hause brauchte.

Kelly wusste, dass sie den Rest des Wochenendes eigentlich etwas Produktives machen sollte, wie an Confibot arbeiten oder den Stapel alter Papiere sortieren, die sich schon so lange in der Ecke ihres Schlafzimmers türmten, dass die unteren Schichten bereits eine andere Farbe hatten als die oberen. Oder Ethan loswerden. Sie sollte sich von ihm distanzieren, statt noch mehr Zeit mit ihm zu verbringen. Doch nachdem die letzte Woche ein ziemlicher Albtraum gewesen war, wollte sie einfach nur einen schönen Sonntag haben. Ohne Druck, ohne Arbeit, ohne Hochzeitsgespräche. Nur sie zwei und die Welt.

Kelly hatte schon Geschichten darüber gehört, was für Möglichkeiten die San Francisco Bay Area den hier lebenden Menschen bot. Sie war immer mehr der Indoor-Typ gewesen, aber angeblich gab es da diesen sogenannten Strand? Und irgendwelche Berge? Obwohl sie schon ihr ganzes Leben lang hier wohnte, musste Kelly TripAdvisor, Lonely Planet und WebMD heranziehen, um einen Tag mit Outdoor-Aktivitäten in ihrer Heimatstadt zu planen. Sie wollte diese Sache mit der »frischen Luft« endlich mal ausprobieren.

»Ich wusste gar nicht, dass du den Strand magst«, sagte Ethan, als Kelly endlich einen Parkplatz gefunden hatte. »Warum sind wir nicht schön öfter hergefahren?«

»Das wirst du sehen, sobald ich die Sonnenmilch auspacke«, antwortete sie.

Ethan cremte gut zehn Minuten lang mit einem Lichtschutzfaktor, der höher war als Kellys Bonitätsindex, jeden Quadratzentimeter und jede Falte von Kellys Haut ein, von deren Existenz sie teilweise bislang überhaupt nicht gewusst hatte. Selbst mit einem Badeshirt bekleidet, um seine Schalttafel zu verdecken, zog Ethan die Blicke der anderen Strandbesucher, weiblich wie männlich, auf sich, als er ihre Strandtücher ausbreitete und Kelly sich sicherheitshalber noch Lippenpflegestift mit sehr hohem Lichtschutzfaktor auftrug. Dann sahen sie einander an.

»Und was machen wir jetzt?«, fragte Ethan.

»Ich glaube, wir … gehen rein.«

Ethan ahmte ihre vorsichtigen Schritte nach, während er ihr langsam ins Wasser folgte. Kelly war schon seit Jahren nicht mehr im Meer baden gewesen. Die betäubende Kälte erinnerte sie auch sofort daran warum. Doch als sie erst einmal eine Weile durchs Wasser gewatet war, taute ihr Körper langsam auf. Es war sogar irgendwie schön.

»Gefällt es dir?«, fragte Ethan.

»Ja.«

»Ist alles okay? Brauchst du mehr Sonnenmilch? Ich kann sie holen.« Er wendete sich dem Ufer zu, aber sie zog ihn zurück.

»Nein, alles okay. Bleib hier bei mir.«

Kelly blickte auf die heranrauschenden Wellen, eine nach der anderen, beinah musikalisch in ihrer rhythmischen Folge. Doch Ethan sah nur sie an. »Du bist wunderschön«, sagte er. »Deine Haare …«

»Was? Oh.« Sie griff nach ihren Haaren und fühlte, wie in der Gischt ihre Naturwellen durchkamen. »Ich glätte sie später wieder. Gerade kann ich nichts dagegen tun.«

»Nein.« Er streckte die Hand aus und strich ihr sanft durch die Haare. »Deine Haare sehen gut aus.«

Etwas daran, zu allen Seiten von Meerwasser umgeben zu sein, von ihm getragen zu werden, ließ alles andere unglaublich weit weg erscheinen. San Jose wurde zu Atlantis. Die durch Neonlampen beleuchteten Büros von AHI waren eine unbestätigte Legende. Das Glücksgefühl reichte bis in Kellys Zehen. Sie bespritzte Ethan mit Wasser, und er lachte: »Warte, das kriegst du zurück!«

Am Nachmittag gingen sie in den Ausläufern des Mount Hamilton wandern, auch wenn Kelly mehr herumkrebste als wanderte. Ethan ließ sie den unsicheren Pfad einen steilen Hügel hinauf vorangehen. In der Luft hingen die Gerüche von sauberer, feinkörniger Erde und silbrigen Wüstenpflanzen. Kelly fing schon an, ihre Entscheidung zu bereuen – ihre Waden waren an keinerlei andere Anstrengungen gewöhnt, als sich auf einen Stuhl zu setzen oder davon aufzustehen –, aber sie kämpfte sich weiter hoch. Schließlich erreichten sie einen Aussichtspunkt.

Selten war der Lärm vom Autoverkehr für Kelly in weiter Ferne – hier oben aber war es bloß ein leises Summen, mehr ein Gefühl als ein Geräusch. Ein Panorama aus roten Hügeln mit robusten stacheligen Sträuchern von geometrischem Wuchs erstreckte sich am Horizont, hintereinander angeordnet wie Wellen, die auf ihrem Kamm eingefroren waren. Es war lange her, dass Kelly etwas so Friedvolles gesehen hatte.

»Ist das nicht wunderschön?«

»Allerdings«, sagte Ethan. »Danke, dass du mich mit hierhergenommen hast.«

»Du brauchst mir dafür nicht zu danken.« Kelly blickte sich um und gab sich ganz dem Moment hin. Sie sah Ethan an. »Bist du nicht auch glücklich hier?«

Er lächelte sie an. »Ich bin glücklich, wenn du es bist.«

Wie würde ihr Leben nach Ethan wohl sein? In den ersten neunundzwanzig Jahren ihres Lebens hatte sie noch nie so eine Intimität erlebt wie mit ihm. Er war im wahrsten Sinne des Wortes ihr perfektes Match. Aber war es das Gleiche, sich jemanden zu bauen, der für sie perfekt wurde, wie jemanden zu finden, der perfekt für sie war? Sie dachte zurück an die vielen Stunden, während der sie über die gesundheitlichen Aspekte von Einsamkeit recherchiert hatte – niedrige Lebenserwartung, Demenz, Depressionen. Kelly wusste, die wahre Liebe zu finden war eine Herausforderung. Sie wusste, dass es nicht einfach war, sie zu lieben. Sie stellte sich vor, wie sie tagein, tagaus, jahrelang zwischen ihrem Apartment und dem Büro hin- und herfuhr, bis sie nirgendwo anders mehr hinkonnte als nach Hause, wo sie ihr Lebensende allein verbrachte. Einsamkeit war eine wirkliche und ernsthafte Bedrohung. Doch war es genug, mit jemandem zusammen zu sein, der sich nur nach ihren Wünschen richtete? Woher sollte sie wissen, ob Ethan irgendwelche eigenen Wünsche hatte? Reichte es aus, mit jemandem zusammen zu sein, wenn sie sich noch nicht einmal sicher war, ob er ... ein Jemand war?

Kelly versuchte, die lähmenden Gedanken abzuschütteln und einfach den Augenblick zu genießen. Sie wandte den Blick von der Aussicht ab und sah forschend in Ethans Gesicht. Aber sie konnte nicht sagen, ob das Glück, das sie darin zu sehen meinte, mehr als nur eine Reflexion ihres eigenen Glücks war.

In der folgenden Woche fiel es Kelly ziemlich leicht, die Entscheidung über Ethan beiseitezuschieben. Bei der Arbeit erforderten zu viele andere Aufgaben ihre Aufmerksamkeit, inklusive Robbies Wünsche. Doch als das Wochenende kam, stellte sich das, was eigentlich eine angenehme, befreiende Leere hätte sein sollen, einfach nur als ein Fehlen von Ausreden dar. Und so setzte sich Kelly an einem sonnigen Samstag im April, während Ethan im Zimmer nebenan die Wäsche machte, mit einem

Becher Kaffee in der Hand an ihren Computer und öffnete eine leere Seite. Sie musste sich irgendwie organisieren, sie brauchte einen Plan. Aufzuschreiben, was sie in logischen, diskreten Schritten tun musste, würde den beängstigenden Prozess vielleicht machbarer erscheinen lassen. »Schritt eins vollenden« klang viel netter als »Meinen Verlobten umbringen«.

Eine Stunde später fühlte Kelly sich schon viel besser. Sie hatte ihren Plan ausformuliert und ihn sich auf dem Handy im Hintergrund gespeichert. Die Liste war übersichtlich, präzise und geordnet, und mit Punkt A, ihrer Mutter, war Kelly noch genau im Zeitplan.

Sie hatte beschlossen, der Taktik, ihrer Mom zu erzählen, dass Ethan wegzog, noch eine Chance zu geben. Bevor sie die Tür zur Boutique aufstieß, straffte sie in ihrer gebügelten weißen Hemdbluse die Schultern und nahm einen tiefen Atemzug durch die Nase – einen schnellen, reinigenden Atemzug.

Sobald sie das Geschäft ihrer Mutter betrat, bekam sie schlechte Laune – der Laden hatte immer diesen Effekt auf sie. Doch Kelly würde sich nicht von ihrem Vorhaben abhalten lassen. Sie würde einen klaren Kopf bewahren. Sie hatte einen Auftrag. Genau wie das eine Mal, als sie hergekommen war, um ihrer Mutter zu sagen, dass Ethan Vergangenheit war, und stattdessen mit einem Verlobten wieder rausgegangen war. Den letzten Gedanken schob sie schnell wieder beiseite – dieses Mal würde anders laufen. Dieses Mal musste anders laufen.

Ihre Mutter war nicht im Verkaufsraum, aber Kelly meinte, im hinteren Bereich etwas rascheln zu hören. Sie ging durch den rosa-geblümten Vorhang und sah Diane mit dem Rücken zu Kelly in ihrer Werkstatt stehen, einem kleinen, quadratischen

Raum vollgestopft mit einer unglaublichen Vielfalt an Stoffen, Garnen und Kurzwaren in einem wahren Regenbogen aus Weißtönen.

»Hey, Mom.«

Erstaunt drehte Diane sich um. »Kelly! Ich wusste gar nicht, dass du kommst! Was für eine schöne Überraschung. Du kommst doch nie einfach so vorbei. Ist alles in Ordnung? Du hättest mir Bescheid sagen sollen.« Sie stellte sich vor das, woran sie gearbeitet hatte, und versperrte Kelly nervös herumzappelnd die Sicht darauf.

Kelly konzentrierte sich auf einen weiteren reinigenden Atemzug und kam gemäß ihrem Plan direkt auf den Punkt. »Ich muss dir etwas sagen. Es geht um Ethan«, fing sie an.

Doch Diane hörte gar nicht zu, sondern tastete nervös nach dem Stoff hinter sich. Offenbar war sie hin- und hergerissen, ob sie ihn verstecken und ihn Kelly zeigen sollte. »Ich wünschte, ich hätte gewusst, dass du kommst – es ist noch längst nicht fertig. Das meiste ist immer noch nur festgesteckt.«

»Was ist noch nicht fertig?«

»Dein Kleid.«

»Kein Problem, ich muss es gar nicht sehen, ich muss dir was sagen.« Das Letzte, was Kelly jetzt wollte, war, etwas Nettes über das Kleid sagen zu müssen, das wahrscheinlich aussah wie ein Spitz mit einer wachstumsinduzierenden Drüsenerkrankung.

Doch Diane konnte sich nicht länger zurückhalten. Sie trat zur Seite. »Was sagst du?«

Zuerst wusste Kelly gar nicht, was sie da sah. Wo war das steife Korsett aus blendenden Kristallen? Wo war der riesige Rock? Passte er etwa nicht in den Raum? War dies der Unterrock?

Doch das Kleid, das sie sah, war tatsächlich … wunderschön. Es war, als ob Kelly, die sich noch nie im Leben gefragt hatte, was für ein Hochzeitskleid ihr gefallen könnte, auf einmal genau das Kleid vor sich sah, von dem sie schon immer geträumt hatte. Weiche cremefarbene Seide floss von den schlichten Trägern in ein locker geschnittenes Mieder und weiter in einen Schleppenrock. Der V-Ausschnitt und der tiefe Rücken waren mit zarten Perlen besetzt. Es war ein bisschen blumiger, ein bisschen verträumter als jedes Kleidungsstück, von dem Kelly sich normalerweise angezogen fühlte. Und trotzdem war es genau richtig. Als Kelly das Kleid sah, vergaß sie, weswegen sie gekommen war. Sie konnte an nichts anderes mehr denken als daran, wie sie in diesem Kleid auf Ethan vor dem Traualtar zuschritt.

»Und?«, fragte ihre Mutter ängstlich. »Ich weiß, es ist schlichter als meine anderen Kleider, aber ich fand, das bist einfach … du.« Und Kelly war verblüfft, dass ihre Mom ganz genau wusste, wer dieses »du« war.

»Es ist perfekt«, seufzte sie.

Diane jagte offenbar irgendeine hirnbetäubende Chemikalie durch die Lüftungsanlage ihres verdammten Geschäfts, um ihre Kundinnen zu beeinflussen. Anders konnte Kelly sich nicht erklären, warum ihr das schon wieder passiert war. Und wie ihre Mutter Frauen dazu brachte, fünfzig Dollar für Strapse auszugeben. Als sie an dem Abend zu Hause in ihrem Schlafzimmer saß, um an dem Investor-Bericht über Confibot zu schreiben, ertappte sie sich immer wieder dabei, wie ihre Gedanken abschweiften. Sie konnte an nichts anderes denken, als dass sie es wieder einmal geschafft hatte, im selben Boot mit Ethan zu landen – einem Boot, das ohne Ziel auf dem Meer trieb und ungefähr so seetüchtig war wie ein Sieb. Vom Verstand her wusste sie, dass sie Ethan nicht behalten konnte, deswegen war sie ja überhaupt nur zu ihrer Mutter in den Laden gegangen. Doch ihr Herz weigerte sich, darauf zu hören.

Ethan klopfte leicht an die offene Tür und riss sie aus den Gedanken. Ihr Computer war bereits im Schlafmodus, so lange hatte sie untätig darauf gestarrt. »Soll ich mit dem Abendessen anfangen?«, fragte Ethan. »Ich nehme mal an, du willst zu Hause bleiben und arbeiten?«

»Ja, gern«, sagte sie geistesabwesend.

»Ist alles in Ordnung?«

Sie wartete einen Moment, bevor sie antwortete, und blickte weiter auf den Monitor. »Ich habe mich mit Priya gestritten«, fing sie langsam an. Sie hatte es ihm immer noch nicht erzählt. Die ganze Geschichte in die hintersten Winkel ihres Gehirns zu verbannen hatte es sehr viel einfacher gemacht, damit umzugehen.

»Worüber denn?« Ethan kam rein und setzte sich auf die Bettkante, während Kelly sich ihm auf dem Stuhl zudrehte.

»Über …« Sie wollte schon »Über dich« sagen, doch dann hielt ihr Taktgefühl sie doch zurück. »Ach, nur Arbeit«, sagte sie. »Sie sollte etwas für mich tun und hat es nicht gemacht. Ich meine, sie hat mich auch schon um Sachen gebeten, die ich nicht gemacht habe. Ich war in letzter Zeit so beschäftigt, ich war irgendwie nur in meiner eigenen Welt.«

»Du arbeitest so hart«, sagte Ethan tröstend. »Es ist erstaunlich, dass du überhaupt noch Zeit für jemand anderen aufbringen kannst.«

»Ja, aber ich arbeite trotzdem nicht genug. Ich hänge mit Confibot ganz schön hinterher.«

»Ich habe ein paar tolle Artikel über Produktivität, die ich dir vorlesen kann. In einem geht es darum, den Tag in Dreiecken zu strukturieren, um maximale Leistungsfähigkeit zu erreichen. Das ist wirklich faszinierend ...«

Kelly winkte ab. »Ich habe keine Zeit, Artikel über Zeitmanagement zu lesen. Was mir tatsächlich etwas Zeit verschaffen würde, wäre, wenn ich meine Mom davon abhalten könnte, die Hochzeitsplanung weiter voranzutreiben, aber ich habe das Gefühl, ich war eh schon viel zu hart zu ihr in letzter Zeit, und sie macht so viel. Dabei versucht sie ja nur zu helfen.«

»Und du versuchst nur, dich um die Dinge zu kümmern, um die du dich kümmern musst«, bemerkte Ethan weise.

»Meine Mom sieht das aber nicht so«, erwiderte Kelly. »Nicht alle sind so nett und vernünftig wie du. Eigentlich ist das niemand.«

»Doch, du bist es.«

»Nein, bin ich nicht!« Kelly wusste nicht, warum sie unbedingt wollte, dass er das verstand. Seine Komplimente halfen ihr nicht. Egal, wie sehr er selbst daran glaubte, Kelly wusste, dass sie nicht stimmten. Sie hatte immer das Gefühl gehabt, dass Ethan sie besser verstand als alle anderen, dass sie ihm Seiten von sich zeigen konnte, die sie normalerweise versteckte. Er kannte sie genauso gut wie sie sich selbst. Aber vielleicht war genau das das Problem. Seine Fähigkeit, über sie zu urteilen, kam von *ihr*. So grundvernünftig er auch war, seine Meinung war trotzdem von ihr beeinflusst, umso stärker, je mehr Zeit verstrich und je mehr Zeit er mit ihr verbrachte, um ihre Perspektive zu verstehen und sie, komme was wolle, zu unterstützen. Kelly fragte sich allmählich, ob sie in einer so engen Beziehung jemals wachsen könnte. Es war ein schmaler Grat zwischen einer engen Beziehung und einer einengenden Beziehung.

»Du bist zu hart mit dir selbst.« Ethan strich ihr über die Haare, und sie griff zärtlich nach seiner Hand, als er sie in ihrem Nacken ruhen ließ.

»Fang doch schon mal mit dem Abendessen an. Ich komme gleich«, sagte sie leise.

Als Ethan in die Küche gegangen war, lehnte sie die Zimmertür an, nahm ihr Handy vom Tisch und ging ans andere Ende des Zimmers. Es gab eigentlich keinen Grund, warum Ethan ihr Gespräch nicht mithören sollte. Trotzdem wollte sie es nicht.

»Was sagt der Bauer, wenn er seinen Trecker sucht?«, fragte Gary, sobald er ans Telefon ging. Er wartete ziemlich lange, dass Kelly etwas sagte, und als sie es nicht tat, gab er selbst die Antwort: »Wo ist mein Trecker?« Er lachte schallend, doch Kelly stimmte nicht mit ein. »Kelly? Bist du noch dran?«

»Ja«, sagte sie.

»Kein Lachen? Du bist ja ein schwieriges Publikum heute.«

»Ich bin einfach nicht zu Späßen aufgelegt«, sagte sie und zupfte am Saum ihres T-Shirts.

»Gibt es ein Problem?«

Jetzt lachte sie, ein trockenes, sarkastisches Lachen. »Eins?« Und dann sprudelte es nur so aus ihr hervor, und sie erzählte ihrem Bruder alles – fast alles. Sie erzählte ihm nicht die Wahrheit über Ethan, aber sie berichtete ihm ausführlich über den Stress wegen der Hochzeit und ihre Probleme mit Confibot, bis hin zu Dr. Masdens Analyse ihrer Persönlichkeit vor etlichen

Monaten. Je mehr sie ihm von ihren Sorgen erzählte, wie viel Arbeit sie noch in Confibot stecken musste und wie wenig sie mit dem Projekt vorankam, desto mehr steigerte sie sich hinein. Am Ende war sie geradezu aus der Puste. »Wie auch immer, ich weiß, du kannst mir dabei nicht helfen und du hast selbst auch genug um die Ohren«, fuhr sie fort, »aber ich musste einfach mal Dampf ablassen. Ich habe irgendwie gerade niemanden, mit dem ich über das alles reden kann.«

»Was ist denn mit Ethan? Oder Priya?«

»Priya und ich, ähm, wir haben uns gestritten«, gestand sie und vermied es sorgsam, Ethan zu thematisieren.

»Na und? Ich kenne sie gut genug, um zu wissen, dass sie dir trotzdem helfen würde, selbst wenn ihr euch gestritten habt. *Ich* kann dir nicht verraten, wie du einen Roboter baust, aber sie kann es. Frag sie doch einfach.«

»Ich sage dir, sie wird mir gerade nicht helfen wollen.«

»Hast du es schon probiert? Oder bist du zu stolz, sie zu bitten?«

»Wovon redest du? Ich bin doch nicht zu stolz, um Hilfe zu bitten.«

»Du lässt dir ja gerade noch nicht einmal von mir helfen.« Nach Garys Worten herrschte Schweigen. Kelly konnte die hellen, kindlichen Töne eines *Peppa Wutz*-Videos im Hintergrund hören, bevor er wieder anfing zu sprechen. »Ich sage das nicht, um deine Probleme kleinzureden, aber ich finde, du machst es dir selbst unnötig schwer. Du hast ein super Gehirn, aber du musst da auch manchmal rauskommen. Ehrlich, Kelly, es klingt zwar, als hätte dieser Psychologe sich wie ein Arsch verhalten, aber er hatte nicht ganz unrecht – weder was den Roboter noch was dich angeht.«

Kelly hatte die Nase voll davon, dass ihre Entscheidungen von allen infrage gestellt wurden – von Dr. Masden, Priya, Anita, Gary. Wenn noch irgendwer sie kritisierte, dann – dann – könnte sie tatsächlich anfangen, ihnen zu glauben. Sie blickte zur angelehnten Zimmertür mit Ethan auf der anderen Seite. Das Gespräch mit ihm war so viel einfacher gewesen. Aber im Vergleich hatte es sich leer angefühlt. Garys Worte hatten Gewicht. Sie gingen ihr unter die Haut.

»Ich bin dir sehr dankbar für deine Hilfe«, sagte sie schließlich. »Ich höre dir zu. Danke, dass du *mir* zugehört hast.«

»Hey, ich bin doch dein Bruder, ich bin immer für dich da, wenn du mal Dampf ablassen musst. Hast du in letzter Zeit eigentlich mal mit Clara gesprochen?«

»Ähm … nein, ich glaub nicht.« Kelly überlegte. Sie konnte sich nicht erinnern, wann sie das letzte Mal mit ihrer Schwester geredet hatte. Beim letzten Familienessen war Clara nicht aufgetaucht, was ungewöhnlich war, aber Kelly hatte sich keine Gedanken darüber gemacht, weil sie selbst genug mit ihren eigenen Sorgen beschäftigt gewesen war.

»Sie klang irgendwie nicht gut, als wir letzte Woche telefoniert haben.«

»Ich schreib ihr mal«, versprach Kelly. Sobald sie aufgelegt hatten, schickte sie Clara eine Nachricht und fragte, wie es ihr ginge, dann warf sie das Handy aufs Bett. Doch etwas ließ sie innehalten. Sie nahm das Telefon noch einmal, öffnete ihre Kontakte und zögerte. Sie wusste nicht, ob sie diese Nummer wählen konnte.

Aber sie war eine erwachsene Frau. Sie konnte das.

»Hi, Dr. Masden«, sagte sie, als er ranging. »Ich brauche dringend Ihre Hilfe.«

vierundzwanzig

»Was denken Sie, wie sollte Confibot sein?« Kelly und Dr. Masden saßen sich im Kontrollraum auf denselben Stühlen gegenüber, auf denen Kelly und Anita während ihres letzten Gesprächs gesessen hatten. Und Kelly war jetzt fast genauso nervös. Dabei dachte sie weder an die vorwitzige Art, wie ihm die Haare in die Stirn fielen, noch daran, wie nah er ihr war, oder an die Haare auf ihrem Knie, die sie seit einem Monat beim Rasieren jedes Mal übersah. Sie war nervös, weil sie wusste, dass er tatsächlich mit allem Möglichen auf ihre Frage antworten konnte, und dass sie, wenn ihr seine Antwort nicht gefiel, nach dem, was schon zwischen ihnen passiert war, nicht einfach ein Veto einlegen konnte. Sie hatte keinerlei Kontrolle darüber, was er sagen würde, und wäre gezwungen, auf ihn zu hören.

Doch er hob bloß skeptisch eine Augenbraue. »Wollen Sie das wirklich wissen?«

»Sonst hätte ich nicht gefragt, oder?«

»Es ist nur so, dass wir letztes Mal nicht unbedingt im Guten auseinandergegangen sind. Ich hatte den Eindruck, Sie wollten mich nie wiedersehen.« Er fuhr sich müde mit der Hand durch die schwarzen Haare. »Ich kann es Ihnen wirklich nicht verübeln. Ich habe es seitdem sehr bereut, was ich zu Ihnen gesagt hatte. Das war unhöflich, es war unprofessionell …«

»Genau das war ich auch«, unterbrach ihn Kelly. »Das tut mir sehr leid. Und ich habe Sie herkommen lassen, um Sie nach Ihrer Meinung zu fragen, nicht wahr? Ist das nicht Beweis genug dafür, dass ich sie wirklich hören will?«

»Meine Meinung ist aber nicht wissenschaftlich untermauert«, warnte er sie. »Sie ist nicht in Ihrer Datensammlung.«

»Okay.« Kelly drehte sich ihrem Computer zu, ging zu dem Ordner mit den Ergebnissen ihrer monatelangen Recherchen und zog ihn in den Papierkorb. Sie widerstand dem Drang, sich an die Brust zu fassen und »Mein Baby!« zu schreien, und zwang sich stattdessen, den Psychologen anzublicken, der lächelte.

»Na gut«, sagte er. »Ich werde jetzt etwas tun, was sehr typisch ist für Psychologen, und die Frage mit einer Gegenfrage beantworten: Was glauben *Sie*, wie Confibot sein soll?«

Kelly widerstand dem Bedürfnis, die Augen zu verdrehen. »Ich glaube, er sollte ein Gesicht haben, das die meisten Leute ansprechend finden, und …«

»Nicht andere Leute. Sie.« Dr. Masden blickte sich um und deutete auf Dot-10, die leblos in der Ecke stand. »Dot-10 ist gerade ziemlich angesagt, oder? Was glauben Sie, warum?«

»Ich habe keine Ahnung. Ihre Funktionen sind noch nicht einmal die fortschrittlichsten auf dem Markt.«

»Ich kann Ihnen garantieren, dass es nichts mit den Funktionen zu tun hat. Es geht darum, welches Gefühl sie den Menschen gibt. Welches Gefühl also soll Confibot Ihnen geben?«

Kelly dachte angestrengt nach. »Ich würde mich bei ihm sicher fühlen wollen«, sagte sie schließlich. »Ich würde ihm genug vertrauen wollen, um mich von ihm pflegen und ihn in meinem Zuhause wohnen zu lassen. Ich meine, ich würde ihm schließlich mein Leben anvertrauen, wenn er sich um meine Medikamente kümmert. Und ich würde mich durch ihn angeregt fühlen wollen, mit ihm intelligente Gespräche führen können, aber er dürfte mich mit seiner Intelligenz nicht einschüchtern. Und – was schreiben Sie da auf?« Dr. Masden machte sich Notizen, während sie redete. Kelly befürchtete, dass er eine weitere niederschmetternde Analyse für sie vorbereitete.

Aber er hob lächelnd seinen Notizblock und sagte: »Das hier sind Ihre Daten.«

Kelly hatte den Tag mit dem deprimierenden Gefühl begonnen, dass sie einmal mehr auf eine Sackgasse zusteuerte. Doch während sie nun mit Dr. Masden zusammenarbeitete, nahm ihre Skepsis ab und ihr Optimismus wuchs. Je mehr Ideen ihr Dr. Masden entlockte und ihr von seinen eigenen erzählte, desto mehr musste sie sich widerwillig eingestehen, dass er tatsächlich recht haben könnte. Zusammen entwarfen sie die Vision eines Roboters, der gebildet und vielseitig war und mit den Nutzern auf einer tieferen Ebene interagierte, als nur mit digitalen Trophäen um sich zu werfen wie Dot-10, und dabei trotzdem unterhaltsam und liebenswert war.

Nun, nachdem sie ihre Daten in die Tonne geworfen hatte und stattdessen darauf hörte, was sie, und Dr. Masden, wirklich wollten, musste Kelly an das verrückte Wochenende zurückdenken, an dem sie Ethan gebaut hatte. Und sie erkannte, dass sie den Prozess mit Confibot sehr viel schwieriger gestaltet hatte, als nötig gewesen wäre. Sie hatte sich selbst die Hände gebunden und den Wert ihrer eigenen Ideen ignoriert – und als

Ingenieurin, als Schöpferin, waren Ideen ihre Währung. Deswegen war sie hier, das liebte sie an ihrem Job: den Adrenalinrausch des Erfindens, die Möglichkeit, sich auszudenken, was sie wollte, und es dann zu Fleisch und Blut werden zu lassen (oder besser gesagt zu Silikon). Sich von ihren Daten zu befreien brachte die Kunst zurück in ihre Arbeit. Es brachte die Menschlichkeit zurück in den Prozess des Roboterbauens.

Doch das Vibrieren ihres Handys holte sie von ihrem Höhenflug rasch wieder herunter. Linke Wange, Q3-Motor. Jetzt. Kelly schürzte die Lippen, während sie sich vorstellte, wie Robbie an seinem Schreibtisch saß und Befehle erteilte, als wäre er Dschingis Khan oder so. Wenn Dschingis Khan jeden Morgen geschmacklosen Haferbrei essen und einen Prius fahren würde. Kelly würde nie vorankommen, wenn sie ständig unterbrochen wurde, um Robbies Forderungen zu erfüllen. Das war jetzt schon die dritte Nachricht innerhalb einer halben Stunde, weil sie nicht sofort geantwortet hatte.

»Sie sind ganz schön gefragt«, bemerkte Dr. Masden.

»Für jemanden mit antisozialen Tendenzen«, antwortete sie und blickte süffisant lächelnd von ihrem Handy auf.

Er lachte. »Okay, wie wäre es damit: ›selektiv sozial‹?«

»Damit lass ich mir ein T-Shirt bedrucken«, sagte sie grinsend. »Aber ich muss darauf antworten. Bin gleich wieder da.«

Sie steckte ihr Telefon ein und stand entschlossen auf. Das war doch albern. Wenn Robbie an seinem Schreibtisch saß, war er nur den Flur runter. Sie waren sechs Monate lang ein Paar gewesen, zum Henker noch mal. Dr. Masden nach seiner Meinung zu fragen hatte geholfen. Sie sollte auch Robbie einfach fragen, was los war.

»Was willst du?«, fragte sie, als sie in Robbies Box marschierte, ohne sich Mühe zu geben, leise zu sprechen. Die meisten Kollegen waren ohnehin in der Mittagspause.

Erschreckt wirbelte Robbie auf seinem Stuhl herum. Als er sich wieder gefasst hatte, setzte er eine Miene auf, als erwarte er, dass Kelly ihm die Hand küssen würde. »War meine Anweisung nicht eindeutig?«

»Ich meine nicht, was für ein Teil du willst. Ich meine, was willst du eigentlich von mir? Was willst du … von dem allen hier?« Kelly gestikulierte wild herum.

»Ich will meine Arbeit in meiner Box verrichten können, ohne belästigt zu werden.«

»Ich bin nicht hier, um dich zu belästigen, Robbie«, sagte sie mit fester Stimme. »Ich will nur mit dir reden.« Jetzt wurde seine Miene zu Kellys Ärger abschätzig, als überlegte er, wie viel seiner kostbaren Zeit Kelly verdient hatte. Doch sie blieb standhaft – auch wenn sie noch ein »Bitte?« hinzufügte, schließlich saß er am längeren Hebel.

»Ich habe aber nicht viel Zeit«, sagte er endlich knapp und schob seinen Stuhl ein Stück zur Seite, während Kelly sich einen anderen heranzog, um sich neben ihn zu setzen. Es war ganz schön eng hier.

Kelly hatte keine Ahnung, wie Robbie es geschafft hatte, sich seinen Stuhl zu sichern, denn anders als alle anderen Ingenieure hatte er ein skandinavisches Designstück aus hellem Holz. Wobei er sehr viel unbequemer aussah als die schwammartigen schwarzen Stühle, die die Firma wahrscheinlich in einer Großbestellung bei Office Depot gekauft hatte. Robbie hatte die gesamte Box zu seiner eigenen gemacht. Die flachen Regale waren gefüllt mit seinem Fitbit, einem Luftreiniger, einem digitalen Kalender, seiner persönlichen Kaffeepresse und den ganzen technischen Spielereien, die seinen Tag regelten. Kelly hatte schon immer gewusst, dass Robbie sich besonders für Transhumanismus interessierte und ständig nach Wegen suchte, wie die Menschen sich durch Maschinen verändern und verbessern konnten. Bisher hatte sie seine Begeisterung dafür auf intellektueller Ebene vermutet – Kelly fand die Fortschritte auf dem Gebiet ja selbst aufregend –, doch als sie jetzt den Blick über die Dinge schweifen ließ, die er benutzte, um jeden Aspekt seines Lebens zu verbessern, fragte sie sich, ob vielleicht auf emotionaler Ebene doch noch mehr dahintersteckte. Vielleicht hatte sich Robbie für diese Arbeit entschieden, weil er meinte, dass der Mensch – er inbegriffen – nicht gut genug war.

Sie holte tief Luft und zwang sich, ihn anzusehen. »Warum erpresst du mich?«

»Wir stehen in direkter Konkurrenz. Das sollte doch klar sein.«

»Du scheinst mir eigentlich jemand zu sein, der auf ehrliche Weise gewinnen will.«

»Du hast deinen Untergang selbst herbeigeführt. Ich würde sagen, das ist immer noch fair.« Robbies Miene blieb ruhig und gelassen, aber sein rechter Fuß unter dem Tisch zappelte herum, sodass sein Schuh ein winzigkleines Quietschgeräusch machte, wie von einer Babymaus.

Kelly schüttelte nachdrücklich den Kopf. »Das ergibt trotzdem keinen Sinn. Du könntest Anita einfach sagen, was du weißt, und mich aus dem Rennen werfen. Was du stattdessen machst, hilft dir eigentlich nicht weiter.« Sie zeigte auf die

Demo-Version von Brahma, die tonlos im Hintergrund auf seinem Desktop lief. »Und du brauchst meine Hilfe noch nicht mal! Du kommst doch auch wunderbar ohne mich klar.«

»Was hast du doch gleich über Brahma gesagt? Dass er aussieht wie das Ergebnis einer stehen gebliebenen Fertigungslinie in einer Roboterfabrik?«

Kelly wurde rot. Es stimmte, auf den ersten Blick sah Brahma aus, als wären zu viele Roboterteile auf einem Körper gelandet. Reihen von Metallarmen standen von seinem Rücken ab, und digitale Augen waren im Kreis um seinen gesamten Kopf angeordnet. Und manchmal hatten Kelly und Priya im Labor Witze über Robbie gemacht. Aber er war immer so absolut gelassen geblieben, dass sie gedacht hatte, er würde es nicht merken, oder es wäre ihm egal … Möglicherweise hatte sie seine Tendenz, keine Gefühle zu zeigen, als Gefühllosigkeit fehlinterpretiert.

»Vielleicht komme ich gar nicht so gut klar«, sagte Robbie plötzlich, und sein Fuß ging in die Verlängerung. »Anita hat einen Termin mit mir vereinbart. Sie meint, wir sollten eine ganze Stunde blocken, um uns zu ›unterhalten‹. Wie soll ich das bitte verstehen?«

»Na ja, du könntest es so verstehen, dass sie sich einfach mit dir unterhalten will. Anita ist hart, aber sie ist fair. Selbst wenn du einen Fehler gemacht haben solltest, wird sie dir eine zweite Chance geben. Und ich weiß, wovon ich rede.«

»O nein! Was ist, wenn ich wirklich einen Fehler gemacht habe?« Robbies dünne Brust fing an, sich unter seinem gestärkten Hemd hektisch auf und ab zu bewegen.

»Robbie, hör auf.« Kelly beugte sich vor und rang die Hände. Wie durch ein Wunder schien ihre eigene Angst zu verschwinden, als sie versuchte, seine Angst unter Kontrolle zu bekommen. Es war ganz nett, zur Abwechslung nicht diejenige zu sein, die von Panik ergriffen war. »Du hast gute Arbeit geleistet, das tust du immer. Es gibt keinen Grund durchzudrehen. Und was das angeht, gibt es auch keinen Grund, mich in diesem Wettbewerb zu sabotieren. Du bist gut in deinem Job, du bist in allem gut.«

»Für dich war ich nicht gut genug.« Die Worte platzten aus ihm heraus, ehe Robbie sie zurückhalten konnte.

»Was meinst du? Als wir uns getrennt haben?«

Robbies innerer Kampf war ihm an den gequälten Bewegungen seiner Lippen anzusehen. Schließlich antwortete er. »Wenigstens war ich echt«, rief er. »Aber das hat dich nicht davon abgehalten, mich wegzuwerfen, um dich ›auf deine Karriere konzentrieren zu können‹. Und jetzt bist du bereit, deine Karriere wegzuwerfen für einen Typen, der noch nicht mal *echt* ist! Er ist … er ist nichts weiter als ein redender Kleiderständer!«

»Ich habe dich nie wegwerfen wollen, Robbie«, protestierte Kelly. »Ich habe, ehrlich gesagt, nicht einmal geglaubt, dass du verletzt gewesen bist, als wir uns getrennt haben.«

»Wir haben uns nicht getrennt. Du hast mich verlassen. Und ja, wenn dir jemand zu verstehen gibt, dass du nicht gut genug bist, ist das verletzend.«

»Das sagst ausgerechnet du? Weißt du, was ich an Ethan so mag? Dass ich für *ihn* gut genug bin!«

Einen Moment lang starrten Kelly und Robbie einander an, unsicher, was sie sagen sollten. Robbie hatte aufgehört, mit dem Fuß zu zappeln.

Und dann verschloss sich seine Miene wieder. »Muss nett sein«, spottete er. »Wenn du jetzt fertig bist, ich habe noch was zu erledigen.« Er drehte sich entschieden seinem Computer zu und widmete sich seinem Video. Auf dem Bildschirm wirbelte Brahma auf seinen Rollen durch eine Küche, spülte Geschirr, rührte in einem Kochtopf, beobachtete einen Besucher an der Tür durch eine Kamera und bediente das Smartlock, um die Tür zu öffnen. Er vollführte viele der Dinge, die auch Confibot tun sollte, aber viel schneller und nahtlos ineinander übergehend. Mit neuer Nervosität erhob sich Kelly von ihrem Stuhl.

»Ja … ich auch.« Sobald sie außerhalb von Robbies Sichtfeld war, rannte sie zurück ins Labor.

Den Rest der Woche schickte Robbie ihr keine Forderungen nach Roboterteilen mehr. Er redete überhaupt nicht mehr mit ihr. Doch das Wissen um *sein* Wissen, die Ungewissheit, was er damit anstellen könnte, das Schweigen … das alles war beinahe schlimmer, als es seine ständigen Forderungen gewesen waren. Was, wenn er bis zum Tag der Präsentation wartete, um sie zu verraten? Inzwischen ahnte Kelly, dass seine Gefühle für sie tiefer gewesen waren, als sie gedacht hatte; dass sein Zorn auf ihre Beziehung mit Ethan mehr war als bloß schlechter Sportsgeist. Und Kelly verstand endlich, warum Robbie sie erpresst hatte, warum er nach Teilen von Confibot und Ethan verlangt und damit langsam und stetig ihren Fortschritt aufgehalten hatte, statt sie gleich bei Anita hochgehen zu lassen und sie ganz vom Wettbewerb auszuschließen. Es gab ihm Macht. Zum ersten Mal in ihrer Beziehung – einer Beziehung, von der Kelly jetzt begriff, dass sie durch Robbies Unfähigkeit, sie oder irgendwen anders zu lieben, wo er sich selbst durch und durch hasste, von vornherein zum Scheitern verurteilt gewesen war –, zum ersten Mal hatte er die Kontrolle gehabt. Und solche Gefühle waren intensiv.

Sie selbst fühlte sich nach ihrem Gespräch irgendwie befreit, und es war gut möglich, dass es ihm genauso ging. Oder dass seine Gefühle wieder aufflammten.

Doch Kelly konnte jetzt nichts anderes tun, als ihre Arbeit zu machen. In den letzten Tagen vor der Präsentation steckte sie noch einmal gefühlt tausend Stunden in Confibot, programmierte Codes neu, überarbeitete mit Dr. Masdens Hilfe ihre gesamte Vorführung und gab dem armen Roboter sogar ein ansprechendes Gesicht. Es war schwindelerregend, aber auch berauschend, ihre Vision endlich lebendig werden zu sehen. Confibot wurde zu jemandem, der professionell, höflich und nett war, und trotzdem witzig sein und Spiele spielen konnte; er war kompetent und intelligent, aber nicht einschüchternd. Um neun Uhr am Donnerstagabend war Kelly so übermüdet, dass sie meinte, eine Hexe am Bürofenster vorbeifliegen zu sehen. Diese kleine Halluzination allein hätte nicht gereicht, um sie davon zu überzeugen, dass es für heute genug war. Aber da war noch etwas anderes, was sie beschäftigte. Clara hatte neulich nur sehr knapp auf ihre Nachricht geantwortet und seitdem nichts mehr von sich hören lassen. Kelly konnte ihre Sorge nicht länger beiseiteschieben, und so machte sie sich daran, Confibot schnell zu verschließen. Mit verschwommenem Blick setzte sie die letzte Schaltplatte wieder ein und knöpfte sein Hemd zu, um das Durcheinander aus Schaltern und Drähten zu verbergen. Sie stolperte aus dem Labor und hoffte, dass sie ein laut aufgedrehtes Autoradio wieder wachmachen würde.

Das Einzige, was sie vergessen hatte, war der Schraubenzieher, den sie im zentralen Befehlsschalter in Confibots Brusthöhle stecken gelassen hatte.

Kelly konnte sich nicht daran erinnern, wann sie das letzte Mal bei ihrer Schwester gewesen war. Direkt, nachdem Clara und Jonathan zusammengezogen waren? Ja, genau, und Clara hatte damals versucht, ein raffiniertes Essen zu zaubern, das katastrophal verbrannte, sodass sie letztendlich Pizza bestellen musste. Und irgendwie hatte sie es geschafft, währenddessen die ganze Zeit zu lachen. Kelly an ihrer Stelle hätte den Kopf in den blöden Ofen gesteckt.

Nachdem sie geklingelt hatte, merkte sie, dass sie keine Ahnung hatte, was sie erwartete, wenn die Tür aufging. War Clara krank? War sie überhaupt zu Hause? Ging sie ihnen allen aus einem bestimmten Grund aus dem Weg? Plötzlich fielen Kelly all die kleinen Sticheleien und Momente der Gereiztheit ein, die Clara möglicherweise verletzt hatten. Sie konnte es ihr nicht verübeln, sich zurückgezogen zu haben. Auf einmal besorgt, fing auch Kelly an, sich zurückzuziehen, sie verlagerte das Gewicht auf dem Fußabtreter zurück auf die Ballen, dachte, sie könnte ja auch morgen kommen …

»Kelly. Hey.« Überrascht sah Clara sie an, als sie die Tür öffnete. Sie hatte die rotblonden Haare hastig zurückgebunden, und ihre sonst funkelnden Augen wirkten matt. »Komm rein.«

»Und, was gibt's?«, fragte Clara, sobald Kelly im Wohnzimmer stand. Kelly blickte sich um – seit ihrem letzten Besuch hatte sich hier einiges verändert. Die Möbel standen anders, bunte Pop-Art-Poster schmückten die Wände, eine nicht angeschaltete Weihnachtslichterkette hing um den Fensterrahmen, und ein neuer Couchtisch aus angemalten Holzkisten, offensichtlich ein DIY-Projekt von fragwürdigem Erfolg, stand gefährlich in der Mitte des Raums. Was Clara an Geld oder

Dekorationsgeschick fehlte, machte sie durch Entschlossenheit wett.

Kelly stammelte. »Äh, nichts. Was gibt's bei dir?«

»Aber warum bist du denn hier? Stimmt was nicht?«, fragte Clara.

»Das wollte ich eigentlich dich fragen.« Kelly setzte sich auf die Armlehne des weißen Baumwollsofas. »Gary und mir ist aufgefallen, dass du dich in letzter Zeit ziemlich rargemacht hast.«

»Tut mir leid, ich hatte einfach viel zu tun.« Clara hatte dunkle Ringe unter den Augen. Sie sah müde aus.

»Dann ist also alles okay?«, fragte Kelly.

»Ich habe in letzter Zeit einfach viel gearbeitet«, sagte Clara. »Eine Menge Überstunden gemacht.« Kelly war verwirrt – zu bestimmten Zeiten im Jahr musste Clara im Vintage-Laden immer ziemlich viel arbeiten, aber gerade war eigentlich keine solche Zeit. »Und ich habe morgen Frühschicht«, fuhr Clara fort. Ihr Blick wanderte zur Wohnungstür. Kelly sprang vom Sofa auf.

»Oh, tut mir leid, ich geh dann wohl besser wieder.«

Clara blickte sie schuldbewusst an. »Nein, kein Problem. Ich habe nur nicht mit Besuch gerechnet.«

»Ich bin kein Besuch. Ich bin Kelly«, sagte sie unbeholfen. Sie kannte ihre Schwester eigentlich als ziemlich redselig, doch Clara sah sie nur an und spielte mit dem Saum ihres Shirts. Kelly wartete einen Moment, dann fragte sie: »Bist du sicher, dass alles okay …«

In dem Moment ging die Tür vom Schlafzimmer auf, und Jonathan kam heraus. »Ich habe gerade den Kontostand gecheckt – oh, Kelly, hey.« Sein Dreitagebart und die Falte zwischen den

Augenbrauen ließen vermuten, dass er genauso fertig war wie Clara.

Kelly ergriff die Gelegenheit. »Hey, Jonathan. Ich wollte mal gucken, ob bei euch alles okay ist. Gary und ich hatten schon eine Weile nichts von Clara gehört, und da dachte ich, ich komm mal vorbei.«

Clara sah Jonathan an und schüttelte kaum merklich den Kopf, doch er antwortete bereits. »Uns geht's gut, wir machen nur beide gerade ziemlich viele Überstunden. Wir brauchen das Geld.« Clara schien protestieren zu wollen, aber er redete weiter. »Schon okay, Clara. Ich habe eine schlechte Investition getätigt, und wir haben alles verloren. Ich hatte gedacht, auf das Urteilsvermögen eines Freunds vertrauen zu können, und, na ja, Clara hat auf meins vertraut. Und da ich jetzt meinen Studienkredit zurückzahlen muss, stecken wir gerade in einer ziemlich schwierigen Phase.«

»Oh. Oh.« Kelly verschränkte die Arme und sah Jonathan an. »Und jetzt arbeitet meine Schwester sich halb tot, um für deinen Fehler und für deine Schulden aufzukommen?«

»Kelly, nicht.« Clara legte ihr beschwichtigend eine Hand auf den Arm. Mit der anderen Hand drückte sie Jonathans, bevor sie Kelly mit sich in die Küche zog. »Es war ein Fehler«, sagte sie zu Kelly. »Jeder macht mal Fehler.«

»Klingt nach einem ziemlich großen Fehler.«

»Hör zu, wir sind abgebrannt. Es ist ziemlich ätzend.« Clara lachte ein Was-willst-du-machen-Lachen. »Aber so ist es eben. Wir haben immer noch einander, und das ist es, was zählt.«

»Aber es ist doch nicht deine Schuld. Du musst doch nicht für ihn aufkommen. Du wusstest nichts davon.«

Clara sah sie überrascht an. »Doch, ich wusste von den Schulden. Und ich habe auch der Investition zugestimmt. Ich hatte meine Zweifel, aber ich habe Jonathan vertraut, und ich vertraue ihm immer noch.«

»Wirklich?«

»Natürlich. Das ist nicht sein Problem, es ist unser Problem. Wir entscheiden uns jeden Tag von Neuem füreinander«, sagte sie schlicht. Als sie den Zweifel in Kellys Blick sah, nahm sie ihre Hände. »Es geht uns gut, Kelly. Wir arbeiten beide hart, und wir werden das zusammen durchstehen. Es ist nichts weiter als eine kleine Unebenheit in der Straße. Du und Ethan würdet doch das Gleiche tun, oder nicht?«

»Klar …«, sagte Kelly. Doch in Wahrheit wusste sie nicht, was sie tun würde, sollte Ethan sie jemals verletzen. Sie hatte keine Daten, nach denen sie es beurteilen konnte.

Claras Gesicht entspannte sich ein bisschen, und sie fing an, die Küche aufzuräumen und Geschirr vom Abtropfständer wegzustellen. »Irgendwie bin ich ja froh, dass du es jetzt weißt. Es ist weniger stressig, wenn es kein Geheimnis mehr ist. Und ich würde mich wirklich gern an deinen Hochzeitsvorbereitungen beteiligen, weißt du?« Sie drehte sich zu Kelly um. »Im Moment kann ich nur leider nicht viel tun.«

»Nein, natürlich nicht.«

»Überleg mal, in ein paar Jahren, wenn wir beide glücklich verheiratet sind, spielen unsere Kinder vielleicht schon zusammen. Und in der Schule können deine meinen Nachhilfe geben.« Sie lachte. »Ihr wollt doch Kinder, oder?«

»Ja«, sagte Kelly, bevor sie wusste, was sie da tat.

»O mein Gott, kannst du dir vorstellen, was Mom macht,

wenn sie von drei Seiten Enkelkinder bekommt? Sie wird im siebten Himmel schweben.«

»Sie wird schon am Tag ihrer Geburt die Orte für ihre Hochzeiten reservieren«, sagte Kelly und stimmte in Claras Lachen ein. Sie fand die Besteckschublade, nahm eine Handvoll Besteck aus dem Abtropfständer und sortierte es ein. Während sie sich mit Clara unterhielt, staunte sie, wie leicht es war – so oft unterhielten sie sich nur wie Nachkommen derselben Eltern, nicht wie Schwestern. Vielleicht hatten sie endlich ein Alter erreicht, wo der Futterneid wegfiel und Freundschaft entstehen konnte.

Doch etwas hielt Kelly davon ab, den Moment voll und ganz zu genießen. Die goldene Zukunft, die Clara sich ausmalte, war eine Fantasie. Kelly würde nie mit Ethan Kinder haben. Sie fragte sich immer öfter, was sie überhaupt wirklich mit ihm haben könnte. Natürlich wusste sie vom Verstand her schon immer, dass sie nicht ewig mit ihm zusammenbleiben konnte, auch wenn sie manchmal aus Wunschdenken heraus die gegenteilige Hypothese vertreten haben mochte. Doch jetzt fingen allmählich auch ihre Gefühle an, dieselbe Wahrheit zu akzeptieren.

Auf dem Nachhauseweg sortierte sie in der Stille des dunklen Autos ihre Gedanken, während das Licht der Straßenbeleuchtung in Wellen über das Armaturenbrett spülte. Clara und Jonathan entschieden sich jeden Tag von Neuem füreinander. Und jeden Tag entschied sich Kelly, indem sie sich trotz der Risiken weigerte, Ethan zu zerstören, von Neuem für ihn. Aber er konnte sich nie für sie entscheiden. Es stimmte zwar, überlegte sie, dass er sich in jedem einzelnen Moment für seine eigenen Worte und Handlungen entschied. Aber jede Handlung ist durch einen Willen bestimmt, und Kelly konnte sich deutlich daran erinnern, seinen Willen eigenhändig programmiert zu haben. Und ihr Bauchgefühl sagte ihr, dass Liebe ohne freien Willen keine wahre Liebe war. Ethans Liebe zu ihr war unbeirrbar. Vielleicht lag das daran, dass es überhaupt keine echte Liebe war. Eines Tages mochte ein Roboter vielleicht die Fähigkeit zu lieben besitzen. Aber Ethan hatte sie nicht.

Auf einmal war Kelly ganz schlecht. Sie fuhr an den Straßenrand und öffnete das Fenster, um tief die Abendluft einzuatmen. Ein Schluchzen stieg ihre Kehle hinauf. Sie wusste, es gab die echte Liebe, die Art, die Clara und Jonathan hatten, und auch wenn Kelly immer gedacht hatte, dass diese Liebe nichts für sie war, wollte sie sie doch. Sie hatte Mauern dagegen hochgezogen, war davor weggelaufen, und schließlich hatte sie versucht, sie sich selbst zu bauen. Aber wenn Roboterentwicklung eine Disziplin der Humanwissenschaft war … dann war Liebe erst recht eine.

Ein Sportwagen raste an Kelly vorbei und streifte sie fast. Sie wischte sich über die Augen, überprüfte die Spiegel, dann fuhr sie zurück auf die Straße.

Als sie nach Hause kam, rechnete sie damit, ein dunkles Apartment zu betreten. Es war fast Mitternacht. Doch das Licht war an, und Ethan saß hellwach im Wohnzimmer, einen Notizblock und diverse vollgeschriebene Zettel auf dem Couchtisch, und neben ihm auf dem Sofa lagen vorsichtig auf der Armlehne ausgebreitet eine Bluse und ein Rock. Als Kelly hereinkam, sprang er auf.

»Kelly! Ich habe mich schon gefragt, wo du steckst. Na ja, nicht wirklich, du bist ja immer bei der Arbeit. Aber nach morgen wirst du hoffentlich eine Pause machen können, oder?

Natürlich wirst du viel zu tun haben, wenn du gewinnst und Confibot zu einem weltweiten Phänomen machst. Aber du wirst wenigstens ein Wochenende bekommen, oder?«

»Was ist das alles?«, fragte sie müde, während sie zum Sofa ging.

Ethan grinste aufgeregt. »Ich wollte alles vorbereiten für deinen großen Tag morgen. Ich dachte, das hier würde dir super stehen.« Er deutete auf das Outfit. »Professionell, aber trotzdem sexy. Genau wie du. Dann habe ich ein bisschen zu den Investoren recherchiert, die morgen da sein werden, und dir ein paar Gesprächsthemen zusammengestellt, falls du mit ihnen Small Talk betreiben musst. Ich weiß, du findest Small Talk schrecklich, aber diese Infos werden es dir vielleicht leichter machen. Wie zum Beispiel« – er nahm den Notizblock und blätterte durch die Seiten mit seiner perfekten Handschrift –, »dass Alfred Cochran von Pine Capital auch im Vorstand des Verbands der Rübenzüchter ist. Du könntest ihm von dem Rote-Beete-Salat erzählen, den du letzte Woche im *Karma Café* gegessen hast – nur vielleicht nicht, dass er dir nicht geschmeckt hat. Oh, und ich will, dass du einen guten Start in den Tag hast, also, Madam« – er blätterte eine neue Seite auf und nahm den Stift in die Hand – »darf ich Ihre Bestellung fürs Frühstück aufnehmen?«

Kelly zog es das Herz zusammen, als sie seine ganze Arbeit betrachtete. Sie nahm ihm Block und Stift ab und legte beides auf den Tisch. »Um den Morgen machen wir uns am Morgen Gedanken«, sagte sie und küsste ihn. »Heute Nacht will ich einfach mit dir zusammen sein.«

fünfundzwanzig

Am Tag der Präsentation war Kelly so von Angst erfüllt, dass sie kurz darüber nachdachte, sich in die Berge zurückzuziehen, um nie wieder von irgendwem gesehen zu werden, außer ein paar Wanderern, die sich hinterher ewig damit brüsten würden, einen flüchtigen Blick auf die Bergspitze erhascht zu haben. Der Vorteil daran war, dass sie keine Gelegenheit hatte, über ihre Gefühle zu Ethan nachzudenken. Der Investoren-Empfang vor der Hauptveranstaltung war hinterher nur noch eine verschwommene Erinnerung an den festen Handdruck von Alpha-Männern, dezenten, aber überteuerten Anzügen und nervösem Lachen von den Ingenieuren. Diese Leute hielten Kellys Zukunft in ihren manikürten Händen. Sie waren so einförmig geschliffen in ihrer Ausdrucksweise und lächelten alle ein ewiges unechtes Lächeln, dass Kelly unmöglich sagen konnte, was sie von Ethans Small-Talk-Sprüchen hielten. Wenigstens erinnerte sie sich daran, zu verschweigen, dass ihr der Rote-Beete-Salat nicht geschmeckt hatte.

Als der Empfang zu Ende war, gingen die Ingenieure hinter die Bühne, wo sie gezwungen waren, sich auf kleinem Raum zu drängen, ohne dass sie miteinander interagieren wollten. Heute konnte der Wettbewerb, der ihre übliche Kameraderie monatelang überschattet hatte, nicht mehr ignoriert werden. Sie bewegten sich mit ihren oberflächlichen Aussagen auf dünnem Eis und vermieden es, einander anzusehen, als könnten sie sich dabei mit etwas anstecken. Kelly entkam der Verpflichtung, sich gegenseitig Glück zu wünschen, weil sie einen Spalt im Vorhang entdeckt hatte, durch den sie nun aufs einschüchternde Publikum blickte. Sie könnte die Zeit nutzen, um tief Luft zu holen und sich ihren Erfolg zu visualisieren. Oder sie konnte tun, was sie tat: unablässig auf die Massen zu starren.

Das Auditorium mit seiner breiten, geschwungenen Bühne und topmoderner Beleuchtung war erheblich schicker als der Ort, an dem das Theaterstück ihrer dritten Klasse aufgeführt worden war, und doch wurde sie von Erinnerungen an den Tag heimgesucht. Wenn sie noch nicht einmal überzeugend einen Baum spielen konnte, wie sollte sie dann diese internationalen, milliardenschweren Investoren überzeugen, dass sie Kelly ihre Aufmerksamkeit schenken sollten, geschweige denn ihr kostbares Geld? Aber Confibot sah toll aus, wie er mit makellos gepflegtem Haar auf einem Stuhl hinter der Bühne saß und auf seinen Auftritt wartete.

Kellys Telefon vibrierte, und als sie es hervorzog, sah sie, dass es ein Videoanruf von Diane war. »Mom, ich kann jetzt nicht reden«, sagte sie, sobald sie das grüne Symbol gedrückt hatte. »Meine Präsentation geht gleich los.«

»Ich weiß!«

Kelly blickte mit zusammengekniffenen Augen auf das pixelige Bild und erkannte ihre ganze Familie – Diane, Carl, Clara und Jonathan, die Händchen hielten, Gary und seine Mädchen – alle im Wohnzimmer der Suttles versammelt. Sie winkten ihr zu, und das Bild wackelte gewaltig, als auch Diane mit der freien Hand winkte.

»Wir gucken uns den Livestream an«, fuhr Diane aufgeregt fort. »Die Kinder haben einen Tag frei, und ich habe Kichererbsen-Chili gekocht. Es ist wie beim Super Bowl! Nur ohne die knappen Hosen und die Halbzeit-Show. Gibt es eine Pausen-Show?«

»Nein, nur uns Spinner«, antwortete Kelly. »Ich wusste gar nicht, dass ihr zuguckt.«

»Es sollte eine Überraschung sein!« Kelly war leicht entsetzt, ihre ganze Familie versammelt zu sehen. Wenn sie spektakulär versagte, ganz in Dritter-Klasse-Lampenfieber-Manier, würde das Wissen darum, dass sie zusahen, ihren Niedergang nur noch schlimmer machen. Doch sie war von ihrem Interesse auch gerührt. Sie fragte sich, was ihr Dad wohl zu ihrer Arbeit sagen würde, ob er beeindruckt sein würde.

»Die Überraschung ist euch gelungen.« Sie lachte. »Danke, dass ihr zuseht. Ich gebe mir Mühe, euch nicht zu langweilen.« Sie winkten zum Abschied.

Robbie war vor ihr dran, was zumindest eine Ablenkung war, auch wenn er ein selbst von ihm bis dato unerreichtes Maß an Selbstherrlichkeit an den Tag legte. Er fing mit einer in Dunkelheit getauchten Bühne und den sparsamen Tönen einer Sitar an, die etwas spielte, was vermutlich eine Anspielung auf den Namen seines Projekts war. »Brahmaaaa.« Eine Stimme vom Band ertönte, während ein einzelner Scheinwerfer aufleuchtete und auf den Roboter selbst, der in der Mitte der Bühne auf einem Sockel stand, zielte. Die Wölbungen von Brahmas Armen glänzten, halb beleuchtet, halb im Dunkeln, und ließen ihn bullig und spinnenartig zugleich wirken. Als die restlichen Bühnenlichter angingen und Robbie sichtbar wurde, musste Kelly über den Kontrast zwischen ihm, in seinem ordentlichen Hemd und der gebügelten Hose, und der Batman-haften Maschine neben ihm beinah laut loslachen. Robbie schien sich sein Gesicht an dem Morgen so sehr geschrubbt zu haben, dass eine frische, rosige Hautschicht zum Vorschein gekommen war.

»Willkommen«, sagte er und breitete die Arme aus, als ob die Veranstaltung heute allein seine wäre. »Danke, dass Sie heute hier sind, um mit mir einen ganz besonderen Geburtstag zu feiern. Nicht nur die Geburt von Brahma – sondern einer ganz neuen Ära der Robotertechnologie.« Er fing an, den Roboter durch die verschiedenen Schritte eines aufgebauten Küchensets zu führen, demonstrierte, dass seine Carbonfaser-Arme einen ganzen Kühlschrank hochheben konnten, und gleichzeitig die feine Motorsteuerung besaß, ein Ei zu trennen. Die Menge murmelte anerkennend – die Vorführung war beeindruckend. Kelly übte sich in beruhigendem Atmen.

»Und als ob Brahma nicht schon besonders genug wäre, habe ich noch einen anderen besonderen Gast für Sie. Bitte heißen Sie Melvin auf der Bühne willkommen.« Robbie deutete nach links, und Kelly wartete. Und wartete. Endlich kam Melvin mit Hilfe seines Rollators in die Mitte der Bühne. Er hatte die Geschwindigkeit einer Schildkröte, genauso wie das verschrumpelte, gütige Gesicht einer solchen. »Um Brahma wirklich in Aktion zu erleben, müssen Sie sehen, wie er mit einem Nutzer interagiert. Unser Gast Melvin wird Ihnen demonstrieren, wie viel einfacher sein Leben mit Brahma sein wird. Melvin hat Brahma noch nie vorher gesehen, ist das richtig?«

»Das ist richtig«, antwortete Melvin und betrachtete den Roboter argwöhnisch.

»Sie können also sehen, wie einfach und intuitiv es selbst für einen älteren Menschen ist, Brahma zu bedienen. Sie müssen nichts weiter tun, als mit ihm reden. Er ist wie ein Mensch, nur viel besser.«

»Brahma, machst du mir ein Omelett?«, fragte Melvin den Roboter. Er brüllte es praktisch, sagte jedes Wort extra laut und langsam.

»Natürlich«, antwortete Brahma. Er fing mit den Vorbereitungen an, schaltete den Herd ein und schlug Eier, problemlos und schnell.

»Ganz schön geschickt!«, sagte Melvin. Robbie strahlte. »Kannst du das Omelett mit Cheddar-Käse machen?«

»Cheddar hat zwanzig Gramm gesättigte Fettsäuren pro hundert Gramm«, antwortete Brahma. »Ich werde das Omelett mit Spinat zubereiten.« Melvin guckte leicht enttäuscht.

»Brahma ist so entwickelt, dass er Ihnen nicht nur hilft, Ihr Leben zu leben, sondern er hilft Ihnen, Ihr bestes Leben zu leben«, erklärte Robbie dem Publikum.

Brahma hielt Melvin einen Teller mit Omelett und Gabel hin, und Melvin griff mit quietschenden alten Ellbogen langsam danach. Fast noch bevor er den Teller nahm, rollte Brahma bereits zurück und schoss zu den Schränken. Melvin schaffte es gerade so eben, den Teller festzuhalten, als Brahma schon wieder da war und ihm Tabletten in die Hand schüttete. »Die Medikamente müssen zu den Mahlzeiten eingenommen werden«, wies er Melvin schnell an.

»Danke«, sagte Melvin und kämpfte jetzt mit Teller und

Tabletten, aber Brahma war schon wieder auf der anderen Seite der Küche, wo er ein Glas mit Wasser füllte, dann rollte er zurück und reichte es Melvin.

»Bei jeder Mahlzeit sollten dreißig Milliliter Wasser getrunken werden«, sagte der Roboter.

»Sehen Sie?«, rief Robbie begeistert. »Mit Brahmas Sorgfalt erreichen Nutzer optimale Gesundheit.«

Als Melvin mit zitternder Hand versuchte, das Glas zu nehmen, fiel ihm eine Tablette auf den Boden. »Könntest du …«, begann er, doch in dem Moment leuchtete Brahmas Torso auf.

»Mitteilung: Ihre Tochter ruft an«, verkündete Brahma.

»Oh, ich würde gern mit ihr sprechen«, sagte Melvin.

Stattdessen leuchtete jetzt ein Blitzsymbol auf Brahmas Monitor auf, und ein Geräusch wie Donnerschlag erklang. Melvin zuckte zusammen und vergoss sein Wasser. »Alarm: Gewittergefahr in der Gegend«, sagte Brahma.

»Aber wo ist Jennifer?«, fragte Melvin.

»GPS-Anfrage. Möchten Sie, dass ich Jennifer lokalisiere?«, fragte Brahma schnell, während er in der Küche herumsauste und das Kochgeschirr abwusch.

»Ja – nein – ich weiß es nicht.« Melvin war offensichtlich überfordert. Es war alles zu viel und zu schnell. »Ich … ich glaube, ich will nicht länger mein bestes Leben leben.«

Aus dem Publikum war vereinzelt Lachen zu hören. Auf Robbies Gesicht zeichnete sich Panik ab. »Seien Sie nicht albern, jeder will sein bestes Leben leben.«

Melvin stellte kopfschüttelnd den Teller und das Glas auf dem Küchentresen ab, nahm seinen Rollator und ging langsam von der Bühne. »Machen Sie mal langsam! Lesen Sie ein Buch!«

Jetzt brach das Publikum in schallendes Gelächter aus. Alle Farbe war aus Robbies Gesicht gewichen, er war so bleich wie sein Hemd. Kelly wusste, dass Robbie sich das mit seinem Hochmut selbst zuzuschreiben hatte. Sie wusste, dass sein Versagen für sie einen sicheren Erfolg bedeutete. Aber vor allem tat er ihr leid: Er hatte die technischen Details seines Projekts zur Perfektion gebracht, aber er hatte dabei den menschlichen Aspekt außer Acht gelassen. Sie kannte das.

Jemand tippte sie von hinten auf die Schulter, und erschrocken fuhr sie herum.

»Ethan!« Da stand er, die Hände hinter seinem Rücken. »Was machst du hier?«

»Tut mir leid, ich wollte dich nicht erschrecken«, sagte er leise. »Ich habe mich reingestohlen. Der Türsteher denkt, ich wäre Alfred Cochran von Pine Capital. Die ganze Recherche hat sich ausgezahlt. Ich wollte dir noch einmal Glück wünschen und dir etwas geben, bevor du dran bist. Ich weiß, dass du die ganzen Blumensträuße, die ich dir auf dem Computer zeichne, magst, aber mir ist klar geworden, dass ich dir noch nie echte Blumen geschenkt habe, und, na ja, digitale Blumen sind einfach nicht das Gleiche, oder?« Hinter seinem Rücken zog er einen Strauß aus samtenen roten und rosafarbenen Mohnblumen hervor.

Kelly nahm die Blumen entgegen. »Ethan, die sind … die sind … Ich liebe dich.« Sie sah ihn an. Erst, als die Worte über ihre Lippen gekommen waren, merkte sie, dass sie sie noch nie zuvor gesagt hatte, weder zu Ethan noch zu einem anderen Mann. Sie fragte sich, wie lange sie es schon gefühlt hatte.

»Ich liebe dich«, sagte er lächelnd. Sie betrachtete sein Gesicht: die treuen Augen, die Lippen, die immer bereit waren, sie anzulächeln. Seine Worte waren eine exakte Spiegelung ihrer eigenen.

»Kelly Suttle!«, riss Anitas Stimme sie aus ihrer Träumerei. Hastig legte sie die Blumen ab.

Als sie in die Mitte der Bühne ging, starrten sie aus dem gedämpften Licht des Auditoriums die Gesichter der Investoren an, lauter sie beobachtende Augen, wie lauernde Tiere am Rand eines Waldes. Kelly versuchte, sich zusammenzureißen und nicht an Wälder zu denken, an alles andere, nur nicht an dieses blöde Theaterstück in der dritten Klasse. Unter dem Scheinwerferlicht blieb sie stehen und atmete tief ein und aus. Das Publikum würde eine Sekunde lang auf sie warten können. Alles würde gut gehen.

Und dann tat es das faszinierenderweise irgendwie auch. Sie wandte sich an die Zuschauer. »Danke, dass Sie heute hier sind«, sagte sie. »Ich möchte Ihnen etwas zeigen, was ich entwickelt habe – oder besser gesagt, *jemanden.* Es gibt bereits andere Pflegeroboter auf dem Markt, aber es gibt keinen wie Confibot. Ich glaube, Sie werden ihn mögen. Ich tue es auf jeden Fall. Natürlich bin ich nicht ganz unvoreingenommen.« Die Investoren lachten.

»Confibot hat als Maschine angefangen, aber er hat sich zu so viel mehr entwickelt. Er hat das Potenzial, bedeutende Beziehungen zu menschlichen Nutzern aufzubauen. Glauben Sie mir, ich kann Ihnen versichern, ich weiß, wie bedeutend diese sein können.« Kelly konnte nicht anders, als einen Blick zurückzuwerfen, nach rechts hinter der Bühne. Da war Ethan, der sie mit strahlenden Augen beobachtete.

»Also, dann wollen wir ihn mal kennenlernen«, sagte sie.

Links auf der Bühne ging ein Scheinwerfer an und holte Confibot aus der ihn umgebenden Dunkelheit. Er saß mit dem Blick zu ihr, die Hände ruhten auf seinen Oberschenkeln, der Gesichtsausdruck ein angenehmes, neutrales Lächeln. Und er sah gut aus. Die Leute im Publikum murmelten leise und reckten die Hälse – nach der ganzen funktionellen Zauberei, die es bisher zu sehen gab, hatte das Niveau an menschlichem Realismus, das Kelly mit Confibot erreicht hatte, immer noch etwas Beeindruckendes an sich. Sie fühlte eine leichte Wärme – die Reaktion war gut, darauf hatte sie die ganze Zeit gezählt. Kurz hoffte sie, dass Confibots Äußeres durch den Videofeed gut übertragen wurde, damit ihr Dad ihn sehen konnte. Plötzlich stellte sie sich auch vor, wie Priya zusah, wahrscheinlich im Konferenzraum von AHI zusammen mit den ganzen anderen Ingenieuren aus ihrer Abteilung, die alle jubelten.

Confibots Routine war aufs Stichwort abrufbar – Kelly musste nichts weiter tun, als das Gespräch zu beginnen. »Hi, Confibot, wie geht's dir?«, fragte sie.

Der Roboter erwachte zum Leben wie eine im Zeitraffer sprießende Blume. »Mir geht's gut, Kelly, und dir?« Dieses Mal waren die Reaktionen des Publikums lauter. Einen Android zu bauen, der auf der Bühne gut aussah, war eine Sache, aber die Flüssigkeit von Confibots Bewegungen, die Mühelosigkeit seiner Intonation – das hier war nicht die Hall of Presidents. Anita an der Seite der Bühne strahlte. Sie sah geradezu hungrig aus.

»Ich möchte dir ein paar Fragen stellen«, fuhr Kelly fort.

»Mir geht's gut, Kelly, und dir?«

Kelly hatte ihr Skript so verinnerlicht, dass sie einen Moment brauchte, um zu merken, dass Confibot davon abgewichen war. Unbekümmert lächelte er sie an. »Entschuldige, du hast mich wohl nicht gehört«, sagte sie, mehr ans Publikum gerichtet als an Confibot. »Ich sagte, ich würde dir gern ein paar Fragen stellen.«

»Mir geht's gut, Kelly, und dir?«

Das Publikum redete, okay, aber der Ton hatte sich geändert. Wenn die Investoren positive Bemerkungen machten, taten sie das höflich flüsternd, doch wenn die Dinge ins Negative umschlugen, schienen sie ihr Benehmen zu vergessen. Kelly konnte nicht anders, sie sah zu Anita, die mit beängstigender Geschwindigkeit ihre »Ab mit ihrem Kopf«-Miene aufgesetzt hatte. Kellys Blick wanderte zu Ethan, der die Stirn runzelte. Er war voll und ganz auf ihren Erfolg konzentriert.

»Confibot, ich möchte dir ein paar Fragen stellen«, wiederholte Kelly etwas langsamer, als ob das helfen würde. Sie fühlte sich wie gelähmt, konnte sich nicht bewegen. Sie hatte keine Ahnung, was falsch lief. Nach der ganzen Vorbereitung, den Tausenden von Simulationsläufen, die sie durchgeführt hatte, musste er ausgerechnet jetzt dieses Problem entwickeln …

»Mir geht's gut, Kel…« Kelly nahm ihr Handy aus der Tasche und schaltete ihn damit aus, bevor er den Satz beenden konnte. Jetzt war sie nicht nur verwirrt, sie wusste absolut nicht mehr weiter. Und sie hatte Angst vor Anitas Blick. Doch gerade, als Anita hinter dem Vorhang hervorkommen wollte, um die Katastrophe zu beenden, sah Kelly noch einmal zu Ethan. Sie hatte ihn gebaut, um eine Begleitung für Claras Hochzeit zu haben, und bei jeder Gelegenheit hatte er so viel mehr für sie getan, als das, worum sie ihn gebeten hatte oder womit sie gerechnet hätte. Doch jetzt war es an der Zeit, dass sie anfing, selbst das

Richtige für sich zu tun. Sie musste ihn um einen letzten Gefallen bitten.

»Sieht so aus, als bräuchten wir hierfür die Hilfe einer weiteren Person«, sagte sie. Anita zögerte. Kelly sah Ethan direkt an. »Ich würde Ihnen gern meinen Verlobten vorstellen. Ethan, kannst du mal kommen?«

Ethan machte einen Schritt zurück, als wäre er unsicher, ob sie wirklich meinte, was sie sagte. Sie nickte ihm ermutigend zu, versuchte, mehr Gewissheit zu zeigen, als sie tatsächlich verspürte, und als er auf sie zukam, nahm sie seine Hand und führte ihn in die Mitte ins Scheinwerferlicht. »Ethan, wie wäre es, wenn wir beide uns stattdessen etwas unterhalten?«

»Gerne, Kelly. Worüber möchtest du reden?« Ethan senkte die Stimme, aber sie war durch Kellys Mikrofon fürs Publikum immer noch hörbar. »Ist das hier Teil des Plans? Ich dachte, du findest Publikumsbeteiligung furchtbar?« Das Publikum lachte. Anita an der Bühnenseite war so angespannt, so bereit, einzuspringen und den Stecker zu ziehen, dass sie fast schwebte.

»Nein, nein, lass uns einfach … reden. Wie geht's dir?«

»Im Moment bin ich ziemlich verwirrt.« Wieder lachte das Publikum.

»Ähm …« Kelly blickte sich hektisch nach Inspiration um. »Komm, wir tanzen!« Sie schlang die Arme um einen völlig perplexen Ethan und wirbelte mit ihm über die Bühne.

»Ist alles in Ordnung? Ich dachte, du findest Tanzen genauso furchtbar.«

Kelly ignorierte ihn. »Er ist ein fantastischer Tänzer!«, rief sie dem Publikum zu. Dann blieb sie auf einmal stehen. »Wie viel ist 5.789 mal 4.362?«

»25.251.618«, antwortete Ethan sofort. »Aber warum …«

»Wann ist Andrew Jackson gestorben?«

»Am achten Juni 1845.«

»Was ist meine liebste Jahreszeit?«

Ethan zögerte und sah sie an. »November«, sagte er. »Du liebst bewölktes Wetter.«

Das Publikum wurde unruhig. »Wir haben es verstanden, Ihr Freund ist ein toller Fang!«, rief jemand, und andere lachten unsicher. Anita machte ein paar schnelle Schritte vorwärts, doch Kelly gab ihr ein entschiedenes Zeichen, stehen zu bleiben, und überraschte sich selbst mit ihrer Kühnheit noch mehr als Anita. Ihr war ganz schlecht angesichts dessen, was sie vorhatte, aber sie war sich sicher. Sie nahm einen tiefen Atemzug und wendete sich ans Publikum.

»Er ist kein Fang. O ja, er ist toll – intelligent, gut aussehend, unkompliziert, lustig. Er ist der belesenste Mensch, den es gibt, und trotzdem kümmert er sich auch um die Wäsche. Alle, die ihm begegnen, lieben ihn. Ich liebe ihn.« Kelly zwang sich, Ethan in die Augen zu sehen. »Aber ein Fang würde implizieren, dass ich ihn gefunden hätte. Was nicht ganz stimmt.«

Sie blickte in die Gesichter im Publikum, die im dunklen Auditorium blass leuchteten. »Confibot scheint heute eine Störung zu haben«, sagte sie. »Ich habe irgendeinen Fehler gemacht. Aber das ist okay, denn ich weiß, dass ich ihn trotzdem genauso wunderbar hinbekommen kann, wie ich Ihnen verspreche, dass er es ist. Ich weiß das, weil ich es schon ein Mal geschafft habe. Ich habe hier ein anderes Modell, das ich Ihnen zeigen kann.«

Sie wandte sich an Ethan, hielt dann aber inne. Sie war unfähig zu tun, was sie tun musste. Doch er sah sie an, nickte fast unmerklich und lächelte ganz leicht, als ob er es wüsste, als ob er ihr die Erlaubnis geben würde. Gehorsam drehte er ihr den Rücken zu. Kelly holte tief Luft und hob sein Hemd an, die gestärkte Baumwolle, die von seiner Haut leicht warm war. Sie fand seine Bedientafel, und bevor sie es sich anders überlegen konnte, legte sie den Schalter um. Ethan fuhr sofort herunter – leblos, still, mit leicht geneigtem Kopf auf dem steifen Hals, wie der Arm eines Krans, der nachts bewegungslos auf der Baustelle herumsteht.

Die Leute im Publikum schnappten nach Luft. Kelly drehte Ethan mit dem Rücken zu ihnen und hob das Hemd an, sodass sie das Bedienfeld sehen konnten.

Kelly stellte sich die schockierten Gesichter ihrer Familie vor, alle in einer Reihe, wie sie von zu Hause aus zuguckten. Anita stürmte auf die Bühne und ließ zum ersten Mal etwas von ihrer Eleganz vermissen. »Ich bin sicher, Sie wissen alle den exzentrischen Humor meiner Ingenieurin zu schätzen«, sagte sie zu den Investoren. »Sie bewahrt sich die Reinheit ihres Genies dadurch, dass sie sich komplett von der Gesellschaft isoliert. Ich versichere Ihnen, das hier ist nicht ihr eigentlicher Pitch.«

Doch derselbe Investor, der Kelly vorher durch Zwischenrufe gestört hatte, sprang jetzt auf und rief: »Das muss ich sehen!« Er lief über den Mittelgang auf die Bühne und betrachtete Ethan genau. Kelly zuckte zusammen, als er seine Wurstfinger in Ethans Gesicht stach. »Absolut unglaublich!«, sagte er. Mit ausgestreckter Hand schritt er auf Anita zu. »Wir müssen reden.«

Als Anita sah, wie der Rest des Publikums sich von den Stühlen erhob und ebenfalls auf die Bühne eilte, setzte sie ein aalglattes Lächeln auf. Sie hatte das hier natürlich die ganze Zeit schon geplant. Das hier war alles das sorgfältig kalkulierte Ergebnis ihrer eigenen Berechnungen, nicht der Coup einer einzelnen Ingenieurin, einer Großraumbüro-Boxen-Arbeiterin. Sie schüttelte dem Mann die Hand. »Sehr gern.« Inmitten des ganzen Durcheinanders sah Kelly, dass Robbie die Kinnlade runtergeklappt war wie einem ausgenommenen Fisch. Sie wusste, wenn irgendjemandes Herz gerade heftiger schlug als ihres, dann war es wohl seins.

Dann sah sie Confibot auf seinem Stuhl sitzen. Auch wenn Ethan ihm die Show gestohlen hatte, war er doch auf gewisse Weise das Zentrum von all dem hier. Durch ihre Benommenheit wurde Kelly bewusst, dass ihr Projekt jetzt Wirklichkeit war. Confibot würde realisiert werden. Der kühne Investor kämpfte sich zu ihr durch. »Unglaubliche Arbeit«, rief er über den Lärm. »Haben Sie schon ein Büro-Modell?«, scherzte er. »Ich könnte jemanden gebrauchen, der mehr Zeit für die Ablage verwendet als auf Snapchat.«

»Ja, das glaube ich. Entschuldigen Sie mich kurz …« Abgelenkt, blickte Kelly zur Mitte der Bühne. Im ganzen Gedränge konnte sie Ethan überhaupt nicht mehr sehen.

sechsundzwanzig

Kelly wusste nicht, ob sie Ethan jemals wiedersehen würde. Aber sie traute sich nicht, Anita zu fragen, was sie mit ihm gemacht hatte, und hatte tagsüber auch kaum Gelegenheit, darüber nachzudenken. Die Zeit verflog nur so mit Investoren-Meetings, dem Zusammenstellen von Teams, Budgetkalkulationen, Marketingplänen. Dass so viele andere Köpfe zusammenkamen, um an ihrem Projekt, ihrem Baby, zu arbeiten, war anfangs fast eine körperliche Qual. Niemand außer ihr konnte Confibot verstehen. Was, wenn die anderen es vermasselten? Sie würden es auf jeden Fall vermasseln. Doch je mehr Kelly mit den verschiedenen Profis in ihrem Team arbeitete, desto mehr bekam sie mit, dass sie alle wussten, was sie taten. Confibot wuchs und veränderte sich und wurde zu etwas anderem, als Kelly erwartet hatte – er wurde anders, aber größer und besser. Kelly lernte, Kontrolle abzugeben. Und sie war angetan von dem neu gewonnenen Respekt, mit dem Anita ihr begegnete, auf die ihr eigene, temperamentvolle Weise. Kelly war begeistert, jetzt ihr eigenes Büro zu haben, also eine geschlossene Tür, hinter der sie Käsecracker essen konnte, und erste Einblicke darin zu gewinnen, wie ihre Technologie mit den großzügigen Mitteln, die nun zur Verfügung standen, das Leben der Menschen verändern könnte. Zu sehen, wie das, was als flüchtige Idee in ihrem Kopf entstanden war, nun Wirklichkeit wurde; etwas das Menschen bei sich zu Hause haben und das ihre Lebensqualität verbessern sowie unzählige Menschen in der Herstellung, der Distribution und im Marketing beschäftigen würde – das war wundervoll. Kelly bekam sogar einen Artikel im *Wired*-Magazin – für eine gerade mal Dreißigjährige nicht schlecht, fand sie.

So aufregend die Arbeit an Confibot war, das Ganze war auch ganz schön erschöpfend. Jeden Abend, wenn Kelly ins Bett fiel, überrollten sie die Gedanken, die sie tagsüber zur Seite schieben konnte: an das Leuchten in Ethans Blick, als er »Ich liebe dich« gesagt hatte, an sein Vertrauen, als er ihr den Rücken zugedreht hatte, bevor sie ihn für immer abgeschaltet hatte. Kelly wusste, dass sie das Richtige getan hatte, trotzdem konnte sie die Trauer nicht abschütteln, die sie überkam, wenn sie an ihn dachte. Sie vermisste ihn. Doch sie konnte nichts anderes tun, als weitermachen.

Dr. Masden blieb Kelly als Berater erhalten, und sie gewöhnte sich nicht nur daran, mit ihm zu arbeiten, sondern fing tatsächlich an, es zu genießen. Als sie eines Tages kurz nach der Präsentation ein Meeting vorbereiteten, meinte Kelly zu spüren, dass er mit irgendetwas zurückhielt. »Was ist?«, fragte sie.

»Ich kann einfach nicht glauben, dass Sie sich einen Roboterfreund gebaut haben«, platzte er heraus. »Da gäbe es so viel zu analysieren.« Er hielt die Hände hoch. »Aber keine Sorge, keine Sorge. Damit fang ich nicht noch einmal an.«

»Schon okay.« Kelly lachte. »Ich weiß, das ist eine verrückte Geschichte. Ob Sie es glauben oder nicht, es fing alles an, als meine …«

»Mutter?«

Kelly starrte ihn an. »Woher wissen Sie das?«

Er beugte sich vor. »Kelly, ich bin Psychologe. Es ist immer die Mutter.«

Eine Stunde und sechs Freud'sche Fehlleistungen später lachte Kelly über eine lustige Geschichte, die Dr. Masden über seine eigene Mutter erzählte.

»Okay, Sie haben also auch … Familienpsychosen, oder wie auch immer der Fachausdruck dafür ist«, sagte Kelly kopfschüttelnd.

»Ich glaube, man sagt, ein ›Thema‹ mit der Familie haben. Und ich glaube, das hat jeder.«

»Okay, wenn ich also praktisch Confibots Mom bin, heißt das, er wird später ein Thema mit mir haben?«

»Keine Sorge«, versicherte er ihr lächelnd. »Ich werde immer noch da sein, um zu helfen, wenn er ein Teenager ist.«

Kelly verdrehte die Augen. Aber jemanden zu haben, der ihr half – war irgendwie nett.

An einem anderen Tag schlich sich Kelly während der Mittagszeit ins Labor, um zu arbeiten. Mit den ganzen Meetings, die sie jetzt immer hatte, wusste sie diese seltenen Momente der Stille sehr zu schätzen. Doch als sie sich einen Stuhl an einen der Computerarbeitsplätze zog, tauchte auf einmal Robbie mit einem Schraubenzieher fuchtelnd hinter einem Rollregal auf.

»Ich bin hier!«, verkündete er ziemlich laut.

Kelly fasste sich nach Luft schnappend an die Brust. »Robbie!«

»Ich wollte dich nur über meine Anwesenheit informieren, um dich nicht zu erschrecken.«

»Hat super geklappt«, murmelte sie.

»Und, wie läuft's mit Confibot?«, fragte er und setzte sich neben sie auf den Tresen, den Rücken kerzengerade durchgedrückt.

»Ziemlich gut«, antwortete sie. »Und mit Brahma?« Trotz Robbies Bemühungen, das Gegenteil zu erreichen, hatten sich tatsächlich drei verschiedene Investoren genug für Brahma interessiert, um auch für ihn etwas Geld lockerzumachen, und das Projekt wurde verwirklicht.

»Großartig. Ich kann dir gar nicht sagen, wie überwältigend das ist, an so einer weltverändernden Technologie zu arbeiten.«

»Wow, ja, da würde ich bei Gelegenheit gern mehr drüber hören«, antwortete Kelly und versuchte, den Sarkasmus in ihrer Stimme nicht allzu deutlich werden zu lassen. Robbie, ob er es beabsichtigte oder nicht, konnte ihre Knöpfe drücken, darauf herumhämmern und sie festklemmen wie niemand sonst.

Kelly sagte nichts mehr, aus Angst, dass nichts Nettes dabei herauskommen würde, doch dann brach Robbie plötzlich das Schweigen. »Du hast das Richtige getan«, sagte er. Kelly legte die Zange aus der Hand und sah ihn erstaunt an. »Auch wenn ich weiß, dass du Ethan nur dank mir losgeworden bist, glaube ich, dass du ohne ihn langfristig besser dran bist.« Er hielt den Blick auf seine Arbeit gesenkt.

An Robbie hatte Kelly überhaupt nicht gedacht, als sie Ethan abgeschaltet hatte – sein Erpressungsversuch war tatsächlich fernab ihrer Gedanken gewesen. Doch was hätte sie davon, das jetzt richtigzustellen? Warum sollte er das nicht glauben? »Tja, es geht mir ganz gut«, antwortete sie.

»Ich wünsche dir, dass du glücklich bist«, sagte er behutsam.

Kelly lächelte leicht und nahm ihr Werkzeug wieder in die Hand. »Danke, Robbie.«

Sich mit Priya zu versöhnen war schwieriger als mit Robbie. Kelly hatte Priya seit ihrem Streit gewissenhaft gemieden und sie bei ihren seltenen Begegnungen behandelt wie jeden anderen Kollegen auch. Wenn sie sich auf den Fluren begegneten, wechselten sie ein knappes »Hi«. Wenn sie gezwungen waren, zusammen im Labor zu arbeiten, reichten sie einander die Werkzeuge, ohne sich anzusehen. Und das war tausendmal schlimmer, als sich zu streiten.

Nach dem Debakel mit dem Kleid für die Hochzeit hatte Kelly eigentlich erwartet, dass Priya sie mit Entschuldigungen überhäufen würde. Doch als keine Entschuldigung kam, sah Kelly das als Beweis, dass ihre Vermutung eben doch gestimmt hatte: Wenn Priya sich nicht entschuldigte, bedeutete das, dass sie nicht erkannte, sich falsch verhalten zu haben, was bedeutete, dass sie Kellys Gefühle überhaupt nicht wahrnahm, was bedeutete, dass ihre gesamte Freundschaft nicht echt gewesen war. Als Kelly so darüber nachdachte, strich sie sich die Bluse glatt und konzentrierte sich wieder auf ihren Computer.

Kelly war schon immer stolz darauf gewesen, ihre Gefühle einfach abschalten zu können. Und an diesem Samstag gab sie sich wild entschlossen besonders Mühe: Sie legte einen ganzen

Arbeitstag zu Hause ein, las alle verpassten Nachrichten auf TechCrunch, jede Menge Zeitungsartikel, und führte ein Skype-Interview mit einer deutschen Nachrichtenagentur, die einen Bericht über Confibot bringen wollte. Sie probierte eine neue Frisur aus, die ihre Naturwelle mehr durchkommen ließ. Sie wendete sogar ihre ultimative Ablenkungsstrategie an und legte einen Marathon aus alten Olsen-Zwillinge-Filmen hin. Doch ganz gleich, wie sehr sie auch versuchte, sich davon zu überzeugen, dass sie ohne ihre beste Freundin hervorragend klarkam, tauchte, wie eine in den Fluss geworfene Leiche, immer wieder ein Gedanke auf. Vielleicht war die Annahme, auf der ihr gesamter Streit basierte, nämlich, dass Priya sie bei der Anprobe nicht versetzen hätte dürfen, falsch. Vielleicht hatte Priya sich einfach nicht entschuldigt, weil es nichts gab, wofür sie sich entschuldigen müsste. Ja, sie hatte Kelly versetzt, und ja, sie hatte ein paar harte Sachen gesagt, aber hatte Kelly nicht dasselbe getan? Hatte Kelly sie zu dem Zeitpunkt nicht schon eine ganze Weile vernachlässigt? Es war logisch, die Reihe ihrer bisherigen gescheiterten Freundschaften anzusehen und daraus zu schließen, dass auch diese Freundschaft zum Scheitern verurteilt war. Doch so eine Folgerung basierte allein auf Kellys Verhaltensmuster. Und wenn sie diese Variable ändern könnte, würde sie damit die gesamte Gleichung ändern.

Eine Zufallsbegegnung bei der Arbeit war ganz klar keine Option bei ihren ausgeklügelten Ausweichmanövern. Kellys Anrufe und SMS blieben unbeantwortet, und Priya verpasste auf mysteriöse Weise ihre üblichen gemeinsamen Zeiten im Labor. Sie musste zudem ein Vermögen dafür ausgeben, außer Haus Mittag zu essen, denn immer, wenn Kelly sich in der Cafeteria ihren Salat des Tages holte, war Priya nirgendwo zu sehen. Schließlich gab Kelly sich einen Ruck, als sie erkannte, dass die einzige Möglichkeit, die Aufmerksamkeit ihrer Freundin zu gewinnen, war, worum Priya sie die ganze Zeit schon gebeten hatte: außerhalb des Büros Zeit mit ihr zu verbringen. Ein kurzer Blick auf Priyas Instagram-Profil verriet ihr zwei Dinge: Sie war wieder mit Andre zusammen, und sie würde heute mit ihm zu einem Open-Mic-Abend gehen.

Es ist absolut okay, dachte Kelly, als sie in einem mit Zigarettenrauch geschwängerten Club backstage mit den anderen Komikern in der Schlange stand und auf ihren Einsatz wartete. Ja, richtig, Kelly Suttle machte bei einer Open-Mic-Veranstaltung mit. Die meisten der anderen Teilnehmenden gingen noch einmal ihre Notizen auf ihren Smartphones oder kleinen Spickzetteln durch und übten lautlos ihre Nummern, doch Kelly hatte etwas Besseres, einen ganz einfachen Plan. Priya und Andre hatte sie schon reinkommen und sich an einen Tisch setzen sehen, nachdem Andre sich mit Freunden im Publikum mit Ghettofaust begrüßt hatte. Kelly musste nichts weiter tun, als auf die Bühne zu gehen, einen Ort, an dem Priya sie weder meiden noch ignorieren konnte, ihre Entschuldigung vorzubringen und die Bühne wieder zu verlassen. Sie würde noch nicht einmal einen Witz erzählen müssen, beruhigte sie sich selbst. Als sie ganz vorn in der Schlange stand, holte sie tief Luft. Zeit, es hinter sich zu bringen.

Und dann sah sie vor sich Priyas lange Haare fliegen, als Priya in der Toilette verschwand – im selben Moment, in dem der Moderator sie auf die Bühne rief: »Kelly!«

Kelly erstarrte. Sie konnte nicht auf die Bühne, bevor Priya wieder an ihrem Platz war. Sie versuchte, Zeit zu schinden, sah den Moderator an und schüttelte wie wild den Kopf, doch der lachte nur und winkte sie ins Scheinwerferlicht, zwang sie heraus. Geblendet sah Kelly ins Publikum. Der Laden war brechend voll. Was sollte sie jetzt tun? Sie hatte keinen Witz vorbereitet. Einen Witz? Was war ein Witz?

»Okay – was ist schwarz, weiß und rot?«, fragte sie leise.

»Wir können dich nicht hören!«, rief ein Typ aus dem Publikum.

»Eine Zeitung!«, brüllte sie. Sie versuchte, wieder eine Stufe runterzuschalten. »Okay, Zeitungen – wer kann sich noch daran erinnern?« Sie blickte einen langen Moment ins Publikum, in der Hoffnung, dass irgendjemand etwas Hilfreiches sagen würde, zum Beispiel: »Ich!« Aber niemand sagte etwas.

»Okay, ein Applaus für Kel…« Kelly musste den Moderator aufhalten. Sie musste auf der Bühne bleiben, bis Priya wieder da war. Verzweifelt versuchte sie, sich daran zu erinnern, was Ethan zum Lachen gebracht hatte.

»Meine Schwester ist mal aus dem Fenster gefallen! Ich meine – Nein, Moment, es soll ja ein Witz sein …« In der Sekunde kam Priya zurück und sah Kelly auf der Bühne. Schockiert blieb sie stehen.

»Priya!«, rief Kelly. »Es tut mir so leid! Du hattest recht mit Ethan, und ich hätte schon viel eher auf dich hören sollen, aber ich habe einfach Panik bekommen, als die Dinge nicht so liefen, wie ich es mir vorgestellt hatte. Ich versuche, das jetzt besser zu machen. Es ist furchtbar, keinen Kontakt mit dir zu haben. Ich will mit dir reden. Ich will Andre kennenlernen. Hi, Andre.« Sie winkte ihm zu. Er winkte benommen und sehr, sehr verwirrt zurück. »Gibst du mir eine Chance? Ich verspreche auch, mir mehr Zeit für dich zu nehmen. Ich bin ja jetzt auch hier, nicht wahr?«

Priya verschränkte die Arme. »Erzähl mir einen Witz«, rief sie.

Kelly überlegte. Plötzlich fiel ihr das Modell eines gewissen vibrierenden Motors ein, den Priya einmal in einem ihrer selbst ernannten Momente von Genie im Labor gebaut hatte: 3X2D5L. »Was sind die Zutaten für einen perfekten Dating-Abend?«, fragte sie. »Drei Xe, zwei Ds und fünf Ls.« Priya blickte sie einfach nur an. Und dann kapierte sie es. Sie brüllte vor Lachen und stützte die Hände auf die Knie. Der Rest des Publikums fing an zu buhen, aber Kelly war das egal. Sie lachte auch, selbst noch, als der Moderator sie von der Bühne schob.

»Komm her, komm her«, keuchte Priya schwach und winkte sie zu sich, während sie sich die Seiten hielt. »Ich hab dich vermisst, du blöde Kuh.« Und ohne die Blicke aus dem Publikum auch nur zu bemerken, lief Kelly in die ausgebreiteten Arme ihrer Freundin.

So schwierig es auch gewesen war, Priya aus dem Weg zu gehen, ihre ganze Familie zu ignorieren war noch härter. Als das nächste Familienessen anstand, vervielfachten sich die Sprachnachrichten und E-Mails von Diane und verstopften Kellys Telefon wie eine Rastplatz-Toilette. Gerade arbeitete Kelly im Büro am Prototypen eines Gesichts für einen weiblichen Confibot, als ihr Telefon wieder einmal vibrierte. Sie hatte es auf lautlos gestellt, genervt von den Bildern, die das Klingeln immer wieder ungebeten heraufbeschwor. Auch jetzt stellte sie sich wieder vor, wie ihre Familie um den Essenstisch saß und sie anstarrte. Ihr toller Verlobter war eine Täuschung gewesen. Ihr Dad seufzte und wandte, unbeeindruckt wie immer, seine Aufmerksamkeit dem Essen zu. Gary erklärte Kellys Nichten, wo Ethan abgeblieben war, und die Mädchen lachten über ihre bekloppte Tante. Clara lächelte sie, Jonathans Hand haltend, mitleidig an, und ihre Mom schnalzte missbilligend mit der Zunge, während sie überlegte, Kellys Hochzeitskleid einer anderen jungen Frau zu verkaufen – das Kleid, an dem sie so lange gearbeitet hatte …

Jetzt malte Kelly sich ihre Mom allein in ihrem Laden aus, wie sie die Regale abstaubte und Stoffballen richtete, während das Kleid sie die ganze Zeit anstarrte wie ein Geist. Ganz gleich, wie sehr ihre Familie Kelly unter Druck gesetzt, sie sogar unbeabsichtigt schlecht gemacht hatte, es war nicht fair gewesen, sie mit Ethan anzulügen, und es war nicht fair, sie jetzt zu ignorieren. Kelly wusste, dass ihre Mutter sie liebte. Selbst wenn sie ihre Liebe manchmal auf dieselbe Weise zeigte wie eine Zweijährige für ihre Lieblingspuppe, indem sie sie mit Wachsmalstiften beschmierte und ihr die Arme ausriss. Und Kelly liebte ihre Familie – auch wenn sie, überlegte sie, biologisch darauf programmiert war. Tief in ihrem Herzen wusste sie, dass ihre Familie sie bedingungslos unterstützen würde, genau wie Ethan es getan hatte, und sie würde dasselbe für sie tun.

Aber das machte sie nicht weniger angespannt, als sie ans Telefon ging.

Am Abend beim Familienessen fragte Kelly sich, wie genau sie dieses Gespräch anfangen sollte. Schweigend saßen alle da und probierten vorsichtig die Makrele. Hey, wisst ihr noch, als mein Verlobter sich als Roboter herausstellte? Kelly bemerkte, wie Clara sich zu Jonathan lehnte, ihn anstieß und auf ihren Teller zeigte – irgendein Insider-Joke. Sie lächelten einander an. Beide sahen sehr viel frischer aus als noch vor ein paar Wochen.

»Dein Freund ist gestorben«, erklärte Bertie auf einmal in die Stille. Sie sah Kelly ohne mit der Wimper zu zucken an, während sie sich schlürfend Apfelsoße in den Mund löffelte.

»Bertie …«, fing Gary an, sie zu tadeln, doch Kelly unterbrach ihn. Sie hatte keine Ahnung, was die Konsequenzen sein würden, aber sie wusste, sie musste dies tun. Sie ging ein Risiko ein, aber diesmal war es ein cleveres.

»Hört zu, ich weiß, dass das, was bei der Präsentation passiert ist, wahrscheinlich ein ziemlicher Schock für euch alle war, und … es tut mir leid. Ich habe nichts davon getan, weil ich euch anlügen oder hinters Licht führen wollte. Ich wollte es allen nur leichter machen, indem ich mir eine Begleitung für Claras Hochzeit organisiert habe, und, ich weiß nicht – ich wollte einfach nicht mehr ständig alle enttäuschen. Das ist mir wohl nicht so gut gelungen.« Sie blickte auf ihren Teller, fuhr mit der Gabel durch die Soße und ließ sie langsam hinuntertropfen wie Zuckersirup. Die Zeit tropfte genauso langsam in der Stille.

Carl wischte sich mit der Serviette über den Mund. »Na ja, ich jedenfalls war ziemlich beeindruckt«, erklärte er.

Kelly sah ihn an. Er hätte sie nicht mehr überrascht, wenn er den Mund geöffnet und eine Verdi-Arie gesungen hätte. »Echt?«

»Natürlich«, versicherte ihr Diane. »Du hast Ethan *gebaut*. Wie könnte uns das enttäuschen? Ich meine, wie um alles in der Welt hast du das gemacht? Er war ein Meisterwerk.«

»Ich habe noch nie im Leben so eine Technologie gesehen«, sagte Carl.

»Ja, aber … er war nicht echt. Ich war nie wirklich verlobt«, antwortete Kelly verdutzt.

Diane seufzte. »Ich weiß, und das ist das einzig Traurige daran. Ich habe dein Hochzeitskleid bereits verpackt, damit es keinen Schaden nimmt – mit säurefreiem Papier und allem. So wird es in perfekter Form sein, wenn du einen Mann gefunden hast.« Sie griff über den Tisch und tätschelte Kellys Hand. »Wer auch immer er ist, irgendwo da draußen ist er«, sagte sie sanft, bevor sie sich wieder ihrem Essen zuwandte. Es war Kelly peinlich, als ihr klar wurde, dass dieses ganze Debakel ihre wahre Einsamkeit offengelegt haben musste, ihren Frust über ihre Unfähigkeit, einen Partner zu finden. Aber vielleicht war es gar nicht so schlimm, wenn ihre Familie ihre Verwundbarkeit verstand.

»Also, wie hast du es gemacht?«, fragte Clara neugierig.

»Ja, kann ich auch einen haben? Ich könnte gut männliche Gesellschaft im Haus gebrauchen«, meinte Gary. »Neulich habe ich mir, ohne darüber nachzudenken, eins meiner Beine rasiert. Da musste ich das andere auch noch rasieren, damit es nicht komisch aussieht.«

Die ganze Familie blickte Kelly aufmerksam an. Zaghaft begann sie, sich zu öffnen.

»Ob ihr's glaubt oder nicht, ich habe das Ganze an einem Wochenende gemacht.«

»Nein«, rief Carl. Kelly legte ihre Gabel ab und lächelte.

»Doch. Aber ich musste später noch einige Änderungen vornehmen. Am Anfang hat er sich teilweise noch ziemlich komisch verhalten …«

An jenem Abend hatten sie möglicherweise die angenehmste, mit Sicherheit aber die angeregteste Unterhaltung seit Langem bei einem Familienessen, soweit Kelly sich erinnern konnte. Es war eine erfreuliche Überraschung, wie gut ihre Familie die ganze Sache aufnahm und wie beeindruckt sie von Kellys Arbeit war. Doch Kelly wusste, dass sie sich dem Hochgefühl dieser Anerkennung nicht zu sehr hingeben durfte. Es hatte schon genug Zeiten gegeben, an denen sie sich an diesem Tisch ziemlich niedergeschlagen gefühlt hatte, und solche Zeiten würden mit Sicherheit auch wiederkommen. Doch selbst wenn ihre ganze Familie wegen der Sache mit Ethan wütend auf sie gewesen wäre oder weiter an ihrem Bild von Kelly als dem hoffnungslosen ewigen Single festhalten würde – sie würde damit klarkommen. Sie hatte definitiv schon Schlimmeres durchgemacht und auch das überstanden. Die Meinung ihrer Familie war ihr wichtig. Aber sie lag außerhalb ihrer Kontrolle, außerhalb von ihr. Sie hatte nichts damit zu tun, wer sie war.

Eines Tages nach der Arbeit machte Kelly sich die Mühe, sich ein besonderes Abendessen zu kochen, und bereitete eine Lasagne zu. Sie genoss es zu kochen, wenn die Zeit es erlaubte, auch ohne Ethan, der ihr half oder ihr von der anderen Seite der Küche aus eine Kirschtomate in den Mund warf, während sie den Salat mischten. Doch ihre Vorlieben würden wohl nie ganz normal werden. Als die Lasagne fast fertig war, legte sie noch ein paar Scheiben Cheddar zum Schmelzen darauf.

Vielleicht lag es daran, dass sie schon länger nicht ausgegangen war und etwas Besonderes gemacht hatte, da sie niemanden hatte, mit dem sie etwas Besonderes machen konnte, jedenfalls hatte sie an diesem Abend Lust gehabt, mal etwas anders zu machen. Und so hatte sie den Bleistiftrock und die Bluse von der Arbeit anbehalten, statt sich sofort etwas wunderbar Bequemes und erschreckend Unansehliches anzuziehen. Sie aß am Tisch, statt vor dem Fernseher oder am Schreibtisch. Sie zündete sogar eine Kerze an, die sie nach ein paar Minuten aber wieder ausblies. Selbst sie fand, dass Kürbisduft und Lasagne nicht zusammenpassten.

Kelly dachte noch immer jeden Tag an Ethan, aber längst nicht mehr so viel. Als das durchs Fenster fallende Frühlingslicht ihr Apartment in goldene Farben tauchte, verschmolzen auch die Erinnerungen, die jeder Raum enthielt, zu einer verschwommenen Ferne. Doch so sehr sie sich bemühte, sie war nicht mehr glücklich damit, ihre Abende allein zu verbringen.

Die kostenlose Probemitgliedschaft, die sie vor einer gefühlten Ewigkeit bei der Dating-Seite begonnen hatte, war natürlich längst abgelaufen. Erwartungsvoll schaute das Kreditkarten-Formular sie vom Bildschirm aus an. Es bat um 19,95 Dollar für einen Monat. Ein Monat war im Laufe dessen, was für eine Lebensdauer Kelly statistisch gesehen erwarten konnte, ziemlich kurz. Und 19,95 Dollar waren in der Summe dessen, was sie im Leben noch verdienen würde, wirklich nicht bedeutsam. Und manche Risiken lohnten sich erwiesenermaßen, dass man sie unternahm.

Kelly lachte beinah, als sie das Profil sah, dass sie beim ersten Mal erstellt hatte. Es kam ihr vor, als würde sie die Biografie einer Fremden lesen. Das Foto, das sie hochgeladen hatte, war klein und unscharf und zeigte sie kaum. Sie lud ein neues Foto hoch, jenes, das sie für die Pressemeldung über Confibot herausgegeben hatte. Es hatte einen flüchtigen Moment von Haarpracht eingefangen.

Sie erinnerte sich daran, dass sie den Abschnitt über sich selbst mit praktisch allem Möglichen ausgefüllt hatte, von dem sie dachte, dass es sie wie einen normalen und harmlosen Menschen erscheinen ließ. Es las sich steif und wie von einer Außerirdischen zusammengestückelt, die versuchte, alle zu überzeugen, geradezu versprach, kein Alien zu sein. Inzwischen ging sie tatsächlich gelegentlich in den Bergen spazieren, aber dieses Radfahren, wovon sie geschrieben hatte – sie bezweifelte, dass ihre Füße jemals ein Fahrradpedal berühren würden, es sei denn, sie würde dazu gezwungen. Ihre Bergspaziergänge könnten vielleicht als Wandern durchgehen – sie schrieb Wandern. Was arbeitete sie? Tja, da gab es eine lange und eine kurze Antwort. Sie entschied sich für die kurze Antwort.

Ich bin Roboteringenieurin, so was in der Art wie die Leute, die die Hall of Presidents gemacht haben. Wenn es dich interessiert, erzähle ich gerne mehr.

Dann kam der Teil, wo sie ihn beschrieb – nach was für einem Mann suchte sie? Sie sah durch die lange Liste von Anforderungen, die sie erstellt hatte. Er sollte Twinkies lieben? V-Ausschnitt tragen? Ihr Blick verschwamm, während sie auf die Liste starrte. Selbst Ethan hatte noch nicht einmal die Hälfte der Anforderungen erfüllt. Und, traurig, aber wahr, Robbie dagegen diverse. All die Vorgaben hatten eigentlich keine große Bedeutung. Kelly dachte stirnrunzelnd nach.

Ich suche einfach jemanden, der mich so mag, wie ich bin.

Vielleicht war es kitschig, aber sie klickte auf *Absenden*, bevor sie es sich noch einmal überlegen konnte.

Während das Rad sich drehte und drehte, fühlte Kellys Magen sich an, als würde er etwas Ähnliches tun. Aus einem Impuls heraus klickte Kelly fast auf das rote *X* in der oberen Ecke, doch kurz bevor sie so weit war, erschienen die Ergebnisse. Genau, Plural. Erstaunlicherweise hatte sie dieses Mal mehrere Matches. Skeptisch fragte sie sich, ob es tatsächlich richtige Männer waren oder nur eine Art Bot. Dann wurde ihr bewusst, dass selbst wenn es Bots wären, sie die Letzte wäre, die sich darüber beschweren dürfte.

Einige waren ein klares Nein – der Typ, der auf jedem Foto eine Ninja-Maske trug, der Mann, dessen Biografie einfach »Gut bestückt« lautete, der, der eine unheimliche Ähnlichkeit mit ihrem Vater hatte. Doch ein Bild fiel ihr positiv auf. Darauf wusch Michael einen Schäferhund und duckte sich lachend, als der Hund sich schüttelte und ihn mit Schaum nassspritzte. Im Hintergrund war offenbar seine Familie zu sehen. In seinem Profil stand, dass er eine Frau suchte, die »schlau genug ist, zu erkennen, wenn ich einen dummen Witz mache, aber trotzdem darüber lacht«.

Kelly holte tief Luft und klickte auf den *Gefällt mir*-Button.

Es dauerte gerade mal eine Minute, während der sie durch die anderen Ergebnisse scrollte, bis Michael ihr eine Nachricht schickte.

Hey, Kelly! Okay, die Beschreibung deiner Arbeit hat mich neugierig gemacht. Ich würde gern mal mit dir ausgehen und mehr darüber hören.

Kelly wurde rot und lächelte vor sich hin. Sie tippte eine Antwort.

Gern.

Zu schlicht, das hier war der erste Eindruck, den sie hinterließ, und er musste stark sein.

Sehr gern. Wann??

Zu stark. Das klang, als würde sie bereits durch die Straßen San Joses rasen, um völlig aus der Puste bei ihrem ersten Date anzukommen.

Klingt gut. Ich würde auch gern hören, was du so machst.

Das könnte gehen. Was stimmte nicht daran? Nichts. Okay, dann los, drück die *Enter*-Taste …

Doch Kellys Finger verharrte über der Tastatur. Sie konnte es nicht, und das lag nicht daran, dass sie sich wegen der Formulierung unsicher war. Etwas anderes hielt sie zurück.

Kelly war nicht darauf vorbereitet. Sie hatte eigentlich nur nach einem winzigen Zahnrad gucken wollen. Sie hatte das Gefühl, es war genau das, was sie brauchte, um die neueste Entwicklung umzusetzen, an der sie gerade an Confibot arbeitete – er sollte mit den Ohren wackeln können. Eine kleine Sache, buchstäblich und im übertragenen Sinne, aber Menschen konnten es, also sollte er das auch. Doch wenn ihr Gefühl richtig war und dieses spezielle Zahnrad das fehlende Teil war, würde es etwas Suchen erfordern, denn dieses Teil war so besonders, dass es kaum genutzt wurde.

Und so fand Kelly sich auf einem verlassenen, leicht unheimlichen Gang wieder, wo sie nach dem sagenumwobenen zweiten Lager suchte. Sie hatte diesen Raum tatsächlich noch nie zuvor aufgesucht. Der einzige Raum in der Nähe, der regelmäßig frequentiert wurde, war die kleine Toilette, die aufgrund ihrer Abgeschiedenheit und durch eine unausgesprochene Abmachung im Büro ausschließlich für lange Sitzungen reserviert war. Ihr Weg führte an dieser Toilette vorbei und den nächsten Gang hinunter. Als sie vor der letzten Tür stehen blieb und sie öffnete, kreischte Kelly.

Dort stand Ethan. Abgeschaltet, zwischen einem Plastikregal mit überzähligen, zu viel bestellten Schraubenziehern und einem Stapel Kartons, die so alt waren, dass sie schon ganz weich waren. Er sah genauso aus wie damals, als Kelly ihn das letzte Mal gesehen hatte, am Tag der Präsentation vor gut einem Monat – die Haare waren sorgsam gekämmt, er trug sogar noch dieselbe Kleidung. Doch irgendwie hatte er sich verändert. Seine Haut wirkte seltsam stumpf unter der nackten Glühbirne des Lagerraums, wie eine Pflanze, die ein paar Tage lang nicht gegossen worden war. Der Glanz seiner Haare war wie bei einer Puppe.

Törichterweise war Kellys erster Gedanke, sie wünschte, sie hätte ein süßeres Shirt an und sich am Morgen die Beine rasiert. Sie schüttelte den Kopf über sich selbst. Nachdem sie sich schnell versichert hatte, dass niemand den stillen Gang herunterkam, ging sie näher an Ethan heran. »Hi«, flüsterte sie, als ob das Flüstern es weniger seltsam machte. Sie fuhr ihm mit der Fingerspitze über die Wange – sie war weich und nachgiebig wie Collagen, aber kühl. Als sie den Finger wieder zurücknahm, war er mit einer leichten Staubschicht bedeckt.

Mit den Händen an den Seiten ging sie auf die Zehenspitzen, lehnte sich vor, schloss die Augen und küsste ihn. Sie verfehlte ihn beinah, traf nur seine Unterlippe. Ohne seine Mithilfe war es schwer, mit geschlossenen Augen die ganze Navigation zu übernehmen. Sie öffnete die Augen und wartete einen Moment, auch wenn sie nicht wusste worauf. Seine Augen – diese Augen, die sie vor Monaten selbst ausgesucht hatte – blickten nur in ihre, wenn sie sich genau im richtigen Winkel vor ihn stellte. Worauf auch immer sie wartete, es würde nicht passieren.

Kelly hatte beinahe das Gefühl, als würde sie ihn zum ersten Mal sehen, und zwar nicht als Person oder ihr persönliches Werk, sondern als Objekt – als Kunstwerk. Er war wunderschön und außerordentlich menschlich, und das bis ins kleinste Detail: die prächtige Nagelhaut, die feinen Nackenhaare. Kelly fühlte eine Welle von Stolz. Doch das war alles, was sie fühlte. Das war alles, was er war: ein Kunstwerk, und er würde nie wieder mehr für sie sein. Vielleicht war er schon die ganze Zeit nichts weiter als eine Projektion gewesen – jemand, den sie lieben konnte, weil es schön war, jemanden zu lieben. Auf einmal wurde Kelly das ganze Ausmaß ihres Verlusts bewusst, mit all seiner Endgültigkeit und Bedeutung. Ethan war gestorben, wurde ihr klar – der Teil von ihm, der sterben konnte, was der Teil war, der für sie lebendig gewesen war. Ihr war etwas entrissen worden, aber es hatte sich auch etwas gelöst. Sie fühlte gleichermaßen Trauer und Erleichterung. Es gab Hoffnung, zerbrechlich, aber lebendig wie ein frisch geschlüpfter Vogel, im Wissen, dass die Leere, die Ethan in ihrem Herzen hinterließ, Raum für Neues gab.

Sanft schloss Kelly ihm die Augenlider.

An dem Abend machte Kelly das Gleiche, was sie an jedem Abend der letzten Woche gemacht hatte: Sie öffnete die Dating-App und starrte auf Michaels Nachricht. Da war sie. Nein, sie hatte sich nicht verändert. Nein, sie war nicht weniger einschüchternd geworden.

An diesem Punkt schloss Kelly die App normalerweise und suchte sich für den Rest des Abends eine vernünftige Ablenkung, wie zu viel Wein zu trinken oder sich so tief ins Internet zu stürzen, dass sie am Ende einer Gesellschaft, die glaubte, die Erde sei eine Scheibe, sechzig Dollar spendete. Doch heute Abend war irgendetwas anders. Die Nachricht war immer noch einschüchternd, aber nicht bedrohlich. Kelly hatte das Gefühl, als wäre eine Tür aufgegangen, und sie war bereit hindurchzugehen.

Hey, Michael, sorry, dass ich nicht schon eher geantwortet habe, ich sehe deine Nachricht jetzt erst.

Kelly fragte sich, ob es klug war, eine Beziehung mit einer Lüge zu beginnen. Dann fragte sie sich, ob das hier eine Beziehung war. Dann sagte sie sich, dass sie aufhören müsse, sich alles Mögliche zu fragen, und einfach zu schreiben anfangen sollte.

Ich würde sehr gern mal mit dir ausgehen.

Fünfzehn Minuten später, während sie nervös Käsecracker in Nutella tunkte, bekam sie eine Mitteilung, dass Michael ihr geantwortet hatte.

Großartig! Ich könnte diesen Freitag, falls du Zeit hast. Gibt es etwas, wo du gern hingehen würdest?

Das war Kellys Gelegenheit. Indem sie den Ort ihres ersten Dates vorgab, könnte sie das Risiko von überteuerten Restaurants, dröhnender Club-Atmosphäre, oder – der Horror – Bowling minimieren. Sie könnte alle unvorhersehbaren Eventualitäten ausschließen, sich auf den Ablauf des gesamten Abends und die Schwierigkeiten, die entstehen könnten, vorbereiten.

Doch stattdessen tippte sie lächelnd:

Überrasch mich.

Danksagung

Ich hatte ursprünglich geplant, eine ungewöhnliche Liebesgeschichte zu schreiben, und habe dabei nun eine Menge Faszinierendes über Robotertechnik, Produktdesign und künstliche Intelligenz gelernt. Ich danke Professor David Heaton von der University of Chichester, Dr. Luis Ponce Cuspinera von der University of Sussex und Dr. Suzanne Gildert von Sanctuary AI, dass sie mir so großzügig ihr Wissen vermittelt haben.

Der ganze Veröffentlichungsprozess fing an, als Abbie Greaves von Curtis Brown aus dem Stapel unverlangt eingesandter Manuskripte meins hervorzog. Dann sprang Sheila Crowley mit ihrer Wärme und Weisheit ein, und zusammen waren die beiden die besten Agentinnen, die man sich wünschen kann. Ihre großartige Arbeit an Kellys Geschichte wurde von Tara Singh Carlson bei Putnam fortgesetzt, deren Präzision, Aufmerksamkeit und Hingabe das Buch noch einmal wunderbar weiterentwickelt und mich mit neuer Liebe für meine Figuren erfüllt hat. Ein großes Dankeschön auch an Helen Richard bei Putnam für ihre Hilfe, dieses Buch Realität werden zu lassen.

Bis es so weit war, haben auch noch einige andere ihre Zeit und ihr Fachwissen eingebracht, um mein Buch zu verbessern, allen voran Zac Allard, Kelsey Lahr, Jules Hucke und Chelsea

Hawk. Vielen Dank für die vielen Kommentare und die Anteilnahme.

Zu guter Letzt danke ich meiner Familie: Gunnar, dafür, dass du durch alle Höhen und Tiefen mein Verfechter warst. Lewis, dessen Präsenz auf meinem Schoß, während ich schreibe, für mich immer der schönste Teil meiner Arbeit ist. Und Mom, Tom, Dad, Lana, Elyse, Jason, Sheyenne und Zivon für eure Unterstützung und dafür, dass ihr meine (wahrscheinlich fragwürdige) Entscheidung, Autorin zu werden, nie infrage gestellt habt.